풀

Full
M☾N

문

FULL MOON

HYANG ROMANCE STORY 안은찬 장편 소설

풀 : 문

contents

프롤로그 보름달이 밝던 밤,

엄마는 조용히 눈을 감았다

그동안 마음의 준비 정도는 충분히 하고 있었다고 생각했다. 그런데 아니었나 보다.

병원 밖으로는 제대로 나가 보지도 못하는 그녀의 곁에 머물렀던 시간, 고작해야 석 달 남짓. 눈 깜빡할 새 흘러가 버린 그 시간이 굉장히 짧은 것이었음을 모아는 그제야 실감했다.

평생을 함께 살아온 사람을 떠나보내기에는 터무니없이 부족했다.

○ ● ○

췌장암 말기 판정을 받은 것은 삼 개월 전, 그러니까 지난 가을이었다. 치료 가능하다는 희망조차 주지 않은 채 의사는 '길어야

삼 개월입니다.' 라고 했다.

현주는 당사자답지 않게 그 말을 듣고도 담담했다. 그녀는 마치 남의 이야기를 전달하듯 딸 모아에게 '삼 개월 정도 남았대.' 하고 말했다.

바로 당일 아침까지만 해도 조촐하지만 따뜻한 밥상을 함께 차려 먹으며 별것 아닌 이야기들로 단칸방을 채우던 두 사람이었다. 풍족하게 살지는 못했지만 당장 죽고 싶은 생각 같은 게 들 정도로 최악이지는 않았고, 그저 끼니를 거르지 않아도 된다는 것을 매일의 위안으로 삼으며 살아왔다. 나름대로 긍정적인 나날이었다고 자신하는 모아였다.

그랬던 그녀에게도 열일곱의 끝자락에 느닷없이 날아든 이별 예고만큼은 순순히 받아들이기 힘들었다.

모아는 엄마의 시한부 판정 이후 한동안 넋이 나가 있었다. 아주 잠깐씩 숨을 쉬는 방법조차 까먹을 정도로 가슴이 턱 막히고는 했다.

하지만 현주는 아니었다. 살다 보면 이런 병에 걸리는 사람도 있는 게 아니겠느냐며 태연한 얼굴을 했다. 마치 해탈한 종교인이라도 된 것처럼 평온한 목소리와 미소였다. 그녀의 모든 반응은 죽음 앞에 갑작스레 선 사람의 것처럼은 보이지 않았다.

그녀라고 이 세상에 딸만 홀로 두고 사라져야 한다는 사실이 불안하고 슬프지 않은 것은 아니었다. 그렇다고 고통을 전부 드러낼 수만도 없는 일이었다. 코앞까지 다가온 죽음을 부정하며 살고 싶다고 몸부림치는 것이 어린 딸에게 더 큰 절망을 안겨 줄 것이라 생각했던 것이다.

죽는다는 두려움만큼 세상에 홀로 남겨질 두려움 역시 말할 수 없이 크다는 것을 누구보다 잘 알고 있었으니까.

그리고 그 선택은 옳았다. 차분히 현실을 받아들이는 현주의 모습에 모아가 조금씩 마음을 다잡기 시작한 것이다.

고작해야 삼 개월. 올겨울을 넘기기도 힘들 만큼 짧은 시간. 마냥 슬픔에 잠겨 있다가 허무하게 엄마를 떠나보낼 수는 없었다. 조금이라도 함께 있어야 했다. 1분이라도. 아니, 1초라도.

모아는 수업을 마치면 언제나 병원으로 달려갔다. 병실에서 함께 먹고, 함께 자고, 그렇게 하루를, 한 달을, 세 달을 꼬박 함께 보냈다.

그리고 그 길지 않은 시간 동안 현주는 원래의 아름다운 얼굴을 찾아볼 수도 없을 정도로 메말라 갔다. 곱던 피부는 가죽만 남긴 채 뼈대에 고스란히 달라붙었고, 눈동자는 점점 빛을 잃어 갔다. 가끔은 고통에 못 이겨 정신을 차리지 못하거나 힘에 겨워 모아를 알아보지 못할 때도 있었는데 그럴 때면 모아는 병원을 빠져나와 근처에 있는 강가에서 목 놓아 엉엉 울었다.

"……엄마."

"응."

"앞으로가 아쉽지는 않아? 우리 엄마 아직도 많이 젊은데. 벌써 이런 일 겪기에는 정말 너무 아까운데."

침대 옆에 앉아 기말 고사 범위를 외우던 모아가 시선은 여전히 검은 글자들에 둔 채 나직이 입을 달싹였다. 볼이 움푹 패여

광대뼈가 다 드러날 정도로 말라 버린 엄마의 얼굴을 마주하면 울컥하고 눈물이 치밀 것 같아서였다.

손등에 시퍼렇게 멍이 든 현주는 가만히 눈동자를 움직여 어린 딸의 옆모습을 바라보았다. 생기 하나 없는 얼굴이 살며시 웃는다.

"태어나서 단 한 명에게라도 사랑받아 봤으면 그거로도 엄마는 충분한 것 같아."

"응?"

그게 무슨 소리냐는 듯 모아가 고개를 돌려 현주와 시선을 마주했다. 그녀는 아픈 사람 같지 않은 표정을 지었다. 그저 미소를 머금은 채 눈을 감고 천천히 말을 이어 나갈 뿐이었다.

"사랑받았던 단 한 번의 기억으로도 평생을 살아올 수 있었거든. 그래서 엄마는 지금까지 행복하지 않은 적이 없었어. 그때 받았던 사랑이 있었기 때문에 너에게도 내 사랑을 나누어 줄 수 있었던 거야."

교과서를 꽉 쥐고 있던 모아가 결국 탁 소리 나게 책을 덮었다. 그것을 책가방 속 깊숙이 넣더니 침대 쪽으로 몸을 돌려 앉았다.

입을 꾹 다문 채 가만히 바라보기만 해도 마음이 따끔거린다. 언제나 든든한 울타리였던 얼굴이 어느덧 안쓰러움으로 가득 차 버렸다.

정말 신기한 일이다. 그토록 아름답던 사람이 세 달 사이 이렇게까지 변할 수 있다는 게.

"엄마는…… 그 사람이 안 미워?"

모아가 말하는 그 사람은 친부였다. 얼굴도 모르는 아버지.

17년간 그 흔한 아버지란 말을 써 본 적이 없었다. 태어날 때부터 이미 곁에 없었던 사람이다. 그래서 아버지라 부를 필요성에 대해 한 번도 생각해 보지 않았다. 언제나 그저 '그 사람'이었을 뿐이다. 현주 역시 모아가 그를 아버지라 부르지 않는 것에 대해 크게 신경 쓰지 않는 눈치였다. 강요할 수 없는 문제였다.

모아의 엄마, 그러니까 현주는 태어나자마자 버려져 평생을 외롭게 컸다. 그래서였을까. 정 붙일 곳 하나 없이 평생을 고아라는 꼬리표와 함께 성장하던 스물이란 나이에 운명처럼 만난 그 남자에게 모든 것을 다 줄 수밖에 없었다.

태어나 처음 받아 보는 사랑이었다. 그리고 누군가에게 처음으로 주어 본 사랑이기도 했다. 아무것도 하지 않아도 그저 있는 그대로의 자신을 받아들여 주는 사람을 만났다. 그것만으로도 마음이 넘쳐흘러 그녀는 자신이 평생 쓸 운을 다 쓴 것이라 해도 좋다고 생각했다.

하지만 사랑은 그저 편안하고 행복하기만 한 것이 아니었다.

남자는 나이가 꽤 있었고 그 지역 안에서도 손에 꼽히는 자산가 집안의 외아들이었다. 그런 집에서 고아에 아무것도 가진 게 없는 스무 살의 여자아이를 받아 줄 리 만무했다.

금지옥엽 키운 아들을 본데없는 여자애에게 줄 수 없다고 노발대발하는 소리를 현주는 커다란 대문 밖에 서서 내내 듣고 있었다. 어울리지 않는 사람이라는 걸 알고 있었으면서도, 확인까지 했으면서도 결코 놓을 수 없어 침묵이 최선이었다.

그러던 와중에 함께 도망가자는 그의 말은 한 줄기 빛과 같았다. 떠나서 둘이 살자고, 아무것도 없어도 좋으니 서로만 믿고 살아가 보자고, 그는 그렇게 말했다.

하지만 약속한 날이 오고 그날의 밤이 깊어도 남자는 오지 않았다. 기다리고 기다려도, 결국은.

나중에 찾아갔을 때 그가 살던 집에는 이미 다른 사람이 살고 있었다. 이리저리 수소문을 하니 그는 집안에서 짝지어 준 여자와 함께 사업을 하러 미국으로 갔단다. 그 말을 듣고 주인도 바뀐 그 집 앞에 한참을 멍하니 서 있었다.

스물은 너무도 어린 나이였다. 삶에 치이거나 사랑에 치이거나, 그중 한 가지만 덮쳐도 일어서기 버거울 정도로.

현주가 모아를 가진 것은 그때였다. 아이를 가졌다는 것도 모르고 있던 그녀는 배가 조금씩 불러 오기 시작하고 나서야 임신 사실을 알았다.

출산에 대한 지식은 전무했고, 옆에서 도움을 줄 사람도 없었다. 그럼에도 불구하고 외로움을 느낄 새는 없었다. 가진 돈은 바닥이 났고, 미역국은커녕 당장 끼니를 챙길 몇 푼조차 없었으니까.

몇 달을 홀로 버티고 버텨 외로이 모아를 낳았다. 그리고 애를 낳은 지 얼마 되지도 않은 어린 몸으로 식당을 전전하며 일을 시작했다. 몸보다 정신이 더 빨리 지치는 날들이었다. 시끄럽던 머릿속은 한 자락의 여력마저 고갈되고 나서야 비워지는 듯했다.

현주는 갓 난 모아를 키워야 한다는 생각만으로 점차 남자를

가슴에 묻어 갈 수 있었다. 그 이후로는 찾아보지도 않아―찾을
수도 없었겠지만― 어디에 사는지, 한국에 돌아오기는 했는지조
차 알 수 없었다.

'도망가자.'

그 말이 현주가 기억하는 그 사랑의 마지막이었을 뿐이다.

"안 미워. 사랑이 내 마음대로 되겠니?"

"……"

바보 같은 말이지만 바보 같다고 할 수 없었다. 그녀는 그 사랑
의 결실인 모아를 언제나 품에 안고 아껴 주었으니까. 평생을 지
나간 사랑 하나만을 추억하며 살아온 여자에게 그게 무슨 사랑이
냐고 따질 수 있을 리 없다.

죽음을 앞에 두고도 사랑을 되짚어 보는 그 눈빛은 실로 오랜
만에 보는 아름다운 것이었다. 까맣게 꺼져 들어가던 눈이 얼마
만에 반짝인 건지.

"죽기 전에 누군가에게 깊게 사랑받았던 기억을 떠올릴 수 있
다는 건 참 기쁜 일이야. 여러 사람들에게 사랑받지 않아도 충분
히 행복했어. 한 사람……. 그래, 한 사람이면 돼. 기억에 남을 딱
한 사람만 깊게 사랑해, 모아야."

한 사람만 깊게 사랑하라고 해서 모아는 엄마를 더욱더 사랑하
기로 마음먹었다. 마음속에 담겨 있는 세상 유일한 사람인 엄마
를, 모아는 앞으로 더 깊게 사랑하겠다고 다짐했다. 그리고 온 마

음을 다해 사랑했다. 그 사랑 하나만으로 충분하다고 생각하면서 영원히 그녀의 곁을 지키고 싶었다.

하지만 사랑은 끝이 났다. 계속 주고 싶었지만 현주는 딸이 주는 사랑을 끝까지 받지 못한 채 눈을 감았다.

고작해야 서른여덟. 채 마흔도 되지 않은 아직은 젊은 나이였다.

그리고 열일곱의 모아는 길을 잃었다.

사랑을 받아 줄 단 한 사람이었던 엄마가 사라지면서 앞으로 누구도 사랑할 수 없을 것만 같았다.

○ ● ○

잔액: 73,020원

"……하아."

통장에 남은 금액을 확인한 모아가 한숨을 내쉬며 유리문을 열고 나왔다. 문틈으로 찬바람이 훅 끼쳐 왔다. 가느다란 잔머리들이 흩날려 이마가 간지러웠다. 동그랗고 예쁜 이마를 간질이는 머리카락을 떼어 내며 마른 다리가 힘없는 걸음을 천천히 내디뎠다.

장례 절차를 최소화했지만 그래도 부담이 없지는 않다. 고작 삼 개월이었다지만 암 병동에 지내면서 병원비로 꽤 많은 돈이 들어갔으니 사실 장례 비용으로 쓸 돈이 남아 있다는 게 다행이라면 다행인 일이었다.

모아는 십만 원도 채 안 되는 잔액으로 무얼 할 수 있을까 생각하다가 머리가 굴러가지 않아 그만두었다. 앞으로 얼마나 버틸 수 있을지에 대한 생각보다는 앞으로 어떻게 해야 더 열심히 살 수 있을지를 생각하는 편이 생산적이었다.

하지만 그마저도 오래가지는 못했다. 한동안 굳게 닫혀 있던 현관문을 열고 좁은 단칸방 안으로 들어섰을 때 갑작스레 휘몰아친 황량하고도 서글픈 어둠 때문이었다.

"……."

장례를 치르는 단 며칠간 오지 못했을 뿐인데 꽤 오랜 시간 사람이 없었던 집처럼 찬 기운이 작은 방 곳곳에 숨어들었다. 모아는 냉기를 온몸으로 맞다가 숨을 삼켰다. 양말이며 옷가지를 챙길 때만 가끔 들렀고 정작 집에서 잠을 잔 것은 꽤 오래전이니 그럴 만도 한가 싶어진 탓이었다.

불을 켤까 하다가 혼자 남은 이 방이 괜히 넓게 느껴질 것만 같아 손을 도로 거두고 그대로 구석에 몸을 웅크린 채 앉았다.

엉덩이가 시렸다. 방바닥에서 올라온 찬기가 양말을 신은 작은 발을 차갑게 휘감았다. 서서히 다리를 타고 올라온 서늘함은 온몸을 지배하며 순식간에 고독으로 물들였다. 춥다는 감각은 어느새 몸이 아닌 마음의 것이 되었다. 마음 한편에 자꾸 찬바람이 불어왔다.

반지하 단칸방의 작은 창문으로 희미한 불빛이 새어 들어왔다. 환하게 반짝이지는 않았지만 어두운 방에서 그녀를 외롭지 않게 해 주는 한 줌의 유일한 위로가 되었다.

창문 위로 자동차가 지나가자 잠깐이나마 빨간빛이 방 안 가득 찼다가 사라졌다. 방이 어찌나 작은지 짧은 빛에도 쉽사리 차고 또 한껏 물들어 버린다. 원래부터 어떤 색의 빛이 머물렀는지도 모르게끔.

모아는 몸을 더 웅크리고 무릎에 얼굴을 묻었다. 장례를 치르는 내내 좀처럼 실감조차 나지 않던 것들이 갑자기 봇물 터지듯 밀려오고 있었다. 함께이던 집에 홀로 돌아오고 나니 모든 것은 갑자기 현실이 되어 그녀를 덮쳤다.

열일곱의 작은 어깨 위로 수많은 고독이 쏟아졌다. 툭, 투둑. 모아의 무릎 위로도 눈물이 쏟아졌다.

조금의 온기도 없는 방. 음식을 해 먹은 지 한참 되어 물기 하나 없는 싱크대. 작은 운동화 옆에 주인을 잃고 놓인 밤색의 굽 낮은 구두. 모든 것이 '오늘'의 것이었다. 두 사람이 함께했던 '그날'의 것은 없었다. 마음은 여전히 현실을 받아들이지 못하고 헤매는데 차가워진 방은, 바짝 마른 싱크대는, 홀로 놓인 구두는 전부 순순히 오늘을 받아들이고 있었다.

자신보다 나은 사물들. 숨 쉬지 않는 그것들만도 못한 어느 숨 쉬는 사람이 작은 방에 몸을 웅크리고 숨어 있다. 한 번도 세상에 나 혼자라고 생각해 본 적 없던 여린 마음이 태어나 처음으로 우리가 아닌 나를 받아들이려 발버둥을 치고 있다.

하지만 마음먹은 것처럼 될 리 없다. 누군가를 떠나보내기 위한 준비는 아무리 오래 한다 해도 부족할 것이다. 세 달이면 충분하다고 생각했던 마음은 일 년을 바라게 될 것이고, 일 년이면 충분하다고 생각했던 마음은 십 년, 이십 년, 그렇게 또다시 남은 평생을 바라고 만다.

모아는 지금 그랬다. 세 달로는 부족했다고, 엄마의 자리가 비워지는 걸 받아들이는 데에 세 달은 너무도 부족한 시간이었다고, 딱 일 년만, 아니, 한 달만, 아니…… 하루만이라도 더 옆에 있어 주면 안 되겠냐고 묻고 싶었다. 올겨울은 유난히 춥지 않느냐고, 조금만 더 있다가 따뜻할 때 가지 그랬냐고 투정하고 싶었다. 닿지 않는 슬픔이 그 주변만 맴돌았다.

터져 버린 눈물은 좀처럼 멈출 생각을 하지 않았다. 이대로 멈추지 않고 계속 울다가는 이 차가운 방바닥에 쓰러져 몇 날 며칠이고 잠들어 있을 것 같았다.

아랫입술을 꾹 물면서 몸을 일으켰다. 그 잠깐 사이에도 냉기에 몸이 부르르 떨렸다. 집에만 있는 게 더 괴로워 다시 밖으로 나가려 하자 발밑에 무언가 차였다. 아까 잔액을 확인하고 꺼내 놓았던 통장과 오는 길에 샀던 마른 미역이었다.

별것도 아닌 것들이 자꾸만 발목을 잡아챈다. 이곳이 네가 있을 곳이라고 말해 주듯이.

차갑게 언 작은 주먹을 꼭 쥔 채 운동화에 발을 끼워 넣으며 현관문을 열었다. 탁탁 소리가 나게 운동화 앞코를 바닥에 몇 번 부딪친 뒤 지상으로 성큼성큼 올랐다.

얼어 버린 손을 잠바 주머니에 푹 찔러 넣고 집에서부터 계속 달렸다. 얼마나 달렸는지도 모를 정도로 달리고 또 달렸다. 그러는 동안 귀도, 코도, 뺨도 빨갛게 꽁꽁 얼었다.

추위를 느낄 새도 없이 계속해서 달린 곳은 병원이었다. 코끝을 찌르는 익숙한 소독약 냄새. 간호사들이 나누는 익숙한 대화 소리. 조금도 익숙하지 않았던 그런 것들에 어느덧 익숙해져 있다는 게 슬펐다.

그러나 그보다 더 슬픈 것은 이 모든 것들에 익숙해졌는데도 이 익숙한 공간에 가장 익숙하게 자리해야 할 단 한 사람이 더 이상은 없다는 것이었다.

모아는 복도를 걷고 걸어 현주가 머물렀던 병실로 갔다. 그녀가 있던 침대에는 벌써 다른 환자가 누워 있었고, 자신이 공부를 하던 자리에는 보호자가 앉아 이야기를 나누는 중이었다.

고작해야 며칠인데, 그 며칠 사이 모든 것이 달라졌다. 모아의 마음을 빼고 모든 것이 멋대로 흘러가고 있었다. 머물 곳이 없었다.

병실에서 빠져나와 터덜터덜 힘없이 걷기 시작한 걸음은 장례식장을 향했다. 오늘이 오기까지 머물렀던 장소들을 하나씩 되밟아 가기라도 할 작정인 듯 모아는 사흘 내내 울음을 속으로 삼켜야만 했던 그곳에 도달했다.

안으로 들어서자마자 슬픔의 말들이 귓가를 아프게도 때린다. 얼마나 많은 사람들이 눈을 감은 걸까. 얼마나 많은 사람들이 끝없는 잠에 빠진 걸까. 잠든 사람들은 커다란 울음소리에도 다시 깨는 법이 없는데 사람들은 지쳐 쓰러져 가는 소리로 계속해서 울음을 이었다.

"……"

그때였다. 이곳에서라면 다른 사람의 핑계를 대어 마음껏 울다가 갈 수 있을지도 모르겠다고 생각하며 한 걸음씩 걷던 모아의 걸음이 잠시 멈추었다.

온화하게 웃고 있는 한 중년 여성의 영정 사진. 멀찍이서 그 사진을 바라보며 멍하니 그 자리에 섰다.

영정 사진 아래에 상복을 입고 앉아 있는 남자는 굉장히 차가운 얼굴이었다. 다른 사람들은 흐릿하게 배경이 되는 순간. 그는 차갑게 굳은 얼굴로 무릎을 꿇고 앉아 두 주먹을 세게 쥐었다.

남자는 눈가가 빨갰다. 잔뜩 충혈된 눈으로 바닥을 노려보고 있었다. 아무도 그에게 함부로 말을 걸지 못했고 그는 쉽사리 고개를 돌리지도 않았다.

조금 알 것도 같았다. 그게 남자가 울음을 참는 방법이라는 것을.

모아는 그 얼굴로부터 시선을 뗄 수 없었다. 자신의 모습이 겹쳐 보였다. 그리고 지난 며칠의 스스로를 돌이켜 보는 기분이 들었다.

엄마를 떠나보내던 짧고도 영겁 같던 시간. 나도 저렇게 두 주먹을 꼭 쥔 채 차가운 땅을 노려보고 있었겠구나. 저렇게 참고 있었겠구나.

그런 생각에 잠겼다.

병원 근처의 작은 강가에는 다리가 하나 있었다. 때때로 마음이 너무 힘들거나 지칠 때면 병실에서 몰래 나와 서 있고는 했던 작은 다리. 모아는 그 다리 위에 다시 섰다.

다른 사람이 우는 모습을 보니 더는 이 감정을 잠재우지 못할 것 같아 두려워졌다. 알지도 못하는 사람의 장례식에서 울음을 터뜨릴지 몰라 서둘러 그곳을 빠져나왔다. 밖으로 나오고 보니 걸음은 아주 자연스럽게 이곳으로 모아를 이끌어 놓았다.

"······."

다리 위에 서서 검은 물이 출렁이는 것을 내려다보았다. 그리고 천천히 고개를 들 때쯤 누군가 옆에 와서 섰다. 작은 인기척에 힐끔 고개를 돌려 보니 낯익기도 하고 낯설기도 한 사람이 시야에 들어왔다.

'아.'

아까 그 남자였다. 빈소를 지키며 눈물을 속으로만 삼키던 남자가 모아와 같은 다리 위에 서서 흰 숨을 토해 내고 있었다.

그의 시원한 입매로 담배 연기 같은 호흡이 흘렀다. 아까는 마냥 차갑게만 보였는데 울음소리가 사라진 침묵 속에서 바라보니 꼭 차갑게만 느껴지지도 않는다. 같은 얼굴인데 참으로 이상한 일이다.

자신을 지켜보고 있다는 것도 모르는 듯 그는 멍하니 앞만 바라보다가 눈물을 흘렸다. 꾹 참고 있던 빨간 눈시울과 매끈한 뺨이 촉촉하게 젖어 든다.

남자가 우는 건 처음 봤다. 모아가 눈을 동그랗게 떴다. 처음이라서 그런 걸까. 가슴이 따끔거리고 아파 왔다. 그게 내 마음이 아파서인지, 저 사람의 아픔이 옮아온 건지 헷갈릴 정도로. 그래서 저도 모르게 울컥 눈물이 치고 올라와 순식간에 뺨을 뜨겁게 물들였다.

모아가 고개를 들었다. 강물은 검게 출렁여 무섭기만 한데 올려다본 하늘은 막연하고 끝이 없어 보여 마음이 트인다.

트인 마음 사이사이로도 눈물이 흘렀다. 어디로 빠져나올지도 가늠할 수 없을 만큼 여러 줄기가 되어서.

"며칠 전에도 보름달이었어요."

나직한 목소리에 놀란 남자가 옆으로 고개를 돌렸다. 정말 그녀가 그곳에 있다는 걸 모르고 있던 모양이다. 그는 모르는 사람 앞에서 보인 눈물이 창피한 듯 급하게 눈물을 닦았다.

하지만 모아의 시선은 곧게 하늘로만 향해 있었다. 그와 달리 눈물을 닦아 낼 생각도 하지 않았다. 그녀의 흰 뺨을 적신 눈물이 달빛을 받아 반짝였다.

"이상해요. 며칠 전에 뜬 보름달이 왜 오늘 또 떠 있는 걸까요."

보름달이 이상하다고 우는 얼굴이 더 이상해 보이는 건 모르는 걸까. 남자가 모아의 옆모습을 가만히 지켜보고 있자 모아가 그제야 고개를 돌려 그와 눈을 마주쳤다. 괴로움을 감당하기 힘들어 보이는 작은 얼굴이 살며시 웃는다. 눈이며 코며 빨개진 채로.

"저도 이 병원에서 엄마 장례를 치렀어요."

그리고 오늘은 차가운 땅속에 엄마를 홀로 두고 왔다는 말까지 덧붙이다가 울컥 울음이 솟는다. 모아가 입술을 꾹 깨물다가 그 틈으로 작게 숨을 내쉬었다. 호흡이 흐트러지면 또다시 엉망으로 울어 버릴 것 같아서였다.

남자는 그런 그녀의 말을 가만히 듣고 있었다. 시선을 돌리지도, 다른 말을 꺼내지도 않으면서.

"실은…… 오늘이 엄마 생신이에요."

"……."

"엄마에게 생신 축하한다고 전화라도 한 통 하고 싶은데…… 전화를 걸 곳이 없어요. 어디로 전화를 해야 엄마가 받을 수 있는지 모르겠어요. 항상 실패하던 미역국…… 오늘은 잘 끓일 수 있을 것 같은데……. 엄마가 딱 오늘까지만 살아 계셨으면, 그랬으면 올해 생일까지는 내가 챙길 수 있었을 텐데……."

"……."

태연한 척 말을 뱉으려 애쓰지만 목소리가 힘없이 떨리기 시작한다. 울음이 터지면서 손이며 어깨마저 떨려 왔다. 그럴수록 목에 힘을 줘 보기도 했다.

그럼에도 불구하고 목소리는 떨림을 멈추지 않은 채 뜨거운 눈물을 울컥거리며 토해 내기 시작한다. 흰 얼굴이 점점 일그러지면서 엉망이 되어 갔다.

그래도 남자는 모르는 여자애의 울음을 고스란히 지켜보았다.

"이제 봄이면 내 생일이 찾아올 텐데…… 그땐 또 어떡하죠? 아무도 축하해 주지 않는 생일이 될 텐데……. 엄마 딸로 태어나 줘서 고맙다고 축하해 주는 말도 들을 수 없을 텐데."

"……."

"이젠 말도 못 해요. 벚꽃이 피는 예쁜 계절에 태어나게 해 주어서 고맙다고……. 나 역시 엄마 딸로 태어나서 행복하다고……."

"……."

"평소에는 하지 못했던 말을 이젠 할 수도 있을 것 같은데……. 앞으로는 하고 싶어도 할 수가 없어요……."

묵묵히 모아의 말을 듣고 있던 남자가 성큼성큼 다가왔다. 그러고는 느닷없이 그녀를 자신의 품에 안았다. 눈물범벅인 작은 얼굴이 단단한 가슴에 파묻혔다.

그가 입은 상복에서는 이상하게도 시원한 냄새가 났다. 차가운 냄새가 아니었다. 뜨겁게 치밀어 오르는 가슴 깊은 곳의 울음까지 식혀 줄 만큼 이상하리만치 시원한 공기가 그곳에서 느껴졌다.

남자는 자신보다 작은 여자애가 한 글자씩 뱉는 말들에서 비슷한 감정을 느꼈다. 그 감정은 이미 성인이고, 남자고, 여러모로 인내하고 참는 것에 능하다고 생각했던 자신의 마음을 자꾸만 건드려 댔다. 엄마라는 존재는 내가 스물이어도, 서른이어도, 오십이 다 되어도 날 아이로 만들기 마련이지 않은가.

모아는 남자의 품에 안긴 채 한참을 있었다. 처음에는 멈추지 못하고 계속해서 터져 나오던 울음도 조금씩 멎기 시작했다.

생각해 보니 현주가 그렇게 되고 나서 누구도 모아를 이런 식으로 안아 준 적이 없었다. 연고지가 전혀 없던 두 사람이다. 빈소조차 그렇게 휑했는데 누군가 와서 따스하게 안아 줬을 리 없다.

그래서일 것이라고 생각했다. 이 남자의 품이 이토록 따스한 것은. 이토록 마음을 다독여 주는 것은.

그와 동시에 모아는 이 남자에게도 이렇게 따사로이 다독여 주는 사람이 있을까 궁금해졌다. 울음을 꾹 참으며 어쩔 수 없이 가족을 떠나보내야 하는 이 남자를 안아 주는 건 과연 누굴까. 혹시 나처럼 누구도 안아 주지 않는 것은 아닐까. 그런 생각이 들자 또다시 마음이 시렸다.

가만히 안겨 있던 모아가 조심스레 팔을 뻗어 그의 등 뒤로 둘렀다. 그러고는 등을 살며시 토닥였다. 나도 여태껏 누군가가 이렇게 다독여 주기를 내내 바랐다면서, 말은 하지 않았지만 손끝으로 자신의 감정을 나누었다. 남자의 넓은 등 위로 자그마한 손이 따스하게 탁, 탁, 닿았다가 떨어지기를 반복했다.

그 작은 움직임이 웅송그리고 있던 가슴속에 커다란 위로가 되었을까. 남자가 모아를 품에서 천천히 떼어 냈다.

아직도 눈물방울을 매달고 있는 앳된 얼굴이 남자를 올려다본다. 그는 젖은 눈을 가만히 마주하더니 가까이 고개를 내밀었다. 달처럼 동그랗고 예쁜 이마에 남자의 입술이 닿았다.

"……."

"며칠 전 건 보름달이 맞지만 이건 이제 사라지기 시작하는 달이야."

나직한 목소리의 울림이 마음을 흔든다.

"사라지기 시작하는 달……?"

물기 어린 목소리가 둘 사이에 호흡처럼 스며들었다. 남자는 모아와 마주친 눈을 떼어 내지 않고 고개를 끄덕였다. 이마에는 아직도 온기가 감돌았고 가슴에서는 그의 목소리가 빙글빙글 돌고 있었다.

"달은 언제나 차올랐다가 사라지기를 반복하니까. 저 달도 차츰 사라져 가겠지만 시간이 지나면 다시 가득하게 차오를 거야."

"……."

"지금 느끼고 있는 텅 빈 마음도 시간이 흐르면 다시 가득 차오를 테니까 걱정하지 마."

이상한 남자다. 평범한 말을 마치 주문처럼 뱉는 남자.

멍하니 올려다보고 있자 남자가 부드러운 손끝으로 모아의 얼어 있는 뺨을 매만졌다. 물기가 그의 손가락 끝에 매달리다 흔적을 지운다. 달빛이 눈부신, 눈물이 낯선 시간이다.

서로의 온기를 품고서 낯선 향에 취하고 싶은 쓸쓸한 밤이기도 했고, 커다란 것을 잃어버린 상실감을 유일하게 서로로 달래는 밤이기도 했다.

"다음 달에도 보름달은 뜨고, 그 다음 달에도 보름달은 떠. 그러다 보면 네 생일이 올 봄에도 보름달이 뜰 거야."

"……."

"그럼 그때 엄마에게 하고 싶었던 말을 해 봐. 오늘처럼 보름달이 뜨면 전화를 걸지 않아도 들으실 수 있을 거야. 우리 어머니도…… 아마 들으실 수 있겠지."

어디에서 왔는지 모른다. 어디로 가려는지도 모른다. 이름은 무언지, 나이는 어떻게 되는지, 아무것도 모르는 사람. 그런 사람에게서 위로를 받고, 그런 사람이 자신을 통해 위로를 받은 것처럼 웃는다.

마주하고 있는 서로의 눈이 충혈된 붉은빛으로 반짝거린다.

"두 분이 비슷하게 가셨으니 하늘에서 친구 되어 외롭지 않으셨으면 좋겠구나……."

태양만이 빛을 내는 줄 알았다. 태양처럼 밝은 사람이 되어 그렇게 뜨거운 가슴으로 살아 보자고 생각한 적이 몇 번 있었다.

그러나 모아는 엄마를 떠나보내던 다리 위에서 새로운 것을 깨달았다. 달도 이토록 빛날 수 있다는 것.

어두운 방 안을 비추어 주던 달처럼 그는 은은한 빛을 내며 모아의 눈동자 속에서 빛나고 있었다. 밤공기에 스며들듯 아스라이 사라질 것 같던 남자의 차가운 얼굴이 녹는다. 그는 그렇게 달빛 아래에서 웃었다.

'엄마……. 뭐든 끝을 내야 시작할 수 있는 거겠지……?'

이 슬픔이 하루빨리 끝나야 다시 앞으로 나아갈 수 있을 것이다. 끝이 없이는 시작도 있을 수 없을 테니까. 그럼 언제나 뜨겁게 타오르는 태양은 될 수 없을지언정 조심스레 혼자만의 빛을 내는 저 달처럼은 살 수 있지 않을까.

모르는 남자의 위로 속에서 모아는 추위에 떠는 여린 마음을 다독였다.

1 열여덟의 봄이 왔다

한없이 추웠던, 그리고 추울 것만 같았던 겨울. 모아는 다행이도 그룹 홈에서 지내게 되었다.

시설 같은 곳에 맡겨지고 싶지는 않아 어떻게든 혼자 애써 보려고 했지만 수중에 아무것도 없어 무리였다. 돈을 벌기 위해 어쩔 수 없이 학교를 그만둬야 하나 힘겨운 고민도 했다. 나라에서 지원을 받아도 혼자의 힘으로 어디까지 버틸 수 있을지 장담할수 없는 일이었다.

하지만 하늘이 무너져도 솟아날 구멍은 있다고 그때 만난 복지사 한 명이 그녀를 도왔다. 시설보다 가정의 보호가 필요한 청소년들을 대상으로 하는 그룹 홈에 모아를 안내한 것이다. 그녀는 그렇게 낯선 제도의 작은 도움으로 다시 일어설 수 있었다.

그곳에는 모아를 제외하고 총 네 명의 아이들이 있었다. 모아

또래의 고등학생 세 명과 한 명의 중학생. 학교에서 흔히 볼 수 있는 평범한 모습이었다.

그룹 홈을 관리하는 문숙은 그곳에서 엄마와도 같은 존재였다. 아무도 그녀를 원장님 같은 호칭으로는 부르지 않았다. 큰 아이들은 이모라 불렀고, 중학생인 막내만이 엄마라고 부르며 그녀를 따랐다. 그들은 가족 같았다.

모두 한때 가족이 있었지만 각자의 상처로 보금자리를 떠나와야 했던 아이들. 그럼에도 다들 새로운 곳에서의 적응을 빠르게 잘해 나가는 중이었다. 고아원 같은 곳으로 보내지지 않았다는 안도감 때문일까. 작은 가족의 또 다른 구성원이 되었다는 마음으로 각자의 상처를 치유하면서 한 걸음씩 앞으로 나아가고 있었다.

그래서 모아도 조금 더 빠르게 봄을 맞이할 수 있었다. 내내 겨울일 줄로만 알았던 마음이 따스하게 물들었다. 엄마의 빈자리는 여전히 가슴 깊은 곳에 남아 있었지만 더는 그때처럼 춥지 않았다. 텅 빈 방 안에 엉덩이를 붙이고 덜덜 떨며 앉아 있던 그날은 먼 기억 속에 묻어 두기로 했다.

마지막까지 따스하게 웃어 주던 엄마가 아니었는가. 그래서 아무것도 포기하고 싶지 않았다. 사랑에 좌절할 수도 있었던 그녀가 끝까지 자신을 놓지 않고 바로 그 사랑으로 보듬어 주었던 것처럼 말이다.

"정모아! 준비 다 했어?"

교복을 갈아입고 화장에 공을 들이던 이레가 모아에게 다가오며 물었다.

"응, 이제 슬슬 나갈 거야. 전에 살던 집이랑 방향이 달라서 학교까지 얼마나 걸릴지 감이 잘 안 잡혀."

"그런데 그거 너희 학교 교복이야? 장난 아니다. 진짜 예뻐."

"그, 그래?"

일 년 내내 입어도 그렇게까지 예쁜지는 잘 몰랐던 교복이라 자신의 모습을 거울에 비추어 보던 모아가 머쓱하게 웃었다. 그러다가 소매를 흘끔 내려다보았다. 몸에 딱 맞게 입고 다니는 다른 애들에 비해 교복이 조금 큼직했다.

현주는 중학생 때도 모아가 성장할 것을 생각해 교복을 넉넉한 것으로 사 주고는 했다. 고등학교 입학 때도 마찬가지였다. 하지만 일 년이 지나도 키는 자라지 않았다. 그녀의 예상대로면 매년 눈에 띄게 자라 이 교복이 딱 맞게 되었어야 하는데 말이다.

생각해 보면 고등학교 입학 당시 이미 167cm였다. 앞으로 여기서 더 많이 성장해도 그건 그거대로 난감할 게 분명했다. 조금은 아담하고 싶어서 더는 자라지 않았으면 하고 바란 적이 적지 않았기 때문이었다.

"있잖아…… 이레야."

"응?"

"너 노란 머리 그대로 학교 가도 돼……?"

"아아, 이거? 우린 터치 안 해. 미용 학교에서 염색하지 말라고 하는 것도 좀 웃기잖아."

노랗게 탈색된 머리를 두어 번 흔들어 보이면서 이레가 웃었다.

그녀는 모아가 그룹 홈에 들어와 가장 먼저 친해진 동갑내기였다. 엄마와 둘이 살다가 혼자가 된 모아와는 조금 다른 상황을 겪은 그녀는 어머니가 돌아가시고 새아버지 밑에서 지내며 학대를 받았다고 했다.

그때 맞았던 흉터가 예쁜 몸 곳곳에 남아 있었지만 이레는 밝았다. 낯설어서 두리번거리는 모아에게 다가와 바로 어제도 만났던 친구처럼 '얘! 너 이름이 뭐니?' 하고 말을 붙여 왔을 정도로.

이레는 처음 이곳에 왔을 때만 해도 몇 번이나 자살을 꿈꿀 정도로 마음의 상처가 깊은 상태였다고 했다. 그랬던 그녀에게 하고 싶은 일이 생기고 꿈이 생겼다. 미용 학교에 다니기 시작하면서부터 차츰 밝아지기 시작한 것이다.

그 이야기를 들은 모아는 내심 자신도 이레처럼 단 한 가지 목표가 생기면 지금보다 더 많이 밝아질 수 있지 않을까 하는 희망을 품었다.

그 목표가 꿈이 되었든 사랑이 되었든.

"정모아, 뭐 해. 지금 나갈 거 아니야? 버스 타러 가는 길이니까 같이 가자."

"아, 응!"

홀로 집을 나서지 않아도 된다는 사실이 이렇게 기쁜 것이었나. 현주 없이 외로운 반지하 단칸방의 현관문을 열며 나왔을 상상 속의 자신을 떠올려 보니 그보다 더한 슬픔이 있을까 싶다.

문숙에게 '이모, 다녀오겠습니다.' 라고 인사를 하며 밖으로 나서자 먼저 나간 이레가 빨리 오라고 손짓을 한다.

3월의 차가운 봄기운이 코끝에 스친다.

엄마의 병간호로 겨울 방학 보충 수업에 빠졌더니 계절이 바뀌고 마주한 학교가 새삼 더 커다래 보인다. 교문 앞에 선 모아가 학교를 올려다보면서 그런 생각을 했다.

한 걸음씩 내디딜 때마다 새 학기의 학교가 싱그러운 바람을 물씬 실어다 준다. 이토록 설레는 2학년의 시작을 엄마와 함께 느낄 수 없다는 게 안타까웠지만 그래도 괜찮았다. 그날 이후 보름달이 뜰 때마다 그것을 엄마의 시선 삼아 잠들며 몇 번이나 마음을 다독인 덕분이었다.

열일곱의 소녀가 받아들이기에는 힘든 시간이었을지 모르겠다. 하지만 모아는 이겨 내려 했고, 이겨 내는 중이었다. 어느 날 갑자기 잃는 것에 비하면 낫지 않은가. 짧디짧은 삼 개월의 시간이나마 마음의 준비를 할 수 있게 해 준 것이니. 그렇게 생각하면 작은 위안이 되었다.

기억 속에 있는 그 달 아래, 자신을 품에 안아 다독여 주던 따스한 손길과 더불어서 말이다.

"……"

운동장을 가로질러 천천히 건물을 향해 걷던 모아의 얼굴이 느닷없이 빨갛게 달아올랐다. 걷는 걸 멈추고 그 자리에 선 채 눈만 연신 깜빡였다.

그땐 너무 슬프고 버거워서 품에 안겨 울기 바빴는데, 시간이 흐르고 때때로 그 순간을 돌이킬 때면 이렇게 얼굴에 열이 올랐다. 차가운 인상이 미소 짓는 순간 얼마나 따스했는지를 떠올렸고, 이마에 닿았던 입술의 감촉이 얼마나 부드러웠는지를 되새겼다.

그 사람은 그 후 상실감과 고독을 잘 견뎌 냈을까. 지금쯤 잘 지내고 있을까. 그런 것들이 문득 궁금해졌다. 자신처럼 혼자 남겨진 게 아니었으면 좋겠다는 생각과 함께 다른 가족들이 곁에서 그를 보듬어 주면 좋을 것이라고 작은 기도도 곁들였다.

'한 번 더 봤으면……'

우연이라도 만나면 그때 정말 큰 위안을 얻었다고, 이제는 쉽게 울지 않는다고, 다시 씩씩한 원래의 나로 돌아왔다고 인사를 건네고 싶다. 이름도 모르는 그 사람의 손길 하나, 넓은 품 하나, 작은 미소 하나가 어린 여자애를 이만큼 일어설 수 있게 만들었다는 것을 그에게 알려 주고 싶기도 했다.

'우연이라도……' 하고 생각하던 게 점차 필연이기를 바라면서 작은 상상에 날개를 단다. 터무니없는 생각이 스스로도 웃겼는지 모아가 고개를 내저었다. 운동화를 신은 작은 발이 다시 성큼성큼 앞을 향해 걸었다.

"모아야."

묵직한 목소리에 모아가 고개를 돌렸다. 시원해 보이는 하늘색의 아웃도어 티셔츠를 입은 남자가 가까이 걸어와 모아의 곁에서 걸음을 맞추었다. 1학년 때 그녀의 담임이었던 호랑이였다.

체육 교사인 그는 김동영이라는 이름이 있었지만 아무도 이름으로 불러 주지 않았다. 여기가 학교인지 군대인지 모를 정도로 엄하게 수업하는 무서운 기질이 호랑이라는 별명을 그의 이름보다 더 이름처럼 느껴지게 했다.

여학생들은 특히나 그를 싫어했다. 미남 선생님이 없는 모아의 학교에서 그는 유일한 삼십 대로 나름 젊은 편에 속했지만 워낙에 풍채가 좋고 인상이 험상궂어 꽤 위협적이었으니까.

"안녕하세요, 선생님."

"그래. 방학은 무사히 잘 보냈고?"

"네."

하지만 모아는 다른 아이들이 보지 못한 그의 친절한 면모를 보았다.

현주의 장례식 때, 그는 모아의 주변에서 조문을 와 준 유일한 사람이었다. 곁에서 격려의 말을 해 주었고, 쓸쓸한 빈소를 채우려 한참 동안 자리를 지켜 주기도 했다.

친구들에게조차 말하지 못했던 가정사를 아는 단 한 사람. 담임이니 신기해할 바는 아니었지만 그래도 학교생활을 편히 할 수 있도록 든든한 울타리가 되어 준 것에 모아는 새삼스레 감사했다.

"요즘은 어디서 지내니?"

"그룹 홈에서 생활하게 됐어요. 제 또래 애들이 서너 명 돼요. 이모라고 부르는 분이 계시는데 엄청 상냥하시구요."

"아……. 그거 잘됐구나. 진짜 잘됐네. 이제 좀 걱정 놓겠어."

체육 시간만 되면 우렁차게 고함을 지르는 목소리나 우락부락한 몸집과는 어울리지 않게 다행이라고 하는 말이 어찌나 푸근해 보이는지 괜히 마음이 든든해진다. 그러다가 문득 자신을 신경 써 주는 사람이 의외로 이렇게 곳곳에 있는 게 아닐까 하는 기대감과 함께 작은 궁금증이 일었다.

"걱정하셨어요?"

"당연하지, 인마. 앞으로도 우리 반 대표 우등생일 텐데 담임으로서 신경을 안 쓸 수가 있어?"

"네?"

앞으로도?

여전히 의아한 얼굴로 빤히 올려다보며 걷자 호랑이가 모아의 작은 머리통을 붙잡아 꾹 누르며 웃었다. 큼직한 손과 달리 우악스러운 힘은 없었다.

"너 올해도 우리 반이라고, 정모아."

"아."

"선생님이 힘 좀 썼어. 그러니까 앞으로도 충성해."

사정을 모르는 다른 담임을 만나 구구절절 현재의 상황을 상담하는 일은 적어도 없을 듯하다. 사실인지 농담인지 구분하기 힘든 말에서도 여러모로 알게 모르게 신경을 많이 써 주었다는 게 느껴져 마음이 찌르르 울렸다.

아버지에 대해 그려 본 적은 없지만 저런 느낌이라면 참 좋겠다 생각하며 모아가 맑게 웃었다. 그러자 호랑이가 어깨를 으쓱이며 듬직하니 가슴을 펴 보였다.

모아가 손을 이마 근처에 대며 '충성!' 하고 밝게 대답했다. 그는 기특하다는 듯 책가방 위로 등을 탁탁 때리더니 멀찍이 앞서서 걸어갔다. 그러더니 앞에 가던 여학생 두 명에게 '이놈들! 이게 교복 치마냐, 미니스커트냐!' 하고 버럭 소리를 지른다. '꺄악!' 하는 비명 소리와 함께 한바탕 실랑이가 시작되는 걸 보며 모아가 웃음을 삼킬 때였다.

"저게 어딜 봐서 삼십 대야. 완전 아저씨구만."

"깜짝이야."

놀란 모아가 고개를 돌렸다. 겨울 방학 새 키가 한층 더 커진 운혁이 그녀의 옆에 와서 섰다. 최운혁. 1학년 때 같은 반이었던 인연으로 꽤 친해진 사이였다.

"정모아, 방학 동안 실컷 놀았냐?"

"으응."

"범생이가 보충 수업을 다 빼지고 말이야. 나 몰래 학원 다닌 거 아니지?"

"그런 건 아니고……."

문제집도 한 권으로 몇 달을 반복해 풀었는데 학원 같은 걸 다닐 수 있었을 리가. 물론 그 대답은 그저 속으로 삼켰다.

어렵게 살았다는 것도, 이젠 부모님이 계시지 않는다는 것도 운혁이 알 리 없었다. 누구에게도 말하지 않았으니 당연한 일이다. 모아는 교내에서 그나마 제일 가까운 친구에게조차 제 사정을 말할 수 없음이 조금 씁쓸했다.

어색하게 웃으며 대충 대꾸하자 운혁이 의아한 얼굴로 힐끔 보는가 싶더니 모아의 머리를 마구 헝클었다.

"아! 최운혁!"

"왜 정신을 빼고 있어. 방학 끝났거든? 정신 줄 제대로 잡아라?"

제대로 잡고 있다고 대답하면서 눈을 흘기자 한참 장난을 걸던 운혁이 그제야 만족한 듯 개구지게 웃었다. 그러고는 저 멀리 남자애들 무리가 있는 쪽으로 달려가며 올라가서 보자고 손을 흔들었다.

형클어진 머리를 머쓱하게 슥슥 빗어 내리자 손가락 사이사이로 빠져나가는 머리카락이 초봄의 햇살을 받아 잘게 흩어진다. 걸을 때마다 운동장의 모래가 뿌득거리며 발에 밟히고, 커다란 학교는 금방이라도 앞으로 쏟아져 내릴 듯 묘한 압박으로 새 학기의 시작을 알렸다.

봄이 왔다. 여느 때와 다름없는 아침이 왔다.

○ ● ○

그리고 그가 왔다.

"……."

3교시가 막 시작되던 참. 모아는 몇 번이나 눈을 깜빡이며 앞을 확인했다. 눈앞이 뿌연 것도 아니었고 침침한 것도 아니었다. 너무도 선명하게 모든 것들이 시야를 밝히고 있었으니 잘못 봤다거나 착각일 리도 없다.

어딘지 모르게 굉장히 낯이 익은 얼굴. 그러니까 저 얼굴은……

"다들 책 펴."

그날 밤, 달 아래에서 보았던 얼굴.

"……."

칠판에 자신의 이름을 '윤재범'이라고 하얗게 적은 그는 교탁 앞에 서서 아이들을 향해 수학 교과서를 흔들어 보였다. 모아에게 살며시 웃어 보이던 미소와는 조금 다른 분위기의 웃음을 지어 보이면서 말이다.

'윤재범…….'

속으로 그의 이름을 읊어 보자 눈시울이 빨개진 채 주먹을 꽈악 쥐던 남자의 모습이 떠올랐다. 그 기억을 이어 조용히 흘려 내던 눈물, 단단했던 그의 품과 따스하던 입술의 감각까지 모조리 한순간에 살아났다.

모아가 책상 위에 올려 두었던 작은 손을 움찔 떨었다. 심장이 강하게 두근거리며 뛰었다. 우연이라도 한 번 더 보면 좋겠다고 생각했는데 설마 그가 수학 교사로 이 학교에 왔을 줄이야. 개학식 때 새로 부임해 온 선생님들 소개를 했던 것 같은데 왜 집중해서 보지 않았을까.

"선생님! 몇 살이세요?"

처음 보는 젊은 선생님에게 관심 많은 아이들이 어느덧 수업은 뒷전으로 놓고 하나둘씩 질문부터 던지기 시작했다. 그는 각오하고 있던 일이라는 듯 어깨를 으쓱이며 대답했다.

"스물일곱."

"헐, 대박! 우리 학교에서 제일 젊네요! 오, 유일한 이십 대 선생님이다!"

"유일한 이십 대 선생님이 하필 남자라니. 절망적이다……."

남자애들은 더욱 요란을 떨었고 여자애들은 수군거리며 저들끼리 얼굴을 붉혔다. 그도 그럴 것이 이 학교에서 가장 젊은 선생님이 담임인 호랑이였으니 재범이 이십 대라는 사실은 꽤 큰 뉴스였던 것이다. 스물일곱의 여선생이였으면 더 좋았을 거라는 한탄과 젊은데 얼굴도 훈훈하다는 웅성거림이 한데 뒤섞여 교실을 시끌벅적하게 만들었다.

그러는 동안 모아는 그에 대한 것들을 하나씩 머리에 새겼다. 이름이 윤재범이라는 것과 나이가 스물일곱이라는 것. 그리고…… 앞으로 매 수학 시간마다 마주해야 하는 이 학교의 교사라는 것까지.

그에 대해 알아 가면 알아 갈수록 묘한 혼란만 가중되는 기분이 든다.

"대박, 여자애들 반응 장난 아니네? 저도 교사나 할까 봐요. 선생님 보니까 쉬울 것 같아요."

"헐, 야, 나도 같이 해. 이왕이면 여고로 가자!"

"너희는 힘들걸."

"아, 왜요!"

장난치기 좋아하는 몇몇 남자애들의 반응에도 그는 동요 없이 편안한 얼굴로 대꾸했다. 그 전에 수능이나 잘 보라며 냉정한 핀잔을 더하자 빠르게 현실로 돌아오는 표정들. 십 대 특유의 공기가 교실 안에 가득했다.

그때 멀찍이 앉아 있던 운혁도 다른 남자애들의 장난에 가세해 수업을 늦추기 위해 애썼다.

"그런데 윤 선생이 왜 수학을 가르칩니까! 영어를 가르쳐야죠!"

"야, 최운혁! 수준 떨어지게!"

여학생들의 짜증 섞인 야유가 쏟아졌다. 이 반 애들 독특한 것 같다고 중얼거린 재범이 소리를 죽이며 웃었다. 그 와중에 몇몇 여학생은 웃는 것도 저렇게 잘생겼냐고 호들갑을 떨었다.

그 사이에서 모아 역시 그를 바라보고 있었다. 그날 밤 딱 한 번 보았을 뿐이지만 오래 알고 지낸 사람처럼 반가움이 가슴속을 맴돈다.

저렇게도 웃을 줄 아는 사람이라는 것을 그때는 미처 알 수 없었다. 그래서 신기했다. 자신이 겨울의 슬픔을 딛고 일어선 것처럼 그 역시도 강인하게 견뎌 냈구나 싶은 생각이 든다. 지난 걱정을 떠올리면 무척 다행인 일이었다.

재범은 아이들의 야유가 사그라지고 나서야 입을 열었다.

"너 이름이 뭐야?"

"최운혁이요."

"최운혁. 네 개그는 도저히 용서할 수 없으니까 교무실에서 따로 좀 보자."

"웃긴 게 죕니까! 그럼 전 사형감이라고요!"

운혁의 말을 한 귀로 듣고 흘리겠다는 듯 손을 대충 휘젓던 재범이 교실 안에 있는 아이들을 둘러보려 고개를 돌리다가 잠시 멈추었다. 그와 동시에 그를 바라보고 있던 모아의 눈동자도 일순간 크게 흔들렸다.

시선이 마주쳤다. 눈조차 깜빡이지 못하고 바라보는 모아의 맑은 시선에 재범의 얼굴이 점점 놀라움으로 물들어 갔다.

그는 단번에 모아를 알아보았다. 태어나 처음으로 자신이 우는 것을 보인 여자애였다. 그런 순간을, 어머니가 돌아가셨던 그 슬펐던 날의 작은 위로를 쉽게 잊어버릴 수 있을 리 없다.

하지만 설마 그 여자애가 고등학생일 거라고는 생각지 못했다. 얼굴이 좀 앳되다고는 생각했지만 그래 봐야 스물 남짓 되었겠거니 했는데, 아직 교복도 벗지 못한, 그것도 이제 겨우 고등학교 2학년이 된 열여덟이었다니.

위로의 일종이기는 했지만 그녀를 끌어안고 동그란 이마에 입을 맞추었던 그 밤의 일이 떠올랐다. 여고생에게 대체 무슨 짓을 한 건가 싶어 재범이 관자놀이를 짚었다. 머리가 띵하니 울리는 기분마저 들었다.

남들이 보기에는 별거 아닌 일이었을지 모르겠지만 그 순간 이성으로 느꼈던 감정이 0.1%도 없었다고 자신할 수는 없었던 상황이라, 그런 여자애를 제자로 만난 지금이 태연하게 받아들여지지 않는 것이다.

모아가 재범을 보며 어색하게 웃었다. 두 사람은 느낄 수 있었다. 상대방이 자신을 알아보았다는 것을.

하지만 그렇다고 해서 마냥 알은척을 하기에는 상황이 너무도 달라졌다. 이름도 나이도 모르는 상대의 위안을 받으며 서로를 끌어안았던 그때는 기억 속에만 남겨 둬야 했다. 교사와 제자로 만난 지금 이 순간이 있는 그대로의 현실이니까.

재범이 애써 고개를 돌렸다. 그러자 모아는 괜스레 서운해졌다. 그가 수업 내내 자신과 눈을 마주치거나 알은척을 해 올 수 없는 입장이라는 것을 알면서도 이상하게 섭섭한 감정이 가슴을 찌르르 울렸다. 무언가 딱히 기대했다거나 한 건 결코 아니었는데도.

"이 반에서 수학을 제일 잘하는 애가 누구야."

그가 다시 특유의 차분한 목소리로 아이들에게 질문을 던졌다. 각 반을 파악하기 위해서 조금쯤은 필요한 정보였다. 그는 의욕이 넘치는 상태였다. 모든 것을 새로 시작하는 봄이었고 새 학기가 시작되는 3월이었다. 이 학교는 그가 추웠던 겨울을 털어 내기 위해 첫 발을 내디딜 무대나 다름없었다.

재범의 질문에 아이들은 일말의 망설임도 없이 모아가 있는 쪽을 가리켰다. 여러 개의 손가락이 한 사람을 가리키자 그의 시선이 자연스레 그 끝을 따라갔다. 겨우 시선을 피해 냈더니 다른 요소들이 그것을 다시금 모아에게로 돌려놓고 만다.

그는 뭐라 말을 하려다가 잠시 입을 꾹 다물었다. 자칫 감정이 입 밖으로 새는 일이 없도록 한 마디조차 짧은 인내를 통하기로 했다. 그렇게 습관을 들이는 중이었다.

방금 전까지 제일 까불던 운혁이 마치 제 여동생을 자랑하는 오빠라도 된 양 당당한 목소리를 냈다.

"쟤가 제일 똑똑해요. 1학년 때는 항상 반 1등이었고, 전교에서는 3등 안에서 놀았어요."

수많은 손가락에 이미 움츠러든 모아는 운혁의 말이 들려올수

41

록 더욱더 고개를 숙였다. 부끄러움을 자신의 몫으로 돌리지 말아 달라고 한마디 하고 싶었지만 그런 말조차 나오질 않아 목이 꽉 막혔다.

1학년 때 성적이 높았던 것은 사실이지만 2학기 말부터는 엄마의 병간호로 공부에 소홀했다. 방학 때도 장례며, 그룹 홈으로 들어가게 된 일이며, 여러모로 정신이 없어 제대로 책을 들여다보지도 못해 예습 같은 건 전혀 하지 못했다.

학원을 다니는 아이들이 반 이상이었으니 그 틈에서 계속 이길 자신 같은 건 없었다. 그런 와중에 이런 식으로 집중을 받는 게 반가울 리도 없고.

모아의 이마가 책상에 닿을 듯이 점점 더 아래로 향하고 있을 때, 그녀의 정수리 위로 나직하고 울림이 좋은 목소리가 날아들었다.

"이름이 뭐야?"

흠칫하며 모아가 고개를 들었다. 교탁에 팔을 기대고 선 그가 아까처럼 굳은 얼굴을 치워 내고 느긋하게 자신을 바라보고 있다. 다른 아이들의 시선도 전부 모아를 향해 있었지만 그 순간 그녀에게는 재범의 시선만이 전부인 것처럼 느껴졌다.

그와 제대로 눈을 마주치고 있다는 사실로 인해 온몸에 따스한 피가 빠르게 돌기 시작한다.

"……정모아요."

대답과 함께 양 뺨이 복숭앗빛으로 발그레하게 달아오른다. 그 맑은 얼굴을 보고 있자니 그날 밤 나약하게 울던 그녀가 씩씩하게 일어선 것이 느껴져 괜스레 기특한 재범이다.

그래, 봄이지. 봄이니까 열여덟의 소녀는 저렇게 부끄러운 얼굴로 이 향기로운 계절을 누려야 한다.

재범이 모아를 보며 다정하게 웃었다.

"예쁜 이름이네."

그의 부드러운 말에 남자애들은 야유를 보냈고 여자애들은 꺅꺅거리면서 부산을 떨었다. 그 틈에서 모아의 얼굴만이 점점 더 벌겋게 익어 갔다.

고작해야 그에게 이름을 말했을 뿐인데, 고작해야 서로의 눈빛으로 지나간 위로를 떠올렸을 뿐인데, 어째서 그것만으로도 이렇게 마음이 벅차오르는 걸까. 그저 이름이 예쁘다는 한마디에 왜 이토록 가슴이 일렁이며 멀미를 유발하는 걸까.

예쁜 이름이라고 말하던 그 목소리로 한 번쯤 다정하게 '모아야.' 하고 자신을 불러 주면 좋겠다는 생각이 들었다. 그렇게 작은 생각들은 차츰 욕심이 되어 갈 준비를 했다.

겨울에서 봄이 된다. 텅 비었던 마음에 무언가 차오르기 시작한다. 받았던 사랑을 고스란히 품었다가 누군가에게 건네려 애쓰고 싶어지는 변화. 그런 모든 것들을 모아는 온몸으로 해내고 싶었다.

재범이 교탁 위에 교과서를 탁 소리 나도록 내리치면서 엄하게 말했다.

"시끄럽고, 다들 책 펼쳐."

"아, 선생님! 개학 당일부터 수업을 하는 게 어디 있어요!"

"여기 있어. 얼른 펴."

야유에도 아랑곳하지 않고 빳빳한 교과서를 펼치며 재범이 흘
깃 모아가 있는 쪽으로 시선을 돌렸다. 그러자 마침 그를 바라보
고 있던 그녀와 눈이 마주쳐 버렸다. 흠칫하는 그와 달리 모아가
눈이 휘어지도록 해맑게 웃었다.

"……."

그는 모아를 보며 알 수 없는 표정을 짓더니 이내 도로 시선을
거두어 냈다.

'이번 단원에서…….' 하고 태연하게 말을 이어 나가는 그를
멍하니 바라보며 모아는 입 안에 맴도는 다디단 느낌이 무언지
아주 조금 알 것 같은 기분이 들었다.

자꾸만 온몸이 따스해지고, 가슴이 울렁이고, 머리가 어지러운
것 같기도 한 이 느낌. 무언가를 뱉어 내고 싶기도 하고, 깊숙이
꿀꺽 삼켜 내고 싶기도 한 이 감정.

'사랑이 내 마음대로 되겠니?'

병실에 누워 엄마가 건넸던 짧은 문장이 머릿속에 떠올랐다.

그와 동시에 서로의 눈물이 달빛에 비추어 반짝이던 그 밤, 검
은 강물이 출렁이던 다리 위에서의 따스한 포옹이 머릿속을 물들
인다.

"……랑할 것 같아."

"응? 모아야, 방금 뭐라고 했어?"

옆에 앉은 짝이 모아를 돌아다보며 묻자 그녀가 어색하게 웃으며 고개를 설레설레 저었다.

"아니, 아무것도 아니야."

봄이 왔다.

그와 함께.

2 바람이 분다
소리 없는 마음을 싣고

"너 어제 그 드라마 봤어? 반전 장난 아니었는데."

"말도 마. 아빠랑 리모컨 가지고 씨름하느라 난리도 아니었어."

"다물어, 이것들아! 난 그 시간에 학원에 갇혀 있었으니까!"

버스에서 내려 학교로 향해 걷는 길. 모아의 귓가로 종알거리
는 높은 목소리들이 닿는다. 책을 펼쳐 두고 있을 때면 다 죽어
가는 소릴 내던 아이들이 서로의 얼굴을 마주한 아침이면 언제
피곤했느냐는 듯 한껏 밝아진 모습으로 이야기를 나눈다. 모아는
고개를 돌리지 않아도 느껴지는 그런 분위기에 자신의 열여덟을
실감했다.

"헐, 애들아. 저기 봐. 벌써 벚꽃 폈다."

벚나무가 듬성듬성 서 있는 곳. 학교를 향해 걸어가는 여자애
들의 목소리에 모아가 저도 모르게 힐끔 나무 위를 올려다보았다.

마른 가지들 사이로 햇살이 눈부시게 부서지며 쏟아진다. 살며시 눈가를 찡그렸다가 펴내자 사랑스러운 색이 시야에 스쳤다.

4월이 된 지 며칠. 초봄의 차가운 바람은 어느새 모습을 감추었고, 말라 있던 나무들 위로는 분홍색 꽃잎이 드문드문 고개를 내밀었다. 몇 그루의 나무는 벌써 꽃잎들을 발치에 떨어뜨린 뒤였다.

이렇게 고개를 들어 주변을 둘러볼 때마다 모아는 시간이 퍽 빠른 속도로 지나가는 것을 느끼고는 했다. 시간의 흐름 따위에는 관심도 없던 지난날들이 무색할 정도로 하루를, 일주일을, 그리고 한 달을 온몸으로 느끼며 딱 그 시간만큼 성장해 가고 있었다.

언제쯤 봄이 올까 내심 고대했었다. 꽃이 피기나 할까 싶을 정도로 몸도 마음도 쌀쌀했다. 그런데 그런 투정을 놀리듯 작은 봉오리들은 깜빡할 사이 어느덧 곳곳에 자신의 존재감을 드러내기 시작했다.

내가 아무리 머물러 있어도 시간은 흐르는 것처럼 시간이 흐르는 그 속도로 주변 역시 변해 갔다. 모르고 있던 게 아닌데도 그 사실들이 생경하게 다가오면 기분이 묘해지고는 했다.

오늘은 모아의 열여덟 번째 생일이었다. 엄마 없이 맞이하는 생일은 과연 어떨까 걱정했던 게 무색할 정도로 아침부터 집안의 분위기는 들떠 있었다. 현주가 해 주던 것처럼 문숙이 차려 준 아침상 위의 미역국. 그것만으로도 가슴은 따스하게 물들었다.

식탁에 앉자마자 문숙이 다른 아이들에게 모아의 생일임을 알

47

리자 다들 한 목소리로 생일 축하한다고 외쳤다. 가장 듣고 싶었던 목소리는 없었지만 그래도 위안이 되었다. 모아는 모두에게 고맙다는 인사를 건네며 속으로 현주에게도 고마움을 전했다.

아마 들었을 것이다. 입 밖으로 내는 소리는 닿지 않아도 마음의 소리만큼은 닿는 곳에 있을 테니까.

"선생님! 안녕하세요!"

"오냐."

낮지만 울림이 있는 목소리. 엄마의 생각에 잠겨 있던 모아가 고개를 들었다. 멀찍이 여학생들 틈에 걷고 있는 재범의 모습이 보였다. 소리가 작아도, 거리가 멀어도, 이상하게 단번에 찾게 되는 사람.

"……."

사실 천천히 찾아와 준 생일이 더는 외롭지 않은 데에는 그의 힘이 가장 컸다. 그토록 짧았던 밤의 추억이 슬픔에 빠지려던 자신을 일으켜 세웠다. 그러고도 부족했는지 그는 재회 이후 모아의 마음속까지 파고들어 왔다. 둘 중 누구도 그 밤의 이야기를 꺼낸 적은 없지만 서로가 눈빛으로 위로를 기억했다.

아주 좋은 사제 관계가 될 수도 있는 추억. 하지만 모아의 마음은 다른 곳으로 향했다.

"선생님, 안녕하세요."

조금은…… 아니, 조금보다 조금 더 많이 설레는 방향으로.

"아아, 안녕."

조심스레 건넨 모아의 인사에 재범이 시선을 내리며 가볍게 웃었다. 방금 전까지 무뚝뚝하게 '오냐.' 하고 받아 주던 인사와는 달라 내가 특별한 건 아닐까 하는 착각 속에 빠진다. 별거 아닌 저 웃음 하나에도 가슴이 벅차오른다.

그를 처음 보았던 밤, 그의 생각에 사로잡혔다. 그를 다시 만났던 개학식, 그에게 빠지기 시작했다. 그런 식으로 처음부터 조금씩 마음에 와 닿는가 싶더니 어느 순간 그의 곁을 지나쳐 가기만 해도 살랑거리며 마음에 봄바람이 불었다.

지난 한 달여의 시간. 모아는 태어나 처음으로 엄마가 아닌 다른 사람에게 사랑을 느꼈다. 아니, 엄마와는 다른 형태의 사랑을 느꼈다. 그녀가 말했던 단 한 번의 사랑이 어쩌면 이런 것일지도 모르겠다고 생각했다.

시선이 자꾸만 한 사람만을 좇기 시작했다.

새로 온 수학 선생님을.

○ ● ○

"그래서 이 공식에 대입하면 a는 즉 b가 되는데……."

모아가 멍하니 턱을 괸 채 앉아 판서 중인 재범의 뒷모습을 응시했다.

텔레비전에서 보던 역삼각형 모양은 아니지만 어깨가 넓어 등으로 떨어지는 라인이 꽤나 다부지다. 흰 셔츠 위로 도드라져 보이는 것이 그의 뼈인지 근육인지 묘한 궁금증도 일었다. 칠판 위로 쉬지 않고 움직이며 공식을 써 내려가는 그의 팔이며 흰 분필을 쥔 손가락조차 슬로 모션으로 눈앞에서 펼쳐지는 중이었다.

이렇게 그의 모습을 몰래 훔쳐볼 수 있는 위치라는 것이 다행이기도 하면서 한편으로는 아쉬웠다. 마음껏 좋아할 수 있는 상황이 아니라는 것에 요 며칠 분할 때가 많았다.

"자, 앞으로 5분. 연습 문제 전부 풀어 봐."

그래. 그가 자신을 바라보는 시선은 저렇게 다른 학생들을 대하는 것과 조금의 차이도 없으니 말이다.

"……아."

넋을 놓고 그의 모습을 보던 모아와 자연스럽게 고개를 돌린 재범의 시선이 허공에서 마주쳤다. 멍하니 그의 모습만 좇다 보니 방심해 버린 것이다.

좋아한다고 속으로 혼자 몇 번이나 읊조렸으면서도 막상 눈이 마주치고 나면 어쩔 바를 모르게 되고 만다. 매번 지금처럼 등줄기에 땀 한 방울이 또르르 흘러내리는 듯한 긴장이 수반되고는 했다.

사각거리며 문제를 푸는 소리만이 가득한 교실. 다들 고개 숙여 집중하는 와중에도 끝내 시선을 피하지 않는 어린 얼굴 하나. 그런 모아를 뚫어지게 마주하던 재범이 천천히 그녀에게로 다가왔다.

점점 가까이 향해 오는 걸음으로부터 모아는 더욱 시선을 떼기 힘들었다. 정신을 차리지 않으면, 귀를 기울이지 않으면, 자신도 모르는 사이 가까이 와 있을 그에게 어떤 반응을 보이게 될지 스스로도 알 수 없어서.

동공이 멋대로 흔들리며 눈에 띄게 당황해 버렸다. 작은 손에 샤프를 더 꽉 쥔 모아의 얼굴이 점점 벌겋게 달아올랐다.

풀어 보라고 했던 문제가 어떤 거지? 어디였지? 최대한 내색하지 않으면서 뒤늦게 교과서를 뒤적거리는데 어느덧 책상 옆에 와 닿는 익숙한 색의 옷자락.

모를 수가 없다. 수학 시간 내내 좇고 있던 그의 모습이었으니.

천천히 고개를 들자 '흐음.' 하고 숨을 내쉰 재범이 그녀를 느 긋하게 내려다보았다. 모아는 침을 삼킬 생각조차 하지 못하고 그 저 입만 꾸욱 다물었다.

'혼나겠다…….'

시선을 피하는 것도 잊어 결국 몰래 쳐다보던 평소처럼 눈을 마주치자 재범이 스윽 손을 뻗었다. 그 손이 어디로 향하려는지 몰라 저도 모르게 바짝 긴장하는 순간 그의 다부지고 큰 손이 모 아의 손에 닿았다.

흠칫하며 놀랐더니 그가 조용히 웃음을 삼킨다. 그러면서 모아 가 쥐고 있던 샤프를 쏙 빼내 자신의 손에 쥐었다.

손을 잡으려던 게 아니라 샤프를 가져가기 위함이었다는 걸 깨 닫기가 무섭게 부끄러움이 밀려왔다. 하지만 부끄러움도 잠시, 그 순간 짧게나마 닿은 그의 손 때문인지 스쳤던 피부 결이 온통 타 버릴 것처럼 따끔거린다.

그를 끌어안고 토닥이던 그때는 느끼지 못했던 긴장감. 누군가 를 좋아한다는 것의 힘이 이렇게나 커다란 차이를 불러온다는 것 을 새삼스레 깨닫고 만다.

사랑이라는 거, 쉽사리 시작할 게 못 되는구나 생각하는 모아였다.

분필을 잡고 있던 탓인지 하얗게 변한 손가락조차 멋스럽다. 그의 굵은 손가락 틈에 쥐어진 자신의 샤프가 꼭 애들 장난감처럼 느껴진다. 그가 무얼 하려는지 몰라 손끝에만 시선을 집중하고 있자 샤프 끝이 모아의 수학 교과서 모퉁이로 향했다.

사각거리는 소리조차 없이 그가 몇 글자를 쓰기 시작한다. 주변의 모든 공기가 잠시나마 멈추는 묘한 기분이 들었다. 뭐라고 쓴 걸까. 친구와도 좀처럼 낙서를 주고받으며 장난치는 일이 없는 모아였기에 그의 작은 행동 하나가 커다란 폭포수처럼 마음에 쏟아져 내린다.

모아가 살며시 고개를 빼려는 찰나 그의 손이 교과서 위에 샤프를 두고 거두어졌다.

정모지리. 문제 풀어.

"……."

근사한 비밀 메시지 같은 것까지는 바라지 않지만 이건 너무하잖아.

모아가 모퉁이에 적힌 몇 마디를 보다가 얼굴을 찡그린 채 고개를 확 들었다. 재범은 어느새 모아를 지나쳐 교실의 뒤편으로 느긋하게 걸어가는 중이었다. 그의 모습을 계속해서 눈으로 좇으며 인상을 쓰고 있자 교실을 한 바퀴 돌던 그가 모아 쪽을 흘끔 돌아다보았다.

설마 시선을 느꼈나 싶어 속으로 뜨끔한 모아가 눈을 가늘게 떴다. 입 모양으로 '모지리가 아니고 모아거든요.' 하고 말하자 재범이 웃는다. 그의 표정에 멍하니 입을 벌리는 모아를 마치 바보 취급이라도 하는 양 정말 멋지게.

모아가 저도 모르게 마른침을 삼켰다. 자신이 무슨 짓을 했는지 알기나 하는지, 소리 없이 웃은 그는 모아를 향해 어깨를 으쓱해 보이며 교탁 쪽으로 천천히 걸어갔다.

누구에게나 보일 수 있는 그 짧은 몸짓 하나에 마음이 정신없이 북소리를 내며 울린다. 그가 자신에게서 시선을 거두어도 똑같이 고개를 돌려 낼 수 없을 만큼 그의 작은 반응 하나가 아쉽고 아쉽다.

"모아야, 문제 안 풀어?"

"으응? 푸, 풀어."

옆에 앉아 있던 짝이 팔을 톡톡 건드리고 나서야 교과서로 급하게 시선을 내렸다. 혹시라도 보일까 싶어 다급하게 교과서 모퉁이를 손으로 붙잡은 것은 말할 것도 없다.

그가 적은 몇 마디의 말을 손바닥으로 가리고 있다가 슬그머니 치우자 그 특유의 정갈하고 어른스러운 글씨체가 다시금 모습을 드러낸다. 손가락 끝으로 문지르면 거뭇하게 글씨가 번져 버릴까봐 어루만져 보지도 못한 채 모아는 한참이나 모퉁이만 응시했다. 그가 적은 짧은 낙서가 구구절절 적은 타인의 연애편지보다도 설레었다.

다시 샤프를 쥐었다. 간접 키스 같은 것도 아닌데 그가 잠시 쥐었다고 그새 샤프에 손길이 밴 것만 같은 기분이 들어 마음이 일렁인다.

짧은 낙서, 스치듯 닿은 손, 잠시 빼앗겼던 작은 샤프 하나. 그는 순식간에 모든 것을 특별하게 바꾸었다.

"……"

정말이지, 첫사랑을 참 요란스럽게도 한다.

작은 것 하나에까지 전부 의미를 부여하느라 정신없는 스스로를 질타했다. 그리고 겨우 마음을 다잡으며 연습 문제를 풀어 가려던 때였다.

"다 풀었지?"

교탁 앞에 선 재범이 교과서에 얼굴을 파묻을 듯 고개 숙인 반 아이들을 슥 훑으며 말했다.

다들 고개를 번쩍 들고는 아직 못 풀었다고 시간을 조금만 더 달라고 외쳤지만 재범은 그런 쪽으로 아량이 없었다. '시험도 아닌데 뭐 어때.' 하고 아이들의 말을 받아친 그는 긴장을 불러일으키는 묘한 시선으로 느긋하게 검은 머리들을 훑었다.

"그럼 누가 나와서 풀어 볼래."

자발적으로 풀어 보라고 말하면 손을 드는 사람이 있을 리 없다. 다들 순식간에 죄인이라도 된 것처럼 고개를 슬그머니 숙였다. 어쩜 저렇게 다들 짠 것처럼 시선을 피하는지. 각기 다른 정수리들이 재범의 눈에 더 정확하게 들어왔다.

그 와중에 모아는 한 문제라도 풀어 보려고 교과서 위에서 샤프를 열심히 놀렸다.

"오늘 며칠이지?"

아, 나왔다. 누굴 시켜야 할지 모를 때면 써먹는 저 방법.

"11일이요!"

한 명이 외치자 11번 학생이 어깨를 움찔 떨었다. 혹시라도 자기를 시킬까 두려웠는지 바짝 긴장한 얼굴이 시선을 어디에 두어야 할지 몰라 한참을 방황한다. 그럼에도 모아는 그러거나 말거나 자신의 교과서 위에 풀이를 써 내려가기에 여념이 없었다.

오히려 그게 더 눈에 띈 걸까.

"오늘 11일이니까 정모아가 나와서 풀어 보자."

"……"

정확하게 귓가를 파고든 자신의 이름. 교과서만 쳐다보던 모아가 천천히 고개를 들었다. 다른 학생들의 시선이 전부 모아를 향했다. 재범의 시선도 함께. 그는 나와서 풀지 않고 뭐 하냐는 듯이 아까처럼 또다시 어깨를 으쓱였다.

좋은데, 정말 좋은데…… 가끔 나한테 왜 저러나 싶을 때가 있다.

"……저 11번 아닌데요."

모아가 작은 반항을 해 보자 재범이 입가에 호선을 그리며 시원스럽게 웃었다.

"알아. 그래도 너 시킬 거야. 나와."

그의 말에 반 아이들이 와자지껄한 소리를 내며 웃음을 터뜨린다. 모아가 자리에서 일어나며 재범을 흘겼다. 째려보면서도 마음이 설레는 것은 부정할 수가 없다. 겉으로는 '나만 미워해.' 하고 말하지만 진심이든 장난이든 그가 자신을 다르게 여겨 준다는 생각이 들 때면 어김없이 행복해져서.

하지만 그에게 자신의 마음을 들킬까 봐 일부러 더 심통 가득한 표정을 지어 보였다. 칠판 앞에 서서 아까 그가 잡고 있던 분필을 손에 쥘 때까지도.

가느다란 손가락으로 분필을 잡은 모아가 고개를 들어 칠판에 적힌 문제를 훑었다. 그러고는 차분하게 머리를 굴려 한 글자씩 적어 가기 시작했다.

외웠던 공식을 토대로 하나씩 대입을 하고 풀이를 적어 내려가다 보면 결국에는 답이 나오기 마련이다. 삶은 명확한 답이 없는 것이지만 수학은 다르다. 유일하게 현실에서 탈피할 수 있게끔 만들어 주는 정해진 공식들이 좋아 문과임에도 유일하게 수학에는 자신 있는 모아였다.

그런데 그 좋던 수학이 요즘 들어 버겁게만 느껴진다. 이 남자는 왜 하필 수학 교사인 걸까.

"……."

열심히 문제를 풀고 있는데 도무지 집중이 되지를 않는다. 바로 곁에 서서 빤히 쳐다보는 시선 때문이기도 했고, 근처에서 살살 풍겨 오는 스킨 냄새 때문이기도 했다.

주변에 남자라고 해 봐야 동갑내기 운혁이 전부였던 모아다. 아버지도 없이 자라 남자들이 어떤 스킨을 쓰는지, 그게 어떤 냄새인지 알 수 있었을 리 없다. 그 때문에 재범에게서 느껴지는 모든 것들이 낯설고 설레었다. 어른 남자는 이런 향을 풍기는구나 생각하니 괜히 머리가 어질해진다.

자꾸만 가슴이 쿵쾅거리고 뛰어 눈앞에 적은 풀이가 정말 맞는 건지 헷갈리기 시작한다. 결국 자신감도 얻지 못한 채 문제를 다 푼 모아가 가장 밑부분에 정답을 적고서 분필을 내려놓았다.

달그락하며 흰 분필이 제자리를 찾음과 동시에 재범이 모아에게로 성큼 다가왔다. 은은하게 맡아지던 시원하고 어른스러운 향이 한순간 그녀의 코끝에 훅 끼친다.

모아가 조심스레 침을 삼키고 살며시 고개를 들 때였다. 재범이 손에 들고 있던 교과서로 모아의 머리를 아프지 않게 툭 하고 때렸다.

"정답 틀렸어."

"엥……?"

"풀이에는 6이라고 써 놓고 정답은 왜 8이야. 자기 글씨도 못 알아봐?"

재범의 말에 아이들이 키득거리고 웃는다. 그 틈에 앉은 운혁도 모아를 바라보며 웃고 있었다. 운혁을 향해 웃지 말라고 미간을 찡그리며 신호를 주자 재범이 다시금 모아의 이마에 작은 꿀밤을 놓았다.

"아!"

"정신을 놓고 있으니까 수업 시간에도 집중이 안 되지. 정모아, 넌 끝나고 선생님 따라와."

작은 손으로 이마를 가리며 부루퉁한 표정을 짓자 재범이 다시금 손가락 튕기는 시늉을 한다. 속으로 투정을 삼킨 모아가 그와 똑같이 희게 물든 손을 탁탁 털어 내면서 자리로 돌아갔고, 재범은 방금 전 그녀가 쥐고 있던 분필을 다시금 자신의 손에 쥐었다.

'자, 여기 봐. 이 문제는……' 하며 문제를 풀기 시작하는 익숙한 뒷모습. 차라리 그렇게 등을 보이고 있으니 좀 살 것 같다고 생각하며 가슴을 쓸어내려 본다.

멍하니 그를 바라보다 의자에 등을 기댄 모아가 소리를 삼키면서 숨을 크게 들이마셨다. 가까이에 서 있었을 뿐인데 잠깐 심장이 멈추었다가 다시 뛰는 것 같은 묘한 박동이 전신에 느껴졌다.

온몸이 멋대로 작동해 버리는 걸 느낄 때마다 사랑을 하는 사람들은 전부 제명에 못 죽는 게 아닐까 하는 걱정이 고개를 내민다.

마음 같아서는 더욱 투정 부리고 싶다. 눈을 가늘게 치켜뜨거나 입술을 삐죽하게 내민 채 그의 시선을 마주하고 싶다.

'그렇게 장난치지 마요, 심장 떨리니까……'

꺼내지 못할 말이 목까지 차올랐다.

재범의 뒤를 따라 교무실로 오자마자 담임인 호랑이가 제일 먼저 알은척을 해 왔다. 그가 재범을 향해 '우리 반 모범생이 사고라도 쳤습니까?' 하고 묻자 모아는 저도 모르게 숨을 죽였다. 수업에 집중하지 않는다는 말을 고스란히 뱉을까 내심 걱정한 탓이다.

수업을 소홀하게 받은 적은 여태껏 단 한 번도 없었다. 오로지 재범의 수업 시간에만 이성이 말을 듣지 않을 뿐이다.

하지만 그런 부분까지 헤아릴 수는 없을 사람이다. 제자가 자신을 이성으로 보고 있다는 걸 어떻게 상상이나 할까. 그래 봐야 선생님을 향한 동경의 시선으로나 받아들이겠지. 모아의 눈에 재범은 그런 남자였다.

"기특해서 따로 칭찬을 좀 해 주려고요."

그의 말에 호랑이의 표정이 마치 아기 곰처럼 부드럽게 풀린다. 험상궂은 얼굴이 온화하게 바뀌는 것을 본 모아가 괜스레 뜨끔하며 홀로 양심의 가책을 느꼈다.

상이 아니라 벌을 주려고 데려온 게 아닌가? 그가 말하는 칭찬이 무얼 의미하는지 알 수 없어 흘끔 올려다보자 재범이 모아와 눈을 마주쳤다. 그러더니 터벅터벅 자신의 자리로 걸어가 모아를 향해 손짓을 한다. 모아가 종종거리며 그의 뒤를 쫓아 깔끔한 책상 곁에 섰다.

그는 자리에 앉아 서랍 하나를 열었다.

"······?"

서랍에서 빠져나와 책상 위에 오른 작은 상자. 예쁘게 포장까지 된 것이······ 아무리 봐도 누구를 향한 선물이라고밖에는 볼 수가 없다. 눈을 깜빡거리며 그를 빤히 보지만 그는 아무런 대답도 없이 턱짓으로 그 작은 상자를 가리킬 뿐이었다.

'그렇게 입을 다물고 있으면 이게 뭔지 제가 어떻게 아냐구요, 이 아저씨야.'

모아가 마른 입술을 혀로 축이며 그를 흘끔 보았다.

"……이게 뭔데요?"

"선물."

그러니까 무슨 선물이냐고 되물으려던 모아가 살며시 벌어졌던 입을 도로 닫았다. 그녀의 머릿속에 떠오른 말은 더도 말고 덜도 말고 딱 두 글자. '설마' 였다.

"4월 11일. 오늘 네 생일 아니야?"

"……."

오늘이 며칠이냐고 묻던 그의 질문이 재차 귓가에 울리는 것 같다. 11일이라는 대답과 그래도 자신을 시키겠다고 불러냈던 그의 장난. 그것들이 전부 그의 작은 계획이었을지 모르겠다는 생각이 들자 쿵쿵거리던 작은 북이 이내 쿵쾅거리며 큰 북소리를 낸다.

친구들도 잘 모르는 생일을 담임도 아닌 그가 대체 어떻게 알고 있는 걸까. 모아가 얼이 빠진 모양새로 바라보자 재범이 웃었다. 그렇게 놀란 얼굴을 할 것까지도 없다는 듯이 말이다.

"생활 기록부 좀 찾아봤어."

"선생님……."

사람 놀래는 구석이 있다. 일말의 기대 같은 것이 없었기 때문일까. 그의 작은 장난이 이미 한참 전부터 일렁이기 시작한 모아의 마음을 새삼스레 세차게 뒤흔들었다.

"생일이 봄이라고 했으니까. 슬슬 다가오지 않았을까 하고."

설마 기억하고 있던 걸까.

'이제 봄이면 내 생일이 찾아올 텐데…… 그땐 또 어떡하죠? 아무도 축하해 주지 않는 생일이 될 텐데…….'

모아는 그를 처음 만났던 밤, 울먹이며 엄마에 대한 그리움을 토하던 자신의 나약한 한 마디 한 마디를 기억해 냈다.

그가 자신을 기억하고 있다는 것을 어렴풋하게 느끼기는 했지만 이런 식으로 확신을 얻고 나니 웅송그리고 있던 작은 마음이 조금씩 몸집을 부풀리기 시작한다. 진정하라고 애써 달래려 해도 멈출 생각을 하지 않는다. 마음은 주인의 말을 순순히 듣는 법이 없다.

멍하니 그를 바라보고만 있자 재범이 예쁘게 포장된 그것을 손끝으로 스윽 밀었다. 금방 책상 아래로 떨어질 듯 아슬아슬하게 걸쳐진 작은 상자. 모아가 아차 싶어 빠르게 그것을 붙들었다. 그제야 그녀의 작은 손아귀에 들어간 선물에 재범이 만족스럽다는 듯 웃었다.

"……이거 여기서 꺼내 봐도 돼요?"

"당연하지. 선물은 원래 받은 자리에서 확인하는 거야."

안 그래도 심장이 터질 것 같은데 선물까지 줘 가면서 왜 저렇게 웃는담. 별거로 그를 향한 꼬투리를 내세우던 모아가 상자를 만지작거리다가 포장지를 뜯었다.

"……"

안에서 동그란 무언가가 반짝이며 빛을 냈다. 모아가 한동안 그것을 내려다보면서 입술을 작게 모았다.

희고 동그란…… 보름달 모양의 휴대 전화 고리였다.

재범은 자신의 선물 고르는 센스에 대해 나름의 자부심이라도 느낀 듯 꽤 당당한 얼굴이었다. 모아가 무슨 생각을 하는지까지는 전부 들여다볼 수 없었지만 적어도 마음에 안 드는 기색은 아니구나 싶어 내심 안도를 한 것 같기도 했다.

보름달이라는 키워드 하나만으로도 모아는 재범과 깊은 감정을 공유할 수 있었다. 그게 사랑이든 아니든, 설렘이든 아니든 말이다.

서로가 작은 위로였다는 것만큼은 명백한 사실이었다고 간접적으로 말하는 것 같은 기분이 든다. 아무도 모르는 둘만의 비밀.

보름달 모양의 고리를 손안에 꼬옥 쥐었다. 거짓도 꿈도 아니다. 자신을 안아 주었던, 그리고 그의 등을 다독여 주었던 그 시린 밤 달빛 아래에서의 첫 만남은.

모아가 흘끔 시선을 들어 그를 보았다. 재범은 모아의 반응에 대한 기대를 애써 내색하지 않으며 묵묵히 그녀를 바라보고 있었다.

작은 입이 그제야 천천히 열린다.

"저…… 선생님."

"응."

감사하다는 말이라면 얼마든지 받겠다는 듯 웃는 그의 얼굴을 보니 불쑥 장난이 샘솟는다. 모아는 스스로 어울리지 않는 모습이라고 생각하면서도 그 충동을 멈출 수가 없었다.

"요즘 애들 휴대 전화 고리 같은 거 안 달고 다니는데……."

"······."

선물을 받아 들고 꺼낸 첫마디라기에는 너무도 냉정하기만 한 말. 재범이 짐짓 당황이 스친 얼굴로 그녀의 손에 쥐어진 그것을 쳐다보았다.

"그, 그래? 나 땐 여자애들이 반짝이는 고리 같은 거 많이 달고 다니던데······."

그래 봐야 아홉 살 차이. 뭐 얼마나 다르겠냐 싶었는데 뭔가 달라도 많이 다른 모양이다. 스마트 시대로 바뀌었다는 걸 망각하고 폴더와 슬라이드를 쓰던 당시의 감성을 너무 발휘했나. 재범이 머쓱하게 눈썹을 문지르자 짙고 잘생긴 눈썹이 이리저리 방향을 바꾸며 움직인다.

그가 난처해하는 모습을 보고 싶었나 보다. 막상 그 모습을 보니 통쾌하면서도 묘하게 귀여워 절로 웃음이 새어 나온다.

모아가 그제야 만족한 듯이 웃으며 고리를 손가락에 끼워 흔들거렸다. 동그란 보름달이 최면 도구처럼 좌우로 왔다가 갔다가 한다.

"그래도 잘 쓸게요. 고맙습니다."

한참이나 어린 녀석의 장난에 깜빡 넘어간 것을 그제야 알아챈 재범이 작게 소리를 내며 웃었다. 그런 그의 얼굴이 조금 낯설기도 하고 설레기도 해 모아는 괜히 안면 근육이 딱딱하게 굳어 버리는 착각마저 느꼈다. 표정 관리라는 거, 정말 신경 써야 할 사람 앞에서는 좀처럼 잘 되지 않는 모양이다.

그런 모아의 마음을 알 리 없는 재범은 심장을 난사할 생각인지 웃음을 거두지 않은 얼굴로 몇 마디를 덧붙였다.

"음력으로 15일. 오늘 밤 보름달이라더라."

싹을 틔운 밤. 그날의 달.

"생일이니까 겸사겸사 어머니께 소원 빌면서 안부 여쭤 봐."

전부 기억하느냐고 묻고 싶다. 당신이 한품에 꼭 안아 주었던 그 온기를 난 기억한다고, 당신도 내가 다독이던 작은 손길을 기억하느냐고. 아무것도 아닌 그 위로가 훗날 이렇게 당신을 향한 사랑으로 마음을 바꾸어 버렸다고도…… 말하고 싶다.

하지만 할 수 있을 리 없다.

좋아한다는 말을 하는 게 이렇게나 힘든 일이었나? 시작보다 지키는 게 힘들다고들 하던데 어째서 자신의 사랑은 시작조차 힘들기만 한 건지 모르겠다.

재범이 엄마의 이야기를 하는데도 몇 달 전처럼 슬프거나 하지 않았다. 슬픔보다 더 다양한 감정들에 차츰 눈을 떠 가는 시기라서 그런 걸까.

모아가 그의 말에 작게 고개를 끄덕였다. 그때처럼 이마 위에 조심스레 입을 맞춰 주는 경건한 행위 같은 것은 없었지만 이상하게도 마음이 따스해졌다.

여러모로…… 대단한 사람이다.

가만히 눈을 감고 멋대로 설레는 마음을 가다듬은 모아가 천천히 눈꺼풀을 올렸다. 그러자 그의 등 너머로 교무실 창밖에 은은한 분홍빛을 뿜내며 작은 바람이 휘몰아쳤다. 교무실이 있는 2층까지 닿은 큰 키의 벚나무가 어느 오후의 선선한 바람을 이겨 내지 못해 흔들리고 있었다.

새하얀 비가 내리치는 것만 같다. 모아의 시야가 눈발 날리는 겨울의 어느 날처럼 희게 물든다.

창밖을 바라보는 그녀의 시선에 재범의 고개도 함께 돌아갔다. 그 역시 흩날리는 아름다운 꽃바람을 내다보며 잠시 그 풍경에 넋을 놓았다.

"아, 벌써 벚꽃이 흩날릴 땐가."

나직한 목소리는 커다란 울림을 갖는다. 때때로 그의 목소리가 귀가 아닌 심장으로 먼저 와 닿는 것 같은 착각을 느끼고는 했다.

지금도 다르지 않았다. 두근거리는 가슴을 또다시 누르려고 애쓰며 흔들리는 나뭇가지에, 나풀거리는 꽃잎에 마음을 실어 본다.

모아가 검은 눈동자로 그의 어깨 너머를 응시하며 작은 입술을 달싹였다.

"예쁘죠."

청아한 그녀의 목소리에 재범이 멈칫했다. 내내 입가에 미소를 띠고 있던 그가 천천히 웃음기를 거두며 모아에게로 고개를 돌렸다.

자신의 시선도 알아채지 못하고 마치 봄기운에 취하기라도 한 사람처럼 꽃에 혼을 빼앗긴 그녀가 그곳에 서 있었다. 반쯤 입을 벌린 채 멍하니 그 자리를 지키고 있는 그녀의 뺨이 바깥에 떨어지는 벚꽃처럼 분홍빛으로 달콤하게 물들어 있다.

솜털조차 보일 듯 뽀얀 얼굴이 그녀가 열여덟임을 재차 알려주는 듯하다. 다른 애들은 벌써부터 파운데이션이며 틴트 같은 것들을 바르고 다니기 바쁜데 겨우 로션만 발라 낸 듯한 저 맑은 얼굴이 어째서 더 예뻐 보이는 걸까.

"……."

자신의 생각에 번뜩 놀란 재범이 커다란 손으로 제 얼굴을 감싸 쥐었다.

'윤재범, 너 지금 무슨 생각을…….'

품에 가득 안아 다독이며 계속해서 달래 주고 싶다고 생각했던 게 무색할 정도로 그녀의 나이는 재범에게 엄청난 압박감으로 다가왔다.

그녀가 자신이 가르칠 학생이라는 것을 인지하고 나서는 그저 어린아이를 향한 측은한 마음 정도였다고 스스로를 잘 설득했다고 생각했는데…… 방심했다.

이렇게 불쑥 본심이 튀어나오고 나면 혹시 자신도 모르는 새 실수라도 저지르는 건 아닐까, 스스로가 두렵기까지 한 재범이였다.

얼굴을 감싸 쥐고 있는 재범을 의아하게 생각한 모아가 살짝 상체를 숙여 그에게 고개를 내밀었다.

"선생님? 왜 그러세요?"

스스로와의 싸움을 하는 중이라고 말해 봤자 잠재적 범죄자 같은 기분이 들 뿐이다. 재범은 한 손으로 여전히 얼굴을 감싼 채 나머지 손을 허공에 휘휘 내저었다.

"됐으니까 이만 교실로 올라가 봐. 곧 종례 시간이잖아."

"……?"

선물을 주면서 웃을 땐 언제고 눈도 안 마주치면서 저렇게 손만 내젓다니. 도무지 속을 알 수가 없다.

모아는 그의 시선이 자신을 향하지 않고 있다는 걸 알면서도 고개를 꾸벅였다. 궁금증을 가득하게 매달고서 아쉬운 발걸음을 떼어 내야 했다.

교실에서 수업을 할 때가 훨씬 나았다. 교무실을 나서는 게 이렇게까지 아쉬울 줄 몰랐다. 그와 같은 공간에 조금 더 오래 있고 싶다는 욕심이 조금씩 고개를 내밀기 시작했다.

눈을 마주쳐 주었으면 좋겠다. 이름을 불러 주면 좋겠다. 곁에 머물러 줬으면 좋겠다. 조금 더 오래도록 대화를 나눌 수 있었으면 좋겠다.

하나씩 욕심들을 나열하다 보니 그것들은 끝없이 꼬리를 길게 늘어뜨렸다. 자르려야 자를 수도 없을 만큼 무척이나 길게.

다음 욕심은 뭘까.

점점 커져 가는 마음이 두렵기보다는 기대되는 지경에 이르렀다.

교실로 올라가 종례를 마친 모아는 빠른 속도로 가방을 쌌다. 다들 야간 자율 학습에 치가 떨린다며 벌써부터 앓는 소리를 내고 있었지만 금요일은 모아가 유일하게 오후에 하교할 수 있는 날이었다.

금요일부터 일요일까지는 아르바이트가 있었다. 호랑이는 사정이 안 좋은 모아를 알고 있었기에 흔쾌히 금요일의 저녁을 빼 주겠다고 했다.

아르바이트를 하러 가야 하는데도 이상하게 발걸음이 가볍다. 재범을 볼 수 있는 시간이 조금 더 줄어드는 건데도 말이다.

생일이라서 그런 걸까.

문득 아까 받았던 선물이 머릿속을 스친다. 교복 치마 주머니 깊숙하게 넣어 두었던 고리를 꺼낸 모아가 꼼지락거리며 가방에 작은 보름달을 매달았다.

남색의 가방에서 반짝이는 예쁜 보름달이 만족스러운지 모아가 묵직한 책가방을 두어 번 탁탁 두드리고는 양어깨에 들쳐 멨다. 몇 권은 놔두고 다닐 법도 한데 굳이 책을 전부 챙겨 다니는 게 고집스러울 정도다.

또 보자며 주변 친구들에게 인사를 한 모아가 자율 학습을 빼고 돌아가는 학생들 틈에 섞여 계단을 하나씩 밟아 내려갔다. 가방이 책의 무게 때문에 무거워서 아래로 살짝 처졌다. 그런데도 무겁지 않다는 듯 그녀는 어깨를 들썩여 가방을 위로 올린 뒤 커다란 건물을 빠져나갔다.

아직도 햇살이 반짝이는 늦은 오후의 봄. 운동장을 가로질러 교문을 향해 걸어가는 모아의 발걸음이 가볍다. 그리고 그녀의 작은 등 위 가방에서는 재범으로부터 받은 보름달 모양의 고리가 저물기 시작하는 햇살을 받아 마치 태양처럼 반짝였다.

"……예쁘네."

"네? 윤 선생님, 뭐라고요?"

"아닙니다, 아무것도."

교무실 창가에 기대어 가만히 창밖을 내다보던 재범이 동료 선생의 물음에 고개를 저었다. 그러면서도 시선은 여전히 운동장 한복판을 향한다. 작은 걸음이 앞으로 나아갈 때마다 그의 시선도 그 뒤를 함께 걸어갔다.

잘 보이지 않아도 자그마하게 반짝이는 것이 그의 시선을 잡아끌었다. 둥글고 작은 뒤통수, 호리호리하고 마른 뒷모습과 한데 어우러져서 말이다.

'예쁘죠.'

흩날리는 벚꽃을 보며 중얼거리던 그녀의 말에 하마터면 똑바로 받아칠 뻔했다. 그렇다고. 너처럼 분홍빛을 띤 꽃잎이 자신의 마음속에도 흐드러진다고. 너만큼이나 예쁘다고.

하지만 그런 말을 정말 입 밖으로 냈다가는 큰일이다. 인간이란 동물에게 이성이 있다는 게 그 순간 얼마나 다행인지 몰랐다.

자신을 잘 다스렸다고 착각 속에 빠진 재범이 모아의 뒷모습을 계속해서 좇았다.

그녀가 교문을 빠져나가 시야에서 완전히 사라져 버릴 때까지.

3 달려갈게, 나

기다려 줘, 너

평소답지 않게 노래를 흥얼거리는 게 이상해 모아를 바라보는 이레의 눈이 가늘어진다. 아까부터 유심히 지켜봤는데 대체 뭐 그리 좋은 일이 있는지 생전 부르지도 않는 경쾌한 노래를 벌써 세 번째 부르고 있다. 아무리 생각해도 이상하다.

멀찍이서 모아를 흘끔거리기만 하던 이레가 그녀에게로 천천히 다가왔다. 그러다가 시선을 한 곳에 멈춰 두었다. 모아의 시선도 그곳에 머물렀다.

"정모아."

"응?"

고개를 돌리는 순간 이레가 모아의 품에 소중하게 안겨 있던 가방을 쏙 빼 왔다. 묵직한 느낌에 잠시 당황했지만 크게 개의치 않으며 이레가 가방에 매달려 있는 작은 고리를 손가락 끝으로 가리켰다.

"이거 못 보던 건데?"

액세서리와는 거리가 먼 정모아다. 그걸 아는 이레의 촉이 바짝 섰다.

"수학 선생님이 주신 거야. 생일 선물이라고……."

그렇게 말하며 수줍게 웃는 얼굴이 예사롭게 보이지 않는다. 이레는 또래 여자애들 중에서도 꽤 눈치가 빠르고 어른스러운 편에 속했다. 눈감아 주는 것에 능했지만 어쩐지 지금은 그러고 싶은 기분이 아니다. 그녀의 눈이 잠시 반짝이며 흥미롭게 빛났다.

"너 그 선생님 좋아하지."

"……어, 어?"

세상 어떤 여고생이 학교 선생님이 주신 촌스러운 휴대 전화 고리를 이토록 소중하게 여긴단 말인가. 게다가 그 선생님 이야기를 하면서 얼굴을 붉히기는 왜 붉혀?

모아는 본인이 온몸으로 힌트를 줘 놓고 어떻게 알았냐는 듯 눈에 띄게 놀랐다. 네가 놀랐다는 게 난 더 놀랍다. 이레가 그렇게 말해 주고 싶은 것을 참으며 씩 웃었다.

그러자 그 웃음에 순간 아차 싶었는지 모아가 타이밍을 다 놓치고 나서야 뒤늦게 고개를 절레절레 저었다. 거짓말을 못해도 너무 못한다. 뒤늦게 고개만 저으면 대체 어떤 사람이 '아아, 아니었어?' 하고 넘어가 준다니. 여러모로 골 때리는 동갑내기 친구다.

이레가 모아의 곁으로 엉덩이를 더 바짝 붙여 앉았다. 휴일 아침부터 건진 즐거운 주제에 오늘 하루가 심심하지는 않겠구나 싶다.

"뭘 그렇게 격하게 부정해."

"……티 나?"

"엄청."

단호한 이레의 대답에 모아가 얼굴을 붉히며 난처한 기색을 표했다. 다른 사람들에게도 이런 식으로 전부 들켜 버리는 게 아닐까 싶어진 탓이다. 이레야 함께 사니 가까워서 그럴 수 있다고 스스로를 설득하려 하다가도 종일 한 교실에서 생활하는 다른 아이들도 다르지는 않을 것 같아 괜히 불안해졌다.

사람이 사람을 좋아하는 게 죄도 아니고. 이렇게 걱정을 해야 될 필요가 있는 걸까, 정말.

"표정이 왜 그래? 사람이 사람을 좋아하는 게 죄야? 누가 잡아가니?"

그 순간 모아가 눈을 동그랗게 떴다. 자신이 생각하던 것을 그대로 입 밖으로 내 주는 이레가 신기했다. '틀린 말 아니잖아.' 하며 이레가 어깨를 으쓱인다. 그러자 재범이 생각나 버렸다. 장난을 칠 때면 넓고 단단한 어깨를 저렇게 으쓱이고는 하는데.

아, 중증이다. 또다시 재범의 생각으로 머릿속이 점령당하기 시작해 도리질을 쳤다.

모아가 손을 뻗어 이레에게서 가방을 다시 가지고 왔다. 그리고 품에 꼭 끌어안았다. 움직일 때마다 보름달이 밤하늘처럼 짙은 남색의 가방 위에서 흔들거렸다.

"죄는 아니지만…… 짝사랑이라 들키면 안 되니까 조심해야 돼. 선생님이 난처해지실 거야."

"……."

이레가 '얼씨구?' 하는 얼굴로 쳐다보자 모아가 슬쩍 웃었다.

"그래도 이레 넌 우리 학교 학생이 아니니까 안심."

말하고도 별게 다 안심이라는 생각이 들기는 했지만 어찌 되었든 조심해서 나쁠 것 없는 감정이다. 이 감정은 상대의 거절만을 두려워하는 또래의 사랑과는 많은 것이 달랐다. 상대보다 제삼자의 개입을 걱정해야 했으니.

그가 자신의 마음을 알고 거절하는 것만큼 다른 사람들로 인해 난처한 상황으로 몰아세워지는 것이 걱정스러웠다. 물론 그렇다고 해서 좋아하는 마음을 멈춰 세울 수 없을뿐더러, 그러고 싶지도 않지만 말이다.

"고백 안 해?"

대뜸 그렇게 물어 온 이레의 질문에 모아가 눈을 크게 뜨고 그녀를 마주했다. 고등학생인 신분으로 당장 고백을 하는 게 가능키나 할까 싶은 것이다.

당황을 애써 감추려 들며 모아가 다시금 손을 휘휘 내저었다. 말도 안 된다는 듯이.

"나이가 무슨 상관이야. 나도 대학생 사귀는데, 뭐."

반짝거리는 틴트를 바른 이레가 거울 앞에서 빼끔빼끔 입술을 맞물렸다 떼기를 반복하며 말했다.

이레의 말에 모아는 '와아.' 하고 작게 감탄했다. 그녀에게 있어 대학생은 머나먼 어른이나 마찬가지였다. 그런 대학생과 사귄 다고 하니 갑자기 이레까지 어른스럽게 느껴지기도 했다.

대학생이라고는 했지만 이제 갓 1학년이 되어 겨우 두 살밖에 차이 나지 않는다는 말은 쏙 빼놓은 이레가 얼마 전 뾰루지가 올라온 턱을 살살 매만졌다. 누군가의 연애를 응원하고, 등을 밀어 주는 적극적인 아군의 역할이 익숙하진 않지만 쭈뼛거리는 성격만 보면 잠자코 넘어갈 수 없어서 문제다.

이레가 가느다란 다리를 바닥에 쭉 뻗고 앉으면서 힐끔 모아를 보았다. 나이가 무슨 상관이냐는 말이 제대로 먹히긴 한 건지, 모아가 알 수 없는 표정으로 가방을 만지작거렸다.

"내가…… 여자로 보이기나 할까?"

"……."

굉장히 현실적인 고민에 이레는 순간 할 말을 잃었다. 성인 남자들은 여자가 어릴수록 좋다고 하던데, 그 어리다는 범주에 정말 십 대의 학생도 속하는지까지는 정확히 모르겠다. 막상 나이 많은 남자가 여고생을 여자로 본다고 생각하면 징그럽기도 한데 모아의 경우는 이야기가 좀 다를 테고. 여러모로 꽤 복잡한 짝사랑이다.

이레가 나직이 한숨을 내쉬었다.

"스승의 날."

"응?"

갑자기 뭐냐는 듯이 모아가 고개를 들어 쳐다보자 이레가 다시 한 글자씩 풀어서 말을 이었다.

"한 달도 안 남았어. 곧 스승의 날이잖아. 그날을 핑계로 선물이라도 드려 봐. 명목이 있는 선물이면 아마 흔쾌히 받겠지."

"……."

"그러다가 분위기 봐서 괜찮겠다 싶으면 찔러."

"찔러?"

"고백해 보라고, 계집애야."

상상도 해 본 적 없는 일이다. 고백에 대한 모아의 상상은 이레가 고백을 했느냐고 묻거나 고백을 해 보라고 말하고 나서야 떠오르기 시작했다. 재범의 마음이 어떨지에 대해 생각해 보는 건 둘째 치고 고백을 하려고 마음을 먹는 것부터가 쉬운 일은 아니었으니까. 좋아하는 사람에게 아무렇지 않게 고백할 수 있는 사람은 그리 많지 않을 것이다.

어쩐지 자꾸만 등을 떠미는 것 같은 기분이 들었지만 모아는 이레의 그런 응원이 딱히 부담스럽지 않았다. 현실감이 떨어져 그랬을 것이다.

그보다 더 마음에 와 닿은 것은 선물이라는 단어였다. 생일 선물로 그와 공유하고 있는 추억의 한 조각을 받았다. 예쁜 보름달이 여전히 가방 끝에 매달려 반짝이며 빛을 냈다.

뭐든 보답을 할 수 있으면 좋겠다고 생각하던 참이었다. 그랬기에 스승의 날이 다가온다는 것을 깨닫고 나자 모아는 그게 작은 기회처럼 여겨졌다. 꼭 당신을 좋아해서가 아니더라도, 학생으로서 충분히 마음을 표현할 수 있는 게 아니겠냐는 핑계로라도.

스승의 날이라는 명목을 내세워 은근슬쩍 진심을 건네어 볼 마음이 들었다. 아주 조금은 비겁하기도 하고, 소심해 보이기도 하는 저 혼자만의 고백이 될 게 분명했다.

그래도 그러고 싶었다. 소소한 선물에 이 설렘을 잔뜩 담아 보고 싶었다.

'좋아해요, 선생님.'

마음속으로 정성스레 새겨 놓은 몇 글자의 진심과 함께.

○ ● ○

스승의 날까지는 한 달 조금 안 되는 넉넉한 시간적 여유가 있었다. 그럼에도 모아는 앞서가는 마음을 막을 길이 없었다. 아르바이트를 하러 가기까지 시간이 조금 남아 서둘러 주변을 둘러보기로 했다.

마땅히 무얼 선물해야 할지 몰라 몇 군데나 가게를 돌았다. 옷가게도 가 보았고, 액세서리점에도 가 보았다. 그에게 어울릴 법한 셔츠를 발견하기도 했고, 그의 손목에 채우면 더욱 빛날 것 같은 시계를 찾기도 했다. 하지만 무엇 하나 모아가 가진 돈으로 살수 있는 게 없었다.

그룹 홈에서 지내느라 부모님에게 용돈을 받아서 쓰는 애들과는 차원이 다른 생활을 하는 중이고, 아르바이트를 해서 모은 돈은 꼬박꼬박 휴대 전화 요금 같은 것들로 빠져나가고 있었다. 물론 그러면서도 틈틈이 모았다고는 하지만 쌈쌈이가 다른 미성년자와 성인의 차이를 이겨 낼 수 있을 리 없다.

아무것도 뜻대로 되는 게 없다는 사실에 가슴이 답답해졌다. 현실을 받아들이고 싶지 않은데 전혀 예상치 못한 곳에서 제 위치를 확인해 버린 기분이 든다.

모아가 나직이 한숨을 내쉬었다. 자신이 가진 돈으로 가능한 게 뭐가 있을까 머리를 굴려 보지만 답이 나오지 않는다. 성인 남성에게는 어떤 걸 선물해야 하는지 아무런 정보도 경험도 없었다. 그렇다고 또래인 운혁에게 이런 고민을 나눌 수 있을 리도 없고. 여러모로 난처한 일이었다.

묵묵히 거리를 걷는 모아의 다리에 걱정이 주렁주렁 매달렸다. 발걸음이 점차 무거워졌다. 무능한 열여덟 여자애인 자신이 이렇게 억울하게 느껴질 줄이야.

"……어?"

그때 모아가 걸음을 잠시 멈추었다. 유리창 너머로 몽글몽글한 마음처럼 한데 뭉쳐 있는 색색의 털실이 보였다. 자수 같은 것들을 함께하는 작은 공방. 망설일 것도 없이 안으로 들어섰다.

인자해 보이는 인상의 할머니가 냄비 받침 같은 것을 뜨다가 인사를 건넸다. 모아는 어색하게 인사를 받고 여러 개의 털실 뭉치가 있는 곳으로 천천히 걸음을 옮겼다. 그러고는 그 앞에 가만히 서서 엄마에게 목도리 뜨는 것을 배웠던 어린 시절을 떠올려 냈다.

현주는 겨울이면 장갑이나 목도리, 스웨터 같은 것들을 직접 떠다가 모아에게 입히고는 했다. 추운 날을 견뎌 내는 그녀의 자그마한 취미였다.

그 옆에서 뜨개질하는 가느다란 손을 몇 번이나 지켜보았었다. 스웨터나 장갑을 뜨는 방법까지는 모르겠지만 목도리는 연습 삼아 떠 보았던 적이 있었다. 이런저런 무늬를 넣지 않고도 그저 일정하게 한 가지 모양으로 쭉 떠 내기만 하면 꽤 그럴싸한 목도리가 완성되고는 했다.

물론 꽤 그럴싸했다는 것은 전적으로 모아 본인의 생각이었을 뿐이다. 정작 현주는 그 당시 모아가 완성한 목도리를 보며 '딸…… 정말 공부 말고는 잘하는 게 없구나?' 하고 태연히 비수를 꽂았었으니.

하지만 그런 장난이 조금도 서운하지 않았다. 서로에게 장난을 걸며 유일한 가족으로, 때로는 자매나 친구처럼도 지낼 수 있었던 두 사람이다.

아무렇지 않았던 일상들은 시간이 흐르고 보니 지금처럼 소중한 추억이 되었다. 그래서 모아는 저도 모르게 계속해서 피어오르는 엄마의 기억을 쉽사리 접지 않았다.

추위를 이겨 내는 데에는 정성이 담긴 목도리나 스웨터만큼 좋은 것이 없었다. 모아는 지금도 시중에서 파는 옷들보다 엄마가 떠 준 옷이 더욱 따뜻했다고 장담할 수 있었다.

물론 대부분은 마음의 영향이었을 것이다. 세상 누구보다 따뜻했던 엄마였기에 그녀가 준 모든 것에도 온기가 스며들어 있었겠지. 실제로 정말 따뜻했었는지는 모르겠지만 마음이 따스하게 물든 것만은 확실한 기억으로 남아 있었다.

그러니 그때 자신이 느꼈던 그 기분을 고스란히 재범에게도 전할 수 있으면 좋겠다. 혹시라도 가슴 한편에 남아 있을지 모르는 시린 곳을 이 마음이 파고들어 따뜻하게 덮어 줄 수만 있다면. 그의 등을 다독이던 그날처럼 이번에도…… 아니, 앞으로도 그의 빈틈을 따사롭게 품어 줄 수 있다면.

반복되는 생각 끝에 같은 값이라면 차라리 정성이라도 부각되는 편이 좋겠다고 판단을 내린 모아가 고개를 끄덕였다.

어떤 색으로 하면 좋을까 생각하다가 짙은 회색의 털실을 몇 뭉치 잡았다. 그의 남자다운 턱선이며 너무 희지만도 않은 피부색을 떠올렸다. 언성을 높일 때면 핏대가 서던 굵직한 목에 둘러질 두툼한 목도리를 상상해 본다.

"……."

느닷없이 부끄러워진다. 그에게 자신의 흔적을 이렇게 별거 아닌 사물로나마 남길 수 있다는 사실이 모아를 그렇게 만들었다.

고개를 세차게 흔들자 가느다란 머리카락이 바람결에 흩날리듯 허공으로 흩어졌다. 모아가 작은 손아귀에 털실을 더욱 꽉 쥐었다.

할머니에게 다가가 살며시 내려놓자 주름진 그녀의 손이 바삐 움직이다가 멈추었다. 그녀는 움푹 패었지만 깊게 빛이 나는 눈동자로 모아를 응시했다. 앞에 놓인 털실 몇 개를 가만히 내려다보고 또다시 모아를 올려다보기를 반복하더니 통 모르겠다는 표정을 지었다.

"학생."

"네?"

"이거 지금 떠서 언제 하고 다니시게?"

"……."

5월을 향해 가는 4월의 봄이라는 사실을 조금…… 아주 조금 까암빡 잊고 있었던 것도 같다.

○ ● ○

봄의 기운이 잔뜩 무르익은 어느 날. 모아는 퀭한 눈으로 허공을 바라보고 있었다. 옆에 앉은 짝이 어제 잘 못 잤냐고 물어도 절레절레 고개만 저었다. 이 따스한 봄날에 뜨개질 때문에 잠이 부족하다고는 도무지 말할 수가 없었다.

넉넉잡아 한 달 가까이 되는 시간이라 목도리 정도는 금방일 거라고 너무 터무니없는 장담을 해 버렸다. 학교에서 야간 자율학습을 하고 집에 가면 또다시 공부를 했다. 주말에는 내내 아르바이트로 정신이 없어 시간이 좀처럼 남지를 않았다. 거기다가 중간고사 기간까지 겹쳐 첩첩산중.

뜨개질마저 서툴러 한 달이라는 시간은 모아에게 무척이나 촉박하기만 했다. 아니, 말이 한 달이지, 중간고사가 끝나고 나서부터 본격적으로 뜨기 시작했으니 제대로 뜬 시간 자체는 얼마 되지도 않았을 것이다.

그 탓에 잠을 조금 줄여 가며 자기 전에 틈틈이 떴더니 스승의 날을 하루 앞두고 목도리는 용케 완성했지만 얼굴은 점점 가관이 되었다. 아침에 거울을 보고 정말 깜짝 놀랐다. 눈 밑이 이렇게

까맣게 꺼질 줄이야.

"나 화장실 가서 세수 좀 하고 올게……."

이 상태라면 병든 닭처럼 꾸벅꾸벅 졸지도 모른다. 모아가 자리에서 일어나 흐느적거리는 몸짓으로 교실을 빠져나갔다. 복도의 창문이 활짝 열려 있어 시원한 바람이 안으로 날아들었다.

'바람을 쐬니 좀 나은 것 같기도 하고…….'

화장실을 가려다 말고 복도 창에 몸을 기댄 모아가 눈을 감고 바람을 느꼈다.

날이 좋고, 바람도 좋다. 이대로 어딘가에 누워 선선한 공기 속에서 한숨 자면 좋을 텐데. 그런 생각을 하고 있자 정말 선 채로 까무룩 잠이 들 것처럼 정신이 아득해졌다.

아, 어디선가 좋은 향기가 흘러오는 것도 같다.

예를 들면 재범의 스킨 냄새 같은…….

"서서 자니?"

귓가에서 들려온 목소리에 화들짝 놀란 모아가 눈을 동그랗게 떴다. 너무 가까이에서 들린다 싶었는데 고개를 돌리니 정말 재범이 바로 옆에 있었다. 그는 모아의 곁에 서서 창틀에 팔을 기댄 채 그녀의 얼굴을 유심히 들여다보는 중이었다.

"흐음……."

"……서, 선생님?"

뭘 그렇게 뚫어지게 보시는 거냐고 묻고 싶은데 너무 가까워서 입이 차마 떨어지질 않는다. 모아가 흔들리는 눈빛을 감추지 못하며 그를 보고 있자 재범이 살짝 뒤로 물러나며 수학 교과서로 작은 머리통을 톡, 건드렸다.

"열여덟 여고생 얼굴이 그게 뭐야."

"네?"

"다크서클이 꼭 나 임용 고시 준비할 때 수준이길래. 시험도 끝났는데 밤새 무슨 공부를 얼마나 한 거야? 벌써 기말 준비라도 해?"

"아니, 뭐…… 그냥……."

다른 학생들은 이렇게 말 걸면 투정을 부리고 말겠지만 저는 사정이 다르다구요.

마음속으로 외치지만 입 밖으로 나올 리 만무하다. 모아가 말 끝을 흐리며 우물거렸다. 그녀답지 않은 모양새였다.

잠이 부족해서 나사가 빠진 게 아닐까 생각하던 재범이 잠시 표정을 굳혔다. 졸린 게 아니라 혹시 어디 아픈 건가 싶어진 것이다.

그가 천천히 손을 뻗어 모아의 이마를 짚으려던 때였다. 어디선가 불쑥 나타난 운혁이 모아의 어깨에 팔을 걸치면서 개구지게 웃었다.

"에이, 선생님. 공부는 무슨 공부예요! 정모아, 밤새 야한 동영상 봤어?"

"야, 야한 동……!"

대체 무슨 소릴 하는 거냐고 목소릴 높이려다가 옆에 재범이 있다는 것을 인지한 모아가 도로 입을 꾹 다물었다. 운혁은 가끔 자신을 동갑내기 남자애 대하듯이 한다.

아무리 그래도 야한 동영상이라니. 선생님 앞에서!

얼굴이 벌게져서 어쩔 줄 몰라 하는 모아를 보던 재범이 짙은 눈썹을 꿈틀거리며 운혁의 이마를 딱 소리가 나게 때렸다.

"아! 아파요!"

"야한 동영상 같은 소리 한다. 모아가 너냐?"

아무렇지 않게 하는 말에 심장이 또다시 시끄럽게 뛴다. 자신을 향한 신뢰 같은 것과는 별개로 정말 태연하게 부른 모아라는 이름이 왜 이렇게 좋은 걸까.

모아가 냉정한 얼굴의 재범을 가만히 바라보자 운혁과 짧은 실랑이를 하던 그가 흘끔 그녀를 보았다.

"넌 어디 아프면 양호실 가서 좀 쉬었다가 오든가 해."

퉁명스럽게 내뱉는 말투가 평소의 그와 조금 다른 것 같기도 하면서 한없이 윤재범스러워 기분이 묘하다. 하지만 굳은 얼굴을 마주하는 건 별로 좋은 일이 아니었기에 모아가 애써 입가를 올리며 웃었다. 흰 뺨이 볼록하게 올라온다.

"아, 아니에요. 안 아파요."

작은 두 손을 내젓자 재범이 영 못 미덥다는 표정으로 애꿎은 운혁의 이마에 또다시 꿀밤을 놓았다. 무엇에 화풀이를 하려는 건지는 모르겠지만 그 순간 재범은 운혁과 동갑내기가 된 기분을 참을 수가 없었다.

운혁이 '왜 때려요!' 하고 대들기가 무섭게 복도 가득히 수업 종이 울렸다. 복도에 나와 있던 학생들이 우르르 교실 안으로 몸을 숨긴다.

"아픈 거 아니면 얼른 교실로 들어와. 아, 최운혁. 오늘 문제는 전부 네가 푼다."

"에엑? 선생님, 나한테 대체 왜 이래요?"

"중간고사 수학 꼴찌더라, 너."

교사와 학생이 아닌 형제라도 되는 양 투닥거린 두 남자가 교실로 걸음을 옮겼다. 모아는 그가 자신의 교실로 들어가는 것을 보고 나서야 이번 시간이 수학 시간임을 알았다. 정말 정신을 빼놓고 있긴 했던 모양이다. 항상 기다리다 못해 기대하기까지 하는 그와의 시간을 생각도 못 하고 있었다니.

'……나 같아도 나사 빠진 여자애는 싫겠다.'

한숨을 삼킨 모아가 끝으로 교실에 들어서며 조용히 문을 닫았다.

"앞서 변형한 식을 보면 x가 1보다 크니까 최댓값은……."

정말 신기한 일이다. 그렇게 졸리더니 재범의 수업이 시작되기가 무섭게 잠이 전부 달아나 버렸다.

일분일초라도 그의 모습을 눈에 담지 않고는 못 배기겠다는 듯이 눈꺼풀에 바짝 힘이 들어갔다. 축 늘어지던 몸도 이상하게 가벼워지는 기분이었다. 혼자서 이게 사랑의 힘인가 생각하다가 치가 떨릴 정도로 닭살이라 잠시 자책도 했다.

쉬지 않고 수업에 임하는 그의 모습처럼 멋있는 건 또 없을 것이다. 넋 놓고 바라보자 스치듯 눈이 마주친 그가 바짝 인상을 쓴다. 괜히 뜨끔한 모아가 샤프를 더 꽉 쥐고 짐짓 진지한 표정을 지었다. 누가 보아도 '저 지금 집중하고 있어요.'란 분위기를 느낄 수 있도록.

목도리를 어젯밤에 다 떠서 그런 걸까. 재범을 보고 있자니 그의 목에 둘러진 회색의 목도리를 자꾸만 상상하게 된다. 자신의 손길이 닿아 있는 그것이 작은 매개체가 되어 주기를 바라는 마음으로 그를 바라보았다.

물론 곧 있으면 여름이 다가온다는 생각이나 계절감 같은 것들은 애써 묻어 두기로 한다. 스스로가 더 바보 같아지니까.

"오늘은 여기까지."

"와아!"

수업은 평소보다 5분 정도 여유를 남기고 일찍 끝났다. 뜻밖에 얻은 5분간의 휴식 시간. 순식간에 교실이 술렁이며 산만한 분위기로 변했다. 교과서를 덮던 재범이 미묘하게 인상을 썼다.

아무래도 안 되겠는지 문제 하나만 더 풀자며 그가 분필을 집어 들 때였다. 그것만큼은 막고 싶었던 여학생 하나가 번쩍 손을 들었다.

"선생님, 질문 있어요!"

학생들을 등지고 칠판 쪽으로 서던 재범이 몸을 돌렸다. 분필을 도로 내려놓는 것을 본 몇몇 학생이 안도의 숨을 내쉬었다.

"뭔데, 질문이."

"내일이 스승의 날이잖아요. 뭐 받고 싶으세요?"

자신과는 전혀 상관없는 질문일 거라 생각하고 신경도 쓰지 않던 모아의 귀가 쫑긋하게 섰다. 이미 선물을 다 준비해 놓은 뒤였기에 이제 와서 듣는 그의 바람이 무슨 의미가 있겠냐마는 그래도 작은 것 하나까지 알고 싶은 마음으로서는 어떤 대답이든 놓칠 수가 없다.

그 질문이 꽤 흥미로웠는지 교실 안에서 웅성대던 소리가 순식간에 사그라졌다. 여학생들의 관심이 전부 그의 입으로 향한다. 과연 뭐라고 말할 것인가 기대하는 듯했다. 하교하는 즉시 그가 갖고 싶다는 것을 사 올 기세로.

하지만 재범은 심드렁한 얼굴로 어깨를 으쓱일 뿐이었다. 모아가 캐치한 그의 작은 버릇이었다.

"혹시라도 선생님한테 선물을 줄 생각이라면 사양이다. 못 받아. 아니, 안 받아."

그의 대답에 모아의 손에 들려 있던 샤프가 책상 위로 또르르 굴렀다. 한 달 가까이 열심히 준비한 선물인데 안 받는다니. 너무 냉정한 대답이라 정말 그에게 선물을 들이미는 게 의미 없는 일이 되어 버릴까 덜컥 겁까지 난다.

저도 모르게 입 안 쪽의 여린 살을 어금니로 잘근잘근 깨물었다. 내심 재범에게 선물을 하려던 다른 여학생들도 모아와 같은 마음으로 그를 바라보다가 웅성거리기 시작했다. 모아는 그 순간 누구보다 그들의 마음을 잘 이해할 수 있었다.

그런 여학생들의 마음을 눈치챈 듯 운혁이 고개를 길게 내빼더니 씨익 웃으며 입을 열었다.

"비싸지 않은 선물은 받아 주실 거죠?"

장난스러운 표정과 물음에 재범이 피식 웃었다. 그가 교탁에 팔을 기대고 느긋한 시선으로 운혁을 보며 말했다.

"뭘 줄 건데?"

"선생님을 향한…… 제 사랑?"

그 말을 하기가 무섭게 재범이 교실 뒤쪽을 향해 분필을 던졌다. 세게 던지지는 않아 가볍게 호선을 그리며 날아간 분필이 정확하게 운혁의 머리를 맞고 바닥으로 떨어졌다. 운혁이 짧게 '아!' 하며 재범을 원망의 눈으로 응시했다. 그러자 주변에 있던 아이들이 한꺼번에 웃음을 터뜨렸다.

그 틈에서 마냥 웃을 수 없는 것은 모아만이 유일했다. 비싸지 않은 선물과 선생님을 향한 사랑이라는 건 모아에게 장난이 아닌 진심이었으니까.

모아가 마른침을 삼키며 계속해서 재범을 주시했다. 제발 그것조차 안 받는다고 하지는 말아 주세요. 그렇게 말하는 듯 간절히 무언가를 바라는 눈동자로.

그 마음이 닿은 걸까. 운혁과 장난스러운 실랑이를 벌이던 재범이 수학 교과서를 덮으며 앞을 보았다.

"정성만 담긴 거라면 받아 줄 테니까 괜히 돈 들여서 애꿎은 선물 같은 거 사 오거나 하지 마. 다시 돌려보낼 거야."

가슴을 쓸어내리며 내심 다행이라고 생각했다. 정성만큼은 받아 주겠다는 그 말 한마디가 한 줄기 빛처럼 느껴졌다. 쾡했던 모아의 얼굴에 다시 화색이 돌기 시작했다. 작은 기쁨마저 허무하게 빼앗겨 버리지 않을 수 있어 천만다행이었다.

그사이에 5분이 지났는지 교실 가득 수업 종료 종이 울렸다.

학생들은 재범이 교실을 빠져나가기도 전에 뒷문을 열고 밖으로 뛰어갔다.

"누가 보면 감옥에 갇혀 있다가 출소하는 줄 알겠다."

재범이 우스갯소리로 말하며 교실을 빠져나갈 때까지도 모아의 시선은 그의 모습을 좇았다. 한 번 정도 이쪽으로 고개를 돌려 줬으면 하고 바라지만 걸음은 냉정하기만 했다.

하지만 그래도 괜찮았다. 눈을 마주치는 것보다 그의 다부진 등을 바라보는 것이 더 익숙해져 버린 짝사랑이었으니까.

교실에서 복도를 향해 사라져 가는 그의 움직임은 모아에게 슬로 모션처럼 한 장면씩 끊기며 다가왔다. 재범의 모습을 한 자락도 놓치지 않겠다는 듯이 따라붙다 보니 아쉬움이 그의 잔상을 교실 앞문 근처에 붙잡아 두는 모양이었다.

마지막으로 잠시 눈을 감았다가 뜨니 그 잔상마저 완벽하게 사라져 버리기는 했지만 이상하게도 마음은 여전히 두근거림으로 가득하게 차올랐다.

설레는 얼굴을 한 모아의 머릿속으로 어젯밤 겨우 완성해서 포장해 둔 목도리가 빙글빙글 떠다녔다. 옷장 옆에 조심스레 놓아 둔 선물이 그의 품에 안기는 것을 떠올려 보고, 서툴게 짜 놓은 목도리가 매 순간 그의 숨결에 닿는 것을 상상해 보기도 한다. 어느 것 하나 쉽게 포기할 수 없는 행복한 기대였다.

그리고 그중에서도 가장 기대되는 것은 선물을 받고 언제나처럼 환하게 웃어 줄 그의 얼굴. 그 하나만을 위해 잠을 줄였다고 해도 과언은 아니었다.

더 바랄 것도 없으니 그저 그렇게 웃어 주기만 해 달라고 모아는 속으로 바라고 또 바랐다. 상상만으로도 가슴이 벅차오르는 그 미소를 내일도 꼭 마주할 수 있기를. 온전히 나만 마주할 수 있기를.

"……."

그의 미소를 마주하고 한없이 붉어질 자신의 얼굴까지 상상이 미치자 더 바랄 게 없다고 했던 방금 전의 생각이 허무하게도 무너져 내린다.

정신없이 교실을 헤집고 다니는 아이들 틈에 가만히 앉은 모아의 얼굴이 점차 분홍빛으로 익기 시작했다. 마주한 그의 멋진 얼굴을 보며, 그 미소에 취하며, 무언가에 이끌리듯 저도 모르게 고백하는 장면을 내일의 기대 속에 살짝 끼워 넣어도 본다.

이레 때문일까. 고백이라도 해 보라고 했던 그 말도 안 되는 한마디가 정말 터무니없는 기대감으로 변질되어 허파에 바람을 불어 넣기 시작한 걸까. 혹시라도, 만약에라도, 그런 가정들을 덧붙이면서…….

……고백을 하고 싶게 만드는 걸까.

첫사랑이었다. 짝사랑이기는 했지만 그래도 모아에게는 분명한 첫사랑이었다. 그래서 서툴고, 불안하고, 다급하더라도 모아는 그 모든 것을 감당해야 했다. 물론 감당할 자신 역시 있었다.

어차피 오래 숨길 수 없을 것이다. 그를 난처하게 만들고 싶지 않다는 생각만큼 자신의 행복을 향한 이기심이 멋대로 싹을 터 버린다.

참을 수 없는 감정을 끌어안으며 모아가 눈을 질끈 감았다.

이렇게 마음대로 좋아해서…….

"죄송해요, 선생님."

어린 마음은 스스로 제어할 수 없을 정도로 무척이나 빠르게 성장해 가고 있었다.

4 사랑을 숨기는 것보다
재채기를 참는 편이 쉽다던데

'아! 왜 때려요!'

운혁의 목소리가 울린다.

아, 이건 어제 겪었던 일이구나. 꿈속에서 마주하는 그때의 일이구나.

재범은 눈을 감고도 꿈을 알아챌 수 있었다. 지나왔던 기억이 꿈으로 다시금 재생되는 것이 신기하기도 하고, 저게 뭐 별거라고 꿈에 나오나 싶기도 한 마음이 공존했다.

그 다음에 하게 될 행동이나 대사 같은 것까지도 예측할 수 있다. 이런 꿈은 꽤 편리한 것 같기도 하다.

그러니까 자신은 저 상황에서 최운혁을 향해 이렇게 말했었다.

'정모아랑 내 사이에 끼어들지 마.'

그래, 끼어들지 말라고.
······잠깐?

"아."

재범이 놀라서 눈을 번쩍 떴다. 벌떡 일어나지는 않았지만 순간 머리가 핑 돌 정도로 아찔한 감각이 맴돌았다. 꿈인데도 온몸이 서늘하게 식어 버리는 듯한 착각이 일었다.

'아무리 꿈이라지만 대체 무슨 소릴 지껄인 거야.'

소리 없는 한숨이 공기 중으로 섞여 들었다. 현실에서 그런 말을 내뱉었다면 정말 돌이킬 수 없었을 것이다. 새삼스럽게 그 사실을 깨닫고 나니 겨우 잊고 있던 자신의 처지를 떠올리게 된다. 재범이 두 손을 올려 마른 얼굴을 쓸어내렸다.

그 장면이었다. 모아의 안색이 좋지 않아 어디 아픈가 싶어 이마를 짚어 보려던 그때. 최운혁이 불쑥 끼어들어 멋대로 모아의 어깨에 팔을 걸치고 미묘하게 대화의 흐름을 잘라먹어 버린 바로 그때 그 장면.

"······."

어지간히 불만이었나 보다. 같은 반 친구끼리 충분히 그럴 수 있는 일인데, 선생님과의 대화에 충분히 끼어들고 싶었을 수 있는 일인데, 왜 그의 행동을 방해라고 받아들였던 걸까.

선생으로서 제자에게 느낄 수 있는 성질의 감정은 결단코 아니었다. 재범은 그것을 인정했다. 화풀이고 질투였다. 둘만의 오붓

한 시간을 방해라도 받았다는 듯이 불쑥 튀어나와 버린 애 같은
행동은.

"정신 차리고 씻자……."

말간 얼굴로 자신을 올려다보는 모아의 모습이 자꾸만 아른거
린다. 꾹꾹 눌러 담아 아무렇지 않아졌다 생각될 때면 예고도 없
이 치고 올라오니 더 이상 강하게 막을 방법을 찾을 수가 없다.

그러게 왜 잔뜩 피곤한 기색으로 사람 걱정되게 그러고 있었던
건지. 이번에는 애꿎은 변명이 모아에게로 향한다.

재범이 기다란 다리를 휘적거리며 느릿느릿 욕실로 향했다. 어
쩐지 잠을 자도 잔 것 같지가 않다. 최운혁 때문인지, 정모아 때
문인지. 둘 다? 아니면 스스로의 문제일까. 아, 어쩌면 그게 제일
정확할지도.

'달은 언제나 차올랐다가 사라지기를 반복하니까. 지금 저 달
도 차츰 사라져 가겠지만 시간이 흐르면 다시 가득하게 차오를
거야.'

자신이 했던 말이 제 발목을 붙든다. 이 마음이 차츰 사라지는
것처럼 스스로를 놀리다가 아무렇지 않게 또 가득히 차오르는 것
만 같다.

욕실 안으로 들어선 재범이 세면대를 짚고 거울 속의 자신을
바라보았다. 초췌해서 도무지 봐 줄 수가 없다. 거뭇한 수염이 언
뜻 보면 아저씨 같기도 한 게, 아직 서른도 채 안 됐다지만 왠지

모아의 곁에 서면 나이 차이가 나 보일 것 같다.

"……"

아, 또다. 또 이런 생각.

"정모아…… 내 머릿속에서 좀 나가 줄래. 선생님은 편하게 살고 싶거든."

감정을 완벽하게 숨기는 게 어려운 걸 보니 자신도 아직 어른이 되긴 그른 모양이라고 재범은 생각했다.

○ ● ○

디데이. 기다리던 날에 결국은 당도해 버렸다.

모아는 종이 가방을 든 채 화장실에 가고 싶은 사람처럼 안절부절못했다. 마음을 어떻게 가라앉혀야 하는지조차 몰라 몇 번이나 심호흡을 거듭했다. 그래도 심장은 또다시 제멋대로 날뛰었다. 정말 미치고 팔짝 뛸 노릇이었다.

열심히 짠 목도리가 곱게도 개어져 종이 가방 안에 자리하고 있었지만 1교시가 지나고, 2교시가 지나고, 시간이 계속 흐르고 흘러도 도통 주인의 품으로 가지를 못했다. 교무실 앞까지 갔다가 다시 교실로 돌아오기를 몇 번. 이러다가 과연 오늘 내로 이 선물을 줄 수 있을까 막막해지는 모아였다.

등교하는 길에 느낀 날씨는 너무도 푸근하고 따뜻했다. 금방여름이 올 것 같다는 이야기를 주고받는 목소리들 틈에서 모아의걸음은 무거운 추를 매달기라도 한 것처럼 한없이 느리게 내디더졌다.

날씨가 이렇게 빨리 따뜻해질 거라고는 생각도 못 했다. 더는 초봄이라고 우기지도 못할 5월 중순의 날씨에 목도리가 가당키나 한 선물인가 싶어졌지만 이미 한참이나 늦은 고민이었다.

서둘러 급식을 먹고 급한 일이 있다며 먼저 올라온 교무실. 아침부터 내내 서성였으니 주변 선생님들도 아마 다 눈치를 챘을지 모르겠다. 망설이는 몸짓이며 방황하는 시선이 너무도 수상했다.

어릴 때는 선생님에게 선물을 전하는 게 그다지 큰일이라고 생각해 보지 못했는데 이번에는 왜 이렇게 어려운 걸까. '선생님'을 향한 선물이 아니기 때문일까.

교무실에는 사람이 별로 없었다. 흘끔 안을 들여다본 모아가 선물이라도 몰래 놓고 가자 싶어 안으로 발을 들여놓으려는 찰나였다. 마침 교무실에서 나오던 누군가와 부딪쳐 버렸다.

'아야…….' 하고 작은 엄살을 부리며 고개를 들자 재범의 눈이 그 위에 떡하니 있었다. 저도 모르게 너무 놀라 뒷걸음질을 치자 그가 멀뚱멀뚱 눈을 깜빡인다.

"어째 범죄자라도 본 듯한 표정이다?"

"아, 아뇨. 그게 아니라…….."

몰래 놓고 가려고 했는데 딱 걸려 버렸다. 나쁜 짓을 하려던 것도 아닌데 놀라서 얼굴이 빨갛게 익었다. 당황한 모아가 우물쭈물하자 재범이 피식 웃었다.

"들어갈 거면 들어가지, 뭘 그렇게 방황하고 서 있……."

태연하게 뱉어지던 그의 말이 잠시 멈추었다. 희고 작은 손에 쥐어진 종이 가방이 무얼 의미하는 것인지 단박에 알아챘다.

'아아, 그런 건가.'

대충 분위기를 파악한 재범이 머쓱하게 콧등을 긁었다. 아침부터 책상 위에 놓여 있던 수많은 편지와 선물들 틈에 모아의 것이 없어 내심 서운하던 참이다. 선생으로서 내비칠 수 있는 마음은 아니라 애써 무시해 버리기는 했지만.

그러는 와중에 뒤늦게 보인 저 선물에 마음이 태평할 리 없다. 아무래도 본인의 것은 아니겠지 싶어 일부러 더욱 표정을 굳힌 재범이 쿨한 척을 해 본다.

"김동영 선생님이라면 지금은 식사하러 가셨는데."

아차, 호랑이의 선물을 깜빡했다. 담임의 선물은 빼고 수학 선생님의 선물만 준비한 게 더욱 이상해 보일 수도 있단 생각은 하지 못했다. 나중에라도 호랑이에게 작은 선물을 하나 준비해야겠다고 생각하며 모아가 단호하게 말했다.

"아니에요."

재범의 깊은 눈빛이 올곧게 모아를 향했다. 종이 가방의 손잡이를 더 꽈악 붙든 모아가 눈에 띄지 않게 심호흡을 하고서 고개를 바짝 들었다. 몰래 놓고 가려고 했는데 이렇게 되었으니 조금만 더 솔직해지자고 스스로의 등을 떠밀어 본다.

"선생님 드릴 거예요."

한없이 일렁이면서도 절대 흔들리지는 않는 눈. 재범은 모아를 보면서 무슨 말이든 덧붙이고 싶어 입을 열었다가 다시 한 걸음 뒤로 빼기로 하고 제자리에 섰다.

그래. 그녀의 앞에 서 있는 자신은 결국 '선생님'이지 않은가.

재범이 모아에게 손을 내밀었다.

"……?"

"나 줄 거라며."

아무렇지 않게 내미는 그 손에 이 선물 대신 자신의 손을 건네고 싶은 충동에 휩싸인다. 든든하고 딱딱해 보이는 저 손을 맞잡아 볼 수 있다면 좋겠다.

모아는 내밀어진 재범의 손을 쳐다보기만 할 뿐, 선물을 건넬 생각은 조금도 하지 않고 있었다. 재범의 시선이 의아함으로 가득해질 때까지도.

손을 잡고 싶다. 계속 눈을 마주치고, 그에게 이 마음을 내보이고 싶다.

그런 욕심들에 정신이 점령당해 갈 때쯤, 복도에 점점 사람이 많아지는 것이 느껴졌다. 힐끔 고개를 돌려 주변을 둘러보았다.

누가 보아도 선생님께 스승의 날 선물을 주는 학생의 모습일 게 분명하다. 그런데 이상하게도 그렇게 보이는 것이 싫다. 교복을 입고 이 교무실 앞에 서 있는, 학생일 수밖에 없는 자신의 모습…… 정말 이상하게도 오늘만큼은 더욱 싫은 모아였다.

모아가 종이 가방을 더 꽉 쥐어 자신의 품에 끌어안았다. 뭐 하는 거냐는 눈으로 재범이 그녀를 바라보자 모아가 그를 슬쩍 올려다보았다.

"여기서는 좀……."

"어?"

"서관 계단 쪽으로 가요, 선생님."

그렇게 말하며 그를 이끌고 싶은데 함부로 팔을 붙잡는 것조차 힘겨울 정도로 마음이 벅차다. 옷깃이라도 잡아끌까 생각하는 모아의 고민을 눈치챈 건지 재범이 낮은 한숨을 흘리며 고개를 끄덕였다. 앞서서 가라는 듯이 턱짓을 하자 모아가 다행이라는 듯 살며시 웃으며 걸음을 내디뎠다.

서관으로 향하는 연결 통로가 있는 계단은 사람들이 거의 다니지 않는 장소였다. 방학 내내 공사가 진행 중이었다가 개학 이후 학생들의 안전 문제로 잠시 중지되어 있는 상태였다. 그 탓에 학교에서도 서관 근처로는 가지 말라는 공고를 내렸다. 좀처럼 사람들의 발걸음이 닿지 않게 된 이유는 그랬다.

학교 측에서 가지 말라고 한 계단으로 굳이 가는 이유가 궁금하기도 했지만 재범은 모아를 꾸중하고 싶은 생각이 없었다. 묵묵히 뒤를 따를 뿐이었다.

수업 중에는 항상 그녀에게 등을 보일 수밖에 없었는데 반대로 이렇게 자신에게 등을 보인 작은 뒷모습을 보고 있자니 괜히 마음이 울렁거린다. 하교할 때나 가끔씩 보던 그 등이 가까이에서 보니 이렇게나 작고 동그랬구나. 그런 깨달음이 고작이다.

모아는 서관 계단에 다다라서야 멈추어 섰고 재범도 그녀와 몇 걸음 정도 간격을 두고 섰다. 분홍빛으로 살짝 상기된 얼굴에 괜한 긴장감이 맴돈다. 분위기가 오묘하다.

재범이 목을 가다듬으며 헛기침을 했다. 학창 시절에 고백을 주고받던 아이들이 생각이 나는 게…… 어째 조금 위험하다.

"무슨 선물이길래 이렇게 뜸을 들여. 비싼 거면 안 받는다고 분명히 말했다, 난."

그의 말에 모아가 예쁘게 웃었다. 그 얼굴에 방심하고 있던 재범이 헉 하고 숨을 들이켰다. 그가 그러거나 말거나 설렘으로 눈을 빛낸 모아가 손을 꼼지락거리다가 종이 가방을 앞으로 내밀었다.

"그런 거 사 드릴 돈도 없어요."

"……."

수줍게 내밀어진 종이 가방을 내려다보던 재범이 그것을 받아 들었다. 겉으로 볼 때는 묵직할 것 같았는데 생각보다 가볍다. 뭘까 싶어 종이 가방 안을 슬쩍 들여다보자 반짝이는 포장지로 싸여 있어 내용물을 확인하는 것은 실패했다.

그 대신 부록처럼 들어가 있는 또 다른 작은 선물을 발견했다. 포장지 겉면에 붙어 있는 손바닥만 한 카드.

손을 넣어 카드를 뜯어내자 그 위에 적힌 올망졸망한 글씨체가 딱 정모아답게 그를 반긴다.

존경하고 좋아하는 선생님께.

재범이 웃음을 꾹 참았다. 별것도 아닌 게 귀여워 보이고 난리다. 힘을 주어 또박또박 적은 여자애다운 글씨가 이상하게 마음을 울렸다.

선물이 무언지 확인해 보지 않았음에도 벌써부터 기쁨으로 심장 근처가 간지러워진다. 존경한다는 말도, 좋아한다는 말도, 아까 책상 위에 놓여 있던 수많은 편지들에서 읽은 내용이지만 이 순간 또 다른 언어처럼 읽힌다.

"선물은 바로 뜯어보는 거라고 내가 그랬었지? 자, 그럼 어디……."

"아, 안 돼요."

"안 돼?"

내용물을 꺼내 포장지를 뜯으려고 하자 모아가 손사래를 쳤다. 보는 앞에서 자신이 직접 뜬 목도리를 꺼낸다면 아마 부끄러워 죽을지도 모른다. 그것만큼은 말리고 싶었다. 표정 관리를 어떻게 해야 할지도 난감한 일이었고.

힘주어 고개를 열심히 내저은 모아가 잔뜩 빨개진 얼굴로 재범을 흘깃 올려다보았다.

"나중에 집에 가서 따로 보세요……."

"참 까다로운 선물이다."

어찌 보면 퉁명스럽게, 하지만 미소는 한없이 다정하게 지어 보인 재범이 고개를 끄덕였다. 알았다고 대답하는 그의 얼굴을 마주하던 모아가 귓불까지 붉혔다.

단둘이 있다는 게 이렇게까지 가슴 뛰는 일인가. 그의 미소가 자신만을 향한다는 게 이렇게까지 감격스러울 일인가.

부끄러움에 금방이라도 녹아 없어질 것처럼 얼굴을 붉히는 모아를 보며 재범이 잠시 손을 뻗었다. 저도 모르게, 아주 자연스럽게 모아의 머리로 손이 향했다. 결 좋은 머릿결을, 귀엽고 동그란

저 머리를 한껏 쓰다듬고 싶다.

그런 충동을 이기지 못해 모아의 머리 위까지 뻗어졌던 손이 일순간 잠시 멈추었다. 학생들에게 아무렇지 않게 할 수 있는 이 작은 칭찬의 행위 하나까지도 지금은 너무 많은 의미를 부여해 버린다. 재범이 저도 모르게 망설였다.

그러나 역시 무리다. 눈앞에서 온 신경을 곤두세우는 그녀의 모습을 보며 이 손길 하나조차 마음대로 제어할 수가 없다.

그가 자신의 머리를 쓰다듬으려 한다는 것을 알아챈 모아가 붉어진 얼굴로 눈을 질끈 감았다. 끌어안으려는 것도 아닌데, 입을 맞추려는 것도 아닌데, 그저 머리에 와 닿는 손길 하나에도 작은 동물처럼 바짝 긴장을 하고 그 자리에 서 있었다. 그 모습이 재범의 시야를 가득하게 채웠다.

허공에서 망설이던 그의 손이 모아의 머리 위에 안착했다. 머리칼이 흐트러지지 않을 정도로만 다정하고 부드럽게 쓰다듬자 바짝 긴장해 있던 모아의 표정이 스르르 풀린다. 사과처럼 붉게 물든 얼굴이 저도 모르게 배시시 웃어 버리자 심장병이라도 걸린 사람처럼 가슴 부근이 아찔하게 울린다.

심장에 안 좋은 여자애다, 정말로.

모아의 상태도 재범과 크게 다르지 않았다. 머리를 쓰다듬으면서 소매가 움직일 때마다 그의 손끝에서는 모아가 좋아하는 스킨 냄새가 났다. 그녀가 아는 유일한 어른의 냄새를 지닌 그는 이렇게 공기 중을 타고 후각을, 모든 신경을 이리저리 뒤흔들었다.

조금만 더 쓰다듬어 주세요, 선생님. 조금만 더. 한 번만 더요.

그의 손길이 거두어지는 것이 아쉬워서 오뚝한 콧날을 더욱 위로 향해 본다. 저도 모르게 고개를 드는 자세를 취해 버리자 짐짓 놀란 재범이 크흠 하고 괜한 목에 성을 내며 손길을 거두었다. 모아의 표정이 한순간 아쉬움으로 짙게 물들었다.

"그럼 잘 받을게."

재범이 종이 가방을 흔들며 등을 돌렸다. 서관 계단에서 놀다가 학생 주임 선생님께 들키면 골치 아파지니 어서 교실로 돌아가라는 말을 덧붙이며 그는 모아에게서 한 걸음, 두 걸음, 그렇게 멀어져 갔다.

그의 뒷모습을 보는 것은 무엇보다 익숙한 모아지만 어째서인지 그 순간만큼은 넋을 놓은 채 너른 등을 바라만 볼 수 없었다.

한 번만 더 쓰다듬어 주면 안 되느냐고, 그때처럼 품에 안아 주면 안 되겠느냐고, 입술이나 뺨까지는 바라지도 않으니 조심스레 이마 위에 입 맞춰 주면 안 되겠느냐고, 어린애처럼 떼를 쓰고 싶어진다.

사랑이라는 건 이상하다. 사람을 성숙시키지는 못할망정 더할 나위 없는 철부지로 만들어 버리니까.

"선생님."

등 뒤에 대고 부른 호칭에 재범의 걸음이 멈추었다. 모아가 재범을 부를 때마다 두 사람에게는 그만큼의 간격이 현실이 되어 덮친다. 선생님이라는 단어 말고는 무엇으로도 부를 수 없는 사이라는 것이.

하지만 모아는 그를 붙들어 놓고 싶었다. 등만 보는 건 이제 지

겹다고, 뒤에 서서 몰래 바라만 보는 건 너무 힘겹다고, 전부 말할 수 있다면 좋겠다.

"······좋아해요."

나직하지만 분명하게 들렸을 말.

재범이 미동도 없이 그 자리에 서 있다가 천천히 고개를 돌렸다. 당황했을 거라고 생각했던 모아의 예상과는 판이하게 다른 얼굴이었다.

그는 사람 좋게 웃었다. 제자들을 향해 웃어 보이던 그 미소가 그의 잘생긴 얼굴 위에 머물렀다.

"그래. 앞으로도 쭉 존경하고 좋아해 줘라."

"······."

카드에 적었던 말 그대로다. 존경하고 좋아하는 선생님께. 결국 완벽하게 선을 그은 것이다. 눈치채지 못했을 리 없을 텐데도.

그러나 기껏 용기 내어 뱉은 첫 고백이 쉽사리 사그라지게 놔둘 수는 없는 일이다. 재범이 다시 고개를 돌려 걸음을 내딛자 가만히 서 있던 모아가 그를 향해 달렸다. 가느다란 다리는 금세 그를 따라잡았고, 그의 앞을 가로막았다.

동관으로 향해 가기 전에 이 마음을 완벽하게 전해야 한다. 누구도 들을 수 없는 곳에서. 오로지 그에게만 할 수 있는 진실된 고백을.

머리 하나 정도 차이 나는 여자애가 앞을 가로막고 있어도 그는 도통 당황하는 법이 없다. 재범은 느긋한 시선으로 모아를 내려다보았다.

그런 그의 시선이 더욱더 모아의 등을 떠민다. 이대로 포기할
수는 없다고 말이다.

"선생님으로서가 아니에요."

"……."

"남자로서 좋아해요. 정말…… 정말 많이 좋아해요, 선생님."

아이러니하다. 선생님으로서 좋아하는 게 아니라고 말하면서도
좋아한다는 그 말 뒤에 붙는 선생님이라는 호칭은.

결코 떼어 낼 수 없을 단어. 그걸 없애 버리고 나면 그를 뭐라
고 불러야 할지조차 알 수 없게 된다.

그걸 알면서도, 선생님을 선생님이라 부르면서도, 당신을 남자
로 보고 있다고 말하는 열여덟 여자애의 기분을 그는 알까.

주먹을 꼭 쥔 모아의 어깨가 미세하게 떨렸다. 바짝 긴장을 한
상태였다. 그저 꿈에서나 해 보았던 고백을 현실에서 내뱉게 될
줄은 몰랐다. 한번 터진 고백이 정도를 모르고 반복될 거라는 것
조차 조금도 예상하지 못했다.

하지만 그보다 더욱 예상 불가였던 것은 그 고백을 들은 후에
마주하게 될 그의 얼굴이었다.

"……."

재범은 차가운 표정이었다. 장례식장에서 보았던, 달빛 아래에
서 몰래 훔쳐보았던, 딱딱하게 굳은 차갑기 그지없는 얼굴. 학교
에서는 한 번도 마주한 적 없는 그의 모습에 모아는 작은 주먹을
더욱 강하게 그러쥐었다.

그런 표정 짓지 말아 달라고 말할 자격 같은 것은, 자신에게
없다.

"미안한데."

"……."

"그건 못 받아 주겠다."

생각해 본 적 있는, 아니, 오히려 무수히 많이 떠올렸던 대답이
었음에도 충격이 큰 것은 왜일까. 모아는 아주 잠시나마 모든 것
이 차갑게 굳어 버린 그의 표정 때문일지도 모르겠다고 생각했다.

차라리 평소처럼 웃으면서 거절하지. 그렇게라도 해 주지. 그
런 원망이 손가락 두 마디만큼 샘솟는다.

그렇지만 그가 웃으면서 거절을 한다고 한들 지금의 상실감이
과연 조금이라도 나았을까? 쉽게 포기할 수 있겠다는 생각이 들
기나 했을까?

몇 초도 되지 않는 무척이나 짧은 시간. 수많은 생각들이 모아
의 머릿속을 덮쳤다. 잘 정돈되어 있던 마음들을 헤집고, 나름의
계획으로 세웠던 복잡한 생각의 가지들을 냉정하게 부러뜨리며
휘몰아쳤다.

모아는 머릿속에서 길 잃은 미아가 되어 버렸다. 갈피를 잡을
수가 없다.

넋이라도 놓은 듯 멍하니 그를 바라보고 있자 재범이 냉정한
얼굴로 한숨을 내쉬며 종이 가방을 내밀었다.

"그런 의미로 준 거라면 이 선물도 안 받는 게 좋겠어."

이렇게까지 할 필요는 없잖아요. 입 밖으로 나오지 못한 원망

이 혀끝에서 빙글빙글 맴돈다.

무심한 듯 내밀어진 남자답고 커다란 손. 그 안에 쥐어진 한 달여의 노력. 쉽게 돌려주지 말라고 하고 싶은 것을 꾹 참은 모아가 고개를 내저으며 떨리는 목소리를 냈다.

"그런 의미로 드린 건 아니에요……. 그러니까 이건 그냥 받아 주세요."

좋아하는 마음을 가득 담기는 했지만 무언가 보답을 바라면서 준비한 것은 아니었다. 그것만큼은 명백한 진심이었다. 그가 알아 주지 않는 게 서러워진 모아가 입술을 잘근 깨물며 한 글자씩 씹어 뱉었다.

"……."

금방이라도 울음을 터뜨릴 것 같은 얼굴이다. 모아의 작은 얼굴을 보며 재범은 왠지 모르게 안달이 났다. 혹시라도 왈칵 눈물이 터져 버릴까 걱정되어 그녀를 품에 안고 싶었다. 엄마가 돌아가셨다며 울던 그날, 처음 본 여자애를 저도 모르게 품에 안고 달랬던 것처럼 지금도 꼭 그러고 싶었다.

눈시울이 붉어지기 시작할수록 재범의 단단한 주먹이 꿈틀거렸다. 넓은 등 근육도 바짝 날이 서 움찔댔다.

대체 할 줄 아는 게 뭘까. 앞에 있는 어린 여자애를 마음껏 안아 주지도 못하는 주제에.

꾸역꾸역 한 마디씩 힘겹게 뱉어 내는 모아를 더는 보고 서 있을 자신이 없다. 재범이 종이 가방을 더 꽈악 쥐며 한숨을 내쉬었다. 모아에게 들리지도 않을 정도로 아주 나직한 숨이었다. 그는 고개를 짧게 끄덕이고 등을 돌렸다.

"그래, 알았어. 선생님은 먼저 갈 테니 너도 어서 교실로 돌아가."

냉정하게 등을 보이고 앞으로 나아가면서도 재범의 모든 신경은 지나온 걸음들에 가 있었다. 어떤 표정일까. 기껏 꾹 참고 있던 얼굴이 또다시 눈물범벅이 되어 가는 건 아닐까. 걱정들이 멋대로 흘러나왔지만 고개를 돌려 그 모습을 확인하거나 걸음을 되돌릴 생각은 들지 않았다. 아니, 그래야만 하는 각오가 그에게는 있었다.

"빌어먹을……."

조금도 어른스럽지 못했다. 정말 제자로만 생각한다면 그런 선물 같은 거 받지 못하겠다고 정색하며 되돌려 주려고 할 것까지도 없었을 것이다.

결국 제 발 저리고 말았다. 0.1초라도, 아주 잠시라도 그 고백에 놀라고, 그 고백에 기뻤으니 말이다. 저도 모르게 표정을 굳히고 차갑게 내치려 한 것은 순전히 자기방어나 다름없었다. 여유 있는 모습으로 자연스럽게 다독일 수도 있는 일인데 조금도 그러지 못했다.

어린 그녀에게 먼저 고백을 하게 만든 걸로도 모자라 차가운 표정으로 상처나 주고. 여러모로 어른스럽지도, 남자답지도 못한 대응이었다. 그 대응이 아니었더라도 다른 방안이 있는 것은 결코 아니었지만.

동관으로 들어서서 교무실을 향해 걷는 내내 재범은 속이 울렁

거렸다. 스스로에게 화가 나 가슴이 부글거리고 끓어넘치는 기분
이었다. 기껏 먹은 점심이 명치끝에 걸려 체할 것 같은 언짢은 느
낌이 내내 사라지지 않고 남아 있었다.

'좋아해요.'

사랑한다는 말도 아닌, 고작해야 좋아한다는 한마디가 세상 그
어느 진심보다 깊고 진실하게 울렸다. 그처럼 때 묻지 않은 고백
을 마주한 것은 태어나 처음이었다.

그래서 두려웠는지도 모르겠다. 자신의 위치나 그 아이와의 관
계 같은 것들을 전부 내던진 채 정말 마음이 가는 대로 움직여 버
리게 될까 봐.

애썼다. 그래, 스스로에게 칭찬할 만한 것은 그게 고작이었다.

빌어먹을. 빌어먹을.

그럼에도 욕지기는 멈추질 않았다.

툭, 투둑.

마른 바닥으로 몇 개의 방울이 떨어졌다. 고개를 푹 숙이고 있
는 얼굴 아래로, 머리카락 밑으로, 방울진 것들이 더 낙하하고 나
서야 모아는 입술을 깨물 수 있었다.

얼굴이 일그러졌다. 참을 수 없을 만큼 아린 고통이 심장을 타
고 목으로 올라와 전신을 지끈거리게 만들었다.

소리를 내어 울 자신도 없어 히끅, 숨을 삼키다가 다시금 눈물

을 토해 내고 있자 계단 위쪽에서 부스럭거리는 인기척이 들렸다.

모아가 화들짝 놀라 고개를 들자 계단에 숨어 있던 큼직한 인영이 모습을 드러냈다.

"아…… 들켰네."

운혁이였다.

그는 계단에 걸터앉아 있다가 엉거주춤 일어나며 모바일 게임을 종료했다. 그러고는 영 머쓱한 표정으로 휴대 전화를 주머니에 넣고 모아의 눈치를 살폈다.

모아는 눈물로 얼룩진 얼굴도 잊은 듯 멍하니 운혁을 바라봤다. 적잖이 놀랐다. 대체 언제부터 그곳에 있었는지, 대체 어디부터 어디까지 지켜본 건지 두려움이 엄습했다.

"너…… 언제……."

"언제부터 있었느냐고 묻는 거지?"

"……."

"선생님이랑 네가 오기 대략…… 5분 전부터?"

난감해졌다. 운혁은 전부 보고 들었다는 말을 그렇게 돌려서 하고 있었다. 차마 대놓고 전부 보았느냐고, 들었느냐고 물을 자신이 생기지 않았다. 확인 사살은 모아에게 너무도 잔인하고 커다란 아픔이었다.

뭐라 할 말을 찾지 못하고 눈물만 뚝뚝 흘리고 있자 운혁이 뒷머리를 벅벅 긁었다. 모아는 아무런 말도 하지 않는 운혁의 모습에 더 울음이 터질 것 같았다.

차라리 뭐라고 말이라도 하라고, 변명이라도 할 수 있게 입이

라도 열어 보라고, 그렇게 말하려는데 그가 성큼 모아에게로 다가
왔다.

"우는 거 못생겼어, 너."

운혁이 가만히 모아를 끌어당겨 안았다. 너 선생님을 좋아했었
느냐, 허튼짓을 왜 했느냐, 괜찮으냐, 할 수 있는 말은 수없이 많
았을 테지만 그는 아무런 말도 덧붙이지 않았다. 그저 평소처럼
장난인 듯 아닌 듯 모아를 향해 퉁명스러운 한마디로 그녀의 울
음보를 깊게 푹 찔러 버렸을 뿐이다.

이렇게 안아 주기를 바랐던 것은 운혁이 아닌 재범이었다. 정
작 그에게는 기특한 제자로조차 남을 수 없어져 버렸다는 상실감
이 수면 위로 떠오르면서 모아는 더욱 크게 소리 내어 울기 시작
했다.

이럴 줄 알았으면 고백하지 말 것을 그랬다는 작은 후회와 함
께 이미 지나가 버린, 붙잡지 못할 순간들에 대한 아쉬움을 눈물
로 토해 냈다.

모아를 끌어안고 여린 등을 토닥이던 운혁은 허공을 향해 긴
한숨을 흘렸다. 왜 하필 내가 여기에 있었던 걸까. 그런 생각을
하면서 도통 울음을 그치지 못하는 모아를 더욱 힘주어 끌어안았
다. 여린 몸이 품에 딱 맞게 안겨 든다.

'그러니까 왜 안아 주지도 못할 남자를 좋아해서는……'

가슴 부근을 적시며 뜨겁게 울리는 나약한 울음소리. 운혁이
또래보다 한층 더 낮은 목소리로 말했다.

"……정모아, 너 우는 거 못생겼대도."

"흐어엉. 다물어, 너 나빠."

꾸역꾸역 울음을 삼키고 토해 내기를 반복하면서 모아가 뭉개지는 발음으로 원망의 소리를 냈다. 운혁이 어이없다는 듯 '허.' 하며 숨을 뱉었다.

그래도 숨넘어가게 울지는 않는 게 천만다행이다. 이렇게 남 탓을 할 수 있을 정도로는 멀쩡하다는 게 아니겠는가 싶기도 하고.

'널 울린 윤재범이 나쁘지, 내가 왜 나쁘냐……'

말하지 못할 마음을 속에서만 중얼거리며 운혁이 인상을 썼다.

"못생겼어."

그러니까 울지 마, 계집애야.

"……."

재범은 머릿속이 분리수거조차 하지 못할 만큼 엉망으로 뒤섞여 있는 것을 느꼈다. 점심시간 이후로 내내 그 상태였다. 오후에 모아네 반 수업이 없다는 걸 얼마나 다행이라 생각했는지 모른다.

야간 자율 학습 시간에 감독을 하며 복도를 돌아다니던 중, 대체 얼마나 울었는지 두 눈이 퉁퉁 부은 채 참고서를 파고드는 그녀의 옆모습을 발견했다. 기어코 울리고 말았구나 하는 생각이 들기가 무섭게 엉망인 머릿속은 분리수거는 둘째 치고 내다 버리기도 버거울 정도의 타는 쓰레기가 되어 버렸다.

아니, 차라리 타 버릴 수 있는 성질의 것이라면 한결 나을 텐데 도무지 그럴 기미가 보이질 않았다.

"윤 선생님, 집에 안 가세요?"

"아, 네. 가야죠."

퇴근 준비를 하는 선생님들로 인해 교무실이 조금 부산스러웠다. 재범은 그들을 흘깃 바라보다가 창밖으로 고개를 돌렸다.

학교 안에서 쏟아져 나가는 검은 물처럼 어두운색의 교복을 입은 학생들의 까만 머리가 운동장을 이리저리 어지럽게 채웠다. 그들은 모두 같은 곳을 향해 걸었다. 몇 무리가 교문을 빠져나가면 또 다른 몇 개의 무리가 운동장을 가로질러 교문을 향해 걸어갔다.

그러는 와중에도 재범은 저도 모르게 모아의 흔적을 좇았다. 저 수많은 걸음들 사이에 힘없이 터덜터덜 걸어가는 가느다란 다리가 있지 않을까 하고. 달빛 아래에서 잘게 흩어지는 결 좋은 머리칼이 있지 않을까 하고. 수십 개의 작은 등을 내려다보면서 재범은 모아를 찾았다.

하지만 밤이 어둡게 가라앉은 시간이다. 전부 똑같은 교복을 입은 학생들 틈에서 그 여린 아이를 쉽사리 찾아낼 수 있을 리가 없다.

결국 찾는 것을 포기하고 창문을 닫았다. 서늘하게 불어오던 밤바람이 딱딱한 유리에 막혔다.

창문을 닫은 단단한 손이 자신의 책상을 짚으며 가방을 챙겨 들었다. 챙겨 갈 것이 없어 가뿐했다. 다른 학생들의 선물은 전부 서랍 안에 넣어 둔 상태였다. 비싼 걸 사지 말라고 했더니 대부분 먹을 거나 편지들을 건네 와 굳이 집까지 가져갈 필요가 없었다.

하지만 모아의 선물은 다르다.

재범이 책상 옆에 덩그러니 놓인 종이 가방을 내려다보았다. 어서 데려가라는 듯이 제 주인을 올려다보는 것만 같은 착각이 인다.

"······."

그는 책상 앞에 멍하니 선 채 한참이나 고민했다. 이걸 가지고 갈 것인가 말 것인가에 대해서. 그 수줍은 고백을 거절하면서 작은 얼굴을 눈물범벅으로 만들어 놓고 선물마저 차가운 교무실 안에 남겨 둘 수 있을까.

매끈하게 뻗은 콧날 위로 미간에 주름이 잡힌다. 재범이 결국 종이 가방을 집어 들었다.

모아의 마음을 받아 주지 못하는 것처럼 굴었지만 결국 그 마음에 미련이 남는 것은 자신일지도 모르겠다. 이것이 그녀의 마음을 확인할 수 있는 유일한 증거라고 생각하니 더는 무심한 척 고개를 돌릴 수가 없다.

터벅거리는 소리와 함께 교무실을 나섰다. 손에 쥐어진 종이 가방은 가벼웠지만 그의 걸음은 한없이 무겁기만 했다.

5 눈 을 감 으 면 세 상 은 온 통 우 주 가 된 다

 하늘은 온통 별천지였다. 그것을 하늘이라고 표현해야 할지 우
주라고 표현해야 할지 어린 재범은 감을 잡지 못했다. 그저 넋이
나간 사람처럼 고개를 길쭉하게 빼내고 높은 곳을 향해 모든 신
경을, 모든 시선을 집중하고 있을 뿐이었다. 등 뒤에서는 어머니
와 아버지의 온기가 전해져 오고 있었고, 주변으로는 찬 공기가
둥둥 떠다녔다.

 손끝까지 차갑게 식는 기온. 그럼에도 하염없이 높은 겨울밤의
하늘. 별빛이 찬란한 시골 어느 구석진 곳에서의 풍경. 바다 건너
어딘가에서 올려다보는 오로라에 견주어도 빠지지 않을 만큼 아
름다웠다. 묘한 광경이었다.

 차가운 공기를 들이마시며 재범이 눈을 감았다. 이보다 더한
행복은 없을 거라고 생각했다. 눈앞이 까맣게 꺼졌지만 이상하게

도 반짝이는 빛들은 여전히 시야에 머물렀다. 눈을 감아도, 떠도, 어둠은 그저 어둠으로만 남지 않았고 밤은 밤으로만 남지 않았다.

모든 것은 우주가 되었다. 감긴 눈앞에 존재하는 것들은 하나의 우주가 되었고, 반짝이는 모든 것들은 별이 되었다.

그리고 그중에서도 가장 커다란 자리를 차지하고 은은하게 빛을 내는 무언가.

달이었다.

눈을 감았을 때 펼쳐지는 우주 속에서 모아는 달처럼 잔잔한 빛을 발하며 재범의 고독을 비추어 주고 있었다.

○ ● ○

이틀 연속 모아의 꿈을 꾸었다. 몽정으로 당황하는 십 대 청소년도 아닌데 재범은 잠에서 깨어나면 현실 감각이 떨어져 얼떨떨한 표정을 지었다. 첫사랑에 잠 못 이루는 것도 아니고, 이게 다 무슨 일인지.

샤워를 하고, 스킨을 바르고, 셔츠를 팔에 끼워 넣으면서도 모아의 존재는 재범의 뒤를 졸졸 쫓았다. 어제 등 뒤에 홀로 남기고 온 것이 알게 모르게 마음에 쓰였던 걸까. 미련은 아닐 것이라고, 그저 약간의 걱정일 뿐이라고 재범은 스스로를 납득시키려 들었다.

답 없는 아이다. 수학 교사인 자신에게는 쥐약일 수밖에 없을 정도로 공식도, 풀이도 필요 없는…… 도무지 답을 내릴 수 없는 아이.

왁스를 발라 머리를 포마드로 깔끔하게 넘긴 재범이 손목에 시계를 채우다가 문득 고개를 들었다. 자신이 손만 뻗어도 바짝 긴장을 해 바들바들 떨던 모아의 모습이 아른거린다. 나쁜 짓을 하고 싶게 만드는 건 아니지만 자꾸 저도 모르게 걸음을 내딛게 하고, 손을 내밀게 만드는 모든 몸짓이 떠오른다.

그땐 정말이지, 기어코 뻗어지는 손에 자신의 바닥난 인내심을 그 자리에서 확인한 기분이었다.

"……."

정말 좋아하기라도 한다는 거야, 뭐야.

재범이 고개를 내저었다. 한숨은 꼬리처럼 그의 부정에 따라붙었다.

모아의 얼굴이 머릿속에서 도무지 떠날 생각을 하지 않는다. 선물을 주면서 뺨을 붉히던 모습과 울음을 꾹 참고 어른스러운 척하려던 마지막 그 얼굴까지 무엇 하나 쉽사리 지워지지 않았다. 고백은 거절했다지만 그 여운마저 내치지 못하고 휘둘리는 자신이 더욱 큰 문제로 남았다.

가만히 생각에 잠기던 재범이 침대 밑에서 종이 가방을 꺼냈다. 어제 모아가 주었던 그 상태 그대로였다.

그는 침대 위에 그것을 올려놓고 눈싸움이라도 하는 양 뚫어지게 바라만 보았다. 혼자서 무던히 싸움을 하고 있기는 한데 그 싸움의 상대가 누구인지는 정작 본인도 잘 모르겠다는 기색으로.

무언가 마음을 먹은 듯 재범이 종이 가방 안에서 서툴게 포장된 것을 꺼냈다. 그러고는 망설임 없이 포장지를 뜯었다. 그 마음을 더 깊숙하게 확인하고 싶은 욕구의 표출이라고 해도 할 말이 없을 정도로 급한 손길. 어찌 되었든 그의 손은 멈출 생각을 하지 않았다.

부스럭거리는 소리를 내며 안에 들어 있는 것을 꺼내자 짙은 회색의 보드라운 털이 손아귀에 잡혔다. 재범이 '응?' 하는 반응을 보이며 그것을 쭉 잡아 올리자 기다란 목도리가 바닥까지 축 늘어지면서 모습을 드러냈다.

"목……도리?"

예상외의 사물이 등장하자 재범이 저도 모르게 바람 빠지는 소리 내며 웃어 버렸다.

'대체 지금이 몇 월이라고 생각하는 거야?'

재범은 웃음을 삼키며 손안에 부드럽게 감겨드는 목도리를 두어 번 더 조물거리며 매만졌다. 부드럽다. 아니, 보드랍다. 딱 만든 사람 같은 선물이다. 보드랍고, 보드랍고, 또…… 보드랍다.

중간중간 코가 빠졌다가 다시 생겨났는지 너비가 일정치 않았다. 동그랗게 공간을 만들며 구멍이 송송 뚫려 있는 것이 누가 봐도 '돈보단 정성을 담았어요.' 하고 말하는 듯하다.

입을 열지 않고도 그 과정을 전부 알게 만드는 것도 능력이다. 웃지 않으려고 애를 써도 재범은 저도 모르게 자꾸만 웃음을 흘렸다.

"……아."

목도리를 쥐고 한참 홀로 웃던 재범이 돌연 입을 꾹 다물었다.

'난 또 뭘 이렇게까지 좋아하는 거야…….'

자괴감과 비슷한 감정이었다.

기분 좋은 생각을 하며 웃는 것이 죄는 아닌데 이상하게 모아와 연결되어 있다는 사실 하나가 재범의 손이며 발에 수갑을 채웠다. 묶고, 가두고, 꼼짝도 할 수 없게 만들었다. 그토록 꿈꿔 왔던 지금의 직업이 자신의 목을 졸라 올 것이라고는 단 한 번도 생각해 본 적이 없었다.

침대 위에 목도리를 내려놓은 재범이 바지 주머니에 두 손을 푹 찔러 넣고 한참 동안이나 그것을 내려다보았다.

"내가 널 어떻게 하면 좋을까."

목도리가 대답할 리 없는데도 그는 축 늘어진 도톰한 목도리를 향해 말을 걸었다.

공식만 알려 줘도 좋겠다. 그럼 풀이를 해서 정답을 꺼내 놓는 것까지 전부 알아서 할 수 있을 텐데.

모아만큼이나 수줍음이 많은 목도리는 전신을 잿빛으로 물들인 채 침묵을 고수한다. 그 때문에 재범은 또다시 참지 못한 한숨을 토해 내는 수밖에 없었다.

"빌어먹을."

이젠 습관이 되어 버린 짧은 한마디를 뱉으며 재범이 목도리를 확 낚아챘다. 구기면 구기는 대로 감겨드는 푸근함이 아찔하다. 이 목도리를 만들면서 대체 무슨 짓을 해 놓은 건지 궁금할 정도로.

우악스러운 손아귀에 목도리를 꽉 움켜쥔 재범이 성큼성큼 걸음을 옮겨 집을 나섰다.

○ ● ○

"헉, 선생님. 독감이라도 걸리셨어요?"

"세상에, 이 날씨에 목도리라니. 곧 있으면 여름이에요, 선생님!"

이럴 줄 알았다. 목도리를 두르고 나타난 재범을 보며 학생들이 하나둘씩 기겁을 했다. 계절감을 상실한 게 분명하다며 호들갑을 떠는 몇몇 녀석들 때문에 재범은 머리가 지끈거릴 지경이었다.

"알아."

다정한 선생님 노릇은 애초에 실패했나 보다. 재범이 잔뜩 인상을 쓰며 자신을 놀리는 남학생들을 향해 팔을 휘휘 내저었다. 마치 날파리라도 쫓는 듯한 모양새에 개구진 학생들은 그 후로도 두어 번 알짱거리다가 우르르 계단 위를 뛰어올랐다.

얇은 셔츠와 어울리지 않는 두툼한 목도리는 교내에 있는 모든 이의 이목을 집중시키기에 충분했다. 재범은 그런 시선을 느끼면서도 결코 목도리를 풀어내지는 않은 채 묵묵히 복도를 걸었다.

그리고 그의 그런 모습은 막 등교를 하던 모아의 시야에도 들어왔다. 언제나 그의 모습을 쫓기 위해 안테나를 바짝 세우고 있던 모아였으니 굳이 저런 모습이 아니어도 충분히 찾을 수 있었을 테지만, 기대하지도 않았던 모습을 발견하니 그 충격이 적지 않다.

냉정하게 거절했으면서 아무렇지 않게 목도리를 하고 나타나다니. 대체 어떻게 마음을 정리하라고.

하지만 그러면서도 내심 안도했다. 그 선물조차 거절해 버렸으면, 내쳐 버렸으면, 아무렇지 않은 척 애쓰는 것조차 힘겹기만 했을 것이다. 그래서 오히려 보란 듯이 제자가 준 선물을 하고 온 그에게 고마운 마음이 들었다.

혹시라도 그와 눈을 마주치면 표정 관리를 할 수 없을 것만 같아 모아가 고개를 푹 숙였다. 보지 않아도 그의 존재가 느껴졌다.

교사로서 그가 자신에게 하고 싶은 말이 무언지 알 것 같기도 했다. 이성으로서의 마음은 거절했더라도 제자로서의 마음까지 거절하지는 않았다고, 분명 그렇게 말하고 싶은 거겠지. 모아는 그렇게 결론 내렸다. 그랬더니 손톱만큼 마음이 낫는 것도 같았다.

영영 그와 어색하게 보지 않아도 된다는 사실만큼은 분명 다행이었다. 평범한 교사와 학생으로 돌아가 언제나처럼 수업 시간을 즐기고, 다른 아이들처럼 가벼운 장난을 주거니 받거니 할 수 있다면 그것으로도 충분했다.

충분하기는 한데…… 아직도 따끔거리는 이 마음은 언제쯤 완전히 괜찮아지는 걸까.

모아는 앞으로가 막막했다.

"정모아!"

복도 바닥을 뚫을 듯 고개를 숙이고 있던 모아의 어깨에 한순간 묵직한 무게감이 얹어졌다. 움찔 놀라 고개를 들었다. 재범일리 없는데도 혹시나 했다.

모아에게 어깨동무를 하고 장난스레 웃는 얼굴은 운혁이었다. 그의 얼굴을 보니 어제 소리 내어 엉엉 울던 자신의 모습이 떠올라 얼굴이 벌겋게 달아올랐다. 그 반응이 무얼 의미하는지 운혁역시 눈치챈 듯 표정이 더욱 익살스러워진다.

"눈이 꼭 금붕어 같아."

"너어, 하지 마."

들켜서는 안 되는 장면을 들켜 버렸고, 보이고 싶지 않은 모습을 보여 버렸다. 그럼에도 예상치 못했던 약점이 서로를 더욱 가깝게 만드는 매개체가 되는 것 아니겠냐며 운혁은 오히려 아무렇지 않게 모아를 대했다.

하지만 모아로서는 이제 겨우 하루밖에 지나지 않은 일을 제삼자인 운혁처럼 태연하게 넘겨 버릴 수가 없다. 울적했던 마음을 숨기려 더욱 눈을 흘기지만 재범과 달리 운혁은 쉽사리 넘어가 주지 않았다.

놀림이 멈추지 않자 모아가 '말로는 안 될 사람이구만?' 하면서 팔꿈치를 뒤로 확 뺐다. 운혁이 모아의 어깨에 걸쳤던 팔을 치우면서 그녀의 공격을 피하려 몸을 비틀었다. '으악!' 하는 짧은 비명과 함께 휘청이는가 싶던 운혁이 어느 순간 중심을 잡으면서 무언가에 부딪혔다.

"……."

뭔가 묵직하고 단단하다 싶더니만 그게 재범의 몸이었던 모양이다.

재범은 자신을 벽 삼아 기대다시피 엉거주춤하게 서 있는 운혁을 툭 밀어서 떼어 냈다. 어쩔 때는 굉장히 자상한 선생님인데 또 어쩔 때 보면 차디차 도무지 어떤 게 진짜 그의 모습인지 알 수가 없다.

그에게서 떨어져 나오며 재차 휘청거린 운혁이 다시금 모아의 어깨에 손을 올려 중심을 잡았다. 그 손의 위치를 확인한 재범이 짧게 눈썹을 꿈틀거렸다. 누구도 알아채지 못할 정도로 아주 미세하게.

모아는 재범을 올려다보며 어떤 반응을 보여야 할지 난처해했다. 고백을 하고 나서 제대로 얼굴을 마주하는 게 처음이었으니 그럴 만도 했다. 재범은 운혁만 뚫어지게 보다가 그제야 모아에게 시선을 두었다.

묘하게 어색해진 두 사람의 시선이 허공에서 부딪친다. 또다시 가슴이 따끔거리는 것만 같다.

"아, 안녕하세요."

사랑하는 마음을 겉으로 꺼내 보이고 나니 그와 마주하고 있는 시간이 더는 꿈결 같지만은 않았다. 뿌옇게 시야를 감추던 공기가 걷히고 선명하게 그를 바라볼 수 있게 되었다. 모든 것은 어느덧 현실이 되어 있었다.

어색하게 웃으며 올려다보는 말간 얼굴을 보며 재범이 느릿하게 고개를 끄덕였다. '그래.' 하고 짤막하게 대답한 그가 언제나처럼 모아의 머리로 손을 뻗다가 멈칫했다.

이게 뭐라고 그새 습관이라도 된 건가. 모아가 웃을 때면 저도 모르게 앞서던 손을 뒤늦게야 인지해 버렸다.

그가 머쓱하게 손을 내리고는 자신의 주머니에 넣었다. 하마터면 어제의 일을 잊은 채 마음이 가는 대로 그녀를 대할 뻔했다. 모든 행동을 조금쯤은 조심할 필요가 있다. 저 나이 때는 작은 것에도 커다란 의미를 부여하기 마련이니까.

"얼른 교실로 올라가."

무심한 척 말하는 재범을 보며 모아가 '네.' 하고 작게 말했다. 모아의 대답을 듣고 나서야 만족했는지 재범이 먼저 걸음을 돌렸다. 그는 칭칭 둘러 감은 회색 목도리 안에 자신의 표정을 숨긴 채 계단을 올랐다.

목도리에 얼굴을 묻지 않으면 지금의 못난 감정을 어린 녀석들에게 들켜 버릴까 괜한 걱정이 들던 참이었다. 모아의 어깨에 둘러져 있던 운혁의 팔이, 자연스럽게 얹어지는 그의 손이 여간 신경 쓰이는 것이 아니었다. 자신도 모르게 정색해 버렸는데 설마 알아챘을까.

그녀의 고백에 당황해서 더욱 냉정하게 등을 돌렸던 어제와 별반 다를 것이 없는 오늘이다.

'네가 이러고도 어른이냐, 윤재범……'

재범이 속으로 자학 아닌 자학을 하며 교무실을 향해 걸어가는 동안 모아의 시선은 평소처럼 그의 뒷모습을, 그의 큼직한 걸음을 좇고 있었다.

좋아하는 것과 그 마음을 거절당하는 것, 거절을 인정하고 포기를 하는 것은 전부 각기 다른 문제인가 보다. 그러지 않고서야 볼 것 많은 이 눈이 그의 모습만 바삐 좇을 리 없을 테니까.

그의 모습이 완전하게 시야에서 사라질 때쯤 운혁이 옆에 서서 투덜거렸다.

"이 날씨에 웬 목도리래. 그렇게 안 봤는데 저 선생님 가끔 정신이 외출했다가 들어오는 것 같단 말이지."

"……."

아무렇지 않게 재범의 흉을 보는 목소리에도 모아는 아무런 말을 할 수가 없었다. 자신이 준 선물이라고도 할 수 없었고, 그의 욕을 하지 말라고도 할 수 없었다. 미련을 내비쳐 무얼 하겠는가.

모아는 말없이 계단을 올랐다. 재범이 밟았던 자리들을 똑같이 밟아 가면서, 그가 향했던 방향으로 한 걸음 한 걸음씩.

○ ● ○

나이 차이가 꽤 나는 사람을 좋아하게 되었을 때의 좋은 점이 무얼까. 그 상대가 선생님이었을 때와 아니었을 때의 차이점은? 반대로 학생으로부터 고백을 받았을 때의 괴로운 점은 또 무얼까. 사제지간이라는 단어가 가져다주는 마음의 무게감은 또 얼마큼인 걸까.

돌이킬 수 없는 고백 이후 두 사람의 시간은 조금씩 다르게 흘러가기 시작했다. 전에는, 아니, 어제까지만 해도 아무렇지 않던 장난이 쏙 빠져 오로지 긴장과 후회만을 남겼다. 최선을 다해 감추던 감정은 블라인드 너머로 모습을 드러내 버렸고, 뒤늦게 숨기려 해도 더는 숨겨지지 않은 채 둘 사이의 공기 중을 버젓하게 부유했다.

곤란하게 만들 생각은 아니었다. 어색한 관계를 만들기 위해서 냈던 용기도 아니었다. 하지만 모아의 뜻과는 다르게 모든 상황은 그녀에게 불리한 길로 흐르기만 했다.

수학 시간만 되면 모아는 그의 등을 바라보았다. 평소와 조금도 다르지 않은 순간이었다. 아주 잠시 일상으로 돌아온 듯한 기분을 느끼기도 했다.

그러나 재범과 눈이 마주칠 때면 심장이 곤두박질쳤다. 그녀와 눈을 마주쳤지만 재범은 더 이상 전처럼 눈짓으로 장난을 걸어오거나 다정한 시선을 주지는 않았다.

모아는 변해 버린 그의 얼굴이 마냥 아팠다. 뒤늦게 고백을 후회해 봤자 이미 늦은 일이었다.

"오늘 16일이지? 16번이……."

판서를 해 놓고 문제 풀이를 누구에게 시킬까 출석부를 훑던 재범이 잠시 멈칫했다. 16번은 모아의 번호였다. 모아가 저도 모르게 숨을 죽이고 가만히 그를 바라보자 재범이 무심한 시선을 들어 교실 문 앞에 자리한 한 학생을 가리켰다.

"너 나와서 풀어 봐."

깜짝 놀라 '저 16번 아닌데요?' 하며 억울한 표정을 지어 보이는 같은 반 아이의 작은 투정도 모아는 그저 부러울 따름이었다. '너 아닌 거 알아. 그래도 나와서 풀어.' 그렇게 말하며 장난스럽게 이를 드러내고 웃는 그의 얼굴이 다시금 자신을 향해 주었으면 하고 바랐다.

하지만 부질없는 짓이었다. 가장 평범하고, 가장 온전하던 관계를 망쳐 버린 것은 자신이라는 생각이 쉽사리 모아의 마음을 떠나지 않았다.

하지만 속이 말이 아닌 건 재범도 크게 다르지 않았다. 그는 태어난 이래 자신이 얼마나 애 같은 남자인지를 절감하는 중이었다.

제자를 상대로 전혀 어른스럽지 못한 반응을 보였다. 그 나이 때는 충분히 선생님을 좋아하거나 할 수 있는 일인데, 느긋하게 다독여 주지는 못할망정 저도 모르게 자꾸 단단한 벽을 세웠다.

선생님을 선생님이 아닌 남자로 보는 그녀를 나무랄 자격이 없다. 자신 역시 제자가 아닌 여자를 보는 시선이었음을 온몸으로 깨달아 가는 중이었으니.

네가 그러고도 교사냐, 어른이 보일 태도냐고 스스로를 몇 번이나 꾸짖었다. 하지만 마음처럼 되는 것은 아무것도 없었다. 자신의 마음을 스스로 다스리지 못해 고백을 해 왔을 그녀와 다를 게 무언가. 제대로 감추고 숨기지 못해 억지로 등만 내보이려 하는 자신은 그녀보다 나이만 더 먹었지, 철부지와 다를 바 없었다.

등을 토닥여 주거나 머리를 쓰다듬거나 하는 행동은 교사로서 충분히 할 수 있는 것인데도 혼자서 눈치를 봤다. 그런 가벼운 스킨십을 이성의 것이라고 의심할 사람은 이 학교에 아무도 없다는 걸 알면서도 재범은 몇 번이나 제 발 저렸다.

그녀를 향한 자신의 마음이 교사가 아닌 남자의 것임을 인지해 버렸기 때문에, 누구도 그들을 이성의 관계로 보지 않는 와중에도 혼자만 수없이 참고, 견디고, 멈춘 것이었다.

관계를 망친 것은 모아가 아니었다. 바로 재범 자신이었다. 그녀의 수줍은 고백을 이렇게밖에 내칠 수 없는 자신이 평화롭던 둘 사이의 교감을 뿌리째 뽑아낸 것이다.

조금 부어 있는 눈을 보면서 대체 얼마나 울었던 건지 걱정되고 신경 쓰여 견딜 수가 없었다. 부은 눈두덩을 다정하게 어루만져 주고 싶었고, 당장이라도 품에 안으며 울려서 미안하다고 다독여 주고 싶었다. 그런 것 하나 해 줄 수 없는 자신이 미치도록 한심하게 느껴졌다는 사실은 아마 재범 본인을 제외하고는 아무도 모를 것이다.

네가 두 살만 더 많았더라면 좋았을 텐데. 그런 가정을 아무리 많이 해 보아도 현실은 달라지지 않는다.

퉁퉁 부은 눈으로 여전히 자신의 등 뒤를 좇는 작은 여자애의 시선과 쉽게 묻어 두지 못해 자꾸 잠잠하던 지면 위를 들쑤셔 놓는 마음은 아마 한동안 계속될 것이다. 열여덟의 사랑도, 스물일곱의 사랑도, 감추는 게 서툴다는 것에는 조금도 다른 점이 없다.

아이들이 전부 똑같은 자세로 고개를 숙이고 문제를 푸는 사이, 재범은 언제나처럼 느긋한 걸음으로 교실을 한 바퀴 돌기 시작했다. 한 걸음 두 걸음 내디딜수록 점차 모아의 자리에 가까워진다.

모아는 그의 걸음을 느꼈다. 고개를 돌리지 않아도 머리카락마저 그 방향을 향해 쭈뼛 서는 느낌이었다.

사각사각. 마치 그림을 그리는 것만 같은 소리가 교실 곳곳에서 들렸다. 모아의 작은 손에 쥐어진 샤프 끝에서도 어둑한 흔적을 남기며 올망졸망한 몇 개의 숫자가 여백을 채워 가기 시작한다.

재범은 그녀의 책상 옆을 지나치면서 저도 모르게 느려지기 시작하는 걸음을 느꼈다. 희고 동그란 이마를, 집중한 듯 오물조물 모인 입술을 조금만 더 지켜볼 수 있으면 좋겠다.

미술 교사였다면 좋았을 것이라고 재범은 생각했다. 그럼 비겁한 명목이라도 내세워 그녀를 계속해서 살펴볼 수 있었을 텐데. 몇 번이고 응시하며 그녀를 그려 볼 수 있었을 텐데.

자신은 수학 교사라 모아를 통해 앞으로의 답을 찾으려고만 했다. 까맣고 예쁜 머리칼이 흘러내리는 것을 볼 때마다 이 마음에 답이 있을 리 없다는 것을 체감하면서도 말이다.

모아가 언제나 그의 뒷모습을 뒤좇았다면 재범은 그녀의 동그란 정수리를 끊임없이 지켜보고 있었다. 서로가 알지 못하는 시선, 계속해서 따라붙는 마음. 그런데도 마주할 수는 없다는 게 안타까울 따름이었다.

재범이 손을 꿈틀거렸다. 그녀에게 보일 수 있는 위로가 아무것도 없다. 머리조차 쓰다듬지 못할 정도로 그녀를 향한 자신의 태도가 모든 것을 어렵게만 만들어 갔다. 두어 번 움찔하며 주먹을 꽉 쥐던 재범이 중심을 잡듯 자연스럽게 모아의 책상 끝을 짚었다.

문제를 풀던 모아가 흘끔 시선을 옮겨 책상을 짚고 아쉽게 떨어져 나가는 그의 기다란 손가락을 보았다. 어깨를 붙잡은 것도,

머리를 쓰다듬은 것도 아닌데 책상 모서리 부근에 자신의 향기를 남기고 스쳐 가는 그가 한없이 애달프기만 하다.

책상 위를 손끝으로 살짝 매만져 보는데 저쪽에서 누군가 "선생님! 질문이요!" 하고 재범을 부른다. 모아가 잘못이라도 저지른 아이처럼 흠칫하며 손을 거두어 냈다.

그가 닿았던 모든 곳에 자신의 손길이 닿았으면 좋겠다고 생각했다. 계속해서 그의 뒤만, 그의 흔적만 좇아도 좋으니 혼자서라도 좋아할 수 있게 해 주었으면 좋겠다고도 생각했다. 누구의 허락이든 꼭 받고 싶었다.

'······좋아하지 않을 수 있었으면 좋겠어요.'

재범이 교탁 앞에 서서 다시 등을 돌린다. 그의 모습을 멀찍이 바라보던 모아가 눈을 감았다.

교무실 서랍 깊숙한 곳에서 잠들어 버린 그의 목도리처럼.

○ ● ○

꿈같은 감정에 취해 있을 때는 현실과 멀어져 느릿하게 기어가는 것만 같던 시간이, 느긋한 시선으로 서로 좇던 걸 잠시 멈추고 나니 이상할 정도로 빨리 흘렀다. 모아는 새삼스럽게도 그게 신기했다.

생각해 보면 엄마와의 시간도 그랬다. 길다면 길었고, 짧다면 짧았던 마지막 세 달이 그런 식으로 굉장히 빠른 끝을 보였다.

시간이란 녀석은 내 뜻대로, 내가 원하는 속도로 가 주는 법이 없으니 언제나 방심하지 말아야 했다. 그걸 알면서도 잠깐 정신을 놓을 때면 이미 손안에서 놓쳐 버린 뒤였다. 그렇게 시간의 아쉬움을 품은 채 넋 나간 몸뚱이만이 미래에 도달해 있고는 했다.

모아의 시간은 그런 식으로 흘러 지금을 달리는 중이었다.

"선생님, 안녕하세요."

"아아, 그래."

눈 깜빡할 사이에 2학기가 되었다.

마음을 정리하고 상처를 아물게 하는 데에는 역시 시간만큼 좋은 게 없는 걸까. 몇 달 사이 생각보다 많은 것이 바뀌었다.

재범과 모아의 어색한 눈빛 교환은 여전했지만 그래도 딱딱한 벽을 세운 채 서로를 모른 척하던 그 공기만큼은 사라졌다. 인사를 건네면 자연스럽게 받아 주기 시작한 것이 모아에게는 무엇보다 기쁘고 다행인 일이었다.

재범을 향해 어색하게 웃어 보인 모아가 그를 지나쳐 교실로 빠르게 걸었다. 그의 시선이 자신의 뒤를 좇을 리는 없겠지만 아직 마음이 제대로 닫히지 못해 그 몇 미터의 간격마저 부끄러워지는 탓이었다.

차라리 눈에서 안 보였다면 포기가 지금보다는 빨랐을지 모르겠다. 하지만 교사와 학생의 관계란 잔인하기만 했다. 눈을 감아도 떠도 재범의 모습은 언제나 모아의 곁에 머물렀다.

여름 방학 때는 보충 수업에 나가 꼬박꼬박 그의 얼굴을 봐야 했다. 2학기가 되었지만 1학기 때와 다름없이 분필을 쥐는 그의 커다란 손, 문제를 설명하는 핏대 선 목, 그런 것들이 시야에 머물렀다.

서툰 사랑에 모든 걸 잃게 될까 봐 더욱더 공부에 매진했지만 그와 눈이 마주칠 때면 어김없이 처음으로 돌아가 버리고 말았다. 짧은 눈 맞춤이 감정의 리셋 버튼이라도 된 듯 정말이지 모든 것을 허무하게 되돌려 놓았다.

"이래서야 졸업 전에 포기가 가능할지 모르겠네."

야간 자율 학습 도중 창밖으로 고개를 돌린 모아가 작게 중얼거렸다.

차라리 시간이 더 빨리 흘러가 버리면 좋겠다. 확실하게 그에 대한 마음을 접거나, 빨리 어른이 되어 조금 더 당당하게 그를 볼 수 있게 되거나. 어느 쪽이든 좋으니 열여덟이라는 나이를 이겨 내고 조금 더 성장한 내가 되면 좋을 텐데. 그런 생각들이 모아의 머릿속에 차곡차곡 쌓여 갔다.

모아가 손에 쥔 샤프를 빙글빙글 돌리면서 어두운 밤하늘을 올려다보았다. 밤인데도 하늘이 높은 게 느껴진다.

참고서 넘기는 소리만이 들리는 조용한 밤의 교실. 윗입술을 따스하게 데우는 자신의 호흡과 함께 더 높을 수도 없을 위치에 덩그러니 떠 있는 달을 응시했다. 그때와는 다르지만 그때보다 더 깊어진 마음이 꼭 저렇게 가득 차오른 달과 비슷한 것만 같은 기분이 든다.

사그라지는 것 같다가도 다시 가득하게 차오른다. 마음이라는 건, 전부 이런 것일지도 모르겠다.

밤하늘이 꼭 우주 같다. 외로이 떠 있는 달의 주변으로 미간을 잔뜩 찌푸려야 겨우 보일 법한 작은 빛들이 듬성듬성 자리를 지켰다. 밤하늘은 확실히 하늘이란 단어보다 우주라는 단어에 근접해 있는 모양이다.

그를 향한 자신의 사랑이 꼭 우주 같았다. 눈을 감아도 그가 보이고, 느껴진다. 마음을 숨겨도 반짝이는 빛이 자꾸만 새어 나오고 만다.

어두운 마음속 우주에서 그라는 이름의 달이 빛을 낸다.

'얼른 포기할게요. 그러니까…….'

아주 조금만 더 이렇게 좋아하게 해 주세요.

시간이 흐른다.

또다시, 그 추운 계절을 향해.

6 난 태양보다 달이 더 좋아요
모두가 잠든 밤을 쓸쓸히 지켜 주니까

'그리고…… 그 사람을 만나게 해 주었으니까.'

모아는 뒷말을 쏙 빼고 그렇게 대답했다.

작은 레스토랑 주방에서 함께 아르바이트를 하는 세 살 연상의 대학생 언니가 대뜸 건네 온 질문은 '태양이 좋아, 달이 좋아?' 였다. 그것은 모아에게 있어 '엄마가 좋아, 아빠가 좋아?' 라는 질문만큼이나 쉬운 것이었다. 아빠 없이 자란 모아에게는 언제나 엄마만이 유일한 대답이었으니까.

태양과 달도 꼭 그랬다. 언제부터인지 정확하게 말할 수도 있었다. 재범을 처음 만났던 그 밤. 엄마를 잃은 슬픔만큼이나 그를 만난 것이 다행이고도 기뻤던 날.

보름달이 떴다는 평범한 한마디로도 서로의 이야기를 나눌 수 있었다. 그런 매개체였던 달을 어떻게 태양과 비교할 수 있을까.

"모아 너 생각보다 되게 감성적이다."

"그래요?"

"달이 잠든 밤을 쓸쓸히 지켜 준다니. 한 번도 그렇게 생각해 본 적 없어. 시인 같아."

"아하하……."

모아가 어색하게 웃으면서 가방을 챙겨 들었다. 시인 같다는 말은 처음 들었다. 사랑에 빠진 뒤로 모든 것을 감성적으로 보게 된 게 아닐까. 그런 생각이 들었다. 원래 누군가의 생각을 깊게 하다 보면, 감정에 취하다 보면, 흘러가는 물줄기 하나, 떨어지는 낙엽 하나에도 마음을 담기 마련이니까.

아직 여러모로 복잡한 마음이 혹여 새어 나갈까 싶어 모아가 귀가 준비를 서둘렀다.

"언니, 그럼 저 먼저 들어갈게요."

"수고했어!"

인사를 뒤로하며 가게의 문을 열고 밖으로 나왔다. 찬바람이 강하게 휘몰아치며 또다시 머리칼을 제멋대로 헝클어 놓는다. 가느다란 손가락이 머리카락을 한 가닥씩 떼어 내는 사이 반짝이는 눈은 일종의 의식처럼 혹은 습관처럼 높은 밤하늘을 올려다본다.

날이 조금씩 추워지는 것 같다고 생각은 했는데 정신을 차리고 보니 정말 겨울이 와 있었다. 벌써 3학년을 앞둔 겨울 방학이 되었고, 모아는 그새 열아홉 살이 되었다.

추워지면 추워질 거라고 예고라도 해 주지 않겠느냐며 홀로 작은 투정을 부리니 제 탓을 하지 말라는 양 애꿎은 바람이 더욱 세차게 춤을 추며 성을 냈다. 모아의 머리는 몇 초도 지나지 않아 또다시 엉망이 되었다.

올겨울에는 방학 보충 수업을 신청하지 않았다. 본격적으로 3 학년이 되면 아르바이트에 할애할 시간이 줄어들 것 같아 열여덟의 마지막 방학을 열심히 움직이는 일에 쓰고 싶었다.

호랑이는 모아의 일이라면 언제나 전적으로 응원해 주었기에 그런 쪽으로는 딱히 강요하지 않았다. 모아가 '역시 사람은 성적이 좋고 볼 일이야.' 하고 장난스럽게 말하면 운혁은 입을 떡하니 벌리며 그녀의 귀여운 자만을 손가락질했다.

아르바이트에만 집중하니 확실히 머릿속이 덜 어지러웠다. 학교에 가지 않으니 재범의 얼굴을 보면서 괴로워할 일이 없어 좋고, 더불어 돈까지 벌 수 있으니 일석이조였다.

때때로 그의 얼굴이 보고 싶을 때가 있었지만 어린애의 고백에 계속해서 난처해할 그인 데다가, 사랑에 빠져 아무것도 하지 못하고 무능한 꼬마로 남는 것은 모아로서도 원하는 바가 아니었다.

"보고 싶다, 선생님."

자신도 모르게 재범을 향한 마음을 입김처럼 뱉어 내던 모아가 그 자리에 멈추어 서서 고개를 내저었다. 전처럼 가슴이 아파서 어쩌지 못하겠는 건 조금 사라졌는데 보고 싶은 마음은 이미 신체의 일부가 된 듯 고스란히 박혀서 좀처럼 빠져나올 생각을 하지 않는다.

찬 공기에 머리를 한껏 식히기로 한 모아가 버스를 포기하고 천천히 걷기 시작했다. 앞으로 어떻게 하면 좋을지 하나씩 머릿속으로 계획을 세워 보았다.

대학교는 아무래도 금전적으로 무리일 것 같으니 바로 취업을 하는 게 좋겠다. 장학금을 받으면 가능할지도 모르겠지만 전국에서 똑똑한 애들이 다 몰리게 될 텐데 그곳에서 1등의 자리를 차지할 자신 같은 건 조금도 없었다. 하물며 아르바이트를 하면서 장학금을? 꿈같은 이야기다.

취업이라고는 해도 성적이 아예 중요하지 않을 수는 없을 테니 목표가 어찌 되었든 공부에 결코 소홀하지는 말자고 마음먹었다. 일단 졸업 때까지 최선을 다하고 그 이후로는 엄마가 그랬던 것처럼 하루하루 열심히 일하면서 돈을 벌자고, 그렇게 앞으로의 큰 그림을 대략적으로나마 그린 모아였다.

그녀가 그렇게 빠르게 곁을 떠날 줄 미리 알았더라면 애초에 인문계 고등학교로 오지도 않았을 것이다. 그때만 해도 엄마만 믿으라는 그녀의 말에 힘을 얻어 주야장천 공부 하나만 파겠다고 자신했었는데, 현실의 벽은 너무도 높아 이젠 그 꿈을 후회로 만들어 버린다.

그렇다고 과거를 바꿀 수도 없는 일이다. 기왕 인문계 고등학교로 왔으니 공부라도 열심히 해서 다음 학년 때 취업하는 방향으로 상담을 해 보아야겠다고 생각한 모아가 크게 심호흡을 하며 고개를 끄덕였다.

그러고 보니 곧 있으면 엄마가 돌아가신 지 일 년이다. 오지 않을 것 같던 겨울이 다시금 찾아오면서 제일 실감이 났던 것은 바로 그것이었다. 모든 것이 작년의 그날로 돌아가 외로움도, 고독

도, 추위도, 전부 그때와 똑같이 덮쳐 올 것 같은 두려움이 모아
의 마음을 쿡쿡 찔러 댔다.

'일 년 사이에 난 대체 얼마나 성장한 걸까.'

작은 의문이 모아의 머리 위로 떠오른다. 나이만 먹은 어린애
그대로인지, 아니면 딱 일 년 치의 성장이 있기는 했는지. 스스로
는 조금도 깨달을 수 없는 그 차이를 누군가 곁에서 말해 준다면
좋겠다. 쉴 새 없이 자신을 지켜봐 주는 누군가가 있다면 아마 그
에 대한 답을 해 줄 수 있을 텐데.

누군가의 따스한 시선이, 누군가의 부드러운 손길이 필요한 나
이다. 혼자서는 조금 버거운 시기다.

"……."

입김이 흰 눈처럼 흩날리는 추운 밤.

모아는 문득 자신의 머리칼을 쓰다듬던 커다란 손이 그리워졌
다.

○ ● ○

"이 밤에 웬 화장?"

"아, 왔어?"

그룹 홈에 도착해서 문숙에게 인사를 하고 이레와 함께 쓰는
방에 들어선 순간 모아는 눈을 동그랗게 떴다. 이 늦은 밤에 거울
을 붙들고 앉아 눈 화장에 바짝 힘을 주고 있는 이레 때문이었다.

"주방 일은 할 만해?"

"뭐, 비슷해. 홀에서 일하든 안에서 일하든 똑같이 정신없어."

원래 홀에서 서빙을 보던 모아는 며칠 전부터 주방 보조로 바꾸어 일을 하기 시작했다. 이상하게도 모아 또래의 아르바이트생들은 주방 일을 오래 하지 못하고 전부 금방 나가떨어졌다. 사장은 어린애들은 이래서 안 된다고 말하며 고개를 저었다.

그러다가 웬만해선 약한 소리를 하지 않는 모아에게 시선이 돌아갔다. 그는 괜찮으면 홀 아르바이트를 새로 구할 테니 대신 네가 주방으로 가 주지 않겠느냐 물었고 모아는 흔쾌히 그렇게 했다.

대체 뭐가 다른 건지 잘 모르겠다. 예쁘게 다듬은 손톱이 다 망가지는 게 싫었나? 아니면 뽀얀 피부가 물기로 쪼그라드는 게 싫었나? 아직 모아에게는 또래 여고생다운 감성으로 이해할 수 없는 것들이 꽤 많았다.

"나도 손에 물 묻히는 건 싫어. 더운 건 더 싫구."

"그래?"

"응."

항상 손톱을 바짝 깎아서 다니는 모아에게는 '꾸민다는 것'이 영 어색하기만 했다. 그 흔한 매니큐어 한 번을 발라 본 적이 없었으니.

이레의 말에 그렇구나 하고 고개를 끄덕이던 모아가 점퍼를 벗어 걸어 놓았다. 그녀는 양말까지 벗은 뒤 작은 발을 따뜻한 방바닥에 바짝 대며 이레의 곁에 붙어 앉았다. 오랜 시간 함께해 온 자매처럼 친근하게.

"그런데 진짜 웬 화장이야? 이 밤에 어디 나가려고?"

"나가긴 어딜 가. 아무 데도 안 가."

"그러면 화장은 왜 해?"

"아까 유튜브 동영상에서 마음에 드는 화장법을 하나 봤거든. 연습 삼아서 따라 해 보는 중이야."

얼굴 위에 여러 가지의 색으로 그림이 그려지는 듯하다. 취미 삼아서 하는 것 같지만 이레는 꽤 진지했다.

미용 쪽으로 확실하게 꿈을 정하고 나아가는 게 꽤 멋져 보이기도 해서 모아가 멍하니 이레를 바라보았다. 동갑내기지만 자신보다 먼저 어른이 되어 가는 모습에 괜히 조바심이 날 것도 같다.

그런 모아를 흘끔 쳐다본 이레가 화장품을 모아의 앞에 내려 두었다.

"너도 해 볼래?"

"으응?"

"요새 어떤 애들이 로션만 바르고 다녀. 못해도 최소 비비나 틴트 정도는 필수품으로 가지고 다녀야지. 요즘은 초등학생도 풀 메이크업인 거 모르지, 너?"

여러 종류의 화장품을 보니 해선 안 될 일을 하는 것만 같아 괜히 긴장이 된다. 모아가 어색하게 웃으면서 고개를 절레절레 내젓자 이레가 아쉽다는 듯이 입맛을 다셨다. 한 번쯤 메이크업을 해 보고 싶은 얼굴이라고 생각했는데.

괜찮다면서 엉거주춤하게 바닥에서 몸을 일으키던 모아가 책상 위에 놓인 무언가를 보고 눈을 동그랗게 떴다. 못 보던 참고서였다. 하나도 쓰지 않은 완전한 새것. 내년이면 배우게 될 내용들이 기분 좋은 종이 냄새와 함께 그 안에 정갈하게 인쇄되어 있다.

"이레야, 이거 뭐야?"

"몰라. 아까 이모가 놓고 가시던데?"

그때였다. 때마침 방문이 열리고 문숙이 들어왔다. 몇 개의 자그마한 귤이 담겨 있는 쟁반을 들고서.

모아가 마침 잘 오셨다는 듯이 그녀를 향해 섰다.

"이모, 이거 뭐예요?"

새 참고서 하나에 저렇게까지 반가워할 수가 있을까. 다른 아이들은 문제집 선물 같은 건 영 달가워하지 않던데. 모아를 기특한 눈으로 보던 문숙이 인자하게 웃었다.

"후원해 주시는 분이 잠깐 다녀가셨어. 생필품이랑 너희 참고서 같은 것들 바리바리 들고 오셨더라. 그러고 보니 아까 모아 너 들어올 때쯤 나가셨는데 못 마주쳤니?"

"네. 아무도 없던데요?"

버스 정류장까지도 꽤 걸어야 하는 위치라 주변에 사람들이 있다면 아마 바로 눈에 띄었을 것이다. 하지만 오히려 무서울 정도로 인적이 드물었다. 충분히 마주쳤을 법도 한데 왜 아무도 없었지?

다음번에 보면 인사라도 꼭 드리라는 말과 함께 문숙은 귤만 내려 두고 방을 나갔다. 닫힌 방문을 보던 모아가 의자를 빼 책상 앞에 앉았다.

책상 위에 놓인 참고서 책장을 스르륵 넘겼다. 확실히 2학년 때와는 달리 어려워 보이는 내용들이 가득하다. 그럼에도 새로운 걸 배워 나간다는 설렘, 내년이 되어 그와 함께 이 한 글자 한 글자를 적어 내려갈 기대 같은 것들이 벌써부터 단단한 각오를 불러일으켰다.

참고서를 탁, 덮었다. 수학. 큼직하게 명조체로 쓰인 과목명을 슥 쓰다듬던 모아가 잠시 손을 멈추었다.

"……."

수학이라는 글자만 보아도 일렁이는 마음이 크게 요동치기 시작한다. 아까 미처 보지 못한 몇 자가 그제야 시야에 잡혔다. 과목명 아래에 검은 글씨로 정갈하게 쓰인 것은 '정모아'라는 그녀의 이름 세 글자였다.

그룹 홈에 있는 애들만 다섯이니 어떤 게 누구의 것인지 구분하기 위해 이름을 적어 두었을 수 있다. 충분히 가능한 일이다.

하지만 모아가 좀처럼 마음을 다잡을 수 없는 이유는 그런 것에 있는 게 아니었다. 항상 마주하는 자신의 이름이 갑자기 낯설어 보였을 리 없지 않은가. 중요한 것은 그 정갈한 글씨가 결코 처음 보는 것이 아니었다는 데에 있었다.

문숙은 아니다. 이레도 아니다. 붓으로 써 내려간 것 같으면서도 흘려 쓴 글씨가 묘하게 단정해 오로지 단 한 사람을 떠올리게 만든다.

그녀의 머릿속으로 짧은 기억이 스쳤다. 지난봄, 수학 교과서 모퉁이에 적었던 짧은 장난. 몇 개의 글자에도 한동안 마음이 설레어 같은 페이지를 보고 또 보고, 그러다가 손때에 번질까 곱게 접어 놓기도 했었다.

모아가 벌떡 일어나 보관해 놓았던 지난 1학기 수학 교과서를 꺼냈다. 이레가 화들짝 놀라며 '갑자기 왜 그래?' 하고 물어도 그녀에게 대답해 줄 단 1초의 여유도 없었다.

페이지를 다급하게 넘기며 내용을 살폈다. 그러자 얼마 넘어가지 않아서 모퉁이가 곱게 접혀 있는 페이지가 드러났다. 연습 문제가 제대로 다 풀려 있지도 않은 그 내용이 모아를 다시금 그날의 교실로 데려다 놓는다.

흰 손이 조심스럽게 접힌 교과서 모퉁이를 펼쳤다.

정모지리. 문제 풀어.

모아의 손가락이 미세하게 떨렸다. 수학 참고서 위에 적혀 있는 '정모아'라는 이름 석 자의 서체와 너무도 똑같았다. '모지리가 아니라 모아거든요!' 하고 그를 향해 눈을 가늘게 떠 보이던 그날의 풋풋한 기운이 손때 가득 묻은 교과서와 빳빳한 참고서 사이를 맴돌았다.

재범이다.

정갈하고 어른스러운 한 가지의 단서로도 충분했다. 그가 왔던 것이다.

"정모아! 너 어디 가!"

이레가 불렀지만 모아는 미련 없이 움직였다. 겉옷을 챙겨 입을 생각도 하지 않고 서둘러 방문을 열어젖혔다. 현관에 놓인 슬리퍼에 아무렇게나 발을 끼워 넣었다. 자신의 발보다 한참이나 큰 슬리퍼 때문에 중간에 몇 번이나 앞으로 고꾸라질 뻔했지만 모아는 달음질을 멈출 수 없었다.

'아까 모아 너 들어올 때쯤 가셨는데 못 마주쳤니?'

버스 정류장까지는 꽤 거리가 있다. 넋을 놓은 채 걸어 주기를, 조금만 느린 속도로 떠나 주기를 속으로 간절히 바라면서 모아가 정신없이 달렸다.

얇은 티셔츠 바람으로 달리기에는 꽤 추운 날씨였지만 한 가지에 마음을 쏟아부을 때면 그런 건 아무런 장애도 되지 못했다. 엄마를 떠나보낸 뒤 홀로 병원을 향해 달려갔던 그날, 그때도 이렇게 추위를 뒤로하고 찬바람에 몸을 실을 듯이 달렸던 기억이 났다.

왈칵 눈물이 쏟아질 것 같았다. 몇 달이라는 긴 시간을 너무도 어색하게만 지내 왔다. 눈이 마주쳤지만 전처럼 따사롭지 않았고, 허공에 머물던 그의 손은 단 한 번도 자신의 머리 위에 닿은 적이 없었다.

봄으로 시간을 되돌리고 싶다고 바라던 수많았던 순간들. 다정한 눈빛으로 자신을 바라보며 '예쁜 이름이네.' 하고 말해 주던 그를 다시 마주하고 싶다.

이 마음을 받아 줄 수 없다고 냉정하게 등을 돌리던 그의 모습이 떠올랐지만 조금도 아프지 않았다. 돌아선 그의 표정이 어땠을지 다시 상상해 보지만 무엇도 떠오르지 않는다. 차가운 얼굴을 했던 그때의 그는 어떤 기분이었을까. 어린 마음에 입었던 실연의 상처가 다른 형태로 변모한다.

생각해 보면 그랬다. 그는 자신에게서 애써 등을 돌리고 손을 거두었지만 단 한 번도 싫은 기색을 표한 적은 없었다.

서툰 짝사랑은 원래 그렇다. 날 싫어하지만 않아도 충분하다고, 그렇게 생각하고 만다.

"하아, 하아……."

숨이 턱 끝까지 차올랐다. 그런데도 다리는 멈출 수가 없다. 그의 옷자락이라도, 그의 지나간 발자국이라도 만날 수 있게 해 달라고 애원하면서 달렸다.

그러던 모아의 시선 끝에 무언가가 닿았다. 거짓말처럼 저 앞에 그가 보였다.

언제나 뒷모습만 좇았다. 그러니 모를 수가 없다. 익숙한 등. 넓은 어깨. 찬바람에 휘날리는 목도리는 분명 자신이 준 것이었다.

"선생님!"

모아의 목소리에 천천히 걷던 그가 멈추어 섰다. 그룹 홈에서 나온 지 꽤 되었는데도 넋을 놓고 걷다 보니 결국엔 붙잡히고 말았다. 재범은 멈췄지만 차마 고개를 돌리지는 못하고 그대로 앞만 보고 있었다.

서로가 서로에게 가까워짐을 느낀다. 왜 몰랐을까. 이렇게 가까운 곳에 있었는데 왜 모르고 지나쳤던 걸까.

그는 마치 기다려 주는 듯했다. 고개를 돌리지도, 걸음을 내딛지도 않으면서 그 자리에 가만히 선 채 모아가 자신에게로 달려오기를 기다리는 사람 같았다.

재범은 천천히 시간을 세었다. 기다림이란 것이 그리 괴롭지 않다는 것을 느껴 보려는 듯도 싶었다.

몇 초도 되지 않는 아주 짧은 시간. 재범이 천천히 눈을 내려 감을 때쯤 모아가 그에게로 달려와 팔을 붙잡았다. 자그마한 손이 그의 옷깃을 붙잡은 채로 가쁘게 숨을 몰아쉬었다. 수증기처럼 호흡이 이지러졌다.

"선…… 하아, 선생님……."

역시 운동보다는 공부 체질인가 보다. 금방이라도 심장이 튀어나올 것처럼 강렬하게 박동하는 것을 느끼며 모아가 그를 더욱 꽉 붙들었다. 쉽게 놓치지 않겠다는 듯이, 그의 곁에 머물고 싶다는 듯이.

그리고 재범 역시 모아의 손길을 떼어 내지 않은 채로 천천히 몸을 돌려 섰다. 그는 모아보다 높은 시선에서 그녀를 내려다보았다.

"……."

차분하게 가라앉던 그의 눈빛이 일순간 흔들렸다. 모아의 모습 때문이었다.

겉옷 하나 걸치지 않은 얇은 티셔츠 바람에 슬리퍼를 신은 맨발은 추위에 얼어 새빨갰다. 자신의 옷깃을 붙든 손가락 끝도 다 홍색으로 물들었다. 바들바들 떨리는 게 전해질 정도였다.

"너 옷이 그게……!"

재범이 급하게 코트를 벗었다. 그러고는 모아의 작은 어깨 위에 둘렀다. 목도리까지 빼내어 그녀의 목에 칭칭 감았다. 코끝까지 빨갛다.

겨울을 무시해도 분수가 있지. 대체 이 날씨를 얼마나 만만하게 봤으면.

팔까지 전부 껴 넣어 코트를 입힌 그가 빨개진 모아의 두 뺨에 손을 가져갔다. 그 짧은 사이 차갑게 얼기 시작한 그녀의 뺨을 문지르고 두 귀를 손으로 비볐다. 온기를 전달하려고 계속해서 분주하게 움직였다.

그의 표정이 걱정으로 잔뜩 물들어 있어서, 다급하게 이리저리 움직이는 손길이 안쓰러움으로 가득해서 모아는 더욱 울음이 치밀 것 같았다. 자신의 목에 둘러진 목도리에서 그의 냄새가 난다. 자신이 서툴게 건넸던 선물에 어느덧 그의 흔적이 가득하게 배었다. 그 모든 것들이 느껴지기 시작하자 목구멍에서 무언가 울컥한다.

이 남자, 언제부터 이런 얼굴을 한 채 자신을 보고 있었던 걸까.

"선생님이죠."

모아의 말랑한 뺨을 커다란 손바닥으로 문지르며 녹여내던 재범이 멈칫하며 그녀를 내려다보았다. 맑은 눈에 눈물이 그렁그렁 찬다. 눈물을 떨어뜨리지는 않았지만 금방이라도 감정이 터져 버릴 듯 아슬아슬한 표정으로 모아가 그와 눈을 마주쳤다.

"선생님이 다녀가신 거죠."

"……"

그런 그녀에게서 천천히 손을 거둔 재범이 나직이 한숨을 내쉬었다. 또다시 처음 만난 그날처럼 한숨이 담배 연기처럼 흩어진다.

모아의 눈에 재범은 만나지 못했던 그 몇 주 사이에 더욱더 어른 남자처럼 다가왔다. 더 멀게만 느껴졌다. 그의 앞에만 서면 모아는 열아홉보다도 한참 어린애가 되어 버리는 기분이었다.

"그래, 맞아."

재범이 잠시 망설이는가 싶더니 고개를 끄덕였다. 확신을 가지고 묻는 그녀에게 발뺌하는 게 무슨 소용이란 말인가.

"저 그룹 홈에서 생활하는 거…… 어떻게 알고 오셨어요?"

"후원은 계속해 왔었어. 네가 여기에서 지낸다는 건 생활 기록부를 보고 우연히 알았고."

사실 모아에 대해 찾아본 것은 한참 전이었다. 자꾸만 신경이 쓰이고 관심이 가서 교사라는 위치를 이용해 모아에 대해 알아본 것만 해도 몇 번이다. 그녀의 생일을 알았던 것 역시 자신이 교사라는 위치가 아니었다면 조금 힘들었을 것이다. 당사자에게 당당하게 물을 수 있을 만큼 앞뒤 가리지 않는 성미는 되지 못했으니.

걱정이 되어 견딜 수 없었다. 모아의 작은 어깨가 축 늘어진 채 좀처럼 곧게 펴지지 못하는 것도, 어색하게 웃는 미소가 반짝이지 못하는 것도. 그 모든 게 자신 때문이라는 걸 알면서도 재범은 걱정을 멈출 수 없었다. 병 주고 약 주는 꼴이 될까 봐, 괜한 희망

고문으로 그녀를 더 괴롭히게 될까 봐 겉으로 드러내고 걱정해
보지도 못했다.

후원을 명목으로 그녀를 지켜보는 것은 그런 그가 할 수 있는
몇 안 되는 표현이었다.

대놓고 모아를 도울 수도, 감싸 줄 수도 없는 재범이었다. 자신
이 짓는 표정 하나가, 아무렇지 않게 뻗는 손길 하나가 그녀를 더
욱 옭아매고 말 것이라는 두려움이 있었다. 감정을 숨기는 것에
비하면 자신의 모습을 숨긴 채 뒤에서 그녀를 비추는 것은 그보
다 덜 힘든 일이었다.

그렇게라도 그녀의 작은 빛이 되어 주고 싶었다. 걱정만 산더
미인 무능력한 남자의 부질없는 짓이라도 말이다.

"걱정했어."

"……제자로서 말이죠?"

"맞아."

어떤 시선으로 보는지는 더 이상 생각할 거리도 되지 못했다.
중요한 건 그저 걱정되어 미치는 줄 알았다는 것.

보충 수업에는 나오지도 않아 생활하는 게 힘든 건지, 어디 아
픈 건 아닌지, 실연의 상처에 자칫 삐뚤어지려는 건 아닌지 등의
걱정으로 몇 날 며칠을 샜다. 벌써 남자 친구라도 사귀어 아홉 살
이나 많은 선생님 같은 건 풋내기 감정이었다고 치부해 버린 건
아닐까 생각하기도 했다. 결국 그녀의 예뻤던 마음이 자꾸 눈에
밟혀 내 목을 내가 조르는 꼴로 지냈다.

그 감정들을 모조리 퍼붓고 싶었다. 모아가 참았던 것만큼 재

범에게도 참았던 감정들이 몹시 많았다.

하지만 그는 아무런 말도 하지 않았다. 속에서 꺼내어 놓던 그 많은 감정들 중 단 한 가지도 모아의 앞에서는 솔직해질 수 없었다.

"선생님께 저는 처음부터 끝까지 단 한 번도 여자로 보이지 않았나 봐요. 이런 상황에서조차 그저 챙겨야 할 열아홉 학생일 뿐인 거죠."

"……."

"그래도 그렇게 걱정하는 표정을 지으시면 저는 자꾸 헷갈려요. 제자가 아닌 여자가 된 것 같아서 설레고."

"……코트는 개학하고 줘도 되니까 일단 들어가. 춥다."

"선생님."

모아가 부르는 선생님이라는 단어가 자꾸만 재범의 발목에 쇠사슬을 채운다. 그녀가 자신의 존재를 입에 담을수록, 그녀에게 불릴수록, 불어나는 마음과 동시에 일말의 이성이 함께 그를 붙든다.

선생님. 재범이 몇 년간 꿈꿔 왔던 단어. 그러나 이 순간 그는 그녀가 부르는 그 말이 너무도 괴로웠다.

"그럼 학교에서 보자."

부정할 수 없을 만큼 실격이다. 교사로서도, 남자로서도.

교사로서 그녀를 완벽하게 잘라 내고 지켜 주지도, 남자로서 그녀를 인정하고 사랑해 주지도 못했다. 현실과 욕심 사이에서 어느 쪽과도 타협하지 못하고 결국 부유해 버린다. 이렇게 변변치 못한 인간이었나 생각하면 더없이 괴로워지는 건 재범 자신이었다.

어머니가 돌아가신 날 모아와 만나게 되었던 것을 후회하지는 않는다. 그 다리 위에서의 짧은 만남이 아니었다면 모아는 스물도 채 되지 못한 어린 나이에 홀로 더욱 외로웠을 테니까.

그리고 자신 역시 그녀로 인해 위로받았다. 아버지의 앞에서조차 제대로 보인 적 없는 눈물을 처음 보는 여자애 앞에서 보이게 되었던 것은, 분명 그럴 만한 인연이었으니 그랬을 것이다.

그 인연이 지금에 와 커져 가는 마음을 죽이지 못해 안달인 이런 관계가 될 거라고는 전혀 예상하지 못했던 것이 크나큰 오류라면 오류겠지만 말이다.

계속 얼굴을 보고 있다가는 첫사랑을 힘겹게 앓는 그녀만큼 자신도 괴로워질 것만 같다. 재범이 애써 걸음을 돌렸다. 그녀에게 다시금 등을 보이고 차갑게 달라붙는 겨울 공기를 느끼며 한 걸음을 내디뎠다.

그러자 그를 쉽사리 놓지 않겠다는 듯 모아가 그보다 더 빠르게 달려와 앞을 가로막았다. 여전히 빨갛게 얼어 있는 발가락. 목도리와 코트를 입혔음에도 벌겋게 식어 가는 뺨. 어디까지 안쓰러운 모습을 보일 작정인가 싶어 재범이 한숨을 내쉬는 찰나, 모아가 그의 옷깃을 확 잡아 쥐었다.

"……!"

모아는 발뒤꿈치를 들더니 재범의 얼굴을 향해 돌진했다. 그 짧은 순간, 재범은 이번에야 말로 제대로 방심해 버렸다고 생각하며 저도 모르게 눈을 질끈 감았다.

그리고 정말 입술이 그에게 닿았다. 조금 더 정확하게 말해서……

그의 오른쪽 뺨에.

"……."

"……."

재범이 눈을 끔뻑거렸다. 정작 모아는 얼굴이 시뻘겋게 달아올라 있었는데 재범은 이게 대체 무슨 상황인가 싶어 아무런 표정도 지을 수 없었다.

아주 당연하게 입술 위에 닿을 거라고 생각했던 모양이다. 부드러운 입술이 뺨에 닿은 그 느낌이란 결코 생소한 것만은 아니지만 뭐라 말로 표현하기에는 어려움이 있었다. 매 순간 겪는 감정들은 상대에 따라서도 조금씩 다른 정의를 갖기 마련이니까.

멍하니 생각하던 재범이 순간 무언가를 깨달은 듯 난처한 얼굴을 했다.

'나 설마…… 실망한 건가?'

재범은 스스로가 어디까지 바보 같을 수 있는지 확인한 듯 또다시 얼굴을 감싸 쥐고 괴로워했다. 막아 낼 수 있을 만큼 여유가 없었다고는 하지만 그거로도 부족해 뺨이니, 입술이니, 위치에 대한 걸 생각하고 있다니. 문제는 결코 어디에 닿았느냐가 아닐 텐데도 말이다.

그의 심정이 어떤지 알 리 없는 모아는 여전히 얼굴을 붉히면서 목에 힘을 주었다. 부끄러움과 용기는 별개의 문제였다. 망설이지 않기로 마음을 먹고 나니, 그의 걱정이 와 닿는 걸 깨닫고 나니, 모아는 속에서부터 터져 나오는 진심을 한 마디도 담아 두기만 할 수는 없었다.

"선생님."

수많은 감정들 중에서 어떤 걸 제일 먼저 꺼내야 하나 짧은 시간 망설였다. 진심은 아무리 머리로 생각을 해도 최선으로 나와 주지 않는 게 아니던가. 그래서 모아는 몸소 깨달은 대로 그저 마음을 물 흐르듯 흘러가게 두었다.

"여지를 주는 건 선생님이에요."

"……."

재범에게는 모아가 말하는 여지라는 단어가 낯설게만 들렸다. 그녀의 주변을 맴돌았던 게 여지였을까. 걱정하는 눈빛을 숨기지 못했던 것이 여지였을까. 하나씩 따지고 보려면 정말이지, 끝이 없는 흔적들이다.

그가 뭐라 할 말을 찾지 못한 채 바라만 보고 있자 그녀가 대답하지 않아도 된다는 듯 또박또박 한 글자씩 뱉었다. 추위에 입술조차 얼어 버릴 듯 덜덜 떨려 왔지만 무너져 내리기 시작한 감정의 댐을 이제 와 막아 낼 수는 없었다.

"지난 반년 동안 참는 게 지옥 같았어요."

"……."

재범에게도 낯익은 감정이었다. 지금 이 순간을 참고 있는 것조차 지옥 같다고 한다면 누구의 감정이 더 깊은지 재어 볼 수 있을까. 이미 성인이 된 재범과 아직 자라나는 모아의 감정이 같은 깊이일 수 있을까.

여러 가지를 생각하던 재범이 표현하기에도 바쁠 시기에 참는 것만 무던히 배워야 했을 모아를 향해 괜한 죄책감을 갖는다. 여린 몸에서 나오는 솔직한 마음에 그가 주먹을 꽉 쥐었다.

알게 된 지 이제야 일 년이 되는 아이. 그런데 그녀를 만난 이후의 일 년이 너무도 괴로웠다. 위로가 되기도 하던 사람이 괴로움이 될 수도 있다는 그 모순을 처절하게 깨달았다.

하지만 한 번 끌어안는 정도로 쉽사리 놓을 수 있는 감정도 아니었다. 그랬기에 조금은 알 것 같기도 했다. 태어나 지금처럼 수많은 감정을 겪어 본 적 없을 모아가 하나씩 꺼내어 놓는 서툰 인내들을.

좋아한다고 처음으로 뱉었던 그 고백보다 더욱 절실하게 다가온다. 고백인지 투정인지 모를 지금의 말들이.

"앞으로 남은 일 년은 안 참을 거예요."

"……."

아, 그런가. 이제 일 년이 남은 건가. 열일곱의 그녀를 만났고, 그녀가 열여덟이 되는 해에 재회해 저도 모르게 마음을 키워 왔다. 일 년을 함께 보냈다는 사실을 깨닫기가 무섭게 그녀가 학생으로 머물 시간 역시 일 년밖에 남지 않았다는 사실이 가슴을 두드린다.

아이들과 있다 보면 시간이 정말 눈 깜빡할 새에 흐르고 만다. 그녀에게도 열아홉, 3학년의 시기가 코앞까지 와 있다니.

저도 모르게 기대 같은 것을 하게 될까 봐, 더는 막아 내지 못

할까 봐, 재범의 눈이 크게 흔들렸다.

"앞으로도 계속 좋아할게요."

"……정모아."

"만약 선생님이 저한테 오게 되면…….

"……?"

"그땐 뺨이 아닌 입술을 노릴 거니까 각오 단단히 하고 계세요."

추위에 떨면서도 모아의 눈빛에는 조금의 흔들림도 없었다. 차가운 바람과 겨울의 공기를 온몸으로 맞고 선 채 그녀의 눈동자는 곧게도 재범을 향했다. 그에게 폐가 될까, 앞으로의 감정을 어떻게 숨겨야 할까, 그런 고민들로 가슴을 내리치던 지난 고민들은 잠시 내려놓은 사람처럼 그랬다.

어떤 다짐을 한 걸까. 어떤 확신을 가진 걸까. 구태여 하나씩 묻지 않아도 될 법한 시선이었다. 몇 달 사이 많이 달라진 것 같아 보이면서도 결코 달라지지 않은 것을 느낄 수 있었다. 그 눈이 말하고 있었다.

당신이 좋아요.

"……."

아홉 살이나 어린 제자와 감정의 싸움이라도 시작해야 하는 건가. 수줍음을 숨기지는 않되 한 발도 물러서지 않으려고 하는 그 푸릇한 당당함이, 그 고백이, 재범의 목 뒤를 뜨겁게 달구기 시작했다.

당황인지 기쁨인지 모르겠다. 스물여덟을 먹고도 이런 기분은 처음이다.

"잊으셨을까 봐 다시 말할게요."

"……?"

"좋아해요, 선생님. 아직도…… 많이, 많이요."

저 작은 입을 틀어막을 수만 있다면 얼마나 좋을까. 눈으로 실컷 이야기를 하고서도 또다시 입 밖으로 내는 그 고백에 재범이 저도 모르게 침을 꿀꺽 삼켰다. 심장에 안 좋은 여자애가 아닐 수 없다.

"정모아."

"그럼 개학하고 학교에서 봬요."

"잠깐, 모……."

뒤늦게 재범이 손을 뻗어 보았지만 모아를 붙잡기엔 역부족이었다. 모아는 슬리퍼를 신은 작은 발로 바닥을 디디며 빠르게 그룹 홈을 향해 달렸다.

귀가 화끈거리며 달아오른다. 추위에 손가락이며 발가락, 코끝이며 귀가 아릴 정도로 어는 것 같았는데 막상 할 말을 전부 뱉고 나니 뒤늦게야 뜨거운 감정이 온몸으로 확산되기 시작했다.

눈앞에 그를 두고 단 한 가지 감정만 보려고 하니 정말 무엇도 겁나지 않았다. 마음속에 휘몰아치던 차가운 바람마저 열기 속에 말려들어 사라지고 말았다.

목에 둘러진 목도리에서 그의 냄새가 났다. 책상 곁을 스칠 때면 나던, 칠판 앞에 서 있을 때면 나던, 그의 시원하고 어른스러운 향기가 그의 코트와 목도리를 타고 모아의 온몸에 배고 있었다. 숨을 크게 들이쉬지 않아도 코끝을 간질이며 맡아지는 그만의 향기가 좋아서 모아가 벅찬 표정을 했다.

달리면서도 살며시 목도리를 잡아당겨 얼굴로 가져갔다. 목도리에 코를 파묻자 입술이며, 뺨이며, 콧등이며, 전부 그의 향으로 물든다. 온 공기가 그의 것으로 가득하게 차오르는 것 같아 모아는 이대로 평생 아무것도 하지 않고 숨만 쉬면 좋겠다고 생각했다.

"……."

저 멀리 뛰어가는 모아의 모습을 보던 재범이 그대로 스르륵 주저앉았다. 대체 방금 전에 무슨 일이 있었는지 얼떨떨한 표정이었다. 자신이 입고 있던 코트가 없어져 추위가 따끔하게 다가오니 상상이나 꿈이었을 리는 없고…….

현실이라고 해도 도무지 믿기질 않았다. 그러니까 이거 완전…… 선전 포고 아닌가?

재범이 어느덧 차갑게 얼기 시작한 두 손으로 얼굴을 쓸어내렸다. 손바닥이며 얼굴이며 어느 것 하나 차갑지 않은 것이 없었다. 오로지 그 사이로 흘러나오는 그의 깊은 한숨만이 뜨거웠다.

그가 손을 내려 자신의 무릎을 짚더니 몸을 일으켜 세웠다. 그러고는 한 손을 들어 조심스레 오른쪽 뺨을 매만졌다. 아직까지도 부드러운 입술의 감촉이 남아 있는 것 같아 속이 뜨거웠다. 과장을 조금 더 보태어 딱 죽을 지경이었다.

"다음에는 입술일 거라니……."

얼굴이 잔뜩 빨개져서는 못 하는 소리가 없다. 그런데도 그 패기가, 그 수줍음이, 그 서툰 마음이 기뻐 어쩔 줄 못하겠는 게 더 우습다.

재범이 얼기 시작한 손을 바지 주머니에 깊숙하게 넣으며 고개를 들었다. 하늘 위로 아주 높게 보름달이 떴다. 의식하지 않고 지낼 때는 모르는데 가끔 이렇게 고개를 들어 보면 보란 듯이 보름달이 떠 있고는 했다.

어쩌다가 보름달이 뜬 밤에 만나서 하늘만 올려다보아도, 달만 발견해도 모든 생각이 그녀에게로 이어지고 마는지. 영영 밤이 오지 않는 나라에서 살 수도 없는 노릇인데.

터덜터덜 걸음을 옮겼다.

그녀에게 두 번째 고백을 받은 밤. 얼마 안 있으면 어머니의 1주기, 그녀와 만났던 시기가 되돌아온다.

시간은 너무도 빠르게 회전했다. 금방 어른이 될 거라고 그를 위로하듯이.

7 봄은 끝이 없다
기다리면 분명 다시 오니까

시간의 흐름이 얼마나 빠른지를 모아는 새삼스럽게 실감했다.

"반장, 인사."

정신없던 방학이 순식간에 지나 3학년이 되었다.

길게만 느껴지던 겨울 방학을 엄마의 1주기와 아르바이트로 꽉 채워 보내 버리고 나니 또다시 봄이 찾아왔다. 2학년이 되었던 지난봄, 재범을 보고 눈을 동그랗게 뜨며 놀랐던 게 엊그제 같기만 한데 벌써 3학년이라니. 지난 일 년의 시간이 감개무량하면서도 얼떨떨하다.

"차렷. 선생님께 경례."

개학이 됨과 동시에 모아는 새 반의 반장이 되었다. 본인의 의지는 하나도 들어가지 않은, 오로지 추천으로만 결정된 일. 그럼에도 모아는 반장의 자리를 거절할 수조차 없었다.

"새 학기라고 실실 쪼개는 건 이번 주까지야. 너희 이제 3학년이다. 입시 전쟁에서 한 발도 못 뺄 시기란 소리라고."

"아아, 선생님! 조옴!"

재범이…… 담임이 되었기 때문에.

○ ● ○

'반장은 점심시간 끝나면 교무실로 와서 유인물 좀 받아 가라.'

조례 시간에 재범이 한 말이었다.

'정모아.' 라거나 '모아야.' 하고 불러 줄 때와는 또 다른 기분. 그래도 꼬박꼬박 반장이라는 호칭으로 자신을 불러 주는 게 딱히 싫지는 않아 그 오묘한 기분을 만끽하는 모아였다. 자신이 재범을 부르는 선생님이라는 호칭과 더불어 한 세트처럼 느껴지는 것 같기도 했다.

모아가 급하게 식사를 해치우고 서둘러 양치까지 마쳤다. 그녀는 교실에 들러 집에서 챙겨 온 종이 가방을 들었다. 종이 가방 안에는 지난겨울, 그가 입혀 주었던 커다란 코트와 자신이 선물했던 목도리가 들어 있었다.

몇 번이나 뺨에 부비며 그의 냄새를 맡았는지 모른다. 드라이클리닝을 하고 나서는 그 기분 좋은 향이 사라져 얼마나 아쉬웠던지.

지난 시간들을 돌이키면서 뛰었다. 복도에서 뛰지 말라는 잔소리를 몇 번이나 들었으면서도 교무실을 향해 가는 다리에 더욱 속도가 붙는다. 집을 향해 달려가는 하굣길 다른 아이들의 달음질처럼.

정모아가 아닌 그저 반장에게 맡기는 일이라 해도 둘이서 이야기를 나눌 수 있는 몇 초가 설레었다. 더는 숨기지 않기로, 더는 참지 않기로 한 이후 마음이 더욱 편안해졌다.

나비의 날갯짓처럼 마음속에 작은 바람이 불었다. 봉오리들이 고개를 내미는 것처럼 모아의 마음에도 하나둘 꽃이 피어나고 있었다.

그의 반응이나 대답을 일부러 듣지 않고 등을 보인 것은 어찌 보면 비겁했을지도 모르겠다. 하지만 그랬기 때문에 남은 방학 동안 마음을 더욱 단단하게 다질 수 있었다.

기대란 것이 실망과 함께 오는 것이 아님을 확인하고 싶었다. 기대에 꼭 부응이란 단어가 붙을 수 있기를 몇 번이나 바라고 또 바라며 그것을 현실화하기 위해 용기를 품었다.

"선생님."

교무실로 들어서자 창가 쪽에 앉은 재범이 가볍게 손을 들어 보인다.

그날 이후로 더욱 차갑게 굴면 어떡하나, 서먹함을 돌이킬 수 없어지면 어떡하나, 그런 것들을 걱정하지 않았다면 거짓말이다. 하지만 재범은 평소처럼 모아를 대해 왔다. 개학식에서 그가 담임이라는 걸 알고 눈을 동그랗게 뜬 순간, 작년에 그랬던 것처럼 사람 좋은 웃음을 보여 주었을 정도로.

"5교시 내 수업이니까 시작하기 전에 미리 나눠 줘."

"네."

그래서 모아 역시 그에게 최대한 부담을 주지 않는 선에서 혼자만의 사랑을 지키자고 다짐했다.

하지만 그게 말처럼 쉽게 될지는 잘 모르겠다. 눈을 마주치면, 이렇게 자신을 보고 다정하게 웃어 주면, 다짐이니 용기니 하는 것들은 제 정체성을 잃고 쉽사리 사그라지고 만다.

그가 건네는 유인물을 받아 들자 재범이 그것을 다시 빼앗아 자신의 책상 위에 올렸다. '응?' 하는 표정으로 그를 바라보자 재범이 더 할 말이 있다는 듯 여유 있게 입을 열었다.

"어머님 1주기는 무사히 보냈어?"

"아……."

거기까지 신경을 쓰고 있는 줄은 미처 몰랐다. 엄마에 대해 묻자 모아가 잠시 멈칫하다가 이내 평온한 눈빛을 했다. 더는 슬픔에 빠져 살 수만은 없지 않겠느냐고 마치 눈으로 이야기를 하는 것만 같다.

생각해 보니 현주의 1주기였다는 건 재범의 어머니 역시 1주기였다는 소리가 된다. 두 분이 고작해야 이삼 일 정도 차이를 두고 돌아가셨으니까.

모아가 재범과 눈을 마주쳤다. 조금의 흔들림도 없는 시선이 따스하게 그를 향하며 살며시 웃는다. 그 미소에 재범이 놀라건 말건 모아는 미소를 거두지 않은 채 슬쩍 주변을 돌아보았다. 무슨 눈치를 보려는 건지는 모르겠지만 교무실 안에 있는 사람들을 살핀 것만은 확실했다.

점심시간이라 교무실에도 사람이 많지는 않았다. 남아 있는 선생님들조차 각자 인터넷 서핑을 하거나 하며 주변에 관심이 없는 것을 확인한 모아가 더욱 안심했다는 듯 환하게 웃었다.

"……."

재범이 모아에게 왜 그러냐고 물으려던 찰나, 모아가 천천히 손을 올려 재범의 머리를 쓰다듬었다. 그는 순간 이게 뭐지 싶은 얼굴로 모아를 올려다보았다. 의자에 앉아 있는 탓인지 모아의 시선이 그보다 더 높은 곳에 있었다. 그래서인지 머리를 쓰다듬는 행위가 유독 편안하고 자연스럽게 느껴진다.

"선생님도 1주기 힘겹지 않게 보내셨어요?"

모아는 재범이 언제나 자신에게 해 주던 것처럼 그의 머리를 쓰다듬으며 걱정을 되돌려 주었다. 어머니의 죽음은 열아홉 살에게도, 스물여덟 살에게도 똑같이 슬픈 일인데 어째서 어른이라는 이유로 그만이 자신을 걱정해 주어야 하는 건지 모르겠다는 생각이었다. 그가 하는 것처럼 모아 역시 그를 다독이며 위로하고 싶었다.

작은 손이 자신의 머리를 쓰다듬는 게 어색하면서도 귀여웠는지 재범이 저도 모르게 피식 웃어 버렸다.

'진짜 못 말리는 여자네.'

속으로 생각하던 재범이 돌연 웃음을 멈추었다.

미친 건가? 아무래도 미친 게 분명하다. 미치지 않고서야 이렇게 자연스럽게 '여자'라고 생각해 버릴 수는 없는 일이다.

마음이 계속 향한다는 걸 이미 어렴풋하게 느끼고는 있었지만 그래도 일말의 죄책감이나 괴로운 감정은 항상 필수적인 요소였는데, 이토록 아무렇지 않게 '여자'라고 인식해 버리다니. 괴로움을 잊고 있었던 탓에 몇 배로 더 괴로워져 버렸다.

재범이 깊게 한숨을 내쉬며 모아의 손을 잡아 내렸다. 이러다가 정말 정신을 놓아 버리지 않을까 걱정이 된다. 제대로 마음을 다잡고 있어야겠다는 생각이 들었다.

하지만 그런 생각조차 허무하게 만들 작정일까. 모아는 그 와중에도 재범이 자신의 손을 잡았다는 사실에 모든 신경을 쏟아 내고 있었다. 말갛던 그녀의 얼굴이 점점 벌겋게 달아오르는 걸 눈치채고 나서야 재범이 화들짝 놀라며 손을 놓았다.

여러모로 점점 궁지에 몰리는 기분이 드는 건 착각일까. 아무리 생각해도 휘둘리는 것 같은데…….

"아, 참!"

모아가 뒤늦게 생각이 났다는 듯 발치에 내려놓았던 종이 가방을 들어 그에게 내밀었다. 재범이 눈을 끔뻑거리며 이게 뭐냐는 시선으로 보자 그녀가 씩 웃었다.

"저번에 선생님이 입혀 주셨던 코트랑 목도리요."

"아……."

그날 밤이 떠올랐다. 손가락이며 발가락이며 전부 빨갛게 언 채로 달려왔던 모아의 모습. 걱정이 폭발해 저도 모르게 옷을 벗어 걸쳐 주었던 행동. 자신의 뺨에 닿았던 입술과 불에 덴 듯 화끈거리던 감각까지. 처음 사귀었던 여자 친구와 첫 키스를 했을 때도 그 정도로 속이 뜨겁지는 않았었다.

"드라이클리닝도 했어요."

"……그렇게까지 안 해도 되는데. 어쨌든 고맙다."

종이 가방을 받아 든 재범이 그것을 책상 밑에 내려놓으려고 고개를 숙이자 그의 머리 위로 작은 목소리가 들려왔다.

"좋아해요."

"……!"

느닷없는 고백에 놀란 재범이 고개를 확 들다가 책상에 머리를 박았다. 그가 신음 소리 하나 내지 못하고 머리를 감싸 쥔 채 괴로워하자 놀란 모아가 쪼그려 앉으며 책상 밑으로 고개를 쑥 넣었다.

"선생님, 괜찮으세요?"

"……"

아니, 전혀 안 괜찮아. 너 때문에.

그렇게 말하고 싶은 것을 참으며 재범이 그냥 눈을 감아 버렸다. 불쑥 얼굴을 들이밀면 내가 아닌 누구라도 놀랄 게 분명하다고 애써 객관성을 들이밀어 본다. 설득력이 전혀 없었지만 그렇게라도 하지 않으면 왠지 스스로를 용서할 수 없을 것만 같은 기분이 들었다.

조용하다. 모아가 말이 없다. 비켜난 건지 아닌지도 알 수 없어 재범이 슬쩍 눈을 떴다. 그러자 여전히 쪼그려 앉은 채로 자신을 바라보는 모아의 맑은 눈이 있다.

"……."

이 아이를 어쩌면 좋을까 싶은 얼굴로 바라보고 있자 모아가 쪼그려 앉은 상태에서 무릎을 끌어안고 웃었다.

"좋아해요, 선생님."

한 치의 고민도 없는 고백. 벌써 몇 번째인지 모를 고백에 또다시 속이 타들어 간다.

"시끄러워."

재범은 결국 도로 눈을 감아 버렸다.

○ ● ○

모아의 고백은 끝이 없었다. 아니, 끝이 없었을 뿐이 아니다. 속도를 내기 시작하면서 가속이 붙고 배가 되기라도 한 것처럼 더 잦은 빈도로, 더 설레는 눈빛으로 재범을 흔들었다. 그래서 재범은 수업 시간이 아주 곤혹스러웠다.

"여기선 $f(2)$의 값과 $f(3)$의 값부터 구할 수 있는데……."

열심히 수업을 하다가 고개를 돌리면 꼭 모아와 눈이 마주쳤다. 아마 작년에도 저런 눈으로 자신을 바라보고 있었겠지.

그런데 어째서인지 전과는 다르게 그 시선이 더 강렬하게 느껴져 태연한 척하는 것이 점점 어려웠다. 그녀의 마음이 더 솔직해졌기 때문인지, 아니면 자신의 마음이 연기로도 버틸 수 없을 만큼 위기이기 때문인 건지 분간이 되지 않았다.

때때로 모아는 교탁 앞에 선 재범을 바라보며 '좋아해요, 선생님.' 하고 입을 뻥긋거렸다. 못 본 척해야 되는데 그럴 때면 꼭 기가 막히게 눈이 마주쳐 버려서 재범은 아홉 살이나 어린 여자 애에게 놀림당하는 기분을 느껴야 했다. 매 순간 그녀의 고백을 겪으며 얼굴이 붉어지지는 않았는지, 눈에 띄게 당황하지는 않았 는지를 스스로 살펴야 했다.

그래도 인간은 무언가에 익숙해질 줄 아는 동물이다. 그것도 몇 번 겪고 나니 대꾸를 제대로 할 수 있게 되었다.

그녀가 좋아한다고 말하면 재범은 '다물어.' 혹은 '단념해.' 같은 말로 냉정하게 잘라 냈다. 그럼 모아는 눈가를 축 늘어뜨렸 다. 그 표정을 보면 저도 모르게 죄를 진 것 같은 묘한 기분이 들 어 또다시 한껏 안쓰러워진다는 것만 빼면 썩 나쁘지 않은 대응 이었다.

좋아한다는 말에 안 된다는 말이나 단념하라는 말로 일관할 수 밖에 없는 사람의 입장도 마냥 편한 것은 아니었다. 아예 마음이 쓰이지 않는 상대라면 더욱 냉정할 수 있을 텐데 그런 입장도 아 니었고.

자신을 괴롭히는 것들이 한두 가지가 아니었다. 이러다가 제명 에 못 죽지 싶어 재범은 수명이 점차 줄어드는 것만 같은 착각을 느꼈다.

그뿐만이 아니었다. 재범은 요즘 운혁으로부터 묘한 견제도 당 하고 있었다.

2학년에 이어 3학년 때도 모아와 같은 반이 된 운혁은 작년과 달리 부쩍 재범을 향해 날을 세웠다. 말을 걸면 전처럼 마냥 장난으로만 받아치지도 않았고, 넉살 좋은 농담을 건네지도 않았다.

수업 시간이면 눈에서 레이저라도 뿜을 듯이 재범을 노려보았다. 칠판을 응시하며 집중하는 것이 아니었다. 재범은 정확하게 느낄 수 있었다. 자신을 노려보며 공격 태세를 갖추려 드는 운혁의 시선을.

3학년이라서 그런 건지 아니면 열아홉에 뒤늦은 사춘기가 찾아온 건지 헷갈렸다. 운혁을 신경 쓰다 보면 모아가 치고 들어왔고, 모아를 신경 쓰다 보면 운혁의 시선이 더욱 날카로워졌다. 모아도 그렇고 운혁도 그렇고 담임이 되자마자 자신의 마음을 이리저리 들쑤셔 놓기 바빴다.

담임이라는 건 역시 아무나 하는 게 아닌 모양이라며 새삼 그 고충을 깨달은 재범이 나직한 한숨을 내쉬었다.

"연습 문제 풀어 봐. 누구 시킬지 나도 모른다."

아이들이 교과서에 있는 문제를 풀기 시작하자 재범이 느긋하게 교실을 한 바퀴 돌기 위해 걸음을 내디뎠다. 누구에게도 시선을 두지 말아야겠다고, 마음을 좀 차분하게 다스려야겠다고 생각하며 멀찍이 창밖으로 시선도 두어 보았다.

하지만 열아홉의 혈기 왕성한 영혼은 그를 가만히 두지 않았다. 바스락. 작은 소리와 함께 그의 주머니에 무언가가 쏙 들어갔다.

"……?"

모아의 자리를 지나치던 순간이었다. 범인은 정모아. 그 외에 누구도 의심할 수 없다.

재범이 방금 뭐였냐는 눈으로 모아를 내려다보았지만 그녀는 아무런 말없이 그저 배시시 웃다가 교과서로 고개를 돌렸다. 뭘 또 저렇게 모르쇠로 나와? 재범이 눈썹을 꿈틀거렸다.

그가 교실 뒤편으로 천천히 걸음을 옮기면서 주머니에 손을 넣었다. 그러자 작은 종잇조각이 잡혔다. 문제를 푸느라 여념이 없는 아이들의 뒤통수를 바라보던 재범이 교실 뒤에 있는 사물함에 몸을 기대면서 쪽지를 펼쳤다. 예상했던 대로 동글동글 귀여운 몇 자가 적혀 있었다.

야간 자율 학습 시작되면 서관 계단에서 만나요.

"……."

재범이 얼빠진 얼굴을 하다가 인상을 확 찌푸렸다. 강하게 구겨진 얼굴이 모아의 뒤통수로 향했지만 정작 그녀는 문제에 집중하느라 재범의 강렬한 시선을 눈치채지 못했다.

'3학년씩이나 되어서는 어디 선생님한테 이런 쪽지를……!'

교사 윤재범의 눈에 불꽃이 튀었다.

그러나 남자 윤재범은 주인의 말을 잘 듣는 개처럼 그곳에 왔다.

모아가 쪽지에 적은 바로 그 서관 계단.

"하아……."

재범이 낮게 한숨을 쉬었다. 어린애한테 휘둘리는 것도 정도가 있다며 스스로를 몇 번이나 꾸짖어 보지만 이성과 본능이 계속해서 싸우기만 한다. 네가 그러고도 선생이냐고 따지는 이성과 마음을 마음대로 할 수 있으면 그게 인간이겠느냐고 발악하는 본능. 재범은 어느 편도 들 수 없어 머리가 지끈거렸다.

관자놀이를 짚으며 몇 걸음을 더 내딛자 계단 쪽 창문 앞에 선 모아의 모습이 보였다. 막상 그녀를 보니 뭐라고 혼을 내야 할지 막막해져 재범이 입을 꾹 다물었다.

터벅터벅, 낮은 발소리를 내며 더 가까이 올랐다. 소리가 들렸을 텐데도 모아는 고개를 돌리지 않았다. 의아하게 생각한 재범이 천천히 그녀의 옆에 섰다. 그녀와 같은 시선으로 창밖을 올려다보자 어두운 밤하늘에 떠 있는 달이 보였다.

"아쉽게도 오늘은 초승달이네요."

"……."

첫 만남이 생각나는 말이었다. 검은 물이 출렁이는 강 위의 다리가 떠오르며 문득 그곳에 올라선 것 같은 기분이 든다.

재범이 기억 속의 짧았던 시간을 떠올리며 모아를 흘깃 내려다보았다. 그러고는 다시 고개를 돌려 높은 달을 응시했다. 그녀의 말에 아무런 대답도 하지 않은 채였다. 그 당시에도 그는 모아의 말을 듣기만 했을 뿐, 그녀를 끌어안기 전까지 아무런 대답도 건네지 않았었다.

오늘이 꼭 그때와 같았다. 재범은 입을 다물었고, 모아는 그의 대답을 재촉하지 않으며 자신이 할 말을 평온하게 이어 갔다.

"선생님, 좋아해요."

그럴 줄 알았다. 충분히 예상 가능했던 고백이라 이젠 일일이 놀라지도 않는다. 재범이 하늘을 올려다보면서 바지 주머니에 두 손을 찔러 넣었다.

"이제 그만해."

자신이 뭐라고 한들 그것을 여지로 받아들이려고 하면 얼마든지 받아들일 수 있을 것이다. 하지만 그렇다고 해서 모아의 말이나 행동까지 전부 못 들은 척, 없는 사람 취급해 버릴 수는 없다. 윤재범이라는 인간의 한계가 여기까지라고 해도 별수 없었다. 재범은 재범 나름대로 자신이 할 수 있는 최선을 다하는 중이었으니까.

딱 잘라 그만하라고 하는 재범의 말에 모아가 입술을 삐죽 내밀었다가 꾹 다물었다. 투정을 부리고 싶은 기분이 들었지만 그걸 실행으로 옮기고 싶지는 않았다. 자신이 학생이라는 것이 커다란 방해로 작용한다는 것을 누구보다 잘 알고 있는 모아였다.

그래도 마음을 숨기는 것까지는 쉬운 일이 아니다. 열아홉이라는 방해 요소를 때로는 무기로 써먹고 싶을 때가 있었다. 그에게 고백을 하고 진심을 전하는 매 순간 그러했던 것처럼.

"그럼 앞으로는 좋아한다는 말 대신 사랑한다고 할까요?"

"너……."

재범이 습관처럼 자신의 눈썹을 벅벅 문질렀다. 대체 언제부터 이렇게 막무가내였느냐고 물으려다가 말았다.

제아무리 어른스러운 척을 해도 결국은 열아홉 살이다. 하지만 지금의 모습이 딱 모아의 나이다운 모습이라는 생각이 들면서도 그 순수함과 넘치는 패기에 함락당해 버릴까 두려운 마음도 없애지는 못하는 재범이었다.

그런 그의 마음을 잠시도 쉬게 둘 생각이 없다는 듯, 모아가 창문에 더 바짝 얼굴을 가져다 대며 달을 보았다.

"그 전까지의 제 마음이 저 초승달이었다면…… 지금은 꽉 찬 보름달이에요."

"……."

"더 차오를 수도 없을 만큼 가득하게 찼어요."

실제 보름달과 다른 점이 있다면 꽉 차오른 마음이 다시 사라져 가는 일은 없을 거라는 것 정도일까. 누군가를 좋아하는 마음은 속도를 내며 차오르기만 할 뿐 의지대로 쉽사리 그 무게를 덜어 내거나 할 수는 없는 단점이 있었다. 그런데도 모아는 그 단점까지 전부 끌어안을 수 있을 정도로 묵직하게 가슴을 울리는 버거운 감정이 좋았다.

하루에 한 번씩 밤은 꼭 찾아오고, 한 달에 한 번씩 보름달이 떠오르는 것처럼 모아 역시 그에게 있어 일정한 간격으로 쿵쿵, 가슴을 울리는 존재이고 싶었다. 조금도 방심할 수 없을 만큼 아주 일정하게 그 마음을 흔들어 놓았으면 좋겠다고 생각했다.

"사랑해요."

이제는 손가락으로 셀 수도 없을 만큼 많아진 고백. 모아의 목소리를 들으면서 입을 꾹 다문 채 '흐음.' 하고 숨을 내쉬던 재범이 느릿하게 고개를 돌려 그녀를 바라보았다.

아무도 오지 않는 서관 계단의 고요 속에서 재범의 옆모습은 달빛을 받아 오묘하게 빛났다. 반대편 얼굴이 까맣게 꺼져 들어가는 것만 같은 착각을 느끼면서도 모아는 그의 얼굴에서 눈을 뗄 수 없었다.

"……그래도 안 돼."

모아의 고백이 재범에게 익숙한 것처럼 재범의 거절 역시 모아에게는 어느덧 익숙함이 되어 가고 있었다. 신기한 일이었다. 첫 고백에서 거절을 당했을 때는 그렇게 가슴 아프고 먹먹하더니, 어째서 지금은 이렇게 수없이 많은 거절의 말을 들어도 오히려 설레는 걸까. 그의 말 한 마디 한 마디가 왜 상처로 남지 않는 걸까.

무뚝뚝하게 입을 꾹 다물고 있는 저 얼굴이 더는 두렵지 않은 이유가 뭘까.

"만약 선생님이 교사가 아니었더라면 뭔가 달라졌을까요?"

생각하는 범위가 크게 다르지 않은 모양이다. 재범 역시 모아가 자신이 가르치는 학생이 아니었더라면 하고 바란 적이 있었으니 말이다. 십 년이면 강산도 변한다는데 아홉 살의 간격이 생각보다 크게 느껴지지 않는 지금의 순간이 위태롭기만 하다.

"만약 같은 건 없어."

"……?"

"교사가 아니었더라면 난 애초에 이 학교에 있지도 않았을 테고, 그럼 이렇게 널 다시 만날 일도 없었을 테니까."

재범이 냉정하게 대답했다. 입 밖으로 흘러나오는 모든 말들에 크게 틀린 부분이 없어 스스로 말을 하면서도 자기 자신을 설득시키는 듯한 기분이 든다. 그래, 윤재범. 네가 교사가 아니었거나, 모아가 학생이 아니었을 만약 같은 건 애초에 없어. 그렇게 스스로의 마음을 강하게 붙들었다.

"내가 교사라 안 되는 것처럼 교사가 아니었어도 결국 우린 똑같이 안 됐을 거야. 우리가 안 될 수밖에 없는 이유는 찾으려고 들면 무수히도 많아."

누군가를 이토록 밀어 내 본 적도, 이유를 찾고 또 찾아 나열해 본 적도 없었다. 왜 이렇게까지 해야만 하는지에 대해서 굳이 생각을 거듭할 필요도 없었다. 태어나서 이런 감정을 가져 본 적이, 이런 마음을 받아 본 적이 처음이었으니까.

상대가 날 좋아하고, 나 역시 상대와 같은 마음이면서도 그걸 거절할 수밖에 없는 상황을 누가 몇 번이나 겪어 보겠는가. 드라마 속 피가 섞인 남매나 불치병에 걸린 연인에게나 해당되는 말인 줄로만 알았다. 재범은 여태 이런 밀어 내기를 예상하며 살아 본 적이 한 번도 없었다.

그런데 지금 자신이 그러고 있다. 그녀와 안 되는 가장 커다란 이유를, 그 장벽을 어떻게 해서든지 받아들일 수 있게끔 만들기 위해서.

하지만 모아에게 통할 리 없을 것이다. 사랑 앞에서 무서울 것 없는 사람들이 그러하듯이.

그녀에 비해 재범은 사랑이 제일 무서웠다. 그녀처럼 앞만 보고 가기에는 너무 많은 것들이 그의 발목을 붙들었다. 덜컥 겁이 나기 일쑤였다. 무엇보다 가장 크게 상처 입는 것은 그녀일 것이다.

"어른은 어른끼리, 애들은 애들끼리 사귀는 거야. 그러니까 이왕이면 또래를 찾아봐."

"……."

"예를 들면…… 아, 그래. 최운혁 같은 애들 있잖아."

재범은 말을 뱉음과 동시에 아주 잠시 후회했다. 모아의 곁에 선 운혁의 모습이 떠올라 버린 것이다.

그가 모아의 어깨에 팔을 두르거나 머리를 매만지거나 하는 친구로서의 행동에도 같잖은 질투를 보이던 때가 있었다. 그런 것하나 참아 내지 못하고 어른의 모습을 내던졌던 주제에 그녀의 연애를 퍽이나 태연하게 지켜볼 수 있겠다.

뚫린 입이라고 말은 참 번지르르하게 잘 나온다. 따끔거리는 가슴과 달리 한 치의 흔들림도 없이 유연하게 흐르는 대사가 가증스럽기까지 하다. 스스로를 향해 조소를 흘린 재범이 비스듬한 시선으로 모아를 보았다.

모아의 작은 입술이, 보드라운 다홍빛이 어떤 말을 하고 싶은 건지 움찔하며 달싹인다.

"그럼…… 제가 어른이 되면 그땐 어른끼리니까 되는 거예요?"

정말 하나를 품으면 그 하나만 보고 가는구나.

너무도 올곧은 마음에 속으로 백기를 펄럭이고 싶은 기분을 느끼며 재범이 어이없다는 듯 피식 웃었다. 그러고는 고개를 내저었다.

"아니, 그래도 안 돼."

"어른끼리 사귀는 거라면서요. 왜 안 돼요?"

"미안하지만 난 연상이 취향이거든."

모아가 A를 내놓으면 재범은 B를, B를 내놓으면 다시 C를 내놓을 작정이었다. 끊임없이 반복되는 술래잡기에 모아가 눈을 가늘게 뜨며 입을 삐죽 내밀었다. 올해 들어 생긴 귀여운 습관이었다. 언제나 어른스러운 척 수줍음을 감추며 차분한 표정을 지었던 모아가 엉엉 울던 그 당시처럼 소녀로서의 모습을 숨기지 않는 것만 같아 재범은 그게 마음에 들었다.

어리기만 한 그녀로 인해 속은 말이 아니었지만, 모아가 굳이 어른 행세를 하지 않는 그 순간의 순수함이 좋았다. 아이러니하게도 재범의 마음은 그렇게 순수한 모아를 향했다.

살며시 내밀어진 입술이 어느 여배우의 색정적인 표정보다 더 심각하게 받아들여지는 것만 같아 재범이 낮게 한숨을 쉬었다.

그가 그러거나 말거나 모아가 부루퉁한 얼굴을 한 채 목소리 톤을 평소보다 살짝 높였다.

"거짓말."

"뭐?"

"내가 연상이 아니라는 걸 알면서도 이마에 입 맞췄잖아요."

"……."

그녀를 품에 안고 다독이며 달처럼 희고 동그란 이마에 입 맞추던 기억이 떠올랐다. 단 1%도 이성으로 보지 않고 한 행동이었다고 결코 장담할 수 없는 작은 위로.

"……그건 네가 동생 같아서."

"그것도 거짓말."

"시끄러워. 잔말 말고 얼른 교실로 돌아가. 너 이것도 엄연한 땡땡이다. 알아, 몰라? 이게 까져 가지고 선생님을 막 불러내고."

나름 머리 회전이 빠르다고 생각했는데 모아의 앞에서는 무용지물이다. 거짓말이라고 확신하며 바라보는 눈빛에 졌다.

재범이 애써 시선을 피하며 곧바로 선생님으로서의 모습을 취했다. 그녀가 자신을 얼마나 비겁하게 볼지 충분히 알면서도 그럴 수밖에 없었다. 발뺌하는 게 최선인 지금의 이 상황은, 자신의 못난 모습은, 스스로도 꽤 봐 주기 힘든 것이었다.

엄한 말투로 꾸중을 하는 재범을 올려다보며 모아가 나직이 한숨을 쉬었다. 무작정 고백을 하고 자신의 마음을 표현하기로 했지만 저렇게 굳은 표정을 볼 때면 저도 모르게 움찔, 불안감이 엄습해 버린다.

그러면서도 아픈 마음과는 별개로 그의 웃는 얼굴을 보고 싶다는 욕심이 커져 그를 향한 표현을 더욱 멈출 수 없다. 자신은 아직 어려서 인내하는 방법이나 모르는 척하는 방법 같은 건 잘 알지 못한다고, 말도 안 되는 핑계라도 대 보고 싶은 기분이었다.

조금 시무룩해진 모아의 기색을 눈치챈 재범이 그녀를 흘끔 보다가 이마를 툭 튕겼다.

"여기서 이러고 있다가 학생 주임 선생님께 들키고 싶어?"

"……아니요."

모아가 자신의 이마를 문지르면서 작게 대답했다. 이마를 튕기는 게 아니라 머리를 쓰다듬어 줬으면, 입을 맞춰 줬으면 했던 건

데. 가까워지면 가까워질수록 그가 더 멀게 느껴지는 게 도무지
이해되지 않는 모아였다.

"선생님은 이제 퇴근할 거야."

"네?"

"반응 봐라. '네?' 소리가 나오지. 오늘 자율 학습 감독도 아
닌데 네가 불러서 퇴근도 못 하고 여태 잡혀 있었잖아."

"……."

그의 말에 멍하니 바라보고 있던 모아의 얼굴이 점점 붉게 달
아올랐다. 느닷없이 변하는 그녀의 얼굴에 방금 자신이 뭐 잘못
말했나 돌이켜 보던 재범이 잠시 멈칫했다. 생색내는 것도 아니
고, 대체 무슨 말을 한 거야. 널 만나고 싶어서 굳이 시간을 내어
여기에 왔다고 하는 말과 뭐가 다르단 말인가.

모아는 그것을 알아챈 모양이었다. 그가 아무렇지 않게 뱉는
문장 속에서 자신을 향한 그의 감정이 조금이라도 보일 때면 그
작은 가능성에 모든 것을 걸고 싶어졌다. 당장 좋아하지 않아도
좋다고, 이렇게 10분, 20분, 자신에게 할애해 주는 시간이 늘어
가기만 해도 그걸로 충분하다고 말하고 싶었다.

열아홉 여고생에게 데이트는 별게 아니었다. 학교에서 그와 함
께 대화를 나누는 짧은 순간들이 전부 데이트나 다름없었다.

"선생님, 사……."

"스톱."

"……체엣."

또다시 나오려는 사랑한다는 말을 타이밍 좋게 막은 재범이 작

게 안도했다. 그녀의 고백에 적응이 된다고 해도, 그 고백을 들을 때마다 울렁거리는 이 속은 적응시키려면 시간이 좀 걸릴지도 모르겠다.

"체엣은 무슨. 오리 주둥이 넣어, 인마."

"오리 주둥이라뇨!"

"선생님 간다."

발끈하는 모아를 두고 재범이 몸을 돌렸다. 그는 교무실을 향해 걸어가면서 그녀가 들을 수 있을 만한 목소리로 '얼른 교실로 가.' 하고 말했다.

그의 등 뒤에 대고 한 번 더 고백하고 싶은 충동을 느꼈지만 모아는 그냥 입을 다물었다. 그 마음이 넘치고 흘러 그를 숨 막히게 하기 전에 오늘 몫은 딱 이 정도로 남겨 두는 게 좋겠다고 생각했다. 마음속에서 아직 밖으로 나오지 못한 채 시끄럽게 소리를 내는 벅찬 감정들도 꾹꾹 눌러 담았다.

점점 멀어지기 시작하는 재범의 뒷모습을 보며 모아가 가만히 얼굴을 붉혔다. 익숙한 등이다. 언제나 자신을 향해 내보이는 넓은 등.

마주하고 있지 않아도 그의 뒤를 좇을 수 있다는 것만으로도 얼마나 큰 기쁨인지 모르겠다. 그는 모아에게 수없이 많은 욕심을 갖게 하면서도 때로는 별것도 아닌 것으로 마음을 가득 채울 수 있게 만들었다.

언젠가는 저 등을 향해 세차게 달릴 수 있으면 좋겠다. 뒤에서 마음껏 끌어안고 그의 셔츠에 보드라운 뺨을 실컷 부벼 볼 수 있었으면 좋겠다. 먼 미래의 일일지도 모르는 어느 장면을 상상하는 것만으로도 마음은 가득하게, 아주 벅차게 차올랐다.

예상보다 가까운 미래가 될 것이라고는 생각지도 못한 채 말이다.

8 사랑은 둘이서만 하는 거라고,

항상 그렇게 생각해 왔다

"너 아직도 윤재범 좋아하냐?"

"……."

둘이서만 하는 사랑인데—물론 현재는 혼자만의 사랑이지만— 그게 마냥 둘만의 문제가 아닐지도 모르겠다는 생각을 하게 된 것은 어느 점심 식사 후의 일이다.

느긋하게 수다를 떨다 말고 예고 없이 불쑥 치고 들어온 운혁 의 물음 때문이었다.

"대답을 못 하는 걸 보니까 사실인가 본데."

모아를 보는 운혁의 눈빛이 묘하게 반짝였다. 작년에 차인 뒤 로 재범과 영 서먹하게 굴기에 완전히 포기한 줄 알았는데, 겨울 방학 사이 대체 무슨 일이 있었던 건지 모아의 태도가 싹 변했다.

그녀의 모습을 계속 좇던 운혁이였기에 바로 알아챌 수 있었다. 모아의 눈은 작년처럼, 아니, 작년보다 더 노골적으로 재범을 따라갔다. 그의 말 한 마디, 그의 걸음걸이 하나에도 표정이 수시로 변했다. 작년에 보았던 모습을 다시금 마주하게 될 줄은 몰랐다.

그때와의 차이가 있다면 알은척을 할 수 없던 작년에 비해, 올해에는 고백의 증인이자 목격자로서 말이라도 건네 볼 수 있었다는 점이려나.

운혁의 끈질긴 시선에 모아가 결국 고개를 작게 끄덕였다. 긍정의 뜻이었다.

끄덕이는 머리를 따라 살며시 흔들리는 머리칼을 내려다보던 운혁이 고개를 치켜들고 허공을 응시했다. 그러고는 깊게 한숨을 내쉬었다. 예상은 했지만 막상 그렇다고 하니까 괜히 가슴이 답답해진다. 이럴 줄 알았으면 작년에 모아가 차이고 힘겨워하는 틈이라도 타 진작 고백이라도 해 볼 걸 싶었다.

하지만 관계가 더 깊어지기를 바라던 욕심과 섣불리 다가섰다가 지금의 관계조차 무너지면 어쩌나 하는 망설임은 전부 자신의 탓이었다. 고백하지도 않고 있던 상태였으니 그사이에 모아의 마음이 재차 싹을 틔웠다고 해서 그녀를 탓할 수는 없는 일이다. 그게 얼마나 남자답지 못하고 비겁한 생각인지 운혁은 알고 있었다.

왜 자신은 굳이 힘겨운 사랑을 하려는 이 여자애를 마음에 담아 버린 걸까. 답해 줄 수 있는 사람이 있다면 몇 번이고 묻고 싶었다.

"너 대체 어쩌려고 그래."

"응?"

그게 무슨 소리냐는 듯 모아가 고개를 들어 운혁과 눈을 마주쳤다.

"들키면 끝장이야. 다른 애들처럼 '선생님, 너무 멋져요. 꺅!' 이러는 수준이 아니잖아."

"……."

"네가 선생님을 진지하게 남자로 보고 대한다는 게 들통나면 너도 너지만 아마 윤재범은 더 큰 징계를 받게 될걸. 네가 학생이 아닌 여자로서 들이댈수록 너뿐만 아니라 네가 그렇게 좋아하는 선생님도 곤경에 처한다고."

생각해 본 적 없는 것은 아니다. 그 걱정들 때문에 작년을 숨죽이듯 마음도 죽이려 애쓰며 조용하게 보내 온 모아였으니까.

하지만 자신이 알고 참는 것과 타인이 말해 주는 것은 받아들이는 현실감이 달랐다. 운혁이 하는 말들은 모아도 충분히 생각해 왔던 것들이었지만 꼭 다른 이야기처럼 들렸다. 저렇게까지 무섭게 여겨진 적은 없었다.

"……알아."

모아가 주먹을 쥔 채 목에 힘을 주어 대답했다. 하지만 운혁의 시선은 좀처럼 달가워지지 않았다.

"아는 애가 그래? 교사 된 지 몇 년도 채 안 된 사람을 상대로 괜히 난처한 일 만들지 마. 그러려고 좋아하는 건 아닐 거잖아, 너도."

"……."

이야기가 길어지면 길어질수록 운혁을 향하던 신뢰에 조금씩 금이 간다. 자신을 걱정하는 것인지 재범을 걱정하는 것인지 알 수 없어졌다. 아니, 애초에 걱정 때문이기는 했는지조차 의심스러울 정도로 서운해졌다. 재범에게 거절당하고 엉엉 울던 그 당시만 해도 아무것도 묻지 않고 토닥여 주던 운혁이 아니었는가.

재범도 울던 자신을 끌어안아 다독여 준 적이 있기는 했지만 그때와는 확연하게 다른 편안함이었다. 이래서 친구라는 게 꼭 필요한 거구나 생각되었을 정도로 운혁의 존재가 내심 든든했던 모아였다.

그러니 이렇게까지 말할 필요는 없지 않은가 싶어진 것이다. 마치 자신이 재범의 앞길을 막기라도 한다는 듯이.

"······이상한 짓을 하는 것도 아닌데 왜 안 돼?"

"뭐?"

되묻는 운혁을 바라보며 모아가 살짝 인상을 찡그렸다. 알고 있던 사실도 운혁에게 들으니 괜히 억울해진다. 다른 사람들의 시선을 신경 쓰지 않을 수 없다고 생각해서 최대한 조심했다. 고백을 하기는 했지만 사람들이 없는 곳에서, 그저 재범이 알아주었으면 좋겠다는 마음을 담아 그에게만 건네었을 뿐이다.

그렇게 조심을 했는데 어째서 이런 말로 또다시 마음이 아파져야 하는지 도무지 이해할 수 없었다.

"사람이 사람을 좋아하는 것뿐인데 그게 왜 문제가 되는지 모르겠어."

서운함을 가득 담아 토로하는 모아의 말에 운혁은 머리가 지끈거리기 시작했다. 모아가 원래 이렇게 앞뒤 가리지 않고 감정을 내세우는 타입이었던가. 1학년 때부터니까 올해로 꼬박 3년째 알고 지내는 사이지만 이토록 막무가내라 느껴지는 건 처음이었다.

"세상의 시선은 그렇지가 않잖아. 진짜 교사와 학생 간의 연애가 가능할 거라고 생각해? 하물며 졸업을 하고 나서 고백하는 것도 아니고……."

"……나라고 여러 생각 안 해 본 거 아니야."

너무도 잘 알고 있는 냉정한 말들에 모아의 마음이 제멋대로 뒤죽박죽 흐트러졌다. 재범의 앞에서도 조금이나마 성숙할 수 있도록 알게 모르게 노력하려는 자신이었기에 슬픔은 더 컸다.

운혁이 그녀를 자꾸만 세상의 시선 가까이 끌어당기니 제대로 시작하기도 전에 현실이란 돌을 맞은 기분이었다. 마음에 작은 생채기가 남았다.

"나도 알아. 다 알아. 선생님한테 졸업할 때까지만 기다려 줄수 없냐고, 내가 어른이 되면 그때라도 여자로 봐 달라고, 훗날 더 당당하게 사랑을 고백하겠다고, 그렇게 말하는 게 나을까 수도 없이 생각했어."

"……."

"그런데 선생님이 정말 날 기다려 줄지 어떻게 알아? 기다려 주겠다는 마음이 변하지 않을 거라고 어떻게 확신해? 언제든지 나보다 어른스럽고 더 잘 어울리는 여자가 나타나면 나 같은 건 '한때 날 좋아해 줬던 귀여운 제자'로 남고 말 텐데……."

"정모아."

"이름도 모르는 아빠란 사람이 엄마에게 그랬던 것처럼……
선생님도 기다려 주겠다고 마냥 믿게 해 놓고 등 돌려 버리면 어
떡해."

모아의 입에서 부모의 이야기가 나오자 운혁이 인상을 썼다.
그녀가 엄마와 둘이 살다가 혼자가 되었다는 것도, 그룹 홈에서
지낸다는 것도 얼마 전에야 알았다. 친구라는 이유로 덤덤하게 말
해 주던 모아에게 그저 고마웠을 따름이었다.

하지만 지금, 지나간 부모의 일이 모아에게 불안을 남겼다고
생각하니 갑자기 속이 답답해졌다. 덤덤한 게 아니었을지도 모른
다고 생각하니 화가 날 것 같았다.

"……."

운혁이 주먹을 강하게 쥐었다. 터져 버린 그녀의 마음을 쉽게
막아설 수 없음이 분했다.

모아는 울먹이면서도 단단한 목소리로 말했다.

"엄마는 그 사랑 하나로 평생을 살았다지만 난 그렇게 외롭게
살기 싫어. 난 내가 사랑하는 사람과 살고 싶은 거지, 추억이나
기다림만으로는 절대 못 살아. 왜 그렇게들 잔인해? 이미 사랑을
하는 사람들도 언제 갑자기 헤어질지 모른다는 불안 속에 살면서,
왜 시작도 해 보지 못한 나한테는 기다리래? 어른이 될 때까지
참으면 다 돼? 내 마음 눌러 담고 참는 게 다른 사람들한테는 그
렇게 쉬운 일인 거야?"

어른이 아닌 자신은 모아에게 아무런 해답도 줄 수가 없다. 운
혁은 모아가 묻는 그 기다림이 어려운 일인지 쉬운 일인지조차

알지 못했다.

어른들의 대답은 어떨까. 생각보다 쉬운 일이라고 할까, 아니면 그들에게도 어려운 일이라고 할까.

사실 운혁 자신도 꽤 오래 참았다. 모아를 향한 마음을 오래도록 품어 놓기만 했다. 그럼에도 불구하고 힘든 걸 안다고 섣불리 말할 수 없다. 같은 감정도 각기 다른 형태로 숨기 마련이니까.

그뿐만이 아니었다. 울분이 그녀를 위로하고 싶지 않게 만들었다. 제 감정을 멈추지 않겠다고 말하는 모아를 볼수록 운혁은 고백 한 번을 못 하고 옆에서 타이밍만 엿보았던 자신이 머저리 같았다.

"혁아."

"……."

"시간이 다 해결해 준다는 말 난 아직 못 믿겠어. 시간이 남으면 난 그 시간을 가만히 기다리기보다 내 마음을 전하는 데 쓸 거야. 하는 데까지 해 볼 거야. 내 마음을 전할 거야. 전할 수 있는 만큼 다 전해 볼 거야."

졸업만이 답이냐고, 시간만이 답인 거냐고, 자신은 그것들만 믿고 있을 수 없다고 모아는 말하고 있었다.

하지만 운혁은 운혁대로 그녀의 마음을 막고 싶었다. 왜 사서 상처를 받으려고 하는 걸까. 힘겨운 여정을 왜 포기하지 못하는 걸까. 왜 하필 그 사람을 좋아해 버린 걸까.

"시간조차 해결해 주지 못하는 일을 네가 할 수 있다고?"

"……."

입을 꾹 다문 채 대꾸하지 않는 모아의 얼굴이 유독 고집스럽다. 인정하고 싶지 않았던 것의 인정을 종용받는 기분이라도 들었던 걸까. 그녀의 눈빛이 운혁을 향해 원망으로 번진다. 그걸 알면서도 운혁은 뒤틀리는 속내를 막을 수 없었다.

"하아, 정모아. 너 머리도 좋은 애가 왜 감정에 휩쓸려서 사리분별도 못 하게 된 거냐. 너 이런 애 아니었잖아."

"당연히 이런 애 아니었지."

딱딱하지만 강하게 뱉어지는 모아의 말에는 단단한 알맹이 같은 게 들어 있었다. 억울하기도, 원망스럽기도 했지만 그의 말에 쉽사리 상처받고 무너져 내릴 정도로 나약해 빠진 감정은 아니란 것을 보이고 싶었는지도 모르겠다.

"누구를 좋아하게 되고, 사랑에 빠지고, 그런 감정들을 한 번도 겪어 보지 않았을 때니까 이런 애가 아니었을 수밖에. 하지만 지금은 달라. 사랑에 빠진다는 게 어떤 기분인지도 알게 됐고, 한 사람 때문에 웃다가 울다가 바보가 되는 기분이 어떤 건지도 알게 됐어."

"……."

"그러니까 난 이런 애가 되어 버린 지금이 좋아. 이런 애로 남을 거야."

"야, 정모아!"

자신을 두고 저만치 가 버리는 모아의 뒷모습을 운혁이 뚫어지게 바라보았다. 그러고는 신경질적으로 짧은 머리를 벅벅 긁었다. 화풀이를 하고 싶은데 주변에는 화풀이를 할 수 있을 만한 무엇도 존재하지 않았다. 속이 더욱더 부글거리며 뜨겁게 끓었다.

입술을 짓이긴 운혁이 신경질적으로 애꿎은 벽을 퍽 차 버렸다.

"나도 이런 놈은 아니었는데."

모아가 말한 게 무얼 의미하는지 알 수 있었다. 운혁이 생각하는 자신도 절대 이런 놈은 아니었다.

그녀에게 짓궂은 장난을 걸 때도 있었지만 쉽게 상처는 주지 않았고, 그녀의 존재가 누군가에게 있어 폐가 될 수도 있다는 듯한 부정의 말은 단 한 번도 꺼낸 적이 없었다. 질투 때문에 눈이 멀지 않고서야 모아에게 자신이 그럴 수는 없었다.

"망할!"

모아가 '이런 애'로 남고 싶다고 한 것처럼 운혁도 그랬다. 모아의 앞에서 '이런 놈'으로 남고 싶었다.

사랑에 빠져 질투에 눈이 먼, 한껏 못나게 구는 남자애로 말이다.

○ ● ○

"정모아."

"……."

"묵언 수행이라도 할 참이야?"

"……."

고요한 상담실. 재범이 테이블 하나를 두고 맞은편에 앉은 모아를 응시했다. 그녀는 아까부터 입을 꾹 다문 채 아무런 말도 하지 않고 있었다.

침묵이 여간 불편한 게 아닌지라 재범은 온몸 구석구석이 근질거려 올 지경이었다. 그가 의자에 등을 기댄 채 다리를 꼬았다. 기다란 손가락이 테이블 위에서 타닥타닥 작은 연주를 시작했다.

가만히 허공의 한 점만 바라보고 있던 모아의 시선이 재범의 손가락 끝으로 향했다. 그의 손끝이 움직일 때마다 모아의 눈동자 속에서 그의 움직임이 춤사위처럼 흔들거렸다.

운혁의 말을 듣고 나자 모아는 재범이 보고 싶었다. 그래서 무작정 교무실을 향해 달렸다.

당장 그의 얼굴을 보고 아무 말이라도 하지 않으면 이 흔들리는 마음이 아파질까 봐. 속상함으로 용기마저 잃게 될까 봐. 아직 이루어지지도 못한 짝사랑이, 첫사랑이, 타인의 질타에 무너져 내릴까 봐.

모아가 교무실로 들어서서 그의 자리를 향해 성큼성큼 걸어갔을 때, 재범은 막 양치를 마친 듯 칫솔을 정리하며 '어?' 하고 얼이 빠진 표정을 지었다. 하지만 그것도 잠시, 그의 표정은 조금 무겁게 가라앉았다. 금방이라도 울 것처럼 격해진 감정을 잔뜩 담고 있는 모아의 눈 때문이었다.

이를 악 물고 있다가 겨우 떼어 낸 모아는 '선생님. 상담할 게 있어요.' 라고 말했다.

그리고 그게 전부였다. 일단 상담실로 데리고 오기는 했는데 도통 입을 열 생각을 하지 않으니 말이다.

"……."

"……."

모아가 하는 것처럼 재범도 입을 다물고 침묵에 동참했다. 처음에는 3학년이기에 상담할 게 충분히 있을 만하지 싶었는데 저 얼굴을 보아하니…… 아무리 생각해도 학업과 관련된 고민으로는 보이질 않는다.

혹시 이마저도 자신과 관련된 것인가 싶어 재범은 쉽게 두드려 볼 수 없었다. 이미 모아의 호수는 잔잔하기는커녕 한바탕 태풍이 휩쓸고 간 것처럼 출렁이고 있었으니까.

재범이 낮게 한숨을 내쉬는 찰나, 모아가 불쑥 그를 불렀다.

"선생님."

"어?"

똑바로 마주해 오는 시선에 그제야 속내를 꺼내 볼 마음이 들었는지 모아가 진지한 목소리를 냈다.

"교사와 학생은 연애하면 안 돼요?"

"……."

잘못 들은 줄 알았다. 뭐 이런 바보 같은 질문을……. 재범이 얼빠진 표정을 지으며 모아를 응시했다. 전교에서 노는 애가 맞나 싶을 정도로 정말 골 때리는 질문이 아닐 수 없었다.

답은 정해져 있으니 그저 자신은 그녀에게 대답만 하면 되는 건가. 뭐라고 대답하는 게 최선일지 생각했다. 생각을 거듭할수록 머리가 띵하니 울렸다. 뭐라고 대답한들…… 저 아이가 이해하려고나 할까.

"그…… 아무래도 주변 시선이라는 게 있지 않겠어?"

자신이 신경 쓰고, 운혁이 질타하고, 재범이 상기시켜 주는 말. 처음에는 받아들였던 말이지만 그마저도 수없이 반복하여 생각하고 듣다 보니 점차 무뎌지고 만다.

이제 겨우 열아홉. 지금의 사랑이 태어나 처음 겪는 것인 만큼 모아에게는 이해하고 싶지 않은 것들이 무수히도 많았다. 그 시선 때문에 마음껏 사랑하지 못하는 사람들이 이 세상에 얼마나 많은 걸까.

"정말 어른이니까 할 수 있는 말이네요."

"원래 어른이 어린애보다 훨씬 겁쟁이인 법이야. 너도 몇 살 더 먹으면 이해할걸."

몇 살이나 더 먹으면 이해하게 될까요? 모아는 그렇게 묻고 싶은 것을 참았다. 물어서 그에 대한 답을 얻는다 해도 자신은 아마 그 미래를 믿지 못할 것이다. 사랑 앞에서 나이가 다 무슨 소용인 거냐고, 어른은 어느 날 갑자기 되는 거냐고 따지고 싶어질지 모른다.

"차라리 이해 못 하는 지금이 나을 것 같아요."

"조그만 게 고집은."

"몰라요."

토라진 시늉을 하는 게 귀엽다. 물론 그렇다고 온전하게 표현할 수도 없는 입장의 재범이지만 말이다.

그가 테이블 위에 두 팔을 올리고 깍지를 끼더니 짐짓 진지하게 말했다.

"정모아, 생각해 봐."

"······?"

"예쁜 딸을 기껏 학교에 보내 놨더니 교사란 작자가 아직 스물도 채 안 된 애를 여자로 봐. 그것도 시커먼 속내로."

"······."

"그 관계를 대체 누가 좋게 볼 수 있겠어? 다들 소름 돋게 생각한다고. 본인들이 아무리 사랑이라 말해도 어른들 눈에는 절대 그렇게 보이지 않는 게 현실이야."

모아에게 하는 말인지 스스로에게 하는 말인지 알 수가 없다. 누구도 좋게 보지 않을 거라는 말은, 사람들의 시선이 달갑지 않을 거라는 말은, 재범이 스스로를 설득시키는 말이나 다름없었다.

하지만 모아는 그의 이성을, 무던한 노력을 전부 백지화시켜 버리고는 했다.

"······전 엄마가 안 계시니까 괜찮겠네요."

그게 문제가 아니잖아, 이 여자야.

이제는 너무 당연하게 그녀를 '애'가 아닌 '여자'로 인식하고 있다는 것조차 떠올려 내지 못한 재범이 골 때린다는 듯한 표정으로 이마를 짚었다. 아마 몇 번이고 대화를 시도해도 같은 주제를 안고, 같은 곳을 돌고, 제자리걸음만 수차례 할 게 분명했다.

그걸 알면서도 재범은 도무지 멈출 수가 없었다. 반복되는 걸음의 끝에서 빠르게 흘러간 시간이 무언가 보답해 줄 수도 있지 않을까 하는 작은 기대 때문에. 그 보답이 무엇인지 자신할 수는 없지만 말이다.

"그럼 선생님도 다른 선생님이 제자와 사귄다고 하면 경멸의 눈으로 볼 거예요?"

"난 남의 연애 같은 건 관심 없어. 내 알 바 아니야."

말은 그렇게 했지만 사실 남의 일이라고만은 생각할 수 없는 재범이었다. 모아의 의도대로 한 마디씩 대화를 할 때마다 오히려 자기 자신을 향한 확인 사살을 당하는 기분이었다. 그 탓에 모아가 일부러 유도 신문을 하는 게 아닐까 하는 의심마저 들었다.

하지만 맑은 눈으로 올곧게도 자신을 바라보고 있는 걸 확인하니 전부 궁지에 몰린 어느 어른의 핑계일 뿐이다.

"그래도 '연애'라고는 생각하시네요."

"……."

"보통은 선생님과 제자가 사귄다고 하면 부적절한 관계라고 단정 지을 텐데, 그래도 선생님은 '남의 연애'라고 하셨잖아요."

모아가 설치해 놓은 트랩에 아주 친절하게도 하나씩 걸려드는 묘한 기분. 그녀와의 대화가 점점 자신의 목을 조른다.

사랑 앞에서 약자인 건 누구일까.

고백을 한 그녀가 약자일 줄 알았는데 아니었다. 자신의 마음을 솔직하게 표현한 모아는 이 순간 누구보다도 강했다. 바보처럼 마음을 숨기고 어쭙잖은 어른의 행세, 교사의 얼굴을 하는 자신이 약자였다.

재범이 입을 꾹 다물었다. '사랑' 앞에서의 약자라니. 조금의 의심도 없이 나와 버린 그 단어의 끝에 모아가 맺혀 있다. 사랑이라는 감정을 인정하지 않으려야 않을 수 없게끔 보이지 않는 무언가가 자꾸만 재범을 몰아세웠다.

"……예전에 봤던 드라마의 대사가 생각난다."

"무슨 대사요?"

"넌 학생이고 난 선생이야."

모아의 눈이 '대체 언제 적 드라마예요.' 하고 묻고 싶은 기색을 띠었다. 하지만 모아는 불필요한 물음을 깊숙이 넣어 버렸다.

"그게 뭐 어때서요. 차라리 '우린 남매야.' 하는 대사가 더 납득 가능하겠어요."

피를 나눈 가족도 아닌데 이루어질 수 없는 이유 같은 게 왜 있어야 하는지 모르겠다. 도덕적 문제, 정서적 문제, 이런 것들은 기준이 정해져 있지 않은 문제이니 결국 받아들이기 나름 아닌가.

똑같은 대화의 반복이다. 하지만 같은 말을 몇 번씩 해도 모아는 그저 그와 있다는 게 좋았다.

졸업할 때까지 지금의 이런 관계가 계속 반복될 뿐이라면 먼저 지치는 것은 누구일까. 첫사랑이 벅찬 열아홉일까, 무모할 수 없는 스물여덟일까. 가늠할 수 없지만 한 가지는 확실했다. 열아홉의 자신과 스물여덟인 그의 시간은 분명 다르게 흘러가고 있을 것이다.

"그리고……."

"……?"

"선생이기 전에 남자 아니에요?"

재범이 누구보다 우선시하고 싶었던 위치. 그는 교사라는 위치보다 남자라는 위치를 몇 번이고 우선으로 두고 싶었다. 속내를 들킨 것 같아 잠시 놀란 그가 이내 차분하게, 그리고 냉정하게 말했다.

"남자이기 전에 사람이지. 그래서 염치라는 게 있는 거야."

틀에 박힌, 어른이라 할 수 있는 말. 모아가 눈을 빛내며 턱을 괴었다. 맑지만 깊은 눈이 재범의 속을 전부 들여다볼 것처럼 고요하게 그를 향했다.

조금도 흔들리지 않는 시선에 푹 빠져 버릴 듯 위기감이 재범을 잠식한다.

"네, 사람이죠."

"......"

"사람이기 때문에 사랑도 하는 거예요."

모아의 말은 종일 재범을 따라다녔다. 수업을 하는 도중에도, 교무실에 앉아 있을 때도, 화장실에 멍하니 서 있을 때마저 떨어져 나갈 줄을 몰랐다.

계속 선생이니, 학생이니, 자신들의 위치만 내세우는 재범을 놀리기라도 하는 듯한 말이었다. 스스로의 마음을 자신처럼 인정하라고, 스물여덟인 남자에게 열아홉의 자신과 같은 솔직함을 지녀 보라고 말이다.

유도 신문 같기도 했고, 세뇌 같기도 했다. 어느 쪽이든 상관없었다. 아예 효과가 없는 것은 아니었으니까.

모아는 생각보다 더 똑똑한 아이일지 모른다. 그렇게 맑은 감정으로, 눈치 보지 않는 솔직함으로, 꽉 막혀 있던 자신을 이렇게까지 흔들어 놓을 수 있다는 걸 미리 알아챘던 걸지도 모르겠다는 생각마저 들었다.

사람은 원래 자신이 가지지 못한 것을 동경하기 마련이다. 한때나마 가졌던 것에 대해서는 향수를 느끼기 마련이고.

모아는 재범에게 두 가지의 감정을 모두 불러왔다. 재범이 가지지 못한, 아니, 어쩌면 어렸을 땐 있었을지 모를 순수함이나 솔직함, 한 가지만 보고 나아가는 성미 같은 것들. 모아가 가진 그 모든 것들이 재범을 자꾸만 자극했다.

그래서 태연하려 애쓰다가도 실패했고, 무시하려 노력하다가도 무너지고 말았다.

전부 '사람'이기 때문이었다.

"아, 그래서 내가 그 새끼한테…… 헉! 윤재범이다."

남교사 화장실에서 손을 씻던 재범이 명확하게 들려온 자신의 이름에 고개를 돌렸다. 교복을 입은 두 학생이 교사용 화장실로 들어서는 중이었다. 그가 인상을 확 찌푸리며 제일 앞에 나와 있는 녀석을 응시했다.

"윤재범이다?"

"아, 아뇨. 선생님, 그게 저도 모르게. 죄송합니다, 죄송합니다."

얼굴이 사색이 되어서는 손을 내젓는 학생의 모습에 재범이 자신의 학창 시절을 떠올리며 그냥 넘어갈까 하고 어울리지 않는 아량을 베풀었다. 손가락으로 이마를 따악 소리가 나게 가격한 것 빼면 꽤 잠잠히 넘어간 것이었다.

"여긴 교사용 화장실인데 누가 함부로 들어오래."

"저쪽엔 애들이 너무 많아요. 냄새 때문에 코도 썩을 것 같고요. 새끼들이 밥 먹고 싸기만 하나 봐요."

"저희 금방 갈게요. 잠깐이면 돼요!"

시커먼 놈들이 사타구니를 붙잡고 방방 뛰는 모습은 그다지 보기 좋은 건 아니었다. 못 볼 것을 봤다는 듯 재범이 고개를 절레절레 내저으며 화장실을 나서는데 그의 등 뒤로 중얼거리는 두 녀석의 목소리가 들렸다.

"야, 그런데 아까 그거 정모아였지?"

"최운혁이랑 있던 애?"

익숙한 이름들. 재범은 화장실을 나서서 옆으로 한 걸음 내디뎠지만 더는 움직일 수 없었다. 신경을 쓰지 않으려야 않을 수 없는 이름의 끝에 대체 무슨 이야기들이 따라붙는지 궁금했다.

그는 다른 사람의 말을 몰래 엿듣는 어린아이라도 된 것처럼 벽에 등을 기댄 채 화장실 안쪽의 목소리에 귀를 기울였다.

"정모아 울먹거리는 것 같지 않았어? 착각인가?"

뭐? 울먹여?

"그건 모르겠는데 최운혁이 뭘 잘못한 것 같긴 하더라. 맨날 놀리느라 바쁜 새끼가 아까는 아주 쩔쩔맸잖아, 미안하다고 하면서."

대체 무슨 일인 걸까. 재범의 궁금증이 점점 더 불어나 몸집을 키우기 시작했다.

"걔네 둘 아무래도 사귀는 것 같지?"

"백 퍼 사귄다. 장담해."

본인들끼리 신이 나서 떠드는 소리가 재범에게는 웅웅거리는 머나먼 소리처럼 흩어진다.

원래 애들은 별거 아닌 작은 일들도 부풀려서 떠들기를 좋아하니까 그 말을 전부 믿을 수는 없다. 하지만 이 순간 재범에게 드는 생각은 믿는다는 것과는 별개였다. 믿고 아니고의 문제가 아니었다.

모아가 타인의 눈에 연애를 하는 중으로, 그것도 자신이 아닌 다른 사람과 사귀는 것으로 보인다는 사실 자체가 쓰렸다. 거슬리고, 싫고, 분했다. 재범은 자신의 머릿속을 파고드는 그 감정들을 애써 부인하지 않았다.

"……."

재범이 한 걸음씩 복도를 걷기 시작했다. 귓가며 시야에 달라붙는 불필요한 감정들을 애써 덜어 내려고 하면서 강하게 바닥을 디뎠다.

이런 주제에 또래를 찾아보라고 했다. 그 최운혁을 예로 들어 가면서까지 눈을 돌려 보라고 했다. 미련하게도 사랑이라고 말하는 그녀에게 시끄럽다는 둥, 포기하라는 둥, 마음에도 없는 소리를 잘도 지껄였다.

대체 언제까지 멀쩡한 척할 수 있을 줄 알고. 대체 언제까지 그 아이가 자신만 바라봐 줄 줄 알고.

걸음에 불안과 짜증이 섞인다. 교무실로 향해 가려는지 교실로 향해 가려는지 생각조차 하지 않고 다리는 멋대로 앞만 향해 걸었다. 지나가는 학생들이 인사를 해 왔지만 그조차도 받지 않았다. 의아한 시선들이 닿아 왔지만 조금도 느끼지 못했다.

재범은 이 순간 자신의 감정 외에 아무것도 생각할 수 없었다. 어떤 반응도 할 수 없었다.

그렇게 얼마나 걸었을까. 한참을 걷다 보니 시야에 모아의 모습이 보였다. 계속 그 아이의 생각만 해서 그런 건가. 잠시 허상인 듯 멍하니 바라보았지만 모아의 모습은 좀처럼 사라질 생각을 하지 않았다.

그녀가 웃을 때마다 그녀의 주변이 반짝인다.

재범이 뚜벅뚜벅 모아를 향해 걸었다. 그리고 몇 걸음도 떼지 않아 도로 멈추어 섰다.

"진짜 미안. 나 욱하는 성질 알잖아."

모아의 곁에 운혁이 있었다. 그녀만 바라보다 보니 주변이 뒤늦게야 보이기 시작했다. 아까 그 녀석들이 말했던 것처럼 운혁은 모아와 얼굴을 마주한 채 두 손바닥을 딱 붙이고 사죄 아닌 사죄를 하는 중이었다.

"오늘 사과 백 번 채울 셈이야?"

"네 표정이 안 풀리잖아."

"원래 이렇거든."

"못생기긴 했지만 무서운 얼굴은 아니었거든, 너."

투닥거리며 말씨름을 하는 모습이 길을 지나다니며 수없이 목격했던 고등학생 커플처럼 보인다. 그들을 바라보며 재범이 아래로 주먹을 꽉 쥐었다.

현실과 욕심의 갈림길에 서 있는 듯했다. 현실의 길로 가면 모아는 앞으로도 평온할 것이고, 욕심의 길로 가면 누구도 앞으로의 일을 장담할 수 없어질 것이다. 답은 정해져 있었지만 재범은 그 갈림길에 서서 한 걸음도 제대로 내딛지 못했다.

"못생기긴 누가 못…… 어? 선생님!"

"……."

그리고 모아는 욕심이라는 길의 끝에서 자신을 보며 손을 흔든다.

재범을 발견한 모아가 한껏 반가운 얼굴을 한 채 웃었다. 재범은 그녀를 보고 차마 모른 체할 수 없어 천천히 걸음을 옮겼다.

가까워질수록 운혁의 표정이 묘하게 일그러진다. 그 모습을 확인했으면서도 재범은 평소처럼 능청스럽게 굴 수 없었다. '뭐가 불만이야, 인마.' 하고 이마라도 툭 튕겨 줘야 평소의 윤재범다울 텐데 그는 운혁 못지않게 굳은 얼굴을 했다.

"너희 싸웠니?"

"네? 아, 아뇨. 싸우긴요."

모아가 손사래를 쳤다. 목소리가 좀 컸나 싶은 생각에 주변을 둘러본 뒤에야 지나다니는 시선들이 이쪽을 힐끔거린다는 걸 알 수 있었다.

재범과의 상담을 끝마친 모아를 헐레벌떡 찾아온 운혁은 다짜고짜 '미안해!' 하고 말했다. 눈을 깜빡이며 가만히 쳐다보고 있자 역시 화가 풀리지 않은 거라고 생각했는지 그 이후로 열 번은 더, 아니, 스무 번은 더 사과를 했다. 질타하거나 상처 주려는 마음은 절대 없었다고 몇 번이나 결백을 주장했다.

사실 기분은 거의 풀려 가던 상태였다. 처음에는 서운함이 넘쳐 금방이라도 울고 싶은 기분이었지만, 나중에 가서 돌이켜 보니 친구로서 충분히 걱정할 수도 있는 문제였다.

재범에게 고백했다는 사실을 아는 유일한 사람이 아닌가. 운혁에게 위로받았던 그때의 기억도 생생하게 남아 있었다. 어쩌면 가장 마음 놓고 기댈 수 있는 친구일지도 모르겠다고 생각하니 모아는 운혁이 원망스럽기보다는 고마워졌다.

응원까지는 바라지도 않는다. 그저 자신이 재범에게 있어 폐가 될 것이라 말하지만 않아 줘도 그것으로 충분했다.

"전교생한테 '나 최운혁 때문에 화났소.' 하고 광고하는 거 아니면 웬만큼 하고 받아 줘라."

"아, 정말……. 저 진짜 화난 거 아니에요. 누구 때문에 오해만 사고!"

"난 사과한 죄밖에 없다?"

"너어……!"

모아가 눈을 치켜뜨고 흘기자 운혁이 딴청을 피웠다. 원망 섞인 모아의 투정이 아무래도 즐거운 모양이었다. 투덜거리는 게 귀여워서 자꾸 놀리고 싶어지는 기분은 이해하지만, 굳이 다른 남자에게 그 권한을 넘겨주고 싶지는 않은 재범이다.

재범이 손가락을 뻗어 모아의 입술을 꾸욱 눌렀다.

"정모아, 너 지금 목소리 엄청 커."

단단한 손가락 끝이 입술에 닿자 모아가 모든 행동을 멈추었다. 발끈하며 조금 방방 뛰는 듯하던 분위기가 일순간에 가라앉았다. 당황으로 물든 얼굴은 점점 말로 다 할 수 없을 만큼 붉게 달아올랐다. 입을 맞춘 것도 아닌데 어째서 그가 꾸욱 눌러 오는 손짓에 입술이 파르르 떨릴 것처럼 긴장되는 건지.

붉어진 그녀의 얼굴을 확인한 재범이 자신의 기분마저 이상해지는 것 같아 슬쩍 손을 거두었다.

"제…… 제 목소리요?"

모아가 당황하지 않았다는 티를 내려 애써 더 또랑또랑하게 물었지만 실패했다. 목소리는 미묘하게 떨렸고, 말을 더듬는 것까지 막을 수는 없었다.

"예, 네 목소리요. 수업 시간에나 크게 대답하시죠."

"선생님도 참……."

부끄러운 기색으로 몸을 배배 꼬자 그게 꽤 웃기고도 귀엽다. 재범이 '풉.' 소리를 내자 모아가 다시금 얼굴을 확 붉히며 고개를 번쩍 들었다.

"웃지 마세요!"

모아가 목소리를 높였다. 그러자 재범이 가소롭다는 표정으로 그녀의 머리에 손을 얹었다.

"어쭈, 선생님한테 대드네?"

"꺄악!"

작은 머리 위에 얹어진 손이 마구 움직였다. 언제나 부드럽게 쓰다듬던 것과는 달리 재범의 큼직한 손은 장난스럽게, 아주 자유롭게 모아의 머리를 헝클어 버렸다. 모아는 비명을 지르면서도 내내 웃었다.

이상할 정도로 편안한 순간이었다. 대체 언제부터 이런 공기가 떠다녔던 걸까. 무엇이 달라진 걸까. 그런 생각들을 하다가도 재범의 손길이 움직일 때마다 나는 기분 좋은 향기에 전부 잊어버리고 만다. 어디에서부터, 언제부터, 무엇이 이 공기를 바꿨는지는 모르겠지만 아무래도 상관없었다.

이젠 그에게서 물러나지도, 포기하지도 않을 거니까. 작은 고백이 그의 마음에 미풍이나마 남긴다면 그것으로도 오늘의 몫은 충분하니까.

그때 복도 가득히 종이 울렸다. 부산스럽던 분위기가 멈추었다. 파도에 휩쓸리듯 아이들이 우르르 교실로 몸을 밀어 넣었다.

"둘 다 이제 교실로 들어가. 자율 학습이라고 딴짓할 생각 말고."

재범이 엉망이 된 모아의 머리카락을 자연스럽게 정돈해 주다가 손을 떼어 냈다. 모아의 얼굴 주변에서 그의 시원한 향이 거두어지지 못하고 둥둥 떠다녔다. 들키지 않게 코를 킁킁거리며 그의 잔향을 쫓던 모아가 '아.' 하며 재범을 보았다.

"선생님은 퇴근하세요?"

집에 갈 때까지라도 틈틈이 보면 좋을 텐데 하는 생각이 드는 모양이었다. 그런 욕심은 욕심 축에도 못 낀다고 스스로 꽤 당당한 표정마저 짓는다.

"집에 가서 쉴 거야."

"아……."

"부러우면 얼른 졸업하시든가. 그럼 돼."

"쳇."

저도 얼른 졸업하고 싶어요. 얼굴에 그렇게 쓰여 있는 듯하다. 모아의 속마음을 읽어 낸 재범이 그녀의 마른 등을 슥 밀었다. 모아가 아쉬운 표정을 애써 감추며 교실 안으로 들어섰다.

그녀의 뒷모습을 보면서 재범은 문득 깨닫는다.

'얼른 졸업하시든가.'

그 한마디가 결코 농담이 아니었음을.

재범이 교무실로 가려 몸을 돌렸다. 그런데 운혁이 교실에 들어가지 않고 자신을 뚫어지게 쳐다보았다. 너무도 익숙한 시선이었다. 최근 들어 부쩍 느끼고 있었으니까.

이 녀석과도 한 번쯤 상담을 해 봐야 하나 생각한 재범이 그의 어깨를 두어 번 툭툭 두드렸다.

"너도 얼른 들어가."

운혁은 재범의 말에도 아무런 반응 없이 그저 그를 쳐다보기만 했다. 아니, 노려보았다. 그러다가 교실로 들어가려 걸음을 내디디면서 스치듯 재범에게 말했다. 들릴 듯 말 듯한 아주 낮은 목소리였다.

"진심도 아니면서 어중간한 태도로 순진한 애 상처 주지 마요."

그 말을 들은 재범이 그대로 움직임을 멈추었다.

'……아아, 그런 거였나.'

아무것도 모르는 입장은 아니었던 모양이다. 그동안 적수라도

204

되는 듯 자신에게 날카롭게 가시를 세운 것도, 틈만 나면 불을 뿜을 듯 노려보던 것도 전부 이유가 있었다고 생각하니 그제야 이해가 되었다.

모아를 좋아하는 게 분명했다. 항상 모아만 바라보았으면 모아가 자신에게 느끼는 감정도 아마 눈치챘을 것이고. 더군다나 저 공격적인 표정이 여전하다는 건 아직 고백도 못 해 봤을 거란 소린데……

짧은 순간 여러 가지를 생각한 재범이 교실로 들어가려던 운혁의 어깨를 붙잡았다. 운혁이 멈칫하며 다시 눈을 치켜떴다.

학생과 교사의 분위기로는 볼 수 없는 치열한 공기. 그 순간 그곳에 서 있는 것은 남자와 남자였다.

재범이 운혁보다 더 나직한 목소리를 그의 귓가에 흘렸다.

"진심이면 된다는 거지?"

운혁이 눈을 크게 떴다. 재범에게서 한 번도 생각해 본 적 없는 대사가 나왔다. 앞으로도 절대 들을 수 없을 것만 같은 말이었다. 그래서 오히려 현실감이 떨어졌다.

하지만 재범은 그런 운혁을 놀리듯이 사람 좋게 웃었다. 그는 다시금 운혁의 어깨를 툭툭 두드리고 나서 등을 돌렸다. 여유 있는 미소만 남긴 채 재범은 느긋한 걸음으로 교무실을 향해 갔다. 운혁은 그 자리에 멍하니 선 채 재범의 뒷모습만 바라볼 뿐이었다.

'사람이기 때문에 사랑도 하는 거예요.'

한 걸음, 또 한 걸음. 앞을 향해 걸어갈수록 모아가 했던 말이 더욱 선명해진다. 저무는 햇빛이 붉은 주황빛으로 복도 창문을 통해 쏟아져 내렸다. 눈이 부신 재범이 인상을 찡그리며 잠시 멈추어 섰다.

그래, 사람이니까.

재범은 더 이상 도망치지 않기로 묵묵히 마음먹었다. 그녀는 처음부터 줄곧 자신만 보고 달려와 주는데, 자신이 그런 그녀의 안전을 핑계로 언제까지 도망칠 수 있을까. 그럴 바에야 곁에서 할 수 있는 최고의 사랑을 주는 게 나을지도 모른다.

가장 안전할 수 있게, 가장 행복할 수 있게.

세상의 안전으로부터 뛰쳐나오려 하는 아이다. 제일 믿음직한 선택마저 내버리겠다면 이젠 어쩔 수 없다. 자신의 세상이 모아로 인해 변해 가고 있음을 깨닫자 그에게 모아의 세상도 바꿀 각오가 생겼다.

내가 그 아이의 세상이 되어 줘야지.

내가…… 지켜 줘야지.

9 달의 뒷면에는 뭐가 있을까?

3학년의 교실은 2학년의 교실과 분위기가 사뭇 달랐다. 언제부터였을까. 왁자지껄 떠들던 아이들의 수가 조금 줄었고, 책상 위에 놓인 참고서의 수가 더 늘었다. 모아는 원래도 공부에 충실했던 편이라 그 1년의 차이를 크게 느끼지 못했지만 주변의 공기가 달라지고 나니 조금 실감이 나는 것 같기도 했다. 입시라는 게 이런 거구나 하고.

공기가 달라지니 새삼 호흡조차 달라지는 기분이 든다. 대학에서 눈을 돌려 취업을 목표로 삼고 있는 모아지만 더불어 열심히 해야겠다는 각오를 다지게 된다.

그런데 최근 그 각오도 깜빡 잊게 만들 만큼 일상에 변화가 생겼다.

재범이 미묘하게 달라진 것이다.

"반장, 지난번 유인물 걷어서 교무실로 가져와."

"네에."

대하는 태도 자체가 크게 바뀌거나 한 것은 아니었다. 그래서 그 변화를 눈치채기까지 시간이 조금 걸렸다. 모아가 느끼기 시작한 어느 시점부터, 아니, 어쩌면 그보다 더 전부터 재범은 모아를 밀어 내지 않고 있었다.

"혁아, 유인물 줘."

"어?"

전부 걷었다 생각했는데 한 장이 비었다. 그게 운혁의 것임을 알아챈 모아가 자리까지 직접 가서 손을 내밀었지만 운혁은 떨떨어진 표정을 지었다.

"집에 가서 부모님 확인 받아 오라고 한 거 있잖아. 너 설마 보여 드리지도 않은 거 아니지?"

"아, 헐!"

"긍정하면 가만 안 둘 거야, 너."

"무서워서 장난도 못 쳐. 여기 있다, 여기."

순순히 주면 어디가 덧나나. 꼭 이렇게 한 번씩 직접 찾아와 닦달을 하게 만든다. 눈을 가늘게 뜨고 작게 구박을 한 모아가 걸음을 돌리려다가 혹시나 싶어 힐끔 운혁을 보았다. 그 시선을 느꼈는지 운혁이 고개를 들고 '왜?' 하는 표정으로 모아를 응시한다.

남자가 갑자기 태도를 달리하는 이유로 뭐가 있을지 묻고 싶었다. 하지만 관두기로 했다. 운혁은 날이 갈수록 재범을 싫어하고 있었으니까. 오늘은 어제보다 더, 아마 내일은 오늘보다 더 그를 싫어할 게 분명했다.

친한 친구와 사랑하는 사람의 사이가 안 좋다는 건 생각보다 불편한 일이다. 궁금증을 그저 속으로 삼킨 모아가 아무것도 아니라며 고개를 저었다.

모아는 자리로 돌아가 마지막으로 자신의 유인물까지 챙겼다. 학부모 확인란에는 문숙의 도장이 찍혀 있었다. 엄마라는 존재 대신 다른 사람이 그 자리를 위로하고, 둘만의 가족이라는 안정감 대신 저마다의 사정으로 모인 또 다른 가족이란 이름이 푸근함을 안겨다 주는 삶이었다.

열아홉 모아의 삶은 그런대로 꽤 아늑하게 흘러가고 있었다. 그의 사랑 말고는 부족할 것이 없는, 딱 2% 아쉬운 나날로.

유인물을 품에 안은 모아가 교무실을 향해 계단을 하나씩 밟아 내려갔다. 그러면서 복도를 지나쳐 가는 1학년 여학생들을 쳐다보았다.

만약 자신과 재범이 1학년 때 만났더라면 괴로운 시간은 훨씬 더 길어졌을 것이다. 어느덧 졸업이 1년도 채 남지 않은 3학년이라는 게 차라리 다행이지 싶은 모아였다. 물론 남은 몇 달이라고 버겁지 않은 것은 아니었지만 말이다.

졸업을 하면 그가 만나 줄까. 여자로 봐 주기나 할까. 애초에 제자로 인식하고 있는 그에게 나이의 변화가 자신을 여자로 만들어 줄 수나 있을까. 공부에 대한 걱정은 크지 않았지만 오히려 그에 대한 걱정은 더욱 커졌다.

교무실에 도착한 모아가 자연스레 재범의 자리로 향했다. 담임과 반장으로서 나누는 대화라고 해도 그게 모아의 작은 기쁨이었기에 그녀는 입가에 걸리는 미소를 참을 수 없었다.

하지만 웬걸. 정작 유인물을 걷어 오라고 한 장본인이 자리에 없었다.

"⋯⋯."

묵직한 종이들을 책상 위에 올려놓고 주변을 스윽 둘러보았다. 하지만 어디에서도 금방 찾아낼 수 있을 만큼 눈에 띄는 모습은 그곳에 없었다.

김이 빠진다는 듯 힘없이 교무실을 빠져나오던 모아가 멈칫하며 한쪽으로 고개를 돌렸다.

'에이, 설마.'

그 짧은 생각과 함께 모아는 가벼운 다리로 복도를 달렸다. 시선은, 그리고 달음질은 오로지 한 방향만을 향했다.

서관 계단. 그에게 고백을 했던 곳이자 때때로 그와 속 끓이는 대화를 나누던 장소. 사실 그 외에는 재범이 갈 만한 장소를 전혀 알지 못하는 모아였다. 자신이 알고 있는 재범은 수업이 없을 때는 항상 교무실에만 앉아 있는 사람이었으니까.

원래 모든 사랑은 확신으로 이루어지지 않는다. 일말의 가능성이나 기대에 걸어 보는 확률 싸움으로 시작될 뿐. 모아는 그가 그곳에 있을 것이라 확신하지 못하면서도 오로지 설마의 생각 하나로 걸음을 옮겼다. 일순간 내가 떠올린 생각과 당신의 생각이 일치하는 그 기쁨을 누리고 싶어서.

그런데 정말 재범이 그곳에 있었다.

"어?"

커피를 들고 느긋하게 서관 계단의 창밖을 바라보던 재범이 놀란 얼굴을 했다. 빤히 그를 바라보는 모아의 표정에 오히려 자신이 더 놀랐다는 듯이.

"정모아?"

그가 자신의 이름을 부르자 모아가 맑게 웃었다. 그러면서 한 걸음씩 그에게 다가갔다. 인스턴트커피의 향이 모아에게 전해졌다.

"왜 여기 계세요?"

"조용히 있고 싶은데 남교사 휴게실이 조금 시끄럽길래. 그러는 넌 여기 왜 왔어."

"선생님이 여기 계실 것 같아서요."

왜 이곳에 있을 것 같았는지는 말로 설명할 수 없었지만 모아는 막연하게 그런 기분이 들었다고 덧붙이며 웃었다. 애초에 모아와 재범의 사이에 명확하게 이유를 댈 수 있을 만한 감정 같은 것들은 없었다. 그것만으로도 충분히 이해가 된 듯 재범이 피식 웃으며 커피를 한 모금 마셨다.

"촉이 장난 아니네."

"여기 우리 둘의 비밀 아지트 아니었어요?"

우리라느니, 둘이라느니, 따지고 보면 참으로 닭살스러운 말이지만 모아의 입을 타고 흐르면 어쩌나 설레는지 모르겠다. 그녀에게 상처 주느니 마음 가는 대로 하자고 결심한 뒤 재범은 모아의 작은 말, 별거 아닌 행동 하나에도 크게 자극을 받았다.

아직 제대로 무언가를 시작하지도, 자신의 마음을 보여 주지도 않았는데 이 정도라니. 막상 시작하면 자신이 이 아이에게 어디까지 휘둘릴지 몰라 그 설렘이 두렵기도, 기대되기도 하는 재범이었다.

재범이 커피 마시는 모습을 가만히 쳐다보던 모아가 계단 위에 엉덩이를 붙이고 앉았다. 힐끔 그녀를 쳐다보던 재범이 잠시 놀란 얼굴을 하며 한 손으로 모아를 잡아 일으켰다.

"⋯⋯?"

"계단 더러워. 그리고 여자가 찬 바닥에 그렇게 막 앉는 거 아니야."

모아는 재범을 바라보며 '네?' 하고 되묻고 싶었다. '여자애'도 아니고 '여자' 요? 하지만 그는 본인이 한 말을 크게 의식하지 못하는 듯했다.

재범이 인상을 쓴 채 주머니를 뒤적여 손수건 하나를 꺼냈다. 굉장히 시크해 보이는 어두운 톤의 남성용 손수건. 그는 계단에 손수건을 깔고서 모아를 향해 눈짓했다.

"이미 먼지 묻은 엉덩이까지 내가 털어 줄 순 없으니까 그건 네가 알아서 하고⋯⋯. 이제 앉아."

계단 위에 펼쳐진 손수건을 가만히 보던 모아가 고개를 들어 재범을 보았다. 무엇 때문인지 재범이 머쓱한 표정으로 얼굴을 붉히며 종이컵에 코를 박다시피 하고 있었다.

"손수건 더러워지는데⋯⋯."

"괜찮아."

제 마음이 안 괜찮아지는 것 같아서요, 선생님.

속으로 그렇게 생각하며 모아가 살며시 그의 손수건 위에 앉았다. 계단 위에 풀썩 앉을 때와는 움직임이 달라졌다. 괜히 조심스러웠다. 조신한 숙녀 흉내라도 내야 될 것 같은 기분을 느끼며 모아가 교복 치마를 괜스레 툭툭 털었다.

고개를 들어 재범을 올려다보자 그가 평소보다 더욱 커다래 보인다. 평소보다 그와 멀어진 듯한 느낌에, 훨씬 작아져 버린 듯한 느낌에 기분이 묘하다.

재범은 커피를 다 마신 듯 종이컵을 손안에서 가볍게 구겨 냈다. 그런 손의 움직임 하나까지 놓치지 않고 바라보던 모아가 아무 말이라도 꺼내 볼까 하고 입을 열려는 찰나였다. 그가 먼저 물었다.

"너 진로는 정했어?"

"네?"

예상치 못한 질문이었다. 담임으로서 충분히 할 수 있는 질문인데도 모아는 평소 인식하고 있던 자신의 3학년 일상을 그의 앞에서 아주 잠시 잊은 듯했다. 모아가 눈을 깜빡거리며 그를 보았다.

"곧 상담 시기야. 너야 웬만해선 성적도 안 떨어지고 잘하니 걱정 없지만 그래도 성적만 좋다고 끝이 아니니까 앞으로 뭘 하고 싶은지 지금이라도 진지하게 잘 생각해 두라고."

앞으로 하고 싶은 일이……. 누군가 장래 희망을 물으면 '선생님이요.' 말하곤 했지만 그마저도 혼자 남은 뒤로는 머릿속에서 지운 지 오래였다. 희망에 대해 생각할 일이 별로 없어서였던 것 같기도 하다.

저는 그냥 선생님이랑 결혼하고 싶어요. 문득 그 말이 치밀었지만 꾹 삼켰다. 하고 싶은 말을 전부 하고 살 수 있는 사람이 몇이나 되겠는가. 그에게 사랑한다는 말을 마음껏—비록 일방적일지라도— 할 수 있다는 것으로도 지금은 충분했다.

취업을 생각 중이지만 그가 진지하게 신경을 써 주는 것 같아 '생각해 볼게요.' 하고 대답했다. 그와 대학이니, 취업이니, 진로니, 그런 대화들로 이 분위기를 퍽퍽하게 만들고 싶지는 않은 기분이었다.

그러다가 문득 작은 궁금증이 생겼다. 모아가 상체를 앞으로 기울이며 재범을 불렀다.

"선생님."

"어?"

재범이 느긋하게 고개를 돌려 계단에 앉아 있는 모아를 응시했다. 그런 그의 눈을 마주하며 모아의 생각이 깊어진다.

정말…… 언제부터였을까. 언제부터 시선을 피하지 않고 저렇게 제대로 마주쳐 준 걸까. 어린 마음이 부담스럽다는 듯이 한 걸음 뒤로 물러서 있던 그였던 것 같은데.

그의 시선을 잠시 음미하던 모아가 뒤늦게야 하려던 말을 생각해 냈다.

"선생님은 왜 수학 교사가 됐어요?"

누구에게서도 들어 본 적 없는 질문이었다. 재범이 모아의 질문에 '으음.' 하고 잠시 고민을 하는가 싶더니 의외로 꽤 쉽게 대답했다.

"수학이 좋으니까."

그다운 대답이 아닐 수 없다. 나는 좋아하는 게 뭐더라. 재범 외의 다른 것을 떠올리며 모아가 그와 눈을 마주쳤다. 그는 더 묻고 싶은 게 있으면 얼마든지 물어보라는 듯 어깨를 으쓱였다.

"그럼 수학이 왜 좋은데요?"

"수학이 좋은 이유……. 답이 있어서? 어렵게 생각하지 않아도 결국은 정답을 도출할 수 있으니까."

"으음, 그렇구나. 전 결과보다는 과정이 중요해요. 어쩔 수 없는 문과인가 봐요."

그렇게 말하면서 배시시 웃는 얼굴이 몹시 귀여워 죽겠다. 모아를 보던 재범이 놀려 주고 싶은 마음을 참지 않기로 했다. 조금 짓궂은가 싶기도 하지만 오히려 마음의 방향을 확실히 정하고 나니까 기분이 한결 가볍다. 모아에게 지금의 계획은 제대로 말해 주지 않았더라도.

"봐, 그래서 우리가 안 되는 거야."

그 말을 하기가 무섭게 모아가 얼굴을 찡그린다. 요즘 도통 밀어 내질 않아서 이게 웬일인가 하고 있던 참에 '그럼 그렇지.' 싶은 모양이었다.

볼을 쭈욱 잡아 늘이고 싶을 정도로 부루퉁한 모습에 재범이 애꿎은 종이컵만 더욱 일그러뜨렸다. 입 맞추고 싶다는 생각이 어느샌가 필터를 거치지 않고 그대로 치고 올라왔다. 마음을 어떻게 먹느냐가 이렇게까지 사람을 달라지게 하는구나, 새삼스레 깨닫는다.

"또 뭐가요. 뭐 때문에 안 되는데요."

"난 정답이 명확한 걸 좋아해. 그런데 넌…… 답이 없어."

"답이 없다구요?"

"너뿐만 아니라 우리 관계에는 정답이란 게 아예 있을 수가 없다는 소리야. 정답도 존재하지 않는 문제를 왜 풀겠어. 의미 없는 짓이지."

마음에도 없는 말로 인해 또다시 상처를 입는 건 아닐까. 울어버리는 건 아닐까. 뒤늦게 걱정이 샘솟는다.

재범이 '너무 심했나?' 하며 모아를 돌아다보았다. 하지만 모아는 조금도 상처받지 않은 얼굴이었다. 오히려 당당한 표정을 지으며 재범을 똑바로 올려다보았다.

"바보네요, 선생님은."

"뭐?"

"사랑에는 원래 정답이 없는 거예요. 사랑하면서 문제 풀듯이 머리를 써 봤자 의미 없는 짓인 게 당연하구요."

"……."

이 아이가 언제부터 이렇게 강인했지? 재범이 애써 놀란 기색을 감추었다.

자꾸 헷갈리게 구는 그에게 원망이 치미는지 모아가 당당한 표정 위로 슬쩍 심통을 내비쳤다. 그리고 계단에서 일어나 재범의 손수건을 훌훌 털었다. 시선이 조금 더 가까워졌다.

"우린 답이 없다고 했죠?"

"……."

"그러니까 선생님도 이미 절 사랑하고 있는 거예요."

자신을 향한 그의 마음에 확신도 없으면서 무작정 뱉었다. 말로 꺼내고 나면 이루어지는 경우도 있다지 않은가.

심술과 진심이 한데 섞이니 터무니없는 말이 패기로 꽁꽁 포장된다. 그녀 스스로도 방금 전의 말이 마음에 들었는지 재범을 바라보며 평소의 그를 따라 하듯 어깨를 으쓱였다.

모아가 재범의 손수건을 흔들며 당차게도 말했다.

"손수건은 빨아서 돌려 드릴게요."

"……."

수줍어서 우물쭈물하던 그 소녀와 동일 인물이기는 한 걸까. 터벅터벅 먼저 걸음을 옮기는 모아의 모습이 평소와는 조금 달라 보인다. 아마 그녀를 보는 재범의 시선이 그만큼 솔직해졌기 때문일 것이다.

좀처럼 보기 힘든 그녀의 등을 바라보면서 재범이 소리 죽여 끅끅 웃었다.

'그러니까 선생님도 이미 절 사랑하고 있는 거예요.'

모아의 말이 귓가에 남는다.

"그게 정답이네."

이러니까 더는 못 참겠다는 거야, 정모아.

○ ● ○

"하아……."

하지만 모아의 당찬 변화를 기뻐하던 재범과 다르게 그날 밤 그룹 홈으로 돌아온 모아는 원래의 모습을 했다. 베개를 끌어안은 채 벌써 몇 번째인지 모를 한숨만 폭. 몸을 이리 뒤척이고 저리 뒤척이다가 일어나기를 반복했다.

책상 의자에는 아까 빤 재범의 손수건이 축축하게 걸려 있었다. 손수건을 바라보다가 또다시 한숨이 나오는지 모아가 크게 숨을 들이마실 때였다.

"한숨 그만 쉬어. 땅 꺼지겠다."

"어……?"

세모눈을 뜬 이레가 모아를 쏘아보다시피 하고 있었다. 모아가 눈을 끔뻑거리며 떴다. 그리고 배시시 어색하게 웃는데 그게 영 보기 편하지만은 않아 이레는 속이 터질 지경이었다.

고민이 있으면 말하겠지, 슬슬 말할 때가 됐는데 왜 저러고 있을까, 계속 그 생각으로 기다렸다 또 기다렸다. 하지만 고민 상담은 무슨. 한번 터지기 시작한 한숨은 도통 끊이질 않았다.

저 한숨 소리를 듣고 있다가는 내가 답답함에 못 살지 싶었던 이레가 엉덩이를 질질 끌어 모아에게 가까이 다가갔다.

"뭔데."

"뭐, 뭐가?"

"고민이 있으니까 한숨도 쉬는 거 아니야. 무슨 일이냐고."

"……."

멍석을 깔아 줘도 저런다. 이레가 심드렁한 표정을 유지한 채 입이 열릴 때까지 기다리겠다는 듯 모아를 응시했다.

원래 이런 식의 압박이 더 무서운 법이다. 무슨 말을 어떻게 해야 할지 몰라 내내 눈동자만 이리저리 굴리던 모아가 결국 입을 열었다.

"선생님이 자꾸 헷갈리게 해."

"뭘 헷갈리게 해? 그 선생님은 절대 안 된다고 너 수백 번이나 찼다며."

"……수백 번이나 찼다고는 안 했어, 이레야."

"사랑한다고 할 때마다 시끄럽다고 가서 공부나 하라고 한다며. 차는 게 별건가, 그게 차는 거지."

직구도 저런 직구가 없다. 모아가 내심 뜨끔했지만 이내 마음을 가다듬었다. 저렇게 솔직하니까 아마 무슨 고민을 털어놓든 더욱 가감 없이 말해 줄 것이다.

그래. 지금의 자신에게는 위로도 중요하지만 그보다 솔직한 조언이 필요했다. 운혁에게는 차마 꺼내 놓지 못했던 것을 이레에게는 꺼내 놓을 수 있을 듯한 모아였다. 재범과 이레가 모르는 사이라는 게 이토록 다행스러울 수가 없었다.

"그게 말이지……. 요즘 들어서는 날 안 밀어 내는 것 같았어."

"안 밀어 내다니?"

"내가 좋아한다거나 사랑한다고 말하면 항상 무섭게 정색하셨거든. 표정을 이렇게 굳히고서 그만해, 단념해, 이러면서 딱 잘라 거절하셨었는데…….”

“뭐야, 확실히 찬 거 맞네.”

“……씨이.”

고민에 집중 좀 해 달라는 원망의 눈빛을 보내자 이레가 장난기를 다시금 쏙 집어넣고 진지하게 고개를 끄덕였다. ‘그래서?’ 하고 운을 떼 주자 모아가 말을 이었다.

“한동안은 그런 이야기를 전혀 안 하시더라고.”

“그만해라, 단념해라, 이런 말을?”

“응, 내가 사랑한다고 말해도 묵묵부답. 그런데 보통 침묵은 긍정이라잖아. 내심 받아 주려는 게 아닐까 기대했는데 오늘 갑자기 또 우리는 안 된다는 말을 꺼내질 않나……. 사람 엄청 헷갈리게 해.”

가만히 듣고 있던 이레가 이걸 뭐라고 말해야 하나 싶어 머리를 긁적거렸다. 모아는 이레의 움직임 하나까지 전부 주시하고 있었다. 이 고민에 대해 어떻게 생각하느냐고 눈빛으로 대답을 재촉했다. 이레는 좋게 에둘러 말을 해야 하나, 아니면 강하게 직구로 쏴 줘야 하나 잠시 고민했다.

에둘러 말하기를 바랐으면 애초에 나에게 묻지도 않았겠지. 그렇게 확신한 이레가 모아를 똑바로 쳐다봤다.

“그건…… 이런 거 아닐까?”

“어떤 거?”

모아가 침을 꿀꺽 삼키며 진지한 눈으로 이레를 응시했다.

"계속 거절을 해도 변화가 없으니 거절하는 일 자체를 그냥 포기한 거야. 놔두면 알아서 그만두겠거니 하고 아예 반응을 안 해 버리는 거지."

"……"

"그랬는데 내버려 둬도 고백이 멈추지를 않아. 아, 이 방법은 잘못됐구나. 뒤늦게 깨달았겠지. 그래서 침묵을 고수하는 방법을 관두고 다시 강하게 거절하는 쪽으로 방향을 튼 거야."

말이 길어질수록 모아의 표정은 점점 어두워져만 갔다. 어느 순간부터 모아는 '그렇구나.' 하는 반응조차 없이 입을 꾹 다문 채 이레의 말을 듣고만 있었다. 뒤늦게 그 얼굴을 발견한 이레가 '너무 솔직했나?' 하고 후회했지만 가라앉은 모아의 표정을 다시 밝게 만들기에는 늦은 듯했다.

이레가 애써 분위기를 전환시키려 방을 둘러보다가 모아의 책상 의자에 걸린 손수건을 발견했다. 저거다. 뭐라도 붙잡아 신경을 돌리자. 애써 환하게 웃으며 손수건을 가리켰다.

"모, 모아야. 저 손수건은 뭐야? 못 보던 건데?"

"그거…… 선생님 거야."

"……"

왜 하필이면 그 남자 손수건이래……. 이레가 '이걸 어쩐담.' 하고 생각하며 모아를 힐끔 보았다. 모아의 시선이 아직 채 마르지 않은 손수건으로 향해 있다.

그녀는 가만히 손수건을 바라만 보았다. 더 이상 아무 말도 하지 않은 채로.

"손수건 뚫리겠다."

"……."

"그런데 그 선생님 손수건을 왜 네가 가지고 있어? 빌렸어?"

이레의 질문에 학교에서의 일이 떠오른다. 그의 손수건을 깔고 앉아 있는 내내 괜히 모든 것이 부끄러워졌었다. 우리는 안 된다는 그의 딱딱하고 원망스러운 말만 없었다면 아마 살랑대는 기분 좋은 기억만 남아 있었을 것이다.

"계단에 앉으려고 하니까 여자는 찬 데 막 앉는 거 아니라면서 깔아 주셨어."

"아아, 그랬…… 잠깐, 뭐?"

덤덤하게 말하는 모아의 말을 듣다 말고 이레가 눈을 동그랗게 떴다. '아까는 그런 얘기 없었잖아?' 하고 말하는 듯했다.

"이런 이야길 나한테 해 줬어야지, 바보야!"

"으응?"

"세상 어떤 선생님이 제자 엉덩이 시리다고 손수건 깔아 주면서 앉으라고 한다니? 게다가 뭐? 여자는 찬 데 막 앉는 거 아니라고? 어떻게 네가 여자야, 학생이지! 제자한테 매너 지켜서 어디에 쓰게?"

"……."

"뭐야, 그 선생님? 생각하니까 웃기네. 사람 헷갈리게 대체 왜 그러는 거야?"

이상하게 여겨지는 부분이 있기는 했다. 이레가 이제야 이해가 간다면서 진지한 표정을 지었다. 또래 남자애들이었다면 훨씬 이

해가 쉬웠을 텐데 어른 남자를 제대로 겪어 본 적이 없어서 재범의 행동은 이레에게도 꽤나 어려운 것이었다.

모아와 이레가 머리를 맞대고 '끄응.' 하며 깊은 고민에 빠졌다. 무슨 속내인 걸까. 마음이 있다는 걸까, 없다는 걸까. 도무지 알 수가 없다.

그때 똑똑, 노크 소리와 함께 두 사람의 방문이 열렸다. 슬그머니 고개를 내민 사람은 문숙이였다.

"이모? 왜요?"

"큰소리가 나는 것 같길래. 혹시 싸우나 싶어서."

"에이, 싸우긴요. 모아 담임 선생님 얘기 좀 하느라 흥분했나 봐요."

"담임 선생님?"

문숙의 표정이 일순간 걱정으로 물들었다. 혹시 학교에서 무슨 일이 있었나 걱정이 되었는지 그녀가 방문을 닫고 안으로 들어와 앉았다.

'모아야.' 하고 이름을 나직하게 부르며 눈을 맞추려는데 옆에서 이레가 느닷없이 손바닥을 마주치며 '아!' 했다.

"맞다, 이모."

"응?"

"우리 후원해 주는 분 계시잖아요. 저번에 참고서랑 이것저것 잔뜩 들고 오셨다던 분."

"아아, 그렇지. 그분이 왜?"

"그분이 방금 말한 모아 담임 선생님이에요."

"세상에. 정말이니?"

놀란 얼굴의 문숙을 바라보며 모아가 작게 고개를 끄덕였다. '맞아요.' 하고 대답하자 문숙이 모아의 손을 꼭 붙들며 눈을 빛냈다. 무엇에 감동을 받고 안도를 한 것인지는 모르겠지만 눈빛이 꼭 그래 보였다.

"항상 도와주시는 것도 고마운데 모아 담임 선생님이셨다니. 진즉 말해 주지 그랬니. 따로 인사라도 드리는 건데."

"제가 인사 전해 드릴……."

"아니야, 그건 아니지. 선생님을 초대해서 이번 기회에 제대로 식사라도 대접해야겠다."

"네?"

"예?"

문숙의 말에 모아와 이레가 동시에 반문했다. 갑자기 무슨 식사냐는 눈으로 문숙을 보았지만 그녀는 이미 마음을 먹은 듯 두 사람을 향해 고개를 주억거렸다.

"담임 선생님이신지 미처 몰랐다고, 그동안 여러모로 도움 주셔서 감사하다고 전해. 아, 부족한 요리 솜씨라도 발휘할 테니까 꼭 같이 식사하자고도. 내일 학교 가면 이번 주말에 시간 되시는지 여쭤 봐, 모아야."

"아니, 저기 이모……."

모아는 문숙에게 뭐라 말을 하려다가 말았다. 어차피 재범에게 전달해 봐야 불편해서 오지 않는다고 할 게 분명하니까. 일단 반가워하는 문숙의 기분을 지금 당장 상하게 하고 싶지는 않았다.

아마 엄마의 마음일 것이다. 후원자가 아닌 담임 선생님으로 만나 학교생활에 대해 이런저런 이야기를 나누고 싶은 게 분명했다. 문숙이 그룹 홈에 있는 아이들을 모두 제 자식처럼 여기며 보살피고 있다는 것을 모르는 모아가 아니었다.

결국 고개를 끄덕였다. '여쭤 볼게요.' 하는 모아의 대답에 문숙이 기쁜 듯 함박웃음을 지었다.

○ ● ○

"가지, 뭐."

"네?"

모아의 큰 눈이 깜빡거렸다. 방금 제가 잘못 들은 거냐고 되묻는 듯한 시선에 재범이 '간다니까?' 하고 다시 정확하게 대답했다.

"왜요?"

"뭐가 왜야?"

"그러니까 왜 오신다는……."

"오라고 하셨다며."

이렇게 순순히 오겠다고 할 줄은 몰랐다. 재범이 온다는 소식을 들으면 아마 잔칫상을 내올지도 모를 문숙이다. 문숙을 기쁘게 하고 싶은 마음과 동시에 자신이 생활하는 곳에, 그것도 담임으로서 온다고 하니 괜히 바짝 긴장되는 모아다. 아이들을 위한 물건을 가지고 방문하는 것과 엄연히 초대를 받아서 오는 것은 다르니까.

"주말인데 쉬셔야죠. 굳이 힘들게 안 그러셔도……."

"처음 뵙는 것도 아니고 꾸준히 뵙던 얼굴인데 뭐 어때서. 어차피 이번 달 중에도 가려고 했었어."

"……."

재범을 바라보는 자신의 표정이 얼마나 바보 같은지 알고 있는 모아다. 분명 이레가 엄청 놀려 댈 것이다. 그를 향한 마음을 그룹 홈 식구들이 전부 알아채 버리는 건 아닐까. 선생님이 난처해지지는 않겠지. 모아의 머릿속이 어지럽게 빙글빙글 돌았다.

"할 말은 그걸로 끝?"

"네? 네……."

"그럼 얼른 들어가. 나도 교무실 가 봐야 해. 할 일이 아주 많다."

복도에서 대뜸 붙잡아 놓고 한 질문이었다. 재범이 출석부로 어깨를 툭툭 두드리면서 모아를 내려다보았다. 아까부터 뭐 마려운 강아지처럼 쩔쩔매는 모습이 간만에 꽤 귀여워 보인다. 놀리고 싶지만 자칫 잘못 놀렸다가 또 상처를 주고 말 것 같으니 그건 자제하기로 한다.

재범에게 고개를 꾸벅여 보인 모아가 몸을 돌리다가 저 멀리 운혁을 발견했다. 순간 반갑게 밝아지는 표정. 그 짧은 변화를 본 재범의 눈썹이 꿈틀 움직였다.

"혁아!"

"……."

뭐?

"안 들리나? 혁아!"

혁아?

모아가 운혁이 있는 쪽으로 달려가려 하자 재범이 그녀의 어깨를 붙들었다. 순간 멈칫한 모아가 고개를 돌려 재범을 보았다.

"선생님? 왜요?"

"혁아?"

"네?"

그 한 마디가 엄청 거슬렸다. 뭐야, 그 친근한 부름은.

"방금 최운혁 부른 거 맞아?"

"네."

아무렇지 않게 '네.'란다. 대체 언제부터 최운혁을 그렇게 친근—하다 못해 다정하기까지—하게 부르기 시작한 거지. 재범이 노골적으로 묻고 싶은 것을 꾹 참았다. 지금도 충분히 어른스럽지 못한데 여기서 애보다 더 애처럼 굴 수는 없는 일이다.

"요즘 애들은…… 그렇게 끝 자만 따서 부르니?"

자신도 따지자면 '요즘' 사람이라 생각하는 재범이였지만 십 대 앞에서는 아니었다. 이십 대의 변화를 비웃기라도 하듯 십 대들의 모든 것은 매번 너무 빠르게 변했다. 재범으로서는 따라갈 수도 없을 만큼 빠른 속도였다. 지난달에 유행했던 것이 이번 달에는 촌스러워지고는 했다. 그 변화가 재범은 매번 충격적이었다.

지금의 호칭도 그냥 유행이겠거니 생각하기로 했다. 다른 의미의 충격보다는 훨씬 나을 것이다.

"다른 애들은 모르겠는데 전 그렇게 불러요. 어쩌다가 부르기 시작했는데 이게 더 익숙해져서."

그런 건 익숙해지지 않아도 되거든? 속으로 생각하며 재범이
이를 부득 갈았다.

"이름 끝 자만 부르는 건 말이지, 다른 사람이 볼 땐 굉장히
특……."

"특……?"

특별한 사이처럼 보인다고.

당장이라도 튀어나올 듯 목에서 울렁거리는 감정은 분명 질투
였다. 친근하게 부르는 그 호칭 하나에 배알이 뒤틀릴 정도로 재
범은 질투가 났다.

하지만 그 질투까지 내보이고 나면 정말 회생 불가일 것만 같
은 기분이 든다. 모아에게 져 주기로 했다지만, 마음을 표현할 시
기만 보고 있다지만, 그러기도 전에 폭발할 것 같은 이 감정은 아
무리 생각해도 방해만 될 뿐이다.

"특…… 특……."

"……?"

빌어먹을 질투는 제발 잠시만 나가 있어 줘라.

"특……이하게 생겼다고, 너."

"엥?"

갑자기 웬 인신공격이냐며 모아가 제자리에서 펄쩍 뛰었다. 하
지만 모아 이상으로 재범의 속은 말이 아니었다. 모아를 만난 순
간부터 어른스럽기는 글러 먹었다고 생각했다. 그래도 이 정도일
줄이야.

만약 그녀와 제대로 만나기 시작하면 어디까지 철부지가 되는 걸까. 어른스럽지 못한 자신에게 모아가 실망하는 건 아닐까.

"그럼 난 간다……."

"선생님?"

재범이 터벅터벅 힘없는 걸음을 디뎠다.

그녀를 밀어 내려던 고민을 끝내고 나니 이젠 또 다른 고민이 밀려오고 있었다.

10 누구의 시선도 닿지 않는 곳,

잠들지 못한 마음이 몸을 웅크리고 있었다

약속된 날. 종일 느릿하게 흘러가던 시간이 오후를 넘어서면서 부터는 무척 빠른 속도로 달렸다. 모아의 눈이 1분에도 몇 번씩 시계를 향했다.

재범의 도착 시간이 다가올수록 가슴이 쿵쾅거리며 뛰었다. 그가 오기로 한 건 저녁인데도 어떤 옷을 입어야 할지 몰라 아침부터 난리를 쳤다. 이 옷도 꺼내 보고 저 옷도 꺼내 보았지만 아무것도 마음에 드는 것이 없었다.

항상 교복을 입은 모습만 보였던 터라─지난겨울, 맨발에 슬리퍼를 신고 만났던 일은 기억에서 지우기로 하고─ 제대로 된 사복 차림을 그에게 처음 보일 기회였다. 조금이라도 더 예뻐 보이고 싶었다. 데이트도 무엇도 아니었지만 말이다.

결국 이레가 가장 무난하면서도 예뻐 보이는 옷을 골라 주었다. 모아가 예쁘장한 원피스를 가리켰지만 이레는 '누가 집에서 이런 옷을 입고 있니? 완전 부자연스러워.' 라는 말로 일축시켜 버렸다. 맞는 말이었다. 괜히 오버했다가 비웃음을 사느니 이레의 말을 따르는 게 좋겠다고 판단한 모아가 고개를 끄덕였다.

학교가 아닌 장소에서, 교복이 아닌 옷을 입고 있으면 덜 학생처럼 보이지 않을까 하는 기대를 했다. 그리고 이레는 모아의 그런 기대를 응원하고자 화장까지 해 주었다. 색조가 들어간 것은 아니었지만 피부 톤을 정돈하고 불그스름한 틴트를 바르니 한층 더 화사해 보였다. 원래도 뽀얀 모아의 피부가 더 하얗게 빛을 냈다.

"아, 안 이상해?"

"하나도."

이레가 엄지손가락을 들어 보였다. 모아가 거울 앞에 선 채 쑥스럽고도 기쁘게 웃었다.

그때였다. 현관에서 벨이 울렸다. 재범이 온 모양이었다. 식탁 위에 음식을 올려놓던 문숙이 '모아야, 네가 문 열어 드려!' 하고 외쳤다. 방에서 거울만 뚫어지게 쳐다보던 모아가 빠르게 뛰어나왔다. 뒤에서 이레가 고개를 절레절레 내저었지만 모아의 마음은 마냥 급했다.

크게 심호흡을 한 뒤 현관문을 열자 이것저것 뭔가 많이 들고 온 재범이 그녀를 내려다보았다. 그는 인사를 하려다가 잠시 멈칫했다.

"아, 안녕하세요, 선생님."

"너……."

어떡해, 역시 화장이 이상한가 봐!

모아가 얼굴을 붉히며 어쩔 줄 몰라 하자 재범이 눈을 느릿하게 감았다 뜨며 그녀를 뚫어지게 바라보았다. 할 말이 많은 얼굴이었는데 정작 그가 꺼낸 말은 꽤 간략했다.

"이 무거운 짐을 보고도 손 하나 까딱 안 한다 이거지."

"아!"

당황한 모아가 급하게 몇 개의 짐을 받아 들었다. 무거운 것을 들릴 생각은 없었는지 재범은 가벼운 몇 가지만 건네며 모아의 뒤를 따라 들어섰다.

문을 열어 주는 사람이 모아임을 알았음에도 순간적으로 다른 사람 같아 저도 모르게 할 말을 잃었다. 화장을 그리 요란하게 한 것도 아닌데 평소와는 확 달라 보였다.

원래도 뽀얀 피부지만 화장을 해 놓으니 더 빛이 났고, 그동안 보아 왔던 입술은 오늘따라 유독 붉게 반짝거려 저도 모르게 침이 꿀꺽 넘어갈 지경이었다. 당황한 티를 내지 않으려 했는데 티가 났을지도 모르겠다.

열아홉밖에 안 된 학생이 대체 무슨 화장을 저렇게 한 거냐고 속으로 투덜거려도 본다. 하지만 예쁘다고 생각한 것이 사실이었다. 그저 나중에 스물이 되고 스물하나가 되어 더욱 아름답게 꾸미고 다닐 모아의 모습이 벌써부터 걱정되었을 뿐.

"이모, 선생님 오셨어요."

못마땅하다는 눈으로 모아의 뒷모습을 바라보던 재범이 고개를 들어 문숙을 보았다.

"어머, 어서 오세요."

"안녕하세요. 간만에 뵙습니다."

초면이 아닌 두 사람이 반가운 얼굴을 하며 서로 인사를 나눴다.

재범을 처음 본 이레는 모아의 곁에 딱 붙어 그녀만이 들을 수 있는 아주 작은 목소리로 중얼거렸다.

"꼭…… 상견례 같아."

식탁에는 그 많은 인원이 전부 앉을 수 없었다. 모아와 이레를 제외한 나머지 세 아이들은 거실에 앉아 주말 방송을 시청하며 식사를 했고, 식탁에는 문숙과 재범, 모아와 이레, 이렇게 네 명이 둘러앉아 식사를 했다.

"매번 찾고서며 뭐며 정말 감사해요. 오늘도 이것저것 선물까지 한가득 사 오시고. 이렇게까지 하지 않으셔도 충분한데요."

"아닙니다. 소모품은 많이 있을수록 좋죠. 특히 애들 선물은 제가 좋아서 하는 겁니다. 학원도 안 다니고 집에서 열심히 공부하는 녀석들이 기특해 죽겠거든요. 다 제자 같아서 그렇습니다."

"젊은 선생님께서 어쩜 이렇게 속도 깊으신지……."

개인이 운영하는 그룹 홈은 다른 시설보다 특히 더 후원이 중요했다. 후원해 주는 사람이 많으면 많을수록 좋지만 잘 알려지지 않은 이런 작은 곳들은 후원을 받는 것이 그리 쉽지만은 않은 것이 사실. 그런 와중에 개인적으로 나타나 돕겠다고 했으니 문숙에게는 재범이 얼마나 고마운 사람인지 몰랐다.

나이 먹은 사람들도 쉽게 할 수 없는 것이 누군가를 돕는 것이다. 그런데 서른도 되지 않은 사회 초년생 교사가 그 일을 시작했다. 어쭙잖은 마음으로는 힘들었을 것이다. 후원의 규모가 단체처럼 큰 것은 아니었지만 그 작은 힘이 문숙에게는, 그리고 이 그룹홈에는 더할 나위 없는 감동이었다.

사양 말고 많이 드시라고 반복해서 권하는 문숙의 말에 재범이 예의 친절한 미소를 지어 보였다. 하지만 그의 신경은 오로지 모아에게로만 향해 있었다. 대놓고 고개를 돌려 눈을 마주친다거나 하지는 않았지만 저도 모르게 시선이 그쪽으로 향할 뻔한 것을 몇 번이나 고쳐 잡았다.

중증이다. 큰일이었다. 이미 늦어도 한참 늦었다. 어느 순간부터 모아가 아예 학생으로 보이지 않기 시작했다. 사복과 화장 때문일 것이라고 생각해 본다. 하지만 화장을 했다고 해서 다른 여학생들이 예뻐 보인 적은 없지 않은가……. 평범한 생활복일 뿐인데, 다른 아이들이 하는 것과 비슷한 수준의 화장인데, 왜 그녀만 달라 보일까.

'하아…….'

재범은 새삼스럽게도 스스로가 도둑놈처럼 느껴졌다.

"아, 맞다. 그걸 빼먹었네."

문숙이 혼잣말과 함께 갑자기 일어났다. 세 사람의 시선이 문숙의 동그란 등을 좇았다. 그녀는 구석에서 무언가를 찾는가 싶더니 꽤 묵직한 유리병을 품에 안아 식탁 위에 떡하니 올렸다.

"이모, 이건……."

"인삼주야. 선생님, 한 잔은 괜찮으시죠?"

그렇게 말하며 얼마나 오래도록 뒀는지 모를 인삼주를 잔에 따라 내는 문숙의 모습에 재범이 이걸 어째야 하나 당황한 기색으로 손을 내저었다.

"아니요, 술은……."

"귀한 손님이 오시면 꼭 드리고 싶어서 여태 한 번도 따지 않았던 술이에요. 여러 가지로 챙겨 주시고, 모아도 많이 신경 써 주시는데 마땅히 고마움을 표현할 길도 없고 해서……."

귀한 손님. 식사 대접으로 충분하다고 말하려던 재범은 기뻐하는 문숙의 얼굴을 보고 결국 웃어 버렸다. '그럼 조금만 받겠습니다.' 하고 예의 바르게 대답하자 문숙이 고개를 끄덕이며 그의 앞에 인삼주를 내려놓았다. 인삼주 특유의 알싸한 향이 식탁 위에 맴돌았다.

그 모습을 보고 있던 이레가 얄궂게 웃으며 식탁 밑으로 모아의 다리를 툭 건드렸다.

"응?"

왜 그러냐며 모아가 옆으로 고개를 돌렸다. 그러자 이레가 그녀 쪽으로 상체를 살짝 기울이며 속삭였다.

"봐. 아무리 봐도 결혼 허락받으러 온 예비 사위 분위기라니까."

"……너어!"

그만 놀리라고 말하며 이레의 옆구리를 콕 찔렀다. 모아의 얼굴이 어느새 빨갛게 달아오른 것을 본 이레가 놀리는 재미가 쏠쏠하다는 듯 웃음을 꾹 참았다. 이레의 양 볼에는 아직 삼키지 못한 웃음이 한가득이었다.

"아직 젊으신데 교사 일을 하면서 아이들까지 돕는 게 부담되지는 않으세요?"

문숙의 질문에 모아와 이레도 재범에게로 시선을 옮겼다. 그래도 몇 번 마주했던 사이라 그런가, 재범은 문숙을 마냥 어렵게 느끼지만은 않는 듯 예의 평온한 얼굴로 단정한 말투를 구사하며 대답했다.

"아버지도 현직 교사십니다. 주변에 어린 학생이 있으면 당신 제자가 아닌데도 항상 마음 쓰시며 지내시는 걸 보고 자랐어요. 돕고 싶은 학생들이 있다고 말씀드렸더니 함께 돕겠다고 하셨습니다. 아버지께서는 매번 직접 방문하시기 어려워 입금만 하시는 모양이지만, 제 쪽은 금전적으로 크게 부담이 되는 것도 아니니 괘념치 마셨으면 합니다."

"그러셨구나. 그래도 항상 고맙습니다. 요즘 애들 참고서나 학용품 같은 것도 좀 비싸야 말이죠……."

느끼는 부담이라는 건 사람마다 정도가 다른 것이 아니겠느냐고 생각하던 문숙이 무언가 떠오른 듯 눈을 동그랗게 떴다.

"아, 혹시 아버님이 윤동하 님 되시나요?"

"맞습니다. 아시네요?"

"어쩐지. 선생님께서 오시기 시작한 시기부터 매달 꾸준히 후원금이 들어오는데 전혀 모르는 분의 성함이라 어떤 분일까 했어요. 저 혼자 꾸려 가는 그룹 홈이다 보니 후원해 주시는 분들은 제가 잘 알고 있거든요. 나중에 아버님도 꼭 한번 초대하고 싶네요."

"말씀 전하겠습니다. 감사합니다."

재범의 가족에 대해서는 처음 듣는 모아였다. 어머님이 돌아가셨다는 건 장례식장에서 그를 처음 만나며 알고 있었지만 아버지에 대한 것은 생각도 못 했었다. 교사 집안이었구나, 아버님도 상냥하시구나, 그런 생각들을 하다 보니 한 번도 만난 적 없던 그의 아버지마저 마치 가까운 가족처럼 느껴졌다.

그에 대해 여러 이야기를 들을 수 있는 지금의 자리가 너무 행복해 모아가 실실 웃으며 재범을 바라보자 마침 그녀 쪽으로 고개를 돌리던 그와 제대로 눈이 마주쳐 버렸다. 입이 귀에 걸릴 듯 웃고 있던 모아의 얼굴이 빨갛게 달아올랐다. 그 얼굴을 확인한 재범이 흘깃 눈치를 주었다. 누가 봐도 '나 저 남자가 너무 좋아요.' 하고 말하는 것 같은 표정이었나 보다.

'별로 그렇게 티가 나거나 하지는 않았을 텐데······.'

부끄러워진 모아가 재범으로부터 슬쩍 시선을 피하자 이번에는 이레가 옆구리를 쿡 찔러 왔다.

"표정 관리 좀 해. 너 너무 티 나."

"······."

모아가 애써 표정을 굳혔다. 감정이 절로 얼굴에 드러나 버리는데 그걸 참으라니 여간 어려운 일이 아니다.

어금니를 꾹 깨물고 표정을 굳히자 화기애애한 식탁에서 홀로 화가 난 사람 같기도 해 그건 또 그거대로 이상했다. 이레가 고개를 숙이고 몰래 웃었다. 그 덕분에 모아의 얼굴은 점차 알 수 없는 원망으로 차올랐다.

그런 모아를 가만히 바라보며 재범이 미소 지었다. 행복한 환경에서 생활하고 있다는 것을 이렇게 몸소 확인하고 나면 묘하게 안심이 되었다.

그래. 세상은 모질어도 이렇게 만들어진 가족이 있고, 앞으로 든든하게 등 뒤를 지켜 줄 자신이 있을 테니까.

"저…… 선생님."

재범이 앞에 놓인 인삼주를 한 모금 넘겨 낸 뒤였다. 문숙이 조심스레 말을 꺼냈다.

"한 가지 걱정되는 게 있는데."

"예, 말씀하세요."

"혹시 모아가 그룹 홈에서 생활하는 걸 아는 아이가 있나요? 학교에서 그런 이야기가 나오면 괜히 따돌리거나 하지는 않을지……."

"학생들 중에는 없으니 안심하세요."

딱 잘라 말하며 웃을 때의 재범은 모르는 사람조차 신뢰하게 만드는 묘한 힘이 있다. 타인을 자신에게 집중하게 만드는 능력의 하나이기도 했다. 그 능력이 수업 시간에 발휘될 때면 얼마나 멋진지.

눈앞에 있는 그가 자신이 사랑하는 사람임에 뿌듯함을 느낀 모아가 또다시 풀어지는 얼굴로 웃다가 '아!' 하며 문숙에게 고개를 돌렸다.

"이모, 혁이는 알아요. 그래도 걘 입이 무거우니까 걱정 없어요."

혁이?

재범이 미간을 좁히면서 모아를 보았다. 평화롭던 식탁 위로 튀어나온 그 듣기 싫은 애칭에—모아에게는 별것 아닌 호칭일 뿐이지만— 속이 저도 모르게 욱하고 치밀어 올랐다. 그걸 증명하듯 그가 저도 모르게 눈썹을 벅벅 문질렀다.

"혁이가 누구야?"

"아, 최운혁이라고 같은 반 친구 있어요."

운혁이 알면 당신이 그러고도 선생이냐고 질타할지 모르겠지만 재범에게 운혁은 이 순간 자신의 제자가 아닌 모아의 곁에 머무는 한 사람의 남자일 뿐이었다. 반복해서 나오는 운혁의 이름이 영 언짢았는지 재범이 앞에 놓인 술을 확 털어 넣었다. 그러자 그 모습을 본 문숙이 '어머, 더 드릴까요?' 하며 재범의 잔에 인삼주를 더 채웠다.

반듯하게 사람 좋은 웃음을 흘리던 얼굴이 질투로 미묘하게 일그러지는 짧은 순간. 이레가 '흐응.' 하며 흥미로운 얼굴로 재범을 쳐다보았다.

문숙은 주방에서 뒷정리를 했고, 재범은 그녀의 곁에 있었다. 괜찮다고 말해도 맛있는 음식을 얻어먹었는데 손을 놓고 있을 수야 있냐며 그는 넉살도 좋게 문숙을 도왔다.

멀찍이서 그런 재범의 모습을 바라보며 모아는 조금 더 많은 감정의 문이 열리는 것을 느꼈다. 자신이 알고 있던 재범은 정말 일부분이었을지도 모르겠다는 생각이 들자 오늘 본 것보다 더 다양한 그의 모습을 마주하고 싶어졌다.

저렇게 넉살 좋은 사람이라는 것을, 자신의 앞에서는 항상 엄한 체하던 어른이 저토록 능청스러운 젊은 남자의 모습을 하기도 한다는 것을 오늘 처음 깨달았다. 그래서 앞으로의 수많은 처음을 또다시 만나고 싶었다.

그때 이레가 모아의 곁으로 불쑥 다가왔다. 그러고는 그녀의 팔을 잡아끌어 방으로 이끌었다. 거실을 힐끔 보더니 문을 살짝 닫은 이레가 조용히 속삭였다.

"혹시 둘이 잘 되어 가는 중이야?"

"응? 뭐가?"

무슨 말인지 모르겠다는 듯 눈을 깜빡이며 쳐다보자 이레가 답답하다는 듯 가슴을 내리쳤다. 그러더니 또박또박 힘주어 다시금 말했다.

"저 선생님이랑 너 말이야. 혹시 잘 되어 가고 있는 거냐고."

"잘 되기는 무슨……. 여자로 보지도 않는걸."

"그래? 이상한데."

이레가 팔짱을 끼면서 고개를 갸웃거렸다. 아까 보았던 것이 착각은 아니었을 거라고 확신하는 모양이었다. 촉 하나로는 어디 가서 빠지지 않는 자신이다. 그 느낌은 결코 쉽사리 지나칠 수 있을 만한 것이 아니었다.

"왜 그러는데? 뭐가 이상해?"

"아까 식사하는 내내 살펴봤는데 말이야. 아무리 봐도 제자를 보는 눈이 아니지 않아?"

"으응?"

모아에게는 익숙한 모습들이다. 대체 어느 부분을 어떻게 보면 그렇게 받아들일 수 있는지 도통 모르겠다.

이레의 말이 마음에 괜한 바람을 불어넣는 것만 같다. 자신이 아닌 타인의 눈에 그렇게 보인다면 약간의 가능성도 있는 게 아닐까 하는 기대감이 들어 모아가 눈을 빛냈다. 이레의 팔을 붙잡고 뭐가 어떻게 보였길래 그런 생각이 든 거냐고 물으려는 순간이었다.

"모아야, 선생님 가신다."

문숙의 목소리에 이레와 모아가 서둘러 방에서 나왔다. 현관 앞에 선 재범은 어느덧 나가기 위해 신발까지 신은 뒤였다. 정말 딱 저녁만 먹고 가는 거냐고 되묻고 싶었지만 자꾸 티가 난다고 해서 대놓고 아쉬움을 표현하는 것조차 그저 꾹 참기만 했다.

그러자 모아의 곁에 서 있던 이레가 그녀의 등을 탁 밀었다.

"선생님 가시는데 배웅도 안 해 드릴 거야? 먼 길 오셨는데 택시 잡는 데까지는 모셔다 드리고 와야지."

놀란 얼굴로 쳐다보자 이레가 씩 웃는다. 재범은 밤길이 위험하니 됐다고 말리려 했지만 그보다 모아의 움직임이 빨랐다. 모아가 서둘러 겉옷을 입고 나오더니 재빠르게 운동화에 발을 구겨 넣었다. 아니었더라면 재범의 성격상 '됐어.' 할 게 뻔했으니까.

못 말린다는 듯이 모아를 내려다보던 재범이 위에서 머리를 꾸욱 눌렀다. '아!' 하며 엄살을 부리는 모아를 보며 사제지간이 꼭 남매 같아 보기 좋았는지 문숙이 따스하게 웃었다.

"선생님 조심해서 들어가세요."

"예, 오늘 식사 정말 감사합니다. 조만간 또 오겠습니다."

"금방 다녀올게요."

재범이 먼저 현관을 나섰고 그 뒤를 모아가 따랐다. 안에서는 문숙이 추우니 어서 다녀오라며 손짓을 했고, 그 곁에 선 이레는 오묘한 표정으로 웃고 있었다. 그 웃음이 자신을 놀려 먹는 것 같아 그런 거 아니라고 모아가 코끝을 찡긋거리자 이레가 혀를 쏘옥 빼내며 더욱 약을 올렸다. 앞서 가던 재범이 '안 와?' 하며 그녀를 부르고 나서야 모아는 현관문을 닫을 수 있었다.

인적이 드문 밤길. 터벅터벅 걸어가는 재범과 모아의 발소리가 유난스럽게도 크게 들렸다. 모아는 그의 발끝을 힐끔 쳐다보다가 걸음을 맞춰 걷고 싶어 한 발을 더욱 크게 앞으로 내밀었다. 한 걸음 하고도 반 정도나 되는 커다란 간격. 모아가 폴짝거리다시피 맞추어 걷자 성큼성큼 나아가던 그가 일순간 뚝 멈춰 섰다. 그러자 모아가 저도 따라서 우뚝 섰다.

"……뭐 해, 너."

"선생님이랑 보폭 맞춰서 걸어요."

"그러다가 가랑이 찢어져."

지금 절 뱁새 취급 하시는 거냐고 대들어 볼까 하며 고개를 들었다. 모아의 코끝으로 인삼주의 냄새가 확 끼쳐 왔다. 항상 스킨 냄새만 달고 다니던 그였기 때문일까. 그의 주변에 둥둥 떠다니는 술 냄새가 영 어색하기만 한 모아였다.

선생님도 술을 마시긴 하는구나. 술을 마시는데 어떻게 얼굴이 하나도 안 빨갛지? 취해서 빨개져야 하는 거 아닌가? 술이 엄청 센 편인 건가? 인삼주는 몇 도 정도 되는 술인 거지? 온갖 궁금증이 모아의 머릿속을 하나둘씩 채워 어느덧 빼곡하게 만들었다.

무슨 생각을 하는지 눈동자가 이리저리 굴러가는 모아를 가만히 내려다보던 재범이 그녀의 이마를 툭 건드렸다. 그러자 모아의 머릿속에 가득하던 잡념들이 일순간에 사라진다.

"무슨 생각을 그렇게 해. 눈이 쉴 새 없이 돌아가네."

"선생님."

"왜."

"술 냄새 나요."

그녀의 말에 재범이 잠시 멈칫하며 한 걸음 뒤로 물러났다. 그러더니 팔뚝이며 어깨에 코를 박고 킁킁거렸다. 두 손으로 입을 막더니 '후.' 하고 숨을 내쉬어 보기도 했다. 많이 받아 마신 것도 아닌데 그렇게까지 술 냄새가 나나 싶은 모양이었다.

혹시라도 안 좋은 냄새 때문에 모아가 싫어할까 싶었는지 그가 괜스레 헛기침을 하며 모아에게서 슬쩍 고개를 돌렸다.

'아무리 봐도 제자를 보는 눈이 아니지 않아?'

그런 재범을 바라보던 모아의 머릿속으로 아까 이레가 했던 말이 떠올랐다. 지금 저러는 건 선생님으로서의 행동일까, 남자로서의 행동일까. 사실 남자에 대해서도 잘 모르고, 연애란 것에 대해서도 잘 모르는 모아였기에 그에 대한 구분이 영 어려웠다.

그렇게 사랑한다고 고백을 해 놓고 그가 자신에게 보이는 행동의 경계를 제대로 알아채지도 못한다니. 그건 그거대로 조금 바보 같았다.

요즘 들어 부쩍 자신을 헷갈리게 하는 태도를 곰곰이 되짚어 보던 모아가 성큼 그의 앞에 섰다. 그러자 재범이 멈칫하며 모아를 내려다보았다. 그의 눈이 '뭐, 뭐야?' 하고 말하는 것만 같다.

"선생님."

모아가 그를 불렀다. 하지만 그는 순순히 대답을 해 줄 수가 없다는 듯이 한 손으로 입가를 슬쩍 가렸다. 멋진 남자로 보이고 싶은 거지, 술 냄새 풍기는 나이 많은 남자로 보이고 싶은 것이 아니다. 술 냄새가 전해질까 싶어 입을 가린 재범이 나직한 소리로 '왜.' 하고 물었다.

"사랑해요."

"……."

재범은 말이 없었다. 저번에는 안 된다고 하더니 오늘은 또 아무 말도 하지 않는다. 그만하라느니, 포기하라느니, 그런 말은 한마디도 꺼내지 않고 있었다. 침묵을 고수하는 그를 올려다보며 모아의 속은 점점 더 타들어 갔다.

'또 사람 헷갈리게 해.'

요샛말로 어장 관리인 게 아닐까 하는 생각마저 들었다. 하지만 교사가 학생을 상대로, 그것도 윤재범이? 말도 안 되는 일이다.

모아가 입을 삐죽거리며 불만스러운 얼굴로 걸음을 옮겼다. 토라지기라도 한 듯 입을 꾹 다문 채 앞장서서 걷는 모아를 보며 재범이 픽 웃고는 성큼 다가갔다. 그러고는 그녀의 곁에 서서 나란히 함께 걸었다.

이렇다 저렇다 아무 말도 해 주질 않으니 그게 더 불안한 걸까. 모아의 양 볼이 빵빵하게 차올랐다. 꾹 누르면 심통이 줄줄 새어 나올 것만 같았다.

"선생님."

오늘 선생님만 대체 몇 번을 찾는 거지. 재범이 모아와 보폭을 맞추어 천천히 걸으면서 그녀를 보았다. 모아는 여전히 부루퉁한 표정이었다.

"저 기다려 주시면 안 돼요?"

"뭐?"

내내 침묵을 고수하던 재범이 저도 모르게 되물었다. 예상치 못한 물음 때문이었다.

"기다려 달라구요. 만약 선생님이 군대를 간다고 했으면 전 2년 동안 해바라기처럼 지고지순하게 기다렸을 거예요."

"……뭐라고?"

오늘 정말 별의별 말을 다 듣는다.

재범이 문득 자신이 군복무 중이었던 시절을 떠올렸다. 그때 네 나이가 몇이었는지 알고는 있느냐고 묻고 싶기까지 했다. 자신이 스물한 살에 입대를 했으니 그 당시 모아는 아마 열두 살이었을 것이다. 열두 살짜리 초등학생이 지고지순하게 기다리는 것을 상상하니 우습기도 하고, 한 편의 콩트 같기도 하고.

어찌 되었든 자신이 입대했을 당시 모아가 초등학생이었다고 생각하니 갑자기 아홉 살의 나이 차가 확 느껴졌다. 나 정말 도둑놈인지도 모르겠다. 그렇게 생각한 재범이 하늘을 올려다보며 한숨을 푸욱 내쉬었다.

"일 년도 안 남았어요. 정말 몇 달이면 돼요. 학생이라는 이유로 눈치 보지 않아도 될 때까지만요."

"……."

재범이 입을 다문 채 모아를 바라만 보았다. 이렇다 할 대답이 없자 갑자기 초조해진 걸까. 모아가 입술을 잘근 깨물었다.

"……겨우 몇 달도 안 돼요?"

모아가 자신의 두 손을 꽉 붙잡았다. 아무렇지 않게 말하는 것 같지만 목소리 끝에는 긴장이 서려 있었다. 사랑한다고 하는 고백보다 기다려 줄 수 없냐고 하는 그 물음이 더욱 떨리는 것임을 재범은 알 수 있었다

긴 속눈썹이 파르르 흔들렸다. 수없이 들었던 고백만큼 떨려 오는 또 다른 고백이다. 재범이 꾹 다물고 있던 입을 겨우 열었다.

"미안한데, 싫다. 못 기다려."

"……."

간단명료한 재범의 말에 모아가 움찔했다. 순순히 기다려 주겠다고 하지는 않을 거라 생각했지만 저렇게 쉽게 거절해 버릴 줄

은 몰랐던 모양이다.

입술을 더욱 세게 깨물었다. 몇 번을 차여도 포기하지 않았던 자신이 아닌가.

그런데도 이 와중에 미련하게 울음이 터져 버릴 것 같았다. 바들거리며 애를 썼다. '거절당했다고 해서 포기할 거야?' 하고 스스로에게 물으니 그건 또 아니란다.

"겨우 몇 달도 못 참아 주냐고?"

"……."

붉어지기 시작한 눈시울로 모아가 재범을 올려다보았다. 그는 아프니 깨물지 말라는 듯 손을 뻗어 모아의 입술을 매만졌다. 그러면서 흰 입김과 함께 뱉어지는 말은 멈추지 않았다.

"겨우가 아니야."

"네?"

그게 무슨 말이냐는 듯 모아의 눈이 맑게 일렁거렸다. 재범이 그런 모아를 따스하게 바라보며 웃었다.

"작년부터 기다렸어. 네가 어른이 되길 기다린 게 이제 벌써 2년이 다 되어 간다고. 군대 간 남자 친구 기다리는 것 못지않을 정도로 지고지순하게."

"……."

"더는 못 참아. 그러니까 그냥 와."

"선생님……?"

"졸업까지 가만히 기다릴 자신 없어. 네 곁에서, 네가 졸업할 때까지 함께해 줄게. 아니, 그 이후로도 쭉 함께 있을 테니까."

"……."

"나한테 와, 모아야."

눈시울이 뜨겁게 달궈지며 울음이 치미는 게 느껴졌다.

언제나 '선생님이…….' 하고 말하던 그가 처음으로 교사 윤재범이 아닌 남자 윤재범으로 말했다. '선생님'이 아닌 '나'한테 오라고.

나한테 와.

그 한마디가 가진 힘이 얼마나 큰지 그는 모르는 게 분명했다. 그러니 저렇게 다정하게 웃을 수 있는 거겠지.

그토록 듣고 싶었던 말을 막상 눈앞에서 확인하자 실감이 나지 않았다. 거짓말 같았고, 꿈을 꾸는 기분이었다.

현실감이 부족하면 원래 눈물이 나는 걸까. 커다란 눈에서 닭똥 같은 눈물이 후두둑 떨어지자 재범이 이럴 줄 알았다는 듯이 손을 뻗었다. 그는 모아의 눈가를 손끝으로 문지르며 축축하게 젖어 들어가는 흰 뺨을 닦았다.

"오늘 내가 온 건 그래서야. 앞으로 너 잘 챙기면서 외롭거나 힘들지 않게 든든히 보듬겠다고 말씀드렸어. 물론 담임으로서의 책임으로만 이해하셨겠지만……."

문숙과 둘이서 뒷정리를 하며 그런 이야기들을 나눴다. 앞으로 더 열심히 모아를 신경 쓰겠다고. 많이 힘들었던 아이니까 상처받지 않게끔 가까이에서 더욱 잘 보듬고 끌어안으면서 행복해질 수 있게 돕겠다고.

'남자'로서 그렇게 하겠다는 말은 덧붙이지 않았다. 그렇게 하는 것은 모아가 조금 더 자라 성인이 된 뒤의 일일 것이다.

어찌 되었든 그런 재범의 말에 문숙은 웃는 얼굴로 고맙다고
말했다. 모아의 어머니에게 직접 전할 수는 없는 말이었지만 재범
은 일단 그것으로도 괜찮을지 모르겠다고 생각했다.

"······랑해요."

울먹임 속에 파묻혀 가는 작은 소리가 익숙한 고백을 한다.

"뭐라고?"

"사랑해요······. 사랑해요, 선생님······."

모아가 울면서 사랑을 말했다. 한 번으로 부족해 또 말하고, 그
래도 부족할 것 같아 다시 말했다.

재범은 그런 모아를 바라보며 한 걸음 가까이 다가갔다. 조금만
더 가까이 가면 심장의 고동마저 닿을 듯한 거리. 그는 조용히 모
아의 젖은 눈가를 어루만졌다. 눈물을 닦아 내면 또다시 한 방울이
떨어졌고, 또 닦아 내면 놀리듯이 눈물은 몇 번이고 뺨을 적셨다.

"그래. 나도 사랑해."

평생에 한 번 들을 수 있을까 싶었던 진심. 재범의 나직한 목소
리가 뱉은 그 고백에 모아의 등이 더 크게 파도쳤다.

기껏 사랑한다고 대답했더니 더 많은 눈물을 쏟아 낸다. 재범
이 못 말린다는 듯이 모아를 내려다보았다.

이런 식으로 몇 번이나 울었을까. 자신이 그 마음을 받아 줄 수
없다고 애써 등을 돌릴 때마다 혼자서 몇 번을, 어떤 소리를 내며
울었을까.

자신이 미처 보지 못했을 모아의 상처를 가늠해 볼수록 가슴이

아파 왔다. 제대로 꼭 안아 줄 수 있었던 것이 첫 만남뿐이었다고 생각하니 그동안의 자신이 무능하고 바보같이 느껴졌다.

그래도 한 가지 다행인 건 지금의 눈물이 슬픔 때문이 아니라는 사실이었다. 모아는 울면서도 계속 웃었다. 분명 울고 있는데도 울음을 삼키는 입술 사이로 틈틈이 웃음이 새어 나오는 게 보였다. 눈물범벅인 빨간 얼굴로 실실 웃는 게 귀엽다. 뭐라 말 못할 만큼 예쁘다.

모아가 촉촉하게 젖은 눈을 들어 재범을 올려다보고는 더욱 환하게 웃었다. 주변이 다 반짝일 정도로.

그 모습이, 그 미소가 당장 입 맞춰 버리고 싶을 만큼 사랑스럽다.

"……."

작은 얼굴을 뚫어지게 쳐다보던 재범이 갑자기 뒤로 한 걸음 물러났다. 금방이라도 가슴이 맞닿을 것처럼 가깝던 거리가 일순간 멀어지자 모아가 축축한 눈가를 슥슥 닦으며 재범을 바라보았다.

"왜 떨어지세요? 안아 줘야 되는 순간 아니에요?"

아쉬웠던 걸까. 내숭 같은 건 모르겠다는 듯이 솔직하고 순수하게 건네는 말에 재범이 슬쩍 시선을 피하면서 뒷목을 긁적였다.

"……포옹이 아니라 키스를 해 버릴 것 같아서."

하지만 모아의 솔직함 못지않게 재범도 솔직했다. 더는 모아에게 자신의 마음을 감추거나 현재의 감정을 에둘러 표현하지 않기로 했으니까.

지금 떨어진 간격이 마음의 거리가 아닌 인내의 크기라고 말하는 것만 같다. 재범이 쑥스러워하는 것이 내심 기뻤던 모아가 양 뺨을 볼록하게 올리며 예쁘게 웃었다.

"그냥 하세요."

……당돌하기도 하지.

열아홉의 당찬 면이 생각보다 매력적이라고 느낀 재범이 가만히 주변을 둘러보았다. 인적이 드문 거리지만 내심 신경은 쓰인 모양이다. 모두가 잠든 것처럼 고요한 골목. 타인의 발소리조차 들리지 않는 밤.

안심한 재범이 한 걸음 다시 가까이 다가섰다. 그러고는 모아의 입술 위에 가볍게 입을 맞춘 뒤 떨어졌다.

두 사람 사이에 짧은 침묵이 흘렀다.

"……."

"……."

모아가 말없이 눈만 깜빡거리다가 멍하니 그를 응시했다.

"이게 뭐예요……?"

"키스."

"뽀뽀잖아요."

지금 자길 바보로 아는 거냐며 확 가자미눈을 하는 모아다. 아무리 연애 초짜 미성년자라 해도 뽀뽀와 키스 정도는 구분할 줄 안다고 발끈한 그녀가 미간을 찡그렸다.

"와…… 요즘 애들 무섭다. 입술만 닿은 건 키스 취급도 안 한다 이거지."

정말 놀란 것 같기도 하고 놀리는 것 같기도 한 말투. 어느 쪽이든 모아를 부끄럽게 하는 건 마찬가지다.

모아가 얼굴을 붉히며 고개를 팩하니 돌려 버렸다. '됐어요!' 하고 토라진 척 다시 앞서 걸으려고 하자 재범이 손을 뻗었다. 모아의 팔을 가볍게 그러쥔 재범은 한순간 강한 힘과 함께 그녀를 확 잡아당겼다.

그 힘에 놀라 눈을 동그랗게 떴다. 눈 깜짝할 사이에 자신을 끌어당긴 강한 힘은 모아를 근처 건물 사이로 몰아세웠다.

인적이 드문 길의 구석, 건물과 건물의 사이에는 어둠이 그득했다. 달빛조차 들어오지 못하는 딱 두 사람만큼의 틈.

재범은 모아를 좁은 골목에 세워 놓고 입을 맞췄다.

"……!"

예고는 없었다. 조금의 장난도 찾기 힘들었다. 어둠 속에서도 단번에 그녀의 입술을 찾은 재범은 잠시도 놓아줄 생각이 없다는 듯 끊임없이 작은 틈을 파고들어 헤집었다.

그의 돌진을 막을 새도 없이 무력하게 벌려진 입술 틈으로 재범의 혀가 움직였다. 말캉한 느낌이 생소했는지 모아가 눈을 질끈 감았다. 저도 모르게 그에게서 벗어나려 하면 어림없다는 듯 재범이 따라붙었다.

그는 모아의 입 안 곳곳을 탐색했다. 어디 하나 뜨겁지 않은 곳이 없었다. 조금도 달콤하지 않은 곳이 없었다. 인내는 쓰고 열매는 달다고 했던가. 재범은 기껏 참아 왔던 인내를 내려놓음과 동시에 자신의 모든 욕심을 채우고 싶은 욕망에 휩싸였다.

혀끝을 세워 입천장을 핥자 모아가 바르르 떨었다. 도톰한 혀를 서로 엉켜 내며 부비자 숨 쉬는 타이밍을 모르겠다는 듯 그녀의 몸이 바르작거린다. 크고 작은 몸짓을 온몸으로 받으며 재범은 더욱 깊게 모아를 느꼈다.

줄곧 이러고 싶었다고, 너란 여자가 내 인내심을 한낱 종잇장으로 만들어 버린다고, 뜨거운 숨에 모든 감정을 담아 그녀에게 토해 낸다.

모아는 숨결 근처에서 미약한 술 냄새를 맡았다. 하지만 조금도 싫지 않았다. 기분 나쁘지도 않았다.

그가 자신보다 어른이란 것을 느낄 수 있는 모든 것을 모아는 사랑했다. 열아홉 여자애와는 확연하게 다른 그의 커다란 몸도, 단단한 팔도, 조금은 거친 호흡도 그녀는 사랑했다.

그녀에게 첫 키스는 뜨겁고, 달고, 술 냄새가 나는 아찔한 경험이었다. 왈칵 울음이 터질 것처럼 벅찬 행위였다.

다리에 힘이 풀리기 시작했다. 조금씩 몸이 밑으로 빠진다는 생각이 들 때쯤, 가느다란 두 팔을 뻗은 모아가 재범의 목에 매달리듯 안겨 왔다. 그녀에게 입을 맞추면서 재범이 살짝 눈을 가늘게 뜨며 웃었다.

재범의 단단한 팔이 모아의 허리를 끌어안았다. 넓은 품에 마른 그녀를 가득하게 품어 내면서 깊은 숨을 나누었다.

달조차 그들을 훔쳐볼 수 없는 어느 구석진 골목이었다.

11 새로운 세상이 열렸다
모든 것이 반짝이며 빛을 내는 곳이었다

모아는 아침부터 내내 나사가 하나 빠진 사람처럼 행동했다. 잠에서 깬 순간부터 학교에 올 때까지 쭉 그랬다. 숨을 쉬고 길을 걷는 모든 행동들이, 시야에 담기는 주변의 모든 모습들이 꿈만 같았다.

그가 자신에게 사랑한다고 말해 주었다는 것이 믿기지 않아 주말 내내 얼마나 뒤척이며 잠 못 들었는지 모른다. 설마 꿈일까 싶어 자다가 깨서 휴대 전화로 확인하기를 여러 번. 꿈이 아니라고 말해 주듯 그는 [이제 제발 좀 자라.] 하고 힘주어 문자를 보내 주기도 했었다.

마음이 벅차고 뻐근했다. 조금 피로한 것 같기도 했다. 하지만 걱정으로 잠을 설치던 때와는 기분부터가 달랐다. 퀭한 얼굴로 힘없이 걷던 날들과는 걸음조차 달랐다.

한껏 가벼워진 발걸음으로 학교에 도착한 모아는 저도 모르게 시야에서 재범을 찾았다. 언제나 멀리 있어도 단번에 눈에 들어오던 그를, 이제는 눈치 보며 뒷모습만 좇지 않아도 되는 그를, 마음껏 사랑해도 되는 그를.

조례 시간이 되려면 아직 시간이 좀 남았는데도 모아는 복도 계단을 서성였다. 차마 교무실로 찾아가는 건 못 하겠는지 그가 언제쯤 교실로 올라올까 싶어 계속 계단 밑을 살피고 또 살폈다.

지금쯤이면 출근하셨겠지. 수업 준비를 하고 계시겠지. 혼자서 그의 모습을 몇 번씩 머릿속에 그려 보았다.

그때, 누군가 모아의 어깨에 팔을 떡하니 올렸다. 모아가 순간 반가운 기색을 표하며 기쁜 얼굴로 고개를 돌렸다.

"……"

"너무 대놓고 실망하는 거 아니냐, 너?"

운혁이었다. 저도 모르게 실망을 표정으로 드러낸 모양이다. 운혁이 인상을 쓰면서 핀잔을 했다.

무안해진 모아가 슬쩍 운혁의 팔을 어깨에서 떼어 냈다. 별거 아닌 행동인데 운혁은 내심 그게 서운했다. 물론 팔을 굳이 치워 낼 것까지야 있냐고 말해 볼 수도 없는 입장이었지만.

애써 마음을 가다듬은 운혁이 힐끔 모아의 얼굴을 살폈다. 아까부터 뭐 그렇게 좋은 일이 있는지 실실 쪼갠다. 그러면 안 된다는 듯이 얼굴을 확 굳히는가 싶다가도 3초를 못 버티고 다시 풀어진 표정은 꿈틀거리는 입가와 함께 난리도 아니었다.

확실히 무언가를 참는 데에는 능력이 없는 녀석이다. 힘든 일이나 슬픈 일은 곧잘 참는 것도 같은데 좋은 일이 있을 때면 꼭 저렇게 온몸으로 표출을 하고 마니…….

잠깐, 설마.

"정모아, 너 혹시……."

"선생님이다."

모아가 중얼거리며 밑을 내려다보았다. 그녀의 말에 운혁의 고개도 천천히 그 방향을 향했다. 바로 밑에서 재범이 다른 학생들의 인사를 받으며 올라오고 있었다.

항상 이렇다. 자신은 모아의 모습을 좇고, 모아는 재범의 모습을 좇는다. 그 맑은 눈을 보고 있으면 몇 번이고 실감한다. 그녀가 눈 속에, 마음속에 완전하게 담아낸 것은 오로지 재범뿐이라는 것을.

운혁이 무슨 생각을 하는지도 모른 채 모아는 올라오는 재범만 바라보았다. 복도로 오른 재범이 이쪽을 향해 고개를 들었다. 몇 걸음 떨어진 거리에서 서로의 눈이 마주쳤다.

평소처럼 '선생님, 안녕하세요.' 하고 인사를 해야 하는데 이상하게도 입이 잘 떨어지지 않는다. 그날 그에게 키스를 받고, 선생님과 제자가 아닌 남자와 여자로서 휴대 전화 속에 서로의 이름을 저장해 넣었던 일들이 떠올라 얼굴이 절로 붉어졌다.

모아가 어울리지 않게 입술을 오물거리며 서 있자 그사이에 재범이 성큼성큼 다가왔다. 완벽하게 가까워졌다고 느꼈을 때쯤, 재범은 아무런 인사도 건네지 못하고 빤히 보기만 하는 모아를 향해 피식 웃었다.

"뭘 봐?"

그렇게 말하며 재범은 모아의 이마를 톡 건드리고 지나쳐 갔다. 모아가 고개를 돌려 뒤를 돌아보았다. 하지만 그는 단 한 번도 뒤를 보지 않은 채 앞으로만 향했다.

그럼에도 모아는 전과 같은 거리감을 느낄 수 없었다. 말없이 묵묵하게 등을 보이고 있어도 그 등이 더는 딱딱하고 멀게만 느껴지지 않았다. 언제든지 끌어안을 수 있는, 기대고 싶을 땐 마음껏 뺨을 부벼 볼 수 있는 믿음직한 공간이 되어 있었다.

멀어져 가는 재범을 바라보던 모아가 천천히 손을 올려 자신의 이마를 매만졌다. 그의 손끝이 닿았던 이마가 따끔하기도 하지만 이상하게 간지러웠다. 손으로 이마를 슥슥 문지르며 부끄럽게도 웃었다.

양 뺨 위를 물들이는 홍조는, 또다시 기쁨을 꾹 참아 내는 말간 얼굴은, 운혁이 그토록 마주하고 싶었던 것이었다.

"……"

이상한 낌새를 눈치챈 운혁이 모아를 복도 벽 쪽으로 몰아세웠다. '으응?' 하는 눈으로 자신을 올려다보는 모아가 평소보다 유난히도 작아 보인다. 그리고 더욱더…… 멀어 보인다.

"너…… 윤재범이랑 어떻게 된 거야?"

직접적으로 묻자니 그 대답이 두렵기도 하고 자존심이 상하기도 한다. 운혁이 은근슬쩍 물으면서도 모아의 눈치를 보았다. 왠지 뻔히 나와 있는 답을 애써 외면하는 느낌이지만 어쩔 수 없었다. 확인 사살이 된다고 해도 말이다.

물음에 곧바로 대답하지 못한 모아가 눈동자를 이리저리 굴렸다. 뭘 망설이는지 한참을 꾸물거리며 사람 애를 태운다. 운혁의 얼굴이 점점 더 일그러졌다.

인내심이 슬슬 폭발할 것 같을 때쯤 되어서야 모아가 겨우 입을 열었다. 듣고 싶기도, 듣고 싶지 않기도 했던 말을 담고서.

"내 고백…… 받아 주셨어."

운혁의 눈이 더 커질 수 없을 만큼 크게 뜨였다. 폭발할 것 같던 인내심은 어디론가 사라져 버리고 이유를 알 수 없는 놀라움이 격동적인 몸짓으로 튀어나왔다.

"사귀……!"

저도 모르게 언성을 높이던 운혁이 주위를 살피며 억지로 목소리를 낮추었다. 그러고는 소곤거리는 작은 소리를 냈다.

"그러니까 사귀기로 했다……는 소리야?"

마치 '설마…… 아니지?' 하고 묻는 듯한 말투에도 모아는 아무런 희망을 주지 않았다. 쑥스럽다는 듯이 얼굴을 붉힌 그녀는 조심스럽게 고개를 끄덕였다. 분홍색으로 물든 뺨이며 바닥을 내려다보는 시선에서조차 부끄러움이 넘쳐 났다. 그리고 운혁에게서는 참을 수 없는 분노와 말할 수 없는 허무함이 넘쳐흘렀다.

윤재범이 언제부터 그렇게 행동력 있는 남자였지 싶은 운혁이였다. 자신이 조금 더 시간을 들여 모아의 마음을 얻으려고 애쓰던 것은 재범이 결코 움직이지 않을 것이란 확신이 있기 때문이었다.

조금쯤은 그보다 유리한 위치에 있다고 생각했다. 교사로서 제자에게 마음을 표현할 수 있을 리 없다고 장담하고 있었다. 사람의 감정에 장담 같은 걸 하면 안 된다는 것을 잠시 잊은 채 말이다.

제대로 져 버렸다. 모아의 마음을 조금도 얻지 못한 것뿐만 아니라 용기 있게 행동하지도 못했다는 부분에서조차 자신은 재범에게 패배했다. 운혁은 더 이상 자신의 짝사랑이 이루어지지 못한 것을 누구의 탓도 할 수 없었다. 자기 자신을 빼고는.

운혁의 표정이 영 안 좋아지는 것을 확인한 모아가 뒤늦게 걱정스러운 표정을 했다. 그러면서 그녀가 꺼낸 말은 운혁의 상상이상으로 가관이었다.

"소문…… 안 낼 거지?"

"하?"

내 참, 어이가 없어서. 운혁의 얼굴은 그렇게 말하고 있었다.

그러니까 내 기분을 걱정한 게 아니라 그 와중에 윤재범을 걱정하고 있었다 이거지? 그런 생각이 들자 진짜 확 소문이라도 내 버려? 싶은 마음이 들었다. 하지만 진심은 아니었다.

미묘하게 찡그러진 모아의 얼굴이 이 와중에도 안쓰럽다. 본인이 택한 길인데도 운혁은 그런 모아의 선택이 영 걱정스러웠다.

물론 자신이 걱정하지 않아도 이제 그녀를 솔직하게 걱정해 줄 사람은 따로 있을 테니 이마저도 우스운 짓이다.

'진심이면 된다는 거지?'

여유 있는 얼굴로 자신을 향해 웃어 보이던 재범의 얼굴이 떠오른다. 운혁이 뒷머리를 신경질적으로 벅벅 긁었다. 분했다. 몇 번을 생각해도 분해서 딱 죽을 맛이었다.

하지만 멀리서 재범의 모습만 보여도 행복하게 웃는 것을 바로 옆에서 확인하지 않았는가.

운혁에게 남은 것은 포기, 그 한 단어뿐이었다.

"날 뭐로 보는 거야."

"응?"

운혁이 손가락을 들어 모아의 콧등을 탁 튕겼다. 희고 작은 코가 순식간에 분홍색으로 변했다. 아팠나 보다. 모아가 자신의 콧등을 슥슥 문지르면서 운혁을 흘깃 올려다보았다.

아파도 사과는 안 할 거라는 듯 운혁이 태연한 표정으로 말했다.

"내가 널 좋아한 건 맞지만 제대로 방해하고 싶었으면 진즉 소문냈지, 묵묵히 지켜보지만은 않았을 거라고."

아, 방금 나 좀 멋있었다. 속으로 그런 생각을 하며 운혁이 스스로에게 감탄을 자아낼 때였다.

"너…… 나 좋아했었어?"

"……."

운혁이 넋이 나간 얼굴을 했다. 애 진짜 골 때린다. 표정으로 그렇게 말했다. 하지만 차마 입 밖으로 낼 수는 없었다. 운혁은 얼이 빠진 듯 보였고, 그런 운혁의 눈에 모아는 나사 하나 빠진 애처럼 보였다.

똘똘했던 정모아를 데려오라고, 대체 이 녀석한테 무슨 짓을 어떻게 한 거냐고 재범의 멱살이라도 쥐어 잡고 싶은 기분이 들었다.

"……말을 말자."

3년 내내 나름 티를 낸다고 낸 건데도 어떻게 모를 수가 있단 말인가. 재범에게 모아를 빼앗겼다는 생각이 허무하게 사그라진다. 애초에 모아가 자신의 마음을 밤톨만큼도 눈치채지 못했다면 정말 짝사랑 중에서도 가장 불쌍한 짝사랑으로 남아 버리는 것이나 다름없었다.

어쩌면 고백을 안 한 게 다행일지도 모르겠다고, 이렇게 뒤늦게 흘리듯이 말하게 된 것이 우정을 무너뜨리지 않을 수 있는 최선의 방법이었는지도 모르겠다고 생각하며 운혁은 스스로를 달랬다.

교실로 가자며 앞장서서 걷던 운혁이 잠시 멈추어 섰다. 그리고는 고개를 돌려 다시 모아를 응시했다.

"나중에 네 곁을 묵묵히 지켜 주던 날 아쉬워하는 날이 올 거야."

"응?"

"나이 먹고 윤재범이 아저씨가 되었을 때 난 한창 잘나가는 미청년일 테니까 말이지."

운혁의 말에 모아가 '푸웁.' 하고 저도 모르게 소리를 내 웃어 버렸다. 모아는 미청년이 뭐냐면서 배를 붙잡고 웃었다. 운혁은 모아의 반응이 의외였는지 조금 당황한 기색으로 '미소년 다음은 미청년 아니야?' 하며 말을 버벅거렸다. 덤 앤 더머가 따로 없었다.

자신의 앞에서 허물없이 밝게 웃어 주는 모아를 보면서 운혁은 아무래도 좋다는 생각이 들었다. 그래, 애초에 '내 것'으로 만들고 싶었던 게 아니었다. 행복하게 해 주고 싶었을 뿐인 거지.

모아의 첫사랑이 '쟁취'라면 자신의 첫사랑은 고전적이더라도 '이루어지지 않는 것'으로 남기는 게 좋을 것 같았다. 세상의 모든 사랑이 같지는 않은 법이다.

그녀는 자신과 다른 태도로 사랑을 대했다. 안 될 것이라 생각하면서도 어떻게든 되게 만들기 위해 온 힘을 다했다. 속에만 품은 채 기회를 엿보자고 생각한 자신과는 비교할 수도 없었다. 자신에게는 너무도 버겁고 큰 상대였다.

새삼스레 그걸 깨닫고 나니 운혁은 그녀를 첫사랑으로서 가슴에, 친구로서 곁에 남겨 둘 마음이 생겼다.

교실을 향해 나란히 걸어가는 길. 저 멀리 복도 끝에 재범이 서 있었다. 조례 시간인 듯했다. 그는 모아와 운혁을 향해 손을 까딱거리며 말했다.

"거기 덤 앤 더머, 안 뛰어와?"

재범의 얼굴을 보자 괜히 심술이 뻗치는 운혁이었다. 그가 모아의 어깨에 팔을 두르고 얼굴을 가까이 가져갔다. 멈칫하는 모아의 귓가에 입을 가까이 가져간 운혁이 속삭였다.

"둘이 같이 있다가는 괜히 소문날 수 있으니까 학교 안에서 데이트하고 싶을 때는 꼭 날 불러. 셋이 있으면 그나마 의심은 덜 받을 거야. 사정 다 아는 친구 둔 걸 적절하게 써먹으라고, 정모아."

모아가 내심 감동한 표정으로 운혁을 바라보았다. 아주 가까운 거리였지만 모아에게는 운혁을 향한 경계심이 조금도 없었다. 눈을 마주치며 고개를 끄덕이고 웃었다. 고맙다는 말을 하면서 살짝 붉히는 얼굴이 몹시 귀여워 운혁은 '아, 역시 아까워.' 하고 생각했다.

하지만 그 대신 작은 통쾌함을 얻었으니 됐다. 복도 끝에 서 있는 재범이 자신들을 바라보며 미묘하게 짜증 섞인 표정을 지었다. 어깨에 둘러진 팔, 가까워진 얼굴, 모아의 미소. 아마 모든 것이 마음에 들지 않는 상태일 것이다.

힐끗 그를 바라본 운혁이 약 오르냐면서 혀를 쏘옥 내밀었다. 재범의 눈썹이 또다시 꿈틀거렸다.

'이 정도 심술은 애교네요.'

운혁이 스스로의 행동을 정당화시키며 웃었다.

○ ● ○

시원한 공기가 가슴으로 와 닿는 밤. 한껏 지쳐서 집으로 돌아가는 교복 무리에는 모아가 있었다. 한 걸음 떼어 내는 것조차 힘겨워 보이는 아이들처럼 모아 역시 눈가에 피로감이 덕지덕지 붙어 있었다.

이럴 때면 드는 생각은 하나다. 버스를 기다렸다가 타는 것조차 귀찮으니 순간 이동 같은 능력이 생겨 단번에 날 집까지 데려다주었으면.

터무니없는 상상을 하면서 한참이나 처진 속도로 걸을 때였다. 갑자기 어디선가 튀어나온 팔이 모아의 가방을 확 잡아챘다.

"……!"

강한 힘에 놀란 모아가 소리를 지르려 하자 이번에는 반대편 손이 입마저 막아 버렸다. 그러고는 모아의 귓가에 '쉿.' 하고 작게 말했다.

낯설지 않은 목소리에 멈칫하는 사이 그가 모아를 골목 사이로 데리고 들어갔다. 그는 주변을 슥 본 뒤 그녀를 조심스레 놓아주며 얼굴을 가까이 들이밀었다.

"나야."

검지를 자신의 입가에 가져다 대며 속삭이는 남자는 재범이였다. 모아가 눈을 동그랗게 뜨고 '선생님?' 하는 표정을 짓자 그가 고개를 끄덕이면서 웃었다.

주변에는 학생이 많았다. 골목 사이로 들어왔다고는 하지만 들키면 그거대로 난감한 일이다.

재범이 일단 조용히 따라오라며 모아를 골목의 반대편으로 데리고 걸어갔다. 모아는 그저 그가 이끄는 대로 따라갔다. 어느 길로 가든 그가 가자는 대로 전부 따라갈 수 있을 것 같았다.

그의 손길에 이끌려 반대편 골목 밖으로 나오자 널찍한 도로가 모습을 드러냈다. 학교 근처였는데 항상 버스를 타러 가다 보니 이 근처로는 올 일이 없었다.

재범은 모아의 손을 놓지 않은 채 그녀를 조금 더 이끌었다. 터벅터벅, 그의 걸음을 따라 걸어가자 도로변에 세워 둔 차 한 대가 보였다. 그가 조수석 문을 열 때까지도 모아는 눈만 끔뻑거리고 서 있을 뿐이었다.

"뭐 해? 안 타고."

"네?"

"그러고 있지 말고 타시라고요, 공주님."

공주님이라니……!

그 무슨 닭살스러운 호칭이냐며 뭐라 대꾸할 틈도 없었다. 재범은 모아의 손을 잡고 조수석 안으로 그녀를 살짝 밀었다.

얼떨결에 앉게 된 모아가 얼떨떨한 표정을 짓자 '오늘따라 바보 같네.' 하고 장난스레 말한 재범이 조수석의 문을 닫았다. 뒤늦게 그의 놀림을 알아챈 모아가 얼굴을 시뻘겋게 물들이며 심통이 난 표정을 지었지만 재범은 신경 쓰지 않고 운전석에 올랐다.

그는 태연히 시동을 걸더니 곧바로 차를 출발시켰다. 학생들이 좀처럼 다니지 않는 장소였다고는 하지만 혹시라도 하굣길에 누군가 보지는 않았을까 내심 마음을 졸인 모양이었다.

차 안에는 그의 냄새가 조금도 존재하지 않았다. 오래된 것들에는 본디 그 사람의 흔적이 남는 법인데 이상하다.

익숙하지 않은 차 내부를 둘러보던 모아가 운전대를 잡은 재범을 힐끔 쳐다보았다. 운전 중에 좋알좋알 말을 걸어도 되는 걸까 고민하는 기색이 보이자 재범이 피식 웃으며 먼저 입을 열었다.

"뭐야. 하고 싶은 말이 있으면 참지 말고 해. 왜 눈치를 봐."

그의 웃음이 편안하다. 익숙한 목소리가 또다시 마음을 한껏 설레게 한다.

"……선생님 차 있었어요?"

"이번에 샀어."

"왜요?"

한 번도 차를 타고 다니는 걸 본 적이 없었다. 그래서일까. 운전대를 잡고 있는 그의 모습이 낯설게만 느껴진다.

이것도 모아가 느끼는 어른의 모습 중 하나라면 하나였다. 능숙하게 핸들을 조작하면서 도로 위를 미끄러져 나가는 모습이 이상하게 멋있어 보인다.

"이제 애인도 생겼는데 차가 있어야 데이트가 수월하지 않겠어?"

"애인……."

아무렇지 않게 애인이란다. 그의 말을 들은 모아의 얼굴이 순식간에 빨갛게 달아올랐다. 그에게 사랑한다는 말까지 들어 놓고는 애인이라고 하는 저 단어 하나에 이렇게 심장이 두근거릴 수 있는 건가.

얼굴에 열이 오르는지 괜히 손부채질을 하는 모아를 흘끔 보며 재범이 소리 내어 웃었다.

"농담이야. 안 그래도 필요해서 차 한 대 뽑으려던 참이었어. 사실 우리 집에선 대중교통이 영 불편해서."

사실 어느 것도 틀린 말은 없었다. 원래 사려고 했던 것을 조금 앞당겨 샀을 뿐이었다는 것도, 애인의 핑계를 대는 것도 전부. 차를 구입하면서 모아의 생각을 아예 하지 않은 것은 아니었다. 언제까지고 모아를 학교에만 가둬 둔 채 볼 수는 없었다.

직접 내색한 적은 없었지만 이렇게 숨겨야만 하는 연애에 차곡차곡 서운함을 쌓아 갈 것이 보지 않아도 비디오였다. 가끔 그녀를 데리고 좋은 바람을 쐬어 주어도 괜찮지 않을까 하는 생각을 했다.

하지만 대중교통을 이용하며 함께 다닐 수는 없는 노릇이었다. 그러다가 어디에서 갑자기 같은 학교 학생을 만날지 알 수 없었으니. 이렇게 차를 이용해 이동하는 것은 학교 외의 장소에서 틈틈이 즐길 수 있는 작은 데이트가 될 것이었다.

그녀를 지키겠다고 다짐했지만 접할 수 있는 모든 안전치 못한 상황들은 되도록 피해야만 했다. 재범이 모아를 지키겠다고 한 것은 무모하게 모두의 앞에 나서겠다는 뜻이 아니었다. 조용히, 그가 할 수 있는 최선을 다해 그녀의 곁에 머물겠다는 뜻이었을 뿐.

그런 그의 속을 아는지 모르는지 모아는 내내 그를 흘겼다. '농담이야.' 라는 말에 괜히 심통이 난다. 빈말이라도 그냥 넘어가 줬으면 싶은 걸 보니 아무래도 욕심이 커지는 게 분명했다. 그 욕심 때문에 매번 놀림을 당하면서도 또다시 깜빡 넘어간다.

자신이 하는 말 한 마디에도 천국과 지옥을 오갈 듯 다양한 표정을 짓는 모아가 사랑스럽다는 듯 재범이 운전 중에 오른쪽 손을 뻗어 그녀의 머리를 쓰다듬었다. 모아가 멈칫하며 고개를 살짝 숙였다. 이런 건 반칙이라고 대꾸하고 싶지만 그의 손길이 너무도 다정해 아무런 투정도 부릴 수 없었다.

"이대로 드라이브나 갈까?"

"정말요?"

"정말이겠냐? 미성년자가 밤중에 어딜, 바로 집에 가야지. 데려다줄게."

"쳇…… 또 속았어."

투덜거릴 때마다 새어 나오는 작은 숨결조차 사랑스럽다. 재범이 자신의 장난에 일일이 솔직한 반응을 보이는 모아를 흘끔 살피며 조용히 웃었다. 그러다가 머리를 매만지던 손을 천천히 밑으로 내려 그녀의 손과 맞잡았다.

"……."

신기할 정도로 빠르게 투정이 멈추었다. 액셀러레이터를 밟을 때마다 차에서 나는 미미한 소리를 제외하면 두 사람의 숨소리조차 들리지 않을 만큼 고요한 공간이었다.

맞닿은 손이 어색하고도 긴장되어 손바닥에 땀이 배어날 듯했다. 모아가 손을 꼼지락거리며 움직이자 재범이 놓아주지 않겠다는 듯 다시 힘주어 그녀의 작은 손을 붙잡았다.

귀 끝까지 열기가 올라온 듯 그 주변이 화끈거리며 뜨거운 기운을 뿜었다. 고개를 돌리면 빨갛게 달아오른 얼굴을 그대로 들켜 버릴 것만 같아 모아가 창밖에 시선을 두었다.

차는 안정적으로 앞을 향해 나아갔다. 에어컨에서는 미약한 바람이 나오며 차 내부를 시원하게 식히고 있었다. 그럼에도 두 사람 사이에는 홧홧한 공기가 감돌았다. 꼭 붙잡은 손은 불에 델 듯 뜨거웠다.

절대 식지 않을 것만 같은 순간이었다.

재범의 차는 10분도 채 되지 않아 그룹 홈 앞에 도착했다. 버스를 타면 20분 이상은 걸리던 거리였는데 도로가 한산한 밤에 승용차로 오니 정말 눈 깜빡할 사이에 도착하는 거리가 되어 버렸다.

집에 빨리 가고 싶어 순간 이동이라도 하고 싶다던 게 거짓말처럼 너무도 빠르게 흘러가 버린 시간이 아깝기만 했다. 모아가 창밖으로 자신이 들어가야 할 건물을 힐끔 보다가 나직이 한숨을 내쉬었다. 운전대를 붙잡고 그런 모아를 잠시 바라보던 재범이 픽 웃었다.

금방이라도 다시 출발할 것처럼 차를 정차시켜 두었던 재범이 시동을 껐다. 그러자 부르르 떨리는 듯하던 차의 울림이 멈추며 온전한 정적이 내려앉았다. 안 그래도 조용한 동네인데 차마저 억지로 잠재우고 나니 숨소리를 내는 것조차 괜스레 긴장되었다.

그와 입을 맞추던 기억이 아직도 모아의 머릿속에는 생생하게 남아 있었다. 그래서일까. 하나둘씩 떠오르기 시작하는 망상들의 꼬리를 쉽게 끊어 내지 못했다.

얼굴이 벌게진 모아가 슬쩍 고개를 숙였다. 이상하게 눈을 마주치는 일이 어색하다. 서로 마음을 확인하고 나서 단둘이 있게 된 것이 처음이라는 걸 뒤늦게 깨달아 버렸다.

안전벨트를 풀어낸 재범이 왼팔을 운전대에 기대며 모아를 가만히 응시했다. 그 시선이 느껴져 모아는 더욱 고개를 들 수 없었

다. 가느다란 머리카락들이 아래로 스르륵 내려오며 얼굴을 가렸
다. 재범이 천천히 손을 뻗어 모아의 머리카락을 귀 뒤로 살며시
넘겼다. 그러자 발그스레한 뺨이 어둠 속에서도 선명히 드러났다.

뺨에, 그리고 머리카락에 스치는 그의 손길에 온몸의 솜털이
바짝 일어나는 기분이 든다. 모아가 허벅지 위로 두 손을 더 꽈악
붙들었다.

드라마나 영화에서 보면 이렇게 고요한 차 속에서 깊은 키스를
나누며 헤어지고는 하던데, 아무래도 지금이 그 순간인 모양이다.
그와의 두 번째 키스가 될 거라 예상하고 나니 마음의 준비 같은
건 필요치도 않았던 첫 키스와 다르게 더욱 긴장이 된다.

고개를 들까 말까 고민할 때쯤, 재범이 상체를 숙이며 천천히
다가왔다. 모아가 숨을 멈추었다. 긴장한 호흡이 그에게 닿을까
신경 쓰여 죽을 것 같았다.

눈을 질끈 감았다. 만반의 준비를 하고 싶었지만 숨을 멈추고
눈을 감는 것 외에는 아무것도 할 수 있는 게 없었다.

달칵. 작은 소리와 함께 모아의 상체를 붙들어 주고 있던 안전
벨트가 풀렸다. 모아가 감고 있던 눈을 천천히 뜨고 '응?' 하며
고개를 들었다. 그녀의 안전벨트를 대신 풀어 준 재범이 눈을 마
주치며 능글맞게도 웃고 있었다.

"눈은 왜 감고 있어?"

"……아."

안 그래도 달아올랐던 얼굴이 말할 수 없을 만큼 확 붉어졌다.
자신이 무슨 생각을 하고 있었는지 전부 들켜 버린 기분이었다.

모를 리가 없을 것이다. 재범의 미소는 모아의 속을 훤히 들여다
보며 놀릴 때 나오는 것이었다.

바보 같다. 그런 생각이나 하고 있었다니. 그는 생각지도 않고
있는데 혼자서 그와의 키스를 상상했다는 게 부끄러워 미칠 지경
이었다. 뭐라 말해야 할지 몰라 안절부절못했다. 선생님이 생각하
시는 것처럼 저 그렇게 엉큼한 여자애 아니라고 해명이라도 하고
싶었다.

그러나 모아의 다소 부끄러운 변명보다 빨랐던 것은 재범이였
다. 쪽. 짧은 소리와 함께 재범의 입술이 모아의 입술에 닿았다가
떨어졌다.

"……."

넋이 나간 얼굴로 멍하니 그를 쳐다보자 그가 장난스레 모아의
머리를 쓰다듬었다. 잠시 그녀의 시선 속에 머물던 그는 곧 몸을
돌려 운전석으로 돌아갔다.

"뭘 기대했는지는 모르겠지만 너 졸업할 때까지 두 번째 키스
는 없어."

"딱히 기대했다거나 한 건 아니……."

……잠깐?

모아가 고개를 치켜들었다. 하지만 그녀가 뭐라 하기도 전에
재범이 먼저 차에서 내려 버렸다. '설마, 거짓말이죠?' 싶은 눈으
로 그를 보던 모아가 조수석의 문을 열고 잽싸게 따라 내렸다.

얼른 집에 들어가라고 눈짓하는 그를 보며 모아가 꽤 진지한
얼굴로 물었다.

"방금 그 말 진짜예요? 졸업할 때까지 키스 안 해요?"

어쩐지 날이 갈수록 더 당돌해지는 느낌이다. 어쩔 때는 한없이 부끄럽다는 양 몸을 배배 꼬며 얼굴을 붉히면서 예상치도 못한 순간에는 저렇게 진지한 얼굴로 아무렇지 않게 재범을 건드려 온다. 모아의 입에서 당당하게 나오는 '키스'라는 단어는 아무리 반복해서 들어도 도무지 적응될 것 같지가 않은 재범이였다.

"응, 안 해."

"왜요? 우리 이제 사귀는 사이잖아요. 그런데 왜 키스를 안 해요?"

"억울하면 얼른 졸업하래도."

졸업까지 기다릴 수 없다고 한 건 모아를 자신의 곁에 두고 제대로 지켜 주고 싶었던 이유에서였다. 아무런 욕심도 들지 않는다고 하면 거짓말일 수도 있겠지만 재범이 그녀에게 가지고 있는 감정은 오로지 그런 것만으로는 표현할 수 없는 것이었다.

그녀가 바로 곁에 왔으니, 마음 놓고 지금의 열아홉에 집중할 수 있게 되었으니, 한동안은 그것으로도 충분히 안도할 수 있으리라 생각하는 재범이였다.

서운해하는 모아가 못내 신경 쓰인 재범이 잠시 주변을 둘러보고는 그녀를 꼭 끌어안았다.

"당분간은 이걸로 만족하자?"

"……."

열아홉은 열아홉이다. 키스를 운운하던 당찬 모습은 금세 어디론가 사라져 버리고 그의 따뜻한 품이 좋은지 얼굴이 스르르 무너져 내린다.

배시시 웃은 모아가 재범의 품에 수줍게 뺨을 비볐다. 그게 귀여워 머리를 쓰다듬자 모아가 더욱 재범의 품으로 파고들었다. 고양이처럼 갸르릉거리는 듯, 혼자서 뭐라 알아들을 수 없는 말로 웅얼거리며 기분 좋은 소릴 내는 게 조금 웃기기도, 즐겁기도 했다.

재범이 그녀를 끌어안은 상태로 상체를 숙였다. 모아의 어깨에 이마를 댄 그가 가느다란 허리를 더 가까이 당겼다. 가만히 서로를 안고, 서로의 기분 좋은 향을 맡는 것만으로도 모든 것이 충족되는 것만 같은 밤.

모아는 자신의 어깨에 기댄 재범의 모습이 의아하기보다는 귀엽기만 했다. 가만히 손을 올린 모아가 그의 머리를 쓰다듬었다. 재범 역시 뭐 하는 거냐고 손을 치워 낼 생각도 하지 않은 채 그대로 있었다. 어른 남자가 자신에게 기대 온다는 게 이렇게까지 사랑스러울 일이냐고 스스로에게 묻던 모아가 살짝 고개를 틀었다.

가느다란 머리카락이 그의 뺨을 간질인다. 천천히 고개를 들자 그녀의 얼굴이 점점 그에게로 가까워졌다. 금방이라도 닿을 듯한 거리. 재범이 눈을 동그랗게 뜨는 순간 모아는 지금의 타이밍을 놓치지 않겠다는 듯 눈을 감고 그의 입술을 향해 갔다.

그때였다. 인기척과 함께 현관문이 열렸다.

"정모아?"

"읍!"

굉장히 빠른 속도였다. 놀란 재범이 화들짝 고개를 들며 자신을 향해 돌진하던 모아의 입을 막아 밀어 냈다.

1cm도 남지 않은 아주 가까운 거리였는데. 0.5초만 더 주어졌어도 닿았을 텐데. 모아가 아쉬움을 꾸욱 참아 내며 고개를 돌렸다.

현관 앞에는 쓰레기를 가지고 나온 이레가 있었다. 언제나의 아군인 이레가 오늘따라 적군처럼 느껴지는 건 왜일까.

"어? 선생님, 안녕하세요."

"아, 어. 그래."

이레가 알은척을 하자 재범이 어색하게 한 손을 올리며 인사를 받았다.

하마터면 큰일 날 뻔했다. 자신이 아무리 조심해도 모아가 도통 어디로 튈지 모르니 아예 단둘이 바깥에 나와 있는 건 자제하는 수밖에 없겠다는 판단마저 든다. 평소에는 얌전해도 때때로 예상치 못한 곳으로 나가 버리고 마는 모아를 이제야 제대로 파악할 수 있을 것 같기도 했다.

재범이 짐짓 태연한 척 모아와 이레에게 인사를 건네고는 차에 올랐다. 여유로워 보였을 것이라고, 덤덤해 보였을 것이라고 스스로를 다독여 본다. 하지만 그는 이미 귀 끝까지 열이 올라 있는 상태였다.

모아에게 속수무책으로 당해 버리는 건 작년 겨울, 그러니까 그녀가 앞으로 자신의 마음을 숨기지 않겠다고 당돌하게 마음을 내보이던 그때가 마지막이어야만 했다. 그날 뺨에 닿은 수줍은 입술, 그 어떤 키스보다도 더 뜨겁게 뺨을 물들이던 감각을 재범은 한동안 잊지 못했었다.

백미러를 힐끔 본 재범이 아직 문 앞에 서서 자신을 바라보는 모아를 확인했다. 내일이면 학교에서 또 볼 텐데도 저렇게 아쉬움을 잔뜩 담고 있다. 때론 여자 같고, 때론 무지 아이 같아 보는 내내 쉴 틈이 없다.

저토록 모든 감정을 조금도 숨기지 않고 표출해 낼 수 있다는 게 그 나이의 장점이라고 재범은 생각했다. 그리고 그녀가 가진 솔직함과 순수함을 앞으로도 꼭 지킬 수 있으면 좋겠다고도 재차 다짐했다.

점점 멀어지는 차를 바라보던 모아가 이레를 힐끔 보았다. 그러자 이레가 씨익 웃으며 할 말이 많은 듯한 얄궂은 표정을 지었다. 얼굴이 새빨개진 모아가 이레의 등을 탁 때리자 '아파, 계집애야!' 하면서 등을 문질렀다. 그러면서도 웃음기는 가시지 않는다. 알면서도 모르는 척하기가 어려운 탓이었다.

"오늘 학교에서 어땠어? 서로 막 시선 주고받고 비밀 연애 하는 기분 만끽했어?"

"그런 거 아니거든!"

"흐응, 아니라고? 그럼 방금 뭐 하려고 했는데? 가만 보면 선생님보다 네가 더 엉큼하고 적극적이란 말이지."

"김이레, 너어……."

그만하라며 모아가 이레의 등을 밀었다. 모아의 힘에 밀리다시피 하며 이레가 집 안으로 들어섰다. 안에서는 문숙이 '쓰레기를 왜 다시 가지고 들어와?' 하며 놀란 얼굴을 했다.

오래된 짝사랑이 끝나고 새로운 시작을 맞이하는 시기. 봄은 아니었지만 마음에는 충분히 꽃이 피는 나날.

모아의 시간은 그렇게 흘러가고 있었다.

졸업이 성큼 가까워진다.

12 더 가까이 닿고 싶어요

때로는 가슴을 졸이는, 때로는 더없는 달콤함으로 점철된 나날들. 걱정했던 것보다 꽤 순항한 모아와 재범의 관계는 언제나처럼 평온하고도 깊게 유지되었다. 서로 더 많은 것들을 욕심내지 않았기에 가능한 일이었다. 자신의 감정을 내세우지 않고 한 걸음씩 서로의 입장을 생각해 물러나고 나니 자연스레 그런 그림이 그려졌다.

재범은 모아의 남은 몇 달을, 모아는 그런 자신을 신경 쓰느라 매번 힘들 재범을 생각했다. 서로를 향한 생각은 사랑이라는 감정 외에도 굉장히 많은 것들을 공존할 수 있게 만들었다. 배려, 걱정, 꿈, 안정, 그런 것들과 함께 자리를 지킬 때에야 비로소 그들의 조심스러운 사랑은 조금 더 완전한 형태일 수 있었다.

그렇게 흘러간 시간. 그들에게는 또 다른 의미로 정신없는 시기가 찾아왔다.

　조용한 상담실. 그곳에는 모아와 재범이 있었다.

　"……."

　"다시 말해 봐."

　결코 달달하지는 않은 분위기였다. 연인이 아닌 교사와 학생으로 돌아간 자리였다. 재범은 담임으로서의 얼굴을 했고, 모아는 졸업을 몇 달 남기지 않은 3학년 수험생으로서의 표정을 지었다.

　그들의 분위기는 그렇게 건조하고도 묘한 긴장으로 그득하게 차오르는 중이었다. 처음에는 서로의 눈만 보고도 살며시 웃음 짓게 만들던 공기가 이렇게 바뀌어 버린 것은 순식간의 일이었다.

　"대학 안 갈 거예요, 저."

　여러 학생들과 진로에 대한 상담을 진행했지만 이렇게까지 가슴이 턱 막히는 것은 처음이었다. 재범이 모아의 얼굴을 바라보다가 깊게 한숨을 내쉬고는 신경질적으로 짙은 눈썹을 벅벅 문질렀다.

　그의 습관을 잘 아는 모아가 재범을 힐끗 보았다가 테이블 밑으로 자신의 손가락을 이리저리 배배 꼬며 조금은 불안정한 현재의 심리 상태를 나타냈다.

　생각해 보면 모아는 대학에 가겠다고 말을 한 적이 단 한 번도 없었다. 그럼에도 불구하고 재범은 아주 당연하게 모아가 진학할 것이라 생각하고 있었다. 전부 저 혼자의 확신이었으니 그녀의 결정에 대해 배신감을 느끼는 것도 웃기기는 했지만 그렇다고 그 감정을 참고 싶지는 않았다.

"정모아, 너 그동안 공부는 전부 취미로 했어? 집에 가면 새벽까지 공부하느라 잠도 제대로 못 잤잖아. 남들 다 가는 학원 한 번을 안 다니고도 지난 학기에 전교 1등도 한 애야, 너. 그거 전부 그냥 재미 삼아서였어? 해도 그만, 안 해도 그만?"

"그런 거 아니에요."

"그런 게 아닌데 왜 대학을 안 가. 너 정도면 서울권 4년제는 충분히 가고도 남아. 더 욕심내고 싶으면 지금부터 노력해서 최상위권 대학들도 노려볼 만하다고."

"취업이 하고 싶어서 그래요. 돈 벌 거예요."

딱딱하고 차갑게 굳어 가는 재범의 시선을 마주하는 게 영 힘든 모아다. 그녀는 재범과 눈을 제대로 마주치지 못하면서도 자신이 하고 싶은 말은 또박또박 내뱉었다.

혼날까 봐 떨고 있는 모습으로 보여 모아를 마주하는 재범의 속도 영 편하지는 않았다. 배신감, 허무함, 화, 그런 것들과 함께 그녀를 향한 안쓰러움이며 안타까움 역시 무시할 수는 없었으니.

"이유가 뭐야."

"……."

재범이 낮은 목소리에 한숨을 섞어 물었다. 조금 누그러진 듯도 싶은 말투에 모아가 고개를 들어 흘깃 그를 보았다. 재범의 시선은 끊임없이 모아를 향해 있었다. 그는 모아가 망설이게 둘 생각이 없었다. 평소의 윤재범으로 돌아와 그녀가 익숙해하는 눈빛을 했다.

"갑자기 돈을 벌겠다는 이유가 뭐냐고."

그와 시선을 마주치고 나니 다시 눈을 피할 수 없어진 모아가 침을 꿀꺽 삼키고 천천히 입을 열었다.

"선생님한테 짐이 되기 싫어요."

"……뭐?"

모아의 말은 재범에게 있어 이해 못 할 소리로 들릴 뿐이었다. 대체 왜 그녀의 대학교 진학이 자신에게 있어 짐이 된다는 것인지 모르겠다. 똑똑한 아이니 알아듣게 말하는 게 어렵지는 않을 텐데 모아는 그녀답지 않은 구석을 보일 때가 있었다. 바로 지금처럼.

"대학교를 간다고 해도 아르바이트는 같이 병행해야 하잖아요. 이제 졸업하면 그룹 홈에서도 나와야 해요. 단칸방이든 고시원이든 구해야 하구요. 학비며 생활비며 제 힘으로 벌어야 하는데 그러면서 공부를 할 자신이 없어요. 아르바이트만으로 그 돈을 다 벌 수 있을 리도 없잖아요."

너무도 현실적인 이야기였다. 단순히 '딱히 하고 싶은 공부가 없어요.' 라든가 '무조건 돈을 많이 벌려고요.' 같은 다른 아이들의 대답과는 달랐다.

재범은 모아의 사정을 잘 알고 있는 사람이었다. 그녀가 생각하는 걱정들을 그렇다고 해서 하지 않은 것은 아니었다. 그녀의 남자로서도 해 보았고, 담임으로서도 해 보았다.

그의 서운함은 모아가 단 한 번도 미래에 대한 염려 같은 것들을 자신과 상의하려 하지 않은 채 열아홉의 나이로 혼자 결정해 버리려 했다는 데에 있었다.

"공부도 돈 버는 것도 둘 다 제대로 하지 못할 거라면 차라리 현실적으로 마음이라도 편한 선택을 하고 싶어요. 그럼 선생님도 곁에서 제 걱정 같은 건 덜 하셔도 되잖아요. 시간 낭비, 돈 낭비를 할 바에야 열심히 일해서 돈 벌고, 평범하게 생활하고, 그러다가 선생님이랑 빨리 결혼해서 남들처럼 살았으면 좋겠어요."

모아가 바라는 게 무엇인지 재범은 모를 수가 없었다. 그녀에게 필요한 것은 자신의 꿈 같은 것이 아니었다. 더 이상 누구의 보호도 없이 홀로 살아가야 한다는 두려움을 이겨 낼 수 있을 무언가였다. 그래서 그녀는 안정적인 수입을 원했고, 안정적인 상대, 따뜻한 가족을 원했다.

조금만 생각해 보면 알 수도 있는 문제였다. 모아는 '선생님이랑 사귀고 싶어요.' 라는 말보다 '선생님이랑 결혼하고 싶어요.' 라는 말을 유독 더 편안하게 입에 담았다. 설레는 연애를 하고 누군가와 만났다가 헤어지기도 하는 어린애들의 사랑과는 조금 거리가 멀기도 한, 하지만 그렇기 때문에 더욱 철부지처럼 보이는…… 정말이지 꿈같은 꿈.

"……애는 애네."

재범이 중얼거린 말이 모아의 가슴에 와서 강하게 박혔다. 언제나 어린애 취급을 하기는 했지만 그런 건 전부 귀엽다는 뉘앙스였을 뿐이다. 그가 대놓고 '애는 애네.' 라고 말하는 순간 그의 앞에서만큼은 천국이었던 모든 감정들이 한순간 정말 현실로 돌아오는 것을 느낄 수밖에 없었다. 그만큼은 자신의 이런 생각을 전부 이해해 줄 것이라 자신했었나 보다.

"얼른 돈 벌어서 나랑 결혼하고 싶다고? 꿈을 더 크게 잡아도 부족할 나이에 네 삶의 엔딩은 결혼해서 행복하게 잘 살자, 이게 끝인 거야?"

"……."

"네가 스물이 되자마자 취업해서 돈을 번다고 치자. 그때부터 결혼 자금을 모으면 당장 일 년 뒤에라도 결혼할 수 있을 것 같아? 나한테 짐이 되지 않는 선에서 네 뜻대로 하려면 얼마를 모아야 하는지는 알고? 결혼하려면 얼마가 드는지 감도 못 잡는 것 같은데?"

"……최대한 간소하게 하면 돼요."

"정모아."

"꼭 그게 아니더라도 학비며 생활비에 허덕이며 혼자 모든 걸 해낼 자신이 없다니까요."

"됐으니까 대학 가."

"선생님!"

돈 걱정 없이 살고 싶었다. 하지만 그보다 더 원하는 것은 외로움 없이 사는 것이었다. 엄마와 둘이 살 때의 모아는 비록 금전적으로 풍요롭지는 않았지만 언제나 마음만큼은 든든했다. 의지되는 사람, 따뜻한 울타리가 얼마나 큰 힘이 되는지를 누구보다 잘 알고 살아온 십여 년의 인생이었다.

그런 그녀가 혼자가 되었다. 혼자가 되면서 가장 두려웠던 울타리 없는 삶. 그것은 그룹 홈으로 다행스럽게 채울 수 있었다. 하지만 그마저도 영원할 수는 없다. 그곳에 머물면서 모아가 언제까지고 지킬 수 있는, 자신과 함께 살아가 줄 소중한 사람과 든든한 가족을 꿈꾸지 않았을 리 없지 않은가.

재범과의 첫 만남. 서로에게 소중했던 엄마라는 존재를 잃어버렸던 그 당시, 모아는 그의 품에 안기고 그의 등을 다독이며 어린 삶에 커다란 위로를 느꼈다. 사람에게는 저마다 운명을 함께할 수 있는 짝이 있다는 전제를 떠올리면 재범은 이미 그 순간부터 그런 역할로서의 의미를 지닐 사람이었는지도 모른다.

허망하게 꿈만 꾸며 살 수는 없는 노릇이었다. 열아홉 여자아이가 생각할 법한 내용이 아니라고 해도 모아는 그랬다. 손에 잡힐지조차 알 수 없는 미래를 그리느니 현실 속에서, 그와 사랑을 하면서 단란하게 살아가고 싶었다. '옛날에는 열여섯, 열일곱에도 시집을 갔다잖아요.' 하고 먹히지 않을 떼마저 쓰고 싶을 지경이었다.

하지만 재범에게는 모아 자신조차 부려 보지 못한 욕심이 있었다. 그동안 해 왔던 공부가, 앞으로 더 많이 펼쳐 봐야 할 꿈이 너무도 아깝기만 했다. 아닌 척하면서도 얼마나 열심히 공부했는지 아는 그였다. 문제집 한 권을 너덜너덜해질 때까지 몇 번은 반복해 푸는 습관까지도 재범은 잘 알고 있었다.

그런 그가 어떻게 순순히 모아의 노력을 놓아 버릴 수 있겠는가. 그녀가 필요로 하고 원하는 것이라면 전부 누릴 수 있게 해 주고 싶은 것이 그의 마음인데.

"돈 걱정은 하지 말고 대학 가."

"안 가요."

"가."

"안 갈 거라니까요."

누구도 지지 않으려 드는 실랑이. 두 사람이 항상 서로를 위하 겠다며 뒤로 물러서 있던 마음을 잠시 내려놓은 듯 강하게 자신 을 내세웠다.

재범이 답답하다는 듯 자신의 짧은 머리를 마구 헝클이면서 모 아를 쳐다보았다.

"넌 네 남편 될 사람이 와이프 학비 하나 못 대 줄 것 같아?"

"……네?"

나, 남편……? 와이, 뭐라구요……?

재범에게서 절대 나오지 않을 것만 같은 단어에 모아가 눈을 크게 떴다. 제발 자신이 하고 싶은 걸 하도록 존중해 달라고 어필 하던 눈빛이 빠르게 사그라지며 그녀 특유의 어리고 맹한 시선이 재범을 향했다.

"애초에 너 그룹 홈에서 나오면 혼자 바깥에 내다 놓을 생각 아니었어. 겨우 스물이 되는 애를 돈 한 푼 없이 어떻게 세상에 덜렁 혼자 보내. 물론 넌 야무지니까 어떻게든 하겠지. 그런데 난 그렇게 못 하겠다. 내가 너 걱정돼서, 네 걱정 때문에 제명에 못 죽지 싶어서 그렇게 못 놔두겠다고."

"……그럼요?"

힘든 순간의 감정을 그에게 기댈 수 있겠다 생각한 적은 있어 도 자신의 삶 자체를 전부 의지하려는 생각은 해 본 적이 없었다. 그래서 당당하고 싶었던 것이다. 더는 어리기만 한 제자로 남지 않고 조금 더 어른으로서 그에게 힘이 되고 싶었다.

생각지도 못한 재범의 말에 모아가 침을 꿀꺽 삼키며 그의 뒷말을 기다렸다.

"너 데리고 살 거야. 전에도 내가 말했잖아, 졸업 후에도 내 곁에 두고 함께할 거라고."

"……."

"네가 1평 남짓 되는 고시원에 들어가서 쪽잠 자 가며 돈 벌면 네 걱정에 내가 잠 못 자. 그러니까 나랑 같이 살면서 대학 가. 걱정 끼치기 싫고 나한테 짐이 될 것 같아서 못 견디겠으면 차라리 열심히 공부해서 장학금 받고 다녀. 취업해서 돈 벌겠다고 하는 것보다 그게 훨씬 나한테 도움 되는 일이니까."

"……선생님."

"너 공부 좋아하잖아. 미친 듯이 공부만 파면 장학금 정도는 받아 올 수 있지 않겠어? 아니야? 공부도 자신 없어?"

모아가 세차게 도리질을 쳤다. 작은 머리가 이리저리 흔들리다가 다시 재범과 눈을 마주쳤다. 눈시울이 붉다. 하고 싶은 말이 아주 많은데도 전부 꺼내지 못하고 담아 두기만 하는 눈이었다.

저런 눈을 할 거면서, 다시 꿈 많은 열아홉의 눈을 할 거면서 왜 멋대로 혼자 현실 앞에 나아가 모든 걸 짊어지려고 했던 건지.

나약할 수 있는 순간에 더욱 나약해지지 않으려 하는 작은 여자아이를 바라보며 재범은 그녀를 더욱 제대로 지켜야겠다고 생각했다. 말하지 않아도 알 수 있는 남자가 될 수 있게, 그래서 그녀의 모든 것을 자신이 품어 줄 수 있게.

처음의 다짐처럼 꼭…… 행복하게 만들어 줄 수 있게.

"솔직하게 말해. 하고 싶은 공부 있어, 없어."

"……있어요."

"그래, 그럼 됐어. 대학 가는 거다, 너."

재범이 재차 확인을 받으려 하자 모아가 고개를 끄덕였다. 그러면서 아직 불그스름한 눈으로 그를 바라보았다.

"선생님도 약속 지키세요."

"……어?"

무슨 약속을 말하는 거냐고 묻는 듯한 시선에 모아가 미간을 좁히며 눈을 더 강하게 부릅떴다.

"저 데리고 산다고 했던 약속이요."

짐이 되기 싫다는 둥, 신세를 질 수는 없다는 둥, 많은 이야기들로 괜한 힘을 빼지 않는 아이라 다행이다. 자신의 욕심을 전부 챙기려 드는 아이는 아니었지만 모아는 적어도 자신의 행복과 연관되는 것이라면 놓치지 않으려고 하는 성미가 있었다. 그러니 절대 이루어질 수 없었을 법했던 사랑도 끝까지 포기하지 않고 쟁취했던 게 아니겠는가.

그런 그녀의 성격이 지금 자신의 진심을 바로 알아차릴 수 있게 도와주어 얼마나 다행인지 모르겠다고 생각하는 재범이었다.

"어설프게 연애하느니 아예 결혼해서 데리고 사는 게 나을지도 모르지."

"……."

"그럼 누구도 이상하게 보지 못할 거야."

"······아."

기어코 눈물이 터졌다. 끝까지 어떻게든 참아 보려고 했는데 눈시울이 점점 뜨겁게 달궈지는가 싶더니 왈칵 눈물을 쏟아 내 버렸다. 손등 위로 후두둑 떨어지는 눈물을 슥슥 닦아 내자 다시 주르륵 흘렀다. 몇 번씩 눈가며 뺨을 문지르자 금방 발갛게 색이 변한다.

재범이 맞은편에서 그런 그녀를 보며 피식 웃었다. 모아는 연신 눈물을 닦아 내면서 울먹이는 목소리로 '웃지 마요.' 하고 말했다. 발음이 다 뭉개지는, 아주 바보 같고도 사랑스러운 투정이었다.

"그러니까 얼른 졸업해."

"네에."

어떻게든 울음을 멈추려고 애쓰는 모아를 바라보며 재범이 다시 테이블 위에 올려 두었던 펜을 집어 들었다.

"그럼 다시 본론으로 돌아가서, 앞으로 뭐가 되고 싶다고?"

손가락 안에서 빙글빙글 펜을 돌리며 그녀를 바라보는 시선이 여유롭다. 울고 있는데 좀 달래기라도 해 주지 싶어 괜히 심통이 난 모아가 눈물을 그렁그렁 매단 눈으로 그를 보며 말했다.

"선생님 와이프요."

당찬 대답에 재범이 한숨을 내쉬며 펜 끝 부분으로 그녀의 이마를 딱! 때렸다. 볼펜이라 그다지 아프지는 않았지만 소리가 굉장히 우렁차게 들려 괜히 더 아픈 기분이 드는 모아였다.

"정모아, 너 최운혁이랑 놀지 마. 그 녀석이랑 놀다 보니 점점 진지함이 사라져."

"저 지금 엄청 진지한데……."

딱!

"아, 아파요!"

눈물은 여전히 눈가에 대롱대롱 매달린 상태였다. 하지만 슬픔은 없었다. 두 손으로 이마를 가린 채 웃고 있는 모아의 얼굴에는 어느덧 열아홉의 작은 패기가, 맑은 솔직함이 아름답게도 피어나고 있었다.

진중하고 심각해야 할 3학년의 어느 진로 상담실.

그럼에도 그들은 연애 중이었다.

○ ● ○

아침부터 눈이 가득했다. 이른 새벽부터 내리기 시작한 모양이었다. 창문을 열자마자 벌써 하얗게 물들어 버린 세상에 모아가 작게 탄성을 내질렀다. 아직 이불 속에 있는 이레가 '추워, 창문 닫아…….' 하고 중얼거렸다.

"으유, 김이레. 어떻게 스물이 되어도 변하질 않아."

"……열아홉에서 스물이 됐다고 갑자기 어른이 되는 건 아니거든, 모아야."

이불을 더 여미면서 번데기처럼 그 속에 꽁꽁 묻힌 이레가 얼굴도 내밀지 않고 말했다. 아직 눈곱도 채 떼지 않은 퉁퉁 부은 얼굴이 보지 않아도 그려졌다. 이레는 최근에 거의 백발에 가까운 금발로 탈색을 한 상태였다. 이불 속에서 하얀 머리카락만 나와 있는 것을 보며 모아는 옥수수염 같다는 생각을 했다.

아쉬움을 뒤로하며 창문을 닫은 모아가 벌써 차갑게 식은 손으로 책상 위의 달력을 집어 들었다. 빨간 볼펜으로 몇 번의 동그라미를 쳐 놓은 날짜. 1월 8일, 바로 오늘이었다.

"아, 맞다. 정모아."

이레가 이불 속에서 얼굴을 쏙 내밀며 졸음이 가득하던 눈을 떴다. 잠깐이지만 창문을 열었던 탓에 저도 모르게 잠이 깨어 가는 모양이었다.

"너 오늘 합격 발표 나는 날이지?"

"응."

지난 몇 달, 모아에게는 연애만큼 공부도 치열했다. 어떻게 공부를 하고, 어떻게 수능을 봤는지도 모르겠다. 정신을 차렸을 땐 이미 수능 시험장에서 나오는 중이었으니.

그제야 모든 게 끝났다는 생각에 차디찬 길바닥에 주르륵 주저앉았던 그날. 시험장 앞에는 열심히 시험을 보고 나오는 아들과 딸을 기다리는 부모들의 모습이 가득했다. 주저앉아 있는 모아의 머릿속에도 엄마의 모습이 떠올랐지만 남을 부러워만 하고 있을 수는 없는 노릇이었다. 외로움을 속으로 삼켰다.

그때, 앉아 있던 모아의 앞으로 불쑥 내밀어진 꽃다발. 문숙과 이레, 그룹 홈에 함께 지내는 다른 동생들이 환하게 웃으며 '고생했어!' 하고 말하던 그 인사를 모아는 지금까지도 가슴에 고이 품고 있었다. 그게 벌써 두 달 전의 일이다.

"이따가 선생님 만난댔나?"

"응, 왜?"

"데이트도 좋지만 합격 발표 나면 나한테도 꼭 알려 줘야 돼. 오늘 이모랑 나랑 피 마를 날이 될 것 같으니까."

"알았어. 선생님한테 제일 먼저, 이모한테 두 번째, 너한테 세 번째로 꼭 알려 줄게."

"이 계집애가 치사하게. 내가 고작 3등이니?"

이레가 이불 밖으로 두 팔을 휘저으며 모아를 흘겼다. 이런 장난도 벌써 2년째구나 생각하니 절로 웃음이 나왔다.

영영 오지 않을 것만 같던 스물의 해가 왔다. 졸업은 아직 한 달 정도 남아 있었지만 가장 커다란 산을 넘었다고 생각하니 모든 것이 편안해졌다. 몸도, 마음도, 재범과의 관계도.

1월 1일이 되던 날, 재범은 모아에게 두 번째 키스를 선물해 주었다. 아니, 따지자면 그가 당한 것일지도. 졸업할 때까지는 너무 먼 것 같다며 모아가 그에게 스무 살 기념 기습 키스를 했었으니 말이다.

그게 일주일 전이었다. 그 이후로 세 번째, 네 번째 키스는 아직이었지만 앞으로는 몇 번인지 세지도 못할 만큼 더 많은 키스를 나눌 거라 생각하니 괜히 가슴이 벅차오르는 모아였다.

갑자기 그의 생각이 폭포수처럼 쏟아져 내렸다. 아침을 먹고 만나기로 했지만 도저히 그때까지 참을 수가 없다. 모아가 휴대 전화를 들어 [선생님, 잘 주무셨어요?] 하고 재범에게 메시지를 보냈다.

그리고 예상외로 1분도 채 되지 않아 답장이 왔다.

[너 같으면 잘 잤겠니?]

"못 주무셨나?"

재범의 메시지를 한참 내려다보던 모아가 잠옷 위에 점퍼를 걸쳤다. 그러고는 조용히 방을 빠져나왔다.

슬리퍼를 신고 현관 밖으로 나오니 하얗게 눈 쌓인 세상이 햇빛을 받아 반짝이며 빛을 냈다. 눈이 부셨다. 맨발로 나간 탓에 발이 무척 시렸지만 차가운 아침 공기가 기분 좋아 크게 숨을 들이마셨다.

코끝이 발갛게 얼기 시작할 때쯤, 모아가 '아, 맞다.' 하면서 들고 나온 휴대 전화를 꺼내 통화 버튼을 눌렀다. 선생님이라고 적힌 이름 뒤에는 빨간 하트가 수줍게 띄워져 있었다.

— 여보세요?

"선생님, 모아예요."

— 알아, 너인 거.

당연하게 받아 주는 그 말이 조금 퉁명스러운 것 같아도 다정하게 들려 기분이 좋다. 모아가 눈이 없는 쪽으로만 걸음을 옮겨 골목을 왔다 갔다 하면서 통화에 집중했다.

"걱정돼서 전화했어요. 잠 설치셨어요?"

— 1시간 잤나.

"왜요? 어디 아프세요?"

— 정신적으로 스트레스가 굉장했어. 자다가 몇 번을 깼는지 몰라.

"안 좋은 꿈이라도 꾼 거예요?"

— 응, 정모아 꿈.

"아, 정말!"

모아가 발끈하자 통화 건너편에서 웃는 소리가 들려온다. 낮게 울리는 목소리가 듣기 좋아 모아가 눈을 예쁘게도 접으면서 따라 웃었다. 발가락은 점점 시려 왔지만 이상하게 마음은 뜨끈뜨끈 열을 지폈다.

— 농담이야. 오늘 너 합격 발표일이잖아. 신경 쓰여서 도무지 잠을 못 자겠더라고.

"언제는 믿는다고 그러시더니…… 엄청 불안하셨나 봐요?"

— …….

침묵은 긍정이라더니. 재범이 말이 없다. 모아가 인상을 쓰고서 휴대 전화를 반대편 손으로 고쳐 잡았다. 어느덧 손가락도 차갑게 얼기 시작했다. 눈 내린 겨울의 아침은 생각보다 많이 추웠다.

슬슬 들어갈까 하고 다시 그룹 홈 쪽으로 걸음을 옮기려는데 저 멀리 익숙한 차가 보였다.

"……어?"

— 너도 잠옷 취향 참 별나다, 분홍색 토끼 무늬라니.

"선생님!"

점퍼 밑으로 분홍색 잠옷 바지가 바람에 펄럭였다. 모아가 슬리퍼를 질질 끌며 재범의 차로 다가왔다. 만나기로 한 시간은 아직 멀었는데 이 아침부터 대체 무슨 일인 걸까. 운전석 문 앞에

선 모아가 창문을 톡톡 두드리자 재범이 스르륵 창을 내렸다.

"추우니까 일단 타."

그의 말에 모아가 고개를 끄덕이며 조수석 쪽으로 돌아갔다. 차 문을 열고 안에 타자 슬리퍼에 덕지덕지 붙어 있던 눈들이 후두둑 떨어졌다. 모아의 발은 어느덧 분홍색으로 차갑게 식은 상태였다.

"잠깐만, 너 맨발이었어?"

"아……."

잠깐 목소리만 듣고 바로 들어가려 했던 거라고 말을 덧붙이려는데 재범이 대뜸 모아의 슬리퍼를 벗겼다. 그녀가 '응?' 하고 의아해하는 순간 그의 큼직한 손이 모아의 작은 발을 감싸 쥐었다. 말갛던 얼굴이 순식간에 확 달아올랐다.

"서, 선생님?"

"시끄러워, 인마. 가만히 있어. 발이 얼음장이잖아."

재범은 모아의 발을 쥔 채로 한참을 주물렀다. 그의 따뜻한 손이 발가락이며 발바닥에 온기를 전했다. 하지만 그것과 별개로 부끄러움은 도통 사라질 생각을 않았다.

"저기…… 발 더러워요, 선생님……."

"반장, 조용히 좀 하지?"

"……넵."

꼭 이럴 때만 반장이라 그런다. 평소에는 '정모아.' 나 '모아야.' 하고 부르는 사람이 말이다. 그가 반장이라고 부르는 것은 잠자코 있으라는 압박인 것이다.

가만히 그가 하는 행동을 내려다보았다. 재범이 미간을 좁힌 채 작은 발을 정성스레 주물렀다. 그러자 발에 차츰 온기가 돌기 시작했다. 마치 그가 숨을 불어 넣은 것만 같다.

"됐다. 이제 좀 따뜻하네."

"……."

부끄러움에 입을 꾹 다문 채 발가락을 꼼지락거리자 재범이 그제야 그녀의 발을 놓아주었다.

"한겨울에 맨발로 돌아다니지 좀 마. 작년 겨울에도 그러더니, 취미야?"

"그런 거 아니거든요."

작년 겨울. 굉장히 오래된 것 같은데 고작 일 년밖에 되지 않았다. 그의 마음을 조금이나마 확인하고, 그 작은 조각에 전부를 내걸며 반복되는 고백을 시작했던 시기. 벌써 일 년이 되었구나 생각하니 감회가 새롭다.

모아가 추억에 취한 듯 행복한 표정을 짓다가 '아.' 하며 그를 보았다.

"그런데 왜 벌써 오셨어요? 만나기로 한 시간 아직 멀었는데."

"보고 싶어서. 안 돼?"

안 될 리가요!

크게 외치고 싶은 걸 꾹 참은 모아가 애써 차분하게 '아니요.' 하고 말했다. 그 표정이 어찌나 어색했는지 재범이 '픽.' 소릴 내며 웃음을 억지로 삼켰을 정도였다.

"발표 시간까지 아직 시간 좀 남았지?"

"네."

가만히 모아를 바라보던 재범이 그녀의 머리를 다정하게 쓰다듬더니 크게 호흡을 했다. 모아가 힐끔 바라보자 천천히 손을 거둬 낸 그가 양손으로 마른 얼굴을 쓸어내렸다. 여러모로 자신이 더 긴장되는지 도무지 얼굴을 펴지 못하는 재범이다. 태연한 척해야 하는데 그게 잘 안 되는 모양이었다.

"나 지금 애인보다는 부모님의 마음 같은 거 너 모르지……."

"아빠 마인드예요?"

아빠보다는 오빠이고 싶다. 속마음을 겉으로 드러내지 않은 재범이 나직한 한숨과 함께 운전대를 꽈악 쥐었다. 긴장감을 날리기 위해 이대로 어디로든 액셀러레이터를 밟아 버리고 싶은 기분이었다.

"가서 옷 갈아입고 나와."

"네?"

"초조해서 가만히 못 있겠다. 시간 앞당겨서 데이트하자. 드라이브 어때."

"조, 좋아요!"

"그래, 그럼 여……."

……기서 기다릴 테니까 얼른 다녀오라고 하려던 참이었다. 하지만 재범의 말은 끝맺음을 할 수 없었다. 좋다고 외친 모아가 재범의 대답을 듣지도 않고 다짜고짜 차에서 내려 버린 탓이었다.

그녀는 마음이 급한지 슬리퍼를 또다시 질질 끌며 집 안으로 들어갔다. 찰카닥 소리와 함께 닫힌 현관문을 보고만 있어도 그

안에서 얼마나 허둥지둥 정신없이 준비할지 훤히 들여다보이는 것 같다.

폐부조차 바짝 얼려 버릴 만큼 찬 공기를 실은 1월.

정모아가 정말…… 성인이 되었다.

"짧아."

"네?"

30분 만에 준비를 하고 나온 모아를 향해 재범이 뱉은 말은 그 게 다였다.

눈 내린 이 추운 날씨에 짧은 치마가 웬 말이란 말인가. 예뻐 보이고 싶은 기분이야 알겠지만 날씨는 무시할 게 못 되는데. 여 자란 동물은 참 알 수 없는 존재라고 생각하며 재범이 차를 출발 시켰다. 그러면서 뒷좌석으로 손을 뻗어 자신의 코트를 모아의 다 리 위에 덮었다.

"굳이 이렇게……."

"짧다니까."

"그치만 어차피 선생님밖에 볼 사람도 없는데요."

"그러니까 가리라는 거야. 내가 보잖아."

"……."

모아가 얼굴을 붉히며 슬쩍 창밖으로 고개를 돌렸다. 저런 말 을 아무렇지 않게 하게 되다니. 스물이 되면서 그에게도 자신을 대하는 변화가 일어난 게 아닐까 생각해 본다.

열아홉과 스물의 차이가 이렇게나 큰 것이었나 되짚어 보던 모아가 힐끔 재범의 옆모습을 살폈다. 그는 스물아홉이 되어도 저렇게 똑같은데.

"얼굴 뚫린다, 정모아."

"내 애인 얼굴 내가 보겠다는데요, 뭐."

"어쭈."

그를 처음 만난 열일곱, 아니, 그에 대한 감정을 깨달았던 열여덟 때만 해도 이렇게 당차게 굴지는 못했었다. 그가 아무렇지 않게 자신과 눈을 마주쳐 오고, 그의 얼굴을 마음껏 감상할 수 있게 된 지금의 거리가 꿈만 같아 문득 깨닫게 되는 그 순간마다 모아는 행복에 잠겼다.

살면서 가장 슬플 수도 있었던 그날부터 지금까지 모아에게는 재범이 가장 큰 위로이고 힘이었다. 그를 만나지 못했더라면 마음속에 커다랗게 뚫린 그 자리를 아마 무엇으로도 채우지 못했을 것이다. 겨울마다 찬바람이 들이닥쳐 단칸방에 엉덩이를 대고 쪼그려 앉아 있던 그 순간으로 모아를 데려다 놓았을 게 분명했다.

"그러고 보니 너……."

재범이 운전하다 말고 모아를 흘깃 보더니 미간을 좁혔다.

"……?"

"또 화장했지."

"네, 이레가 해 줬어요. 왜요? 예뻐요?"

"덜 못생겨지긴 했네."

"슨샌니임?"

퉁명스러운 척 내뱉는 장난 섞인 말. 그걸 알면서도 모아는 얼

297

굴을 잔뜩 구긴다. 괴상한 표정으로 서운함을 잔뜩 담아 그를 노려보자 앞만 보며 운전을 하던 재범이 웃으며 손을 뻗었다.

반칙이라는 걸 알면서도 어쩔 수 없이 당하고 마는 다정한 손길. 아빠란 존재가 있었다면 이렇게 따스하고 커다란 손을 미리 경험해 볼 수 있었을까.

"농담이야, 예뻐. 그러니까 웬만하면 화장하지 마. 오늘처럼 화장과 짧은 치마 콤보는 더더욱 안 돼."

"불안해요? 누가 쳐다보면 질투 날 것 같아요?"

"신났지, 너."

"네. 나 대학 가면 우리 선생님 불안해서 어떻게 지내시려고 벌써부터…… 으악!"

약을 올리면서 실실 쪼개던 모아가 짧은 소리와 함께 안전벨트를 꽉 쥐었다. 갑자기 브레이크를 밟은 재범이 길 한쪽에 차를 세워 두고 모아를 획 돌아다보았다.

장난이 너무 심했나. 혼날지도 모르겠다는 생각과 함께 슬쩍 눈치를 보자 재범이 한껏 진지한 표정으로 엄하게 말했다.

"안 그래도 벌써부터 불안해 미치겠으니까 시키는 대로 해."

"……."

"너 대학 가면 매일 아침 옷차림 나한테 컨펌 받기 전에는 절대 못 나갈 줄 알아."

전에는 느껴 보지 못했던 솔직한 표현들. 하루가 지날 때마다 하루 몫의 행복이 더해져 마음을 계속해서 키운다.

더는 커질 수도 없을 만큼 꽉 찬 보름달이라고 생각했는데, 어쩌면 이 마음이 어느덧 커다란 우주가 되어 버린 것일지도 모르겠다.

"너무 집착하면 질린대요, 선생님."

"뭐야, 인마?"

"아!"

재범이 딱 소리가 나게 모아의 이마에 꿀밤을 놓았다.

여느 연인들과 다르지 않은 시간. 모두가 하는 장난과 모두와는 다른 풋풋하고 설레는 감정. 그 모든 것들이 한꺼번에 모여 꽃을 피울 때마다 둘만이 맡을 수 있는 그 행복하고도 어지러운 향기에 매 순간 취하고 또 취했다.

이마를 문지르다 보면 어느덧 다가온 그가 작은 손을 치워 내고 그 위에 살며시 입을 맞춰 준다. 물드는 뺨이며 보드랍게 닿는 입술까지, 가슴 떨리는 모든 것들이 어느덧 일상의 일부가 된다.

재범의 입술이 모아의 이마에서 천천히 아래로 미끄러져 내려오며 콧등, 뺨, 그리고 마지막으로 입술 위에 안착하려 할 때였다.

휴대 전화의 알람이 울렸다.

"……."

"……."

합격 발표 시간에 맞추어 설정해 놓은 알람이었다. 내내 두 사람을 바짝 긴장하게 만들었던 시간이 다가오자 열두 시 종을 맞이한 신데렐라라도 된 양 재범과 모아는 그 상태로 바짝 굳었다. 금방이라도 입술이 닿을 듯한 서로의 거리는 조심스러운 호흡으

299

로 가득 찼다.

모아가 천천히 휴대 전화를 꺼내어 알람을 껐다. 그러고는 애써 떨림을 감추며 합격자 발표 페이지에 접속을 했다. 침조차 삼켜지지 않을 것만 같은 팽팽한 긴장감으로 인해 고요한 차내의 공기는 사뭇 무겁기까지 했다.

자신의 이름과 정보를 입력해 넣은 모아가 합격자 발표 확인 버튼을 누르는 순간, 맑은 눈에서 왈칵 울음이 터졌다.

덜덜 떨리는 손을 붙잡고 재범이 함께 확인한 화면에는 몇 개의 글자가 정갈하게도 쓰여 있었다.

성명: 정모아

위 사람은 20××학년도 신입학 정시 모집에 합격하였음을 통지합니다.

○○대학교 사범대학 국어교육과

1₃ 행복은 어쩌면 생각보다 가까이에 있는지도 모른다

기다리고 기다렸던 졸업식.

"선생님……?"

학생들의 이목을 집중시킨 사람은 다름 아닌 재범이였다.

"얼굴이 대체 왜……."

"……."

단정하고 잘생긴 얼굴에 상처가 났다. 멍이 들었다거나 한 건 아니었지만 누군가 시원스러운 입매를 질투라도 한 듯, 그의 입가는 요란 벅적하게도 찢어져 있었다. 입가를 손으로 슬쩍 가렸지만 이미 모두에게 들켜 버린 상황이었다. 당연한 일이다. 졸업식 내내 입을 가린 채 돌아다니는 건 어려웠으니.

재범이 입가의 상처를 가린 채 한 손으로 꽃다발을 불쑥 내밀었다. 교실에서 식을 전부 마친 뒤 다들 복도나 운동장 곳곳에서 꽃다발을 주고받으며 사진을 찍느라 정신없는 와중이었다.

"받아, 졸업 축하 꽃다발이니까."

"고맙습니다……. 그런데 정말 그 얼굴 어떻게 된 거예요."

축하를 받고 있기는 한데 마음이 영 편하지가 않다. 그저 웃는 얼굴로 그토록 기다리던 졸업을 만끽하고 싶었는데, 예상치 못한 재범의 얼굴이 모아를 걱정의 구렁텅이로 밀어 넣어 버렸다.

고맙다는 말을 하면서도 잔뜩 걱정이 서린 얼굴이 그를 향한다. 재범의 입이 굳게 다물린 채 대답을 하지 않으니 답답함만 커져 갔다.

"혹시 어디서 맞았어요?"

"어, 좀……."

세상에. 말도 안 되는 질문이라고 생각하면서도 혹시나 싶어 물었는데 역시나란다. 모아가 눈을 동그랗게 뜨며 놀란 기색을 감추지 않았다. 스물아홉, 그것도 교사라는 사람이 어디에서 싸움질을 하고 다닌다고 누가 상상할 수 있겠는가. 그의 연인인 모아조차 꿈에도 떠올려 본 적 없는 일이었다.

"말도 안 돼. 누구한테요? 선생님을 때릴 수 있는 사람이 있기나 해요?"

그가 싸움을 하는 건 상상해 본 적도 없지만 만약 그런 상황이 온다고 해도 결코 맞고만 있을 사람이라고는 생각지 않는다. 조금 난처해하는 그의 말이 더욱 신경 쓰이는 모아였다.

그런 모아의 말에 재범이 시선을 피하며 괜스레 뺨을 긁적였다.

"있지. 그냥 때리는 것도 아니고 '팰' 수 있는 사람."

팰 수 있는 사람이라니, 대체…….

"누구요?"

걱정으로 물들어 있던 모아의 얼굴 위로 약간의 분노 같은 것이 서리는 듯하다. 대체 내가 사랑하는 사람의 얼굴을 이렇게 만들어 놓은 게 누구냐고, 허리 위에 두 손이라도 얹고 따질 듯한 모양새.

말을 해야 하나, 말아야 하나. 자신이 준 꽃다발을 꽉 쥔 채 이 글거리며 눈을 마주쳐 오는 모아의 시선이 따갑다.

피할 수 없을 것만 같은 그녀의 재촉에 결국 재범이 한숨을 내쉬며 꺼낸 단어는 굉장히 의외였다.

"……우리 아버지."

○ ● ○

달이 밝던 밤, 재범의 아늑한 집으로도 달빛이 스며들어 왔다. 가만히 창밖을 올려다보던 그의 곁으로 수많은 고민과 긴장이 부유했고, 한숨은 그의 의식을 갉아 먹으며 이성을 잠재웠다.

어떻게 말한다고 한들 이성이 제 역할을 제대로 하지 못할 순간.

그러니까 졸업식 전날 밤, 재범은 그의 아버지인 동하에게 모아에 대한 것을 털어놓기로 마음먹은 것이었다.

"너…… 방금 뭐라고…….

"결혼할 겁니다."

동하는 희끗한 구레나룻을 문지르며 다시 자신의 아들을 보았다. 믿기지 않는 모양이었다. 한 번도 연애의 '연' 자조차 꺼낸 적 없던 아들이 대뜸 내뱉은 결혼이란 말은 그만큼 충격적인 것이었다.

"만나는 여자…… 있었냐?"

"예."

만나는 여자가 있었다는 것도 놀라운데 갑자기 결혼이라니. 앞뒤 정황을 좀 파악할 필요가 있을 것 같다고 판단한 동하가 냉정하게 마음을 가다듬었다.

"사고 친 건 아니겠지?"

"예?"

"여자가 임신이라도 한 거냐 말이야."

"그런 거 아니에요."

키스도 여태 두 번밖에 하지 못했는데 임신이 가당키나 한 말인가. 모아와의 키스나 스킨십을 떠올려 보며 인내한 적은 있어도 그 이상은 아직 제대로 상상해 보지도 못한 재범이었다. 그도 그럴 것이 매일 학교에만 가면 교복을 입고 웃는 그녀가 있는데, 교복과 그 이상의 상상이라니? 도저히 불가능한 일이었다.

"그런 것도 아닌데 왜 갑자기 결혼 얘기야. 뭐가 그렇게 급해서."

"그럴 만한 사정이 있어요, 아버지."

어디부터 이야기를 꺼내야 할까. 재범이 여러 방향으로 머리를 굴려 보지만 다른 사람도 아닌 아버지의 앞이다 보니 그럴 듯하게 포장을 해서 문장을 꾸며 내는 일이 생각처럼 쉽지 않다.

모아와의 관계, 현재의 사정, 앞으로의 계획. 그 어느 것을 먼저 말해도 아마 태연하게 받아들여질 리 없을 것이다.

"임신도 아닌데 대체 얼마나 큰 사정이 있어서?"

"지금 당장 식을 올리겠다는 건 아니에요. 일단 혼인 신고라도 하고 같이 살았으면 해서 말씀드리는 거예요."

"아니, 식도 안 올리고 일단 같이 살겠단 말이냐? 들으면 들을수록 뜻 모를 소리네. 제대로 차근차근 설명해 봐. 난 지금 네가 무슨 생각인지 도통 모르겠다."

"그게 그러니까……."

재범이 깊은 한숨을 내쉬며 동하와 눈을 마주쳤다. 다 큰 아들이 저렇게 똑바로 눈을 마주쳐 온 것은 자신을 따라 어려운 학생들을 돕고 싶다고 말했을 때 이후로 처음이니 벌써 한참 전의 일.

낯설지만 그리웠던 분위기에 동하의 마음이 저도 모르게 잔잔한 떨림으로 울리려 할 때쯤 재범이 말했다.

"그 애가 졸업도 해야 하고, 대학교 입학 후에는 정신없을 것 같아서 식을 올리는 건 조금 더 뒤로 미루는 게 좋을……."

"자, 잠깐……. 졸업? 아, 아니, 대학교 입……학?"

"……예."

익숙하지만 낯선 단어들. '설마.' 하는 생각이 몸집을 크게 부풀리기 시작하면 언제나 그런 것들은…….

"그럼 그 졸업이 설마 고등학교 졸업이라는…… 말은 아니겠지……."

현실이 된다.

"예, 내일이에요."

동하의 얼굴이 하얗게 질렸다. 지금 내 아들놈이 무슨 말을 지껄이고 있는 건지 이해하지 못하겠다는 듯 넋 나가 있던 얼굴이 굳게 마음먹은 듯 인상을 썼다. 한 치의 흔들림도 없는 재범의 표정을 보자마자 머릿속이 빠르게 정리되기 시작했다.

그가 부들부들 떠는 손으로 주변 바닥을 더듬거렸다. 집어 던질 게 있는지 찾는 모양이었다. 재범의 낯도 잿빛으로 변해 갔다.

"저기, 아, 아버지…… 그러니까……."

더듬거리던 동하의 손끝에 재떨이가 걸렸다. 재범은 보았다. 던질까 말까 고민하는 제 아버지의 표정을.

모아의 부모님이 살아 계셨어도 분명 이런 반응이 나왔을 거라 생각하면 한 번쯤은 겪어야 할 일이라 여겨지지만 그래도 각오와 맞닥뜨리는 현실은 다르다.

그래도 다행히 동하에게는 일말의 이성이 있었다. 이걸 던졌다가는 아들이 죽을지도 모른다. 그렇게 생각한 그가 꽉 쥐었던 재떨이를 도로 내려놓았다. 대신 재범만큼이나 큼지막한 손으로 주먹을 강하게 쥔 그가 매서운 눈초리로 아들을 응시했다.

"너 이 자식…… 이 꽉 물어."

"예?"

정년이 꽉 찬 교사 아버지와 이제 겨우 3년 차에 들어선 교사 아들. 조용했지만 든든한 분위기가 그들다웠던 집.

남자 둘이 사는 공간에서 일어난 짧은 유혈 사태는 '윽!' 하는 외마디의 신음과 함께 종료되었다.

○ ● ○

"와, 선생님 얼굴 대박……."

"……."

놀란 건지 놀리는 건지 모를 운혁을 보며 재범이 '이 자식은 여기 대체 왜…….' 하는 표정을 지었다. 그들이 있는 곳은 졸업식이 끝나고 차분히 대화를 나누고 싶어 찾아온 어느 조용한 카페였다.

"제가 불렀어요. 선생님이랑 둘이서만 있으면 이상하잖아요. 우리 학교 학생이 볼지도 모르고. 혁이……."

재범의 시선이 날카로워진다.

"아, 아니, 운혁이까지 셋이 있으면 이상한 시선은 덜 받을 수 있을 것 같아서."

졸업을 했으니 완전히 학교에서 벗어난 입장이라고는 하지만 그게 그렇게 무 자르듯이 쉬운 일만은 아니다. 같은 학교를 나온 시선들이 있었고, 그들이 가지고 있는 마음의 부담감 역시 그랬다.

시간이 조금 더 흘러 완전한 대학생이 되고, 교복보다 예쁜 스커트나 구두가 어울리는 시기가 오면 아마 교사와 학생이라는 그 족쇄로부터 완전히 벗어날 수 있지 않을까 생각해 보는 두 사람이기도 했다.

"써먹으라고 했다고 진짜 날 이렇게 써먹을 줄은 몰랐다, 너."

마음에도 없는 퉁명스러운 말을 뱉은 운혁이 모아의 옆자리에 앉았다. 재범의 눈썹이 꿈틀거리며 언짢음을 드러냈지만 운혁은 그걸 알면서도 아랑곳하지 않았다. '억울하면 어디 모아 옆에 앉아 보시든가요.' 하고 말하는 듯한 눈.

재범이 테이블을 두 손으로 짚으며 벌떡 일어섰다.

"……?"

설마 당당하게 모아의 옆에 앉겠다는 건가 싶어 눈을 동그랗게 뜬 운혁이 재범의 힘에 의해 벌떡 일으켜졌다.

재범은 운혁의 팔을 붙들어 제 쪽으로 끌어당기더니 그를 당당하게 자신의 옆자리에 앉혔다. 그리 크지 않은 의자에 남자 둘이 나란히 앉아 있는 꼴이 얼마나 괴상한지 주변에 몇 안 되는 테이블에서 그들을 힐끔거릴 정도였다.

"……진짜 생각도 못 했다, 날 자기 옆에 앉힐 줄은."

"머리가 나쁘니 생각할 수 있을 리가."

"전문대 무시해요, 지금?"

으르렁거리는 두 남자를 바라보는 모아의 마음도 함께 가시방석이 되었다. 그럼에도 이 순간만큼은 누군가의 눈치를 보지 않을 수 있다는 게 모아에게는 크나큰 안도였다.

"그런데 너 부모님은?"

"졸업식만 보시고 가셨어. 내가 촌스럽게 가족들끼리 무슨 외식이냐고, 친구들이랑 놀 거라고 했거든."

"불효자네."

"뭐요?"

재범의 한 마디에 곧이곧대로 발끈하는 운혁의 반응이 즐겁다. 재범이 자신을 놀리는 것도 바로 저런 반응 때문이겠지 생각하며 모아가 소리 죽여 웃었다.

그런 그녀를 바라보며 운혁이 주변을 슥 둘러보았다.

"넌 아무도 안 왔어? 그 뭐냐, 그룹 홈 식구들 있을 거 아니야."

"오늘 이레 졸업식이랑 같은 날이라 그쪽으로 가라고 했어. 난 여기에 선생님도 계시니까."

참 깨알같이 염장을 지른다.

"이레가 누군데?"

"아아, 있어. 나랑 같은 그룹 홈에 있는 동갑내기 친구."

"예쁘냐?"

"소개시켜 줘?"

"남친 없대?"

"안 그래도 얼마 전에 사귀던 오빠랑 헤어졌다던 것 같긴 했는데……."

서로 차고 차였던 사이라는 게 무색할 정도로 스무 살짜리 아이들의 대화로 돌아왔다. 운혁은 여느 남자애들처럼 낯선 여자애의 이름에 '예쁘냐?'로 응했고, 모아는 그런 운혁의 자연스러운 반응이 즐거워 장난으로 맞받아쳤다.

그러면서 실제로 이레와 운혁이 만나는 모습을 잠시 상상해 보았다. 백발과도 같은 금발의 머리, 하얗게 샌 듯한 탈색 머리를

한 채 나타나는 이레의 모습에 아마도 운혁은 얼빠진 표정을 할
게 분명했다. 그 둘의 조합도 나쁘지 않겠다고 생각하면서도 운혁
이 안쓰러워지는 이유는 왜일까.

"아까 우리 어디까지 이야기했었지."

푸릇한 두 사람 사이에 끼어든 재범이 딴 길로 새려던 대화를
다시 똑바로 잡았다.

"선생님 아버님께서 노발대발하셨다고……."

"그랬지, 참."

둘이 무슨 이야기를 하는 건지 모르겠다는 듯 힐끔거리며 쳐다
보던 운혁이 모아의 앞에 놓인 토마토 주스를 가지고 와 벌컥거
리며 마셨다. 옆에서 느껴지는 재범의 날카로운 시선은 이제 무시
할 수 있을 정도의 짬밥이 된 모양이었다.

"보는 눈도 있고, 당분간 너 대학 생활로 바쁘기도 할 거고. 그
래서 아버지한테도 말씀드렸다시피 식은 좀 안정되면 우리끼리라
도 간편하게 올리는 걸로 하고……."

식? 무슨 식?

운혁이 모아와 재범을 번갈아 보면서 의아한 얼굴을 했다.

"저도 그렇게 생각하고 있어요. 아니, 아예 올리지 않아도 저는
괜찮아요. 선생님이랑 같이 있을 수만 있으면 충분하니까."

"일단은 아버지가 너 데리고 와 보라고 하셔. 허락 여부와는
상관없이 일단 만나는 봐야 되지 않겠느냐고."

"……정말요? 저 보고 싶으시대요?"

"네 사정이며 이런 것 저런 것 전부 다 말했어. 아버지와 내가

후원하던 그룹 홈에 있었다는 것까지 전부. 미안하다, 네 의사 묻지 않고 미리 말해 버려서."

"아니에요, 전 괜찮아요. 장애물이 아예 없을 거라고는 생각도 안 했는걸요."

"저기…… 잠시만요……?"

두 사람의 이야기를 듣고 있던 운혁이 그 사이로 조용히 손을 들었다. 대화 중간에 끼어드는 조심스러운 목소리에 모아와 재범의 시선이 함께 운혁에게로 향했다.

"두 사람 혹시…… 결혼한다는 소리는……."

"응, 맞아."

모아의 상쾌한 긍정에 놀란 운혁이 자리에서 벌떡 일어섰다. 그 반동으로 물컵이 옆으로 쓰러지면서 테이블 위며 바닥으로 물을 주르륵 흘렸다. 모아의 옷 위로도 물이 뚝뚝 떨어졌다.

"으악! 너 괜찮아?"

"아, 괜찮아. 나 손수건 있어."

모아가 가방에서 손수건을 꺼내 젖은 옷 위를 톡톡 두드리며 물기를 없앴다. 굉장히 어두운 톤의 어른스러운 손수건. 그 손수건을 가만히 바라보던 운혁이 천천히 고개를 돌려 재범을 응시했다. 누가 보아도 모아의 것으로는 보이지 않는 손수건이었으니 재범에게로 시선이 돌아간 것은 어찌 보면 이상한 일도 아니었다.

재범은 아랑곳하지 않고 티슈를 뽑아 테이블 위의 물기를 닦고 있었다. 정작 일을 저질러 놓은 장본인은 어정쩡하게 일어선 채로 두 사람만 번갈아 쳐다볼 뿐이었다.

"계속 이목 집중시킬 생각 아니면 좀 앉아."

"아······."

나직한 재범의 목소리에 운혁이 엉거주춤 다시 자리에 앉았다.

이제 갓 스물이 된 나이. 자신과 동갑인—그러니까 한마디로 아직 어린— 모아가 결혼을 입에 담는 것이 너무도 낯설고 어색하기만 했다. 운혁은 뭐라 대꾸를 하고, 어떤 반응을 보여야 할지 몰라 한참을 혼란스러운 얼굴로 있었다.

테이블 위에 있던 물기가 전부 닦이고 모아가 손수건을 도로 가방에 넣을 때쯤, 침묵으로 딱딱하게 굳어 있던 그 주변의 공기가 조금씩 풀어지기 시작했다.

제일 먼저 입을 연 것은 모아였다.

"미안, 놀랐지."

"그럼 안 놀라겠냐······?"

"나 곧 있으면 지금 지내는 곳에서도 나와야 하고, 여러모로 혼자 해 나가는 게 어려울 것 같았거든. 그래서 선생님이 도와주시기로 했어. 함께 지내면서 편하게 공부하고, 나도 선생님께 걱정 안 끼칠 수 있도록."

"그렇다고 굳이 결혼을 해야 하는 건······."

결혼이라는 자체가 싫은 걸까. 둘의 연애도 마냥 마음에 드는 건 아니었지만 이제 갓 스물이 된 남자애의 입장에서 동갑내기 친구의 이른 결혼이 달가울 리 없었다. 하고 싶은 말이 많은데도 전부 할 수 없어 답답한지 운혁이 조금 복잡한 표정을 지었다.

그런 그를 옆에서 묵묵히 쳐다보던 재범이 조금은 여유 있는,

그러나 심드렁한 목소리를 냈다.

"결혼하지 말고 동거나 할까?"

"그런 뜻은······."

절대 아니라고, 그런 걸 바라는 건 아니라고 말하고 싶은데 입이 열리지 않는다.

"모아는 내가 지켜 줄 거야. 이게 앞으로 모아를 지켜 나갈 방법이 될 거고. 곁에 두고서 하고 싶은 일 마음껏 할 수 있게, 따뜻한 가족을 짓고 그 울타리에서 행복할 수 있게, 그렇게 만들 거야."

"······."

"······."

재범의 말에 할 말을 잃은 것은 운혁뿐만이 아니었다. 맞은편에서 그의 말을 듣고 있는 모아 역시 마찬가지였다. 이미 알고 있던 사실도 그의 입을 통해 다시 들으니 더할 나위 없이 완벽한 프러포즈가 되어 버린다.

또다시 모아의 눈시울이 붉어지려는 것 같아 재범이 그녀에게 손을 뻗자 운혁이 크게 한숨을 내쉬었다.

"실연당한 사람 앞에서 닭살스러운 행각은 좀 삼가시죠, 둘 다. 가슴 아파서 살 수가 있냐고, 내가!"

운혁은 그 순간 실연을 두 번이나 맛본 기분이 들었다. 재범을 이길 수 없을 거라 생각한 순간이 분명 있기는 했지만 이렇게 적나라하게 가슴에 와서 박힌 적은 없었다.

모아와 자신이 연애를 하게 되었다고 가정을 해 보아도 자신은 아마 모아를 저런 방법으로 지켜 주지는 못했을 것이다. 아무것도 가진 게 없는 스무 살 동갑내기 남자애가 그녀의 꿈이며, 미래며, 앞으로의 생활을 전부 책임지고 보살펴 주기란 어려웠을 테니까.

너무도 정정당당한 패배. 이미 몇 달 전에 인정했다고 생각했는데 아니었나 보다. 운혁은 지금에 와서야 완벽한 패배를 실감했다.

"아, 실연? 결국 고백하고 차인 모양이네. 결과가 뻔한 일을 왜 굳이."

당신 때문에 고백도 못 해 보고 차였거든?

자존심이 구겨져 그 말은 말았다.

"설마 선생님…… 혁이가 저 좋아했던 거 알고 계셨어요?"

너만 몰랐다고, 너만!

자신을 주제로 하여 돌아가는 대화가 영 싫지만은 않은 운혁이다. 그럼에도 좋아했던 사람과 싫어하는 사람 사이에 끼어 있는 기분은 상당히 묘한 것이었다.

생각했던 것 이상으로 잔인한 인간들이라고 모아와 재범을 노려보며 이를 부득 갈던 운혁이 남아 있는 모아의 토마토 주스를 완전히 싹 다 비워 버렸다.

"내 친구 울리면 가만 안 둬요."

그리고 그녀를 향해 남아 있던 손톱만큼의 감정도 모조리 싹 비워 버리기로 마음먹었다.

첫사랑도 함께 졸업이었다.

○ ● ○

어느 평온하고도 긴장되는 주말. 모아를 태운 재범의 차는 항상 향하던 길로 아주 익숙하게 그들을 안내했다.

"어디 안 좋아?"

"네?"

"얼굴이 하얗게 질렸어, 너."

"기, 긴장이 돼서."

모아가 손에 땀이 차는지 치맛단을 꽈악 붙들었다. 무릎을 덮는 단정한 길이의 스커트가 작은 손안에서 구겨졌다. 흘끔 그녀를 보던 재범이 언제나처럼 다정하게 손을 뻗어 머리를 쓰다듬었다. 이렇게 하면 모아의 마음이 서서히 안정된다는 것을 본인도 잘 알고 있는 모양이었다.

"우리 아버지 그렇게 무서운 분 아니야. 나한테는 좀 험악하시지만."

"별로 무서워서 그러는 건 아니에요. 그냥…… 걱정이 돼요. 절 싫어하실까 봐."

"이렇게 예쁜데 어떻게 싫어해."

다정할 땐 저렇게 한없이 다정하게 군다. 재범을 바라보던 모아가 뺨을 붉히며 사랑스럽게도 웃었다.

스물이 되고 나서 모든 것들이 술술 잘 풀려 가는 기분이 든다. 그와의 사랑이 더욱 깊어지고, 마음도 더욱 단단해지고, 자신의 미래에 대해서 더욱 욕심을 낼 만큼 스스로가 강해져 가는 것이 느껴졌다.

어리던 딸이 성인의 문 앞에 들어서는 걸 현주가 함께 겪었다면 더욱 좋았을 것을. 때때로 엄마의 생각이 떠올라 아주 작은 아쉬움과 슬픔을 남겼지만 오래도록 그 생각에 잠겨 있지만은 않았다.

사랑 하나만 있으면 꽤 살 만한 인생이었다고, 그렇게 말해 주던 그녀의 말을 평생토록 잊지 않고 살아야겠다는 마음을 먹어 본다.

"선생님, 궁금한 게 있어요. 대답하기 싫으면 안 하셔도 돼요."

"뭔데?"

무슨 질문이길래 대답하기 싫을 거라는 생각까지 하면서 물으려는 걸까. 적신호에 불이 들어오는 것을 확인한 재범이 천천히 브레이크를 밟으면서 차를 세웠다. 말해 보라는 듯 그녀를 쳐다보자 불그스름하게 화장을 한 입술이 조심스럽게 움직인다.

"선생님 어머님은…… 어떻게 돌아가셨어요?"

아아, 그거였나. 재범이 어렵지 않은 질문이라는 듯 조금 긴장되어 있던 표정을 풀었다.

"사고였어. 갑작스러운 교통사고."

자신의 슬픔과 그의 슬픔이 같은 장소에서 서로에게 닿았던 춥고도 따스했던 밤. 충격받은 얼굴로 울음을 꾹 참던 그날 밤의 재범을 기억하는 모아였다.

같은 슬픔을 지닌 사람이라고는 생각했지만 사실 그의 슬픔이 있기까지 그가 어떤 것을 겪었고, 그날 그 괴로움이 무엇으로부터 비롯되었는지까지는 구체적으로 들은 바가 전혀 없었다. 원인이 무엇이라고 한들 그 자리에 깊은 슬픔이 머물러 있었다는 것은 변함없는 일이지만 말이다.

만약 현주의 죽음이 그토록 갑작스러운 사고였다면? 앞에 있는 재범처럼 자신도 마음을 단단하게 다지며 일어설 수 있었을까. 몇 달을 마음의 준비를 한 채 지냈어도 슬픔이 쿨럭이며 멋대로 터져 나왔었는데, 바로 어제까지만 해도 곁에 머물던 따스한 온기가 어느 날 갑자기 사라졌을 때의 기분을 어떻게 상상해 볼 수 있을까.

그 당시 토닥이는 손길로 전해지던 그의 슬픔을 모아가 찬찬히 되짚어갔다.

"마음의 준비를 할 시간 같은 것도 없었겠네요. 어른이어도 괴로움을 느끼는 건 똑같죠⋯⋯?"

모아에게 아직 '어른'이라는 존재는 커다랗기만 한 모양이다. 그녀가 가지고 있는 어른의 대한 환상이 생각보다 아무것도 아니란 것을 어떻게 하면 알려 줄 수 있을까 생각하던 재범이 '흐음.' 하고 잠시 고민하다가 말했다.

"어른이라는 건 원래 상대적인 거야."

"상대적이요?"

"그래, 네가 스물이 됐다고 해서 바로 어른이라고 할 수는 없는 것처럼. 네 눈에 나는 어른이겠지만 다른 사람들 눈에는 고작 서른 남짓 된 애송이로 보일 거거든. 어른인 내게도 또 어른들이 있잖아. 예를 들면, 우리 아버지처럼."

자신에게는 거대하고 강하게만 보이는 그가 그의 아버지 앞에 서는 한없이 어린 아들일 수 있다는 것을 생각해 보지 않았나 보다. 그의 가족, 그의 삶을 머릿속으로 상상해 보자 그 생각이 모아의 삶까지 파고들어 꼬리를 물었다. 그에게 유일한 가족, 아버지.

아버지라……. 참으로 낯선 단어가 아닐 수 없다.

"얼른 만나 뵙고 싶어요, 선생님 아버님."

"그래?"

"사실 전 아버지란 존재에 대해서 엄마에게 들은 게 전부거든요. 그래서 그냥 허상 같아요. 엄마의 말이나 내 상상 속에는 있는데 현실에 정말 있었는지는 알 수 없는 사람이에요."

재범이 모아를 가만히 응시했다. 자신이 어머니에 대해 이야기를 한 적이 없었던 것처럼 모아가 꺼내는 아버지의 이야기도 그에게는 새롭고, 낯설고, 조금은 궁금한 것이었다.

"얼굴도 성함도 몰라요. 엄마랑 같이 찍은 사진 한 장 없고, 그 흔한 편지 한 장 주고받은 것도 없더라구요."

"아……."

찾아보았나 보다, 아버지란 사람의 흔적들을.

"엄마의 사랑은 아무 증거도 안 남았어요. 엄마의 기억 속에만 남아 있을 뿐이죠."

"……."

"몇 번이나 그 사랑을 의심도 해 봤어요. 그래도…… 엄마가 사랑이었다니까, 엄마가 그 사랑 덕분에 살아올 수 있었다니까,

그래서 사랑이었나 보다 할 뿐이에요."

지나간 사람들의 기억으로, 그 사람들의 사랑으로 앞으로의 시간을 버티고 또 버틴다. 모아는 몸으로 그 모든 것들을 실천하고 체험하는 중이었다.

사랑하고 사랑받았던 기억만 있어도 한동안은 행복하게 살아갈 수 있다는 것. 그것을 통해 엄마에 대한 믿음이나 그녀에게 배웠던 감정들을 되새겨 볼 수 있었다.

재범은 그런 모아가 얼마나 따스하고 아름다운 사랑을 받으며 자랐는지 보지 않아도 알 수 있었다. 그토록 무모하게, 하지만 그럼에도 사랑스러울 정도로 마음을 표현해 준 아이였으니까. 현실의 벽 앞에서 애써 마음을 죽이고 또 죽이려던 자신을, 남들의 시선이 무서워 진심을 표현조차 해 보지 못하고 살 수도 있었던 자신을 이곳까지 이끌어 주었으니까.

보듬고, 위로하고, 강한 힘으로 자신을 지켜 준 것은 이 작은 여자아이, 바로 모아였다.

"증거가 왜 없어."

"네?"

"여기에 있잖아, 바로 너."

"……."

"네가 그 두 분의 사랑을 증명하고 있어."

아무것도 손에 잡히지 않는 감정. 추억이라고밖에 설명할 수 없는 시간. 그럼에도 모아는 느낄 수 있었다. 재범을 통해 온몸으로 깨닫고 있었다.

그 모든 게 사랑이라는 것을.

 재범이 아버지와 함께 산다는 집은 아파트였다. 살면서 아파트에 올 일이 별로 없었던 모아였기에 그 높고 커다란 건물의 중압감은 '사람 사는 집'이라기에는 묘한 기분을 들게 만들었다.

 모아는 엘리베이터를 타고 올라가는 내내 긴장감에 사로잡혀 어쩔 줄을 몰라 했다. 차에서 재범과 이야기를 나누며 긴장이 좀 풀린 것도 같았는데 그의 집이 코앞까지 다가오니 언제 그랬냐는 듯 긴장은 다시 딱딱하게 모아의 가슴속에 자리를 잡기 시작했다. 그가 끌어안고 진정하라며 등을 토닥여 주었지만 좀처럼 마음을 가라앉힐 수 없었다.

 품에 안긴 채로 살며시 고개를 돌리자 엘리베이터 거울 속에 자신의 모습이 비추어졌다. 누가 보아도 이제 갓 스무 살이 된 듯 앳된 얼굴. 걱정이 한가득이라 금방이라도 혼이 날 듯 덜덜 떠는 듯한 얼굴. 어디에서도 어른스러움과 여유 같은 것은 찾아볼 수가 없다.

 엘리베이터에서 내려 현관문 앞에 섰을 때, 모아는 재범의 손을 꼬옥 붙잡았다.

 "선생님."

 "응."

 재범이 모아의 손을 맞잡으며 다정하게 웃었다. 그녀의 긴장을 자신도 함께 느끼고 있다는 듯이.

 "전 요리도 잘 못 하고, 집안일도 서툴고, 아직 돈도 못 버는 어린애예요."

"······?"

갑자기 웬 한탄인가 싶어 재범이 흘깃 모아의 표정을 살폈다.

"이래도······ 정말 저랑 결혼하실 거예요?"

걱정이 된 모양이었다. 아무것도 보잘 것이 없는 자신과 결혼을 하겠다고 이 문 앞에 손을 잡고 서 있는 그를 향해 수만 가지의 감정들이 떠올라 여린 속을 시끄럽게 만드는 듯했다. 기쁘지만 걱정되고, 행복하지만 불안한 감정. 재범은 꼭 잡고 있는 손을 통해서 모아의 마음을 느낄 수 있었다.

"반대로."

"네?"

"네가 남자였더라면 말이야. 요리도 꽝, 집안일도 꽝, 아직 능력도 꽝인 어린애랑 결혼할래?"

모아가 천천히 고개를 들어 재범을 올려다보았다.

"······아니요."

그런 여자랑 결혼을 하겠다고 할 남자가 몇이나 될까. 아무것도 가진 게 없는, 그를 향한 사랑 외에는 내세울 게 없는 여자와.

"난 해."

"······."

그를 바라보는 모아의 눈이 커졌다. 그런 모아를 내려다보는 재범의 눈은 강하면서도 다부진 뜻을 담고 있었다. 언제나처럼 자신을 향하는 다정하고 따스한 눈빛 속에 그녀를 지키겠다는 단단한 마음이 보태져 모아의 마음을 이리저리 크게 흔들었다.

"난 요리를 잘 못 해도 정성 들여 만들고, 집안일이 서툴지만 노력하고, 미래에 더 큰 사람이 되기 위해 앞으로를 열심히 살아가려 애쓰는 어린 너와……."

"……."

"결혼할 거야."

그렇게 말하며 웃은 재범이 초인종을 눌렀다.

모아의 손을 꼭 잡은 채.

14 산다는 건, 살아진다는 것과 얼마나 다른 걸까

동하는 꾸준히 그날 밤의 꿈을 꾸었다. 매일은 아니지만 한 달에 두어 번은 되었을까.

아내의 갑작스러운 사고 소식에 넋을 놓다시피 한 그를 챙긴 것은 아들인 재범이었다. 재범은 애써 차분한 얼굴을 하며 묵묵히 동하의 곁을 지켰다. 어머니를 잃었다는 자신의 슬픔보다 평생의 동반자를 잃은 아버지를 위로하는 그런 아들이었다.

나이가 무색할 정도로 울고 있던 자신은 그리 어른스러운 아버지는 아니었다. 슬픔 앞에서 인내 같은 것을 내보일 수 없을 정도로 인간적이고도 성숙하지 못한 아버지였다. 아들보다 가르치는 학생들을 더 챙기던, 타인의 앞에서 더욱더 어른스러운 못난 아버지였다.

슬픔을 참고 말 수 있는 문제도 아니었기에 그날을 후회하거나 하지는 않는다. 하지만 가끔 미안하기는 했다. 그 당시 재범의 나이는 고작 스물여섯. 몸만 어른이 되고 속은 아직 어렸던 아들을 제대로 감싸 주지도 못했던 것은 내내 동하의 마음에 걸려 있었다.

그래도 얼마 되지 않은 지난 몇 년을 미안함만 끌어안은 채 살지 않았던 작은 이유가 있다면 언뜻 발견할 수 있었던 재범의 눈물이었다.

눈물을 꾹 참은 채 어떻게든 강한 모습만 보이려 하던 아들이 장례식장에서 잠시 빠져나갔던 날이 있었다. 아주 어둡고, 깊고, 춥던 밤. 주먹이 희게 변할 때까지 꽉 쥐는 것 외에는 무엇으로도 감정을 표출하지 않던 재범이 그날 눈물에 젖은 눈을 한 채 동하의 앞에 섰었다.

어디에서 무슨 위로를 받았는지, 끝까지 눈물 한 방울 흘리지 않던 그에게서 온전한 슬픔을 이끌어 낸 것이 과연 무엇이었는지, 동하는 구태여 묻지 않았다. 축축하게 젖은 얼굴로, 빨갛게 충혈된 눈으로 자신을 바라보던 아들은 그 순간조차 아버지만을 걱정했으니까.

······어떻게 잊을 수 있을까.

'아버지는 괜찮으세요?'

슬픔을 끌어안은 아들이 내뱉은 걱정의 말을. '아버지는'이라는 말을 통해 '저는' 안 괜찮다고 알게 모르게 전하던 그 마음을.

324

보름달이 높던 밤. 슬픔이 깊던 밤. 재범은 울음 섞인 웃음을
띠며 이렇게 말했었다.

'어머니는 외롭지 않으실 거예요. 그러니까 우리끼리도……
잘 살아요.'

○ ● ○

앞에 앉아 있는 모아를 바라보며 동하는 아들과 함께 보냈던
지난날들을 떠올렸다. 아내와 함께했던 화목했던 가정, 그녀가 없
어진 뒤로 조금은 쓸쓸해진 두 남자의 시간들. 행복했던 건 단연
세 사람이 함께 있었을 때지만 아들에 대한 생각을 더욱 깊게 할
수 있게 된 건 둘만 남았을 때였다.

아들을 사랑하기는 했지만 그의 인생에서 아내보다 더 사랑한
사람은 없었다는 것이 그가 그동안 아버지보다는 남자로 살아왔
음을 깨닫게 했다. 그래서였는지도 모른다. 아들의 사랑에 대해
자신이 왈가왈부할 수 없다고 생각하게 된 것은.

"……."

"……."

동하는 말없이 모아를 응시했다. 그의 시선이 끈질기게 따라붙
는 것을 느낄수록 모아의 고개는 점점 더 아래로 향했다. 엄해 보
이는 눈동자를 똑바로 마주하는 것이 어려운 모양이었다. 그러다
가 힐끔 눈이 마주치면 잔뜩 겁먹은 강아지처럼 눈빛이 크게 흔

들렸다. 한없이 약해 보이는 모습이었다.

교복을 입히면 정말 학생으로 보일 법한 생김새였다. 옅은 화장을 해 놓아 그나마 이십 대 초반으로 보이기는 했지만 확실히 아직은 앳된 티를 벗지 못했다.

저렇게 어려 보이고, 여려 보이는 아이가 자신의 아들에게 무슨 짓을 어떻게 한 건지 내심 궁금해지는 동하였다. 얼마나 커다란 힘을 지니고 있기에 아들을 저토록 솔직하게 만들어 놓은 건지.

"아버지, 그렇게 쳐다보시면 애가 무서워서 겁먹잖아요."

부엌에서 커피를 타 온 재범이 두 사람의 앞에 컵을 내려놓았다. 두툼하고 묵직한 머그컵 안에 뜨겁게 김을 머금은 커피가 담겨 있었다.

"그, 그런 거 아니에요. 저 괜찮아요. 하나도, 진짜 하나도 안 무서워요, 아버님."

"아버……."

태어날 때부터 아버지가 없던 아이라 했다. 그래서 아버님이라는 호칭도 어렵게 여길 줄 알았는데 모아는 의외로 아무렇지 않게 동하를 '아버님.' 하고 불렀다.

평생을 딸 없이 애교 없는 아들 하나만 키운 탓일까. 어린 여자애가 부르는 아버님이란 말이 어찌나 간지러운지 동하가 '크흠!' 하고 헛기침을 하며 앞에 놓인 커피를 마셨다.

그저 민망하고 부끄러웠던 탓인데 모아의 눈에는 그게 영 언짢은 기색으로 비추어진 모양이다. 그녀가 또다시 겁먹은 강아지 같은 얼굴을 하며 떨리는 손으로 컵을 쥐었다. 모락모락 피어나는 김 속에 검게 출렁이는 커피가 오물거리던 모아의 입술에 따끔하게 닿았다.

"어린애가 커피를 왜 마셔!"

"네……?"

모아가 컵을 쥔 채 눈을 동그랗게 뜨고 동하를 응시했다. 커피는 수능 공부를 하면서 잠을 쫓기 위해 수도 없이 마시던 것이었다. 사약이라도 마신 듯한 기분이 들어 모아가 쥐고 있던 컵을 얼떨결에 내려놓았다.

"우유 없냐, 우유? 아니, 요즘 애들 핫초코 같은 거 좋아하던데. 핫초코로 가져와."

"아버지, 우리 집에 핫초코가 어디 있어요……."

평소 자신이 알던 아버지와는 너무도 다른 모습에 재범은 얼이 빠졌다. '아버지답지 않게 이게 무슨…….' 하고 말하는 표정이기도 했다.

긴장한 것은 모아뿐만이 아닌 듯했다. 동하는 계속 말없이 모아를 살피다가 커피를 물처럼 들이켰고, 몇 번씩 헛기침을 하기도 했다. 그러다가 괜히 재범에게 성을 내었고, 큰 목소리에 모아가 움찔하면 자신이 더욱 놀라 다시 그녀를 살피고 또 살폈다.

학교에서 마주하는 제자들처럼은 대하는 게 어려운 듯했다. 제자뻘인데도 아들이 결혼할 상대라고 데리고 오니 마냥 어린애 취급을 하기도 뭣하고, 그렇다고 다 큰 처녀 취급을 하자니 너무 어리고. 동하라고 혼란스럽지 않은 것은 아니었다.

그러니까 애초에 왜 이렇게 갑자기, 그것도 아홉 살이나 어린 애를 데리고 온 거냐고 성을 내고 싶지만 모아의 앞이라 또 겁을 집어먹을까 싶어 일단 참아 보기로 한다.

"어쩌다가……."

"네?"

동하가 내내 재범에게만 말을 하다가 처음으로 모아를 똑바로 응시하며 입을 열었다. 직접적으로 말을 걸어오는 게 긴장되면서도 기뻤던 걸까. 모아가 눈을 빛내면서 고개를 바짝 들고 대답했다.

참으로 맑은 눈이다. 동하는 그런 생각을 했다.

"어쩌다가 내 아들놈이랑 그렇고 그런 사이가 된 거……요?"

"아버지, 말투가 왜 그래요……."

"시끄러워, 인마!"

또다시 애꿎은 아들을 향해 마음에도 없는 성을 내고 말았다. 그러다가 또 모아가 덜컥 겁을 집어먹은 게 아닐까 염려되어 고개를 돌렸다. 하지만 웬걸. 모아는 웃고 있었다. 입을 손으로 가린 채 애써 소리를 죽여 가면서 말이다.

그 모습을 보던 동하가 저도 모르게 입을 꾹 다물었다.

"아."

동하와 재범이 자신이 웃는 걸 뚫어지게 쳐다보고 있다는 걸 눈치채고 나서야 모아의 얼굴이 굳었다. 당황한 듯했다.

"죄송해요, 두 분이 너무 웃겨서……. 아, 아니, 웃긴 게 아니라 재미있……. 아, 아니, 그러니까……."

어른에게는 뭐라고 말해야 할지 모르겠다는 듯 모아가 말을 버벅거렸다. 평소의 똑똑한 머리는 전부 어디 내버리고 왔는지 오늘따라 이상하게 맹해 보이기도 하는 게 재범의 입장에서는 아버지도, 모아도, 전부 평소답지 않았다.

"그러니까 그…… 말씀 편하게 하셔도 된다구요, 아버님."

"……."

이상하다. 왜 저 아버님이라는 호칭이 이렇게 간질거리고 좋은 거지. 동하가 눈썹을 벅벅 문질렀다. 항상 보아 왔던, 재범과 같은 습관이었다.

익숙한 행동을 보며 모아는 그가 쑥스럼을 타고 있는 건지도 모르겠다고 생각했다. 그렇게 생각하니 마음이 조금 더 편안해지기 시작한다.

사랑하는 사람과 사랑하는 사람의 습관을 닮아 있는 그의 소중한 가족. 그 공간에 자신이 들어와 있다는 것은 긴장되는 만큼 설레고 벅찬 일이었으니까.

"그럼 다시 묻자. 어떻게 사귀게 됐지? 난 내 아들이 제자한테 껄떡대는 그런 파렴치한 놈은 아니라고 생각했는데."

"선생님은 아무 잘못 없어요! 제가 좋아서 따라다녔어요. 제가 먼저 선생님께 손댔어요."

딱히 혼을 내려던 건 아닌데 어쩌다 보니 그런 분위기가 되어버렸다. 동하는 저도 모르게 교사의 얼굴을 하려다가 애써 지워버렸다. 아들의 애인을 꾸중하는 것도 웃기지 않은가.

잠깐, 그런데 손을 댔다니……?

"먼저 손을 대?"

"네, 선생님은 계속 저 밀어 내셨는데 제가 먼저 입 맞춰 버렸어요. 첫 번째 키스는 선생님이 먼저 해 주셨지만…… 두 번째 키스는 선생님은 생각도 없었는데 제가 기습적으로 한 거구요."

"키스……했냐?"

마지막 질문은 모아가 아닌 재범을 향한 것이었다.

동하의 물음에 재범이 뜨끔한 표정을 지었다. 첫 번째 키스며, 두 번째 키스며 순진하게 술술 내뱉은 모아 덕분에 아버지의 날카로운 눈빛을 피해 갈 수 없게 되어 버렸다. 뒤늦게 모아가 '헉.' 하며 두 손으로 입을 가렸지만 아들을 향해 주먹을 꽉 쥔 동하의 표정이 풀어지기에는 이미 늦었다.

그에게 있어 분노의 대상은 모아가 아닌 아들 재범이였다. 모아를 보면서 뭐 이렇게 당돌한 애가 있냐고 생각하기는 했지만 그보다 강하게 머릿속을 지배한 것은 배신감이었다. 교복을 입은 학생, 그것도 제자에게 마수를 뻗친 속이 시커먼 아들놈을 향해 말이다.

결혼을 하겠다고 데려온 사이니까 키스 정도야 할 수도 있는 일이겠지만 그래도 막상 들으니 괜히 속에서 불이 솟구친다.

그가 이걸 한 대 더 칠까 생각하며 주먹을 확 들자 옆에 앉아 있던 모아가 둘 사이에 끼어들어 재범을 와락 끌어안았다.

"때리지 마세요! 여기 입가 찢어진 거 보시라구요. 저번에 때리신 상처도 아직 다 안 나았단 말이에요!"

"……."

아들이 있는 집에서는 가끔 이런 주먹다짐도 있는 거라고 말을 하고 싶지만 평생을 엄마와 살아온 여자애가 공감하기에는 어려운 집안 분위기일 것이다. 동하가 머쓱하게 주먹을 내렸다. 재범은 그런 모아와 아버지를 번갈아 쳐다보다가 속으로 웃음을 꿀꺽 삼켰다.

"원래 이렇게 자주 때리세요?"

"어? 아, 아니……."

"다음부터는 말로 하세요, 말로. 선생님도 이제 곧 서른이라구요. 나이 먹은 아들 얼굴에 이렇게 상처를 내시면 어떡해요. 밖에서 사회생활도 해야 되는 사람인데 사람들이 어떻게 생각하겠어요."

갑자기 말문이 트인 걸까. 재범이 맞을 뻔했다고 생각하자 모아의 입이 멈출 생각을 않고 기다란 문장들을 쏟아 냈다.

"저는 아버님이 조금 더 인자하고 자상하게 선생님을 대해 주셨으면 좋겠어요. 선생님보다 훨씬 어른이시잖아요. 그리고 혼낼 거면 차라리 저를 혼내 주세요. 선생님이 결혼을 하겠다고 하는 것도 전부 저 때문이니까, 절 탓하시면 돼요."

동하가 말없이 눈만 끔뻑거리면서 모아를 응시했다. 모아에게 안기다시피 한 재범 역시 말이 없었다.

두 남자가 말이 없자 실컷 퍼붓던 모아가 '아!' 하면서 얼굴을 붉혔다. 내가 지금 무슨 소릴 한 거냐고 스스로에게 되묻지만 이미 벌어진 일.

천천히 재범에게서 떨어져 나와 석고대죄라도 할 심산으로 고개를 푸욱 수그렸다.

"죄송합니다……."

노발대발 화를 내면서 너같이 버르장머리 없는 여자애랑은 절대 결혼 같은 거 못 시킨다고 해도 할 말이 없다. 재범이 기껏 여러모로 신경을 써 주었는데 상황을 망쳐 버리고 말았다. 울컥, 눈물이 치밀 것 같아 고개를 숙이고 주먹을 더 꽈악 쥐었다.

그때 모아의 머리 위로 동하의 나직한 목소리가 들렸다.

"재범아."

자신이 아닌 재범을 부르는 목소리. 아들을 부를 때의 그가 저렇게 안정적인 소리를 낸다는 걸 깨닫고 나자 방금 전 자신이 얼마나 커다란 오지랖을 부렸는지가 온몸으로 와 닿는다.

"네가 왜 이 아이랑 결혼하겠다고 하는지 이제야 좀 알겠다……."

"예?"

그게 무슨 말이냐고 묻는 재범의 반응과 함께 모아 역시 힐끔 고개를 들었다. 화를 낼 줄 알았는데 의외로 동하의 얼굴에는 묘한 웃음이 걸려 있었다. 미소를 짓는가 싶던 그는 이내 크게 소리를 내며 웃었다. 재범과 모아가 점점 더 영문을 알 수 없다는 듯이 그를 빤히 바라보았다.

한참을 웃던 동하는 눈가에 맺힌 눈물을 닦으며 말했다.

"네 엄마랑 판박이 아니냐!"

영문을 알 수 없는 소리를 하면서 방으로 들어갔던 동하가 앨범 하나를 가지고 나왔다. 갑자기 웬 앨범이냐고 묻는 듯한 재범의 시선을 느끼며 동하는 아들과 그가 데려온 여자애 앞에 작은 사진 한 장을 꺼내었다.

"이건……."

"네 엄마랑 내가 처음으로 같이 찍었던 사진이야."

그가 내민 한 장의 사진. 조금 낡은 사진 속에는 한 남자와 여자가 나란히 서 있었다.

하지만 그 사진을 보는 재범의 눈은 평소처럼 덤덤할 수 없었다. 아무리 보아도 사진 속의 여자가 입고 있는 옷은 교복으로밖에 보이지 않았고, 그 곁에 서 있는 아버지의 모습은 젊은 시절 교사 생활을 하던 모습으로밖에 보이지 않았으니까.

"처음으로라고요……? 아버지는 어머니가 대학생일 때 만나서 결혼했다고 하지 않으셨어요?"

"어, 그게……."

망설이면서 동하는 처음으로 아들의 눈치를 보았다. 그리고 모아는 그런 그의 얼굴에서 눈을 뗄 수 없었다. 재범이 말했던 험악하다든가, 엄하다는 느낌과는 사뭇 달라 보이는 순간이었다.

"네 엄마는…… 내가 가르치던 제자였다."

"뭐라고요?"

재범이 저도 모르게 큰 소리를 내자 옆에 앉아 있던 모아가 움찔 놀랐다. 그가 잠시 멈칫하더니 손을 뻗어 모아의 작은 손을 꼬옥 잡아 왔다.

마음이 다시 편안해졌다. 손만 잡아도 이렇게 안정이 되게 만드는 사람이 있다는 게 새삼스럽게도 또 신기하기만 하다.

"저한테 말씀하셨던 거랑 다르잖아요. 거짓말하셨던 거예요?"

"거짓말은 아니야. 내가 가르치던 제자이기는 했지만 다시 만나서 제대로 연애하기 시작한 건 네 엄마가 대학생일 때였으니까."

"……."

"그때도 지금처럼 말도 안 되는 일이었어. 교사와 학생이 만난다는 건. 감정을 속으로만 키우고 있어도 누군가에게 들키진 않을까 하루하루 살얼음판을 걷는 기분으로 심장을 조여 가면서 지냈었지."

동하의 말은 모아에게도, 재범에게도 아주 가깝게 와 닿았다. 두 사람 모두 지난 시간들을 그와 같은 감정으로 지내 왔으니 모를 리 없는 말이었다.

의외인 것은 자신들이 겪었던 감정을 바로 어제 겪었던 사람처럼 아무렇지 않게 말하는 아버지, 바로 동하의 반응이었다.

"네 엄마가 딱 이 아이…… 모아라고 했지?"

"……네."

"그래, 모아 같았다."

동하는 다시 사진을 응시했다. 지금과는 달라 촌스러울 수 있는, 그렇기에 더 단정해 보이는 남색의 교복. 무릎을 덮는 길이의 교복을 입은 그의 아내는 양 갈래로 땋은 머리를 한 채 사랑스러운 웃음을 짓고 있었다. 그 곁에 서 있는 동하가 오히려 더 어색하게만 보여 어른스럽게 차려입은 양복이 무색해질 정도였다.

"솔직하게 감정을 표현해 오는데 흔들리지 않을 수가 없었다. 어린 여자애한테 흔들리는 내가 사람이 아닌 짐승처럼 느껴질 정도였으니까."

몇 명의 여자를 만나고 몇 번의 연애를 하기는 했지만 교복을 입은 자신의 제자에게 끌린 것은 처음이었다. 가끔 사제 간의 스캔들이 들려올 때면 교사 자격도 없는 인간이라고 욕하던 자신이 그 범주 안에 들어서면서 자괴감만이 성장하던 나날이었다.

'봄이 왔답니다, 선생님.'

그 고백을 누군가에게 들키기라도 할까 주변을 살피던, 어쩌다가 눈이라도 마주치면 표정에 드러날까 수업 시간을 제외하고서는 피하고 또 피하기만 하던 때. 감정은 도망치면 도망칠수록 더 앞서가서 자신을 막아선다는 것을 미처 깨닫지 못하던 시절.

"그래서 내치기만 한 게 꼬박 1년이었다. 이 사진은 추억이라도 남길 수 있게 해 달라고 해서 마지막이라 생각하고 찍은 거였어."

포기하겠다고 하면서도 끝내 눈물만큼은 보이지 않던 십 대의 아내를 떠올리며 그는 웃었다. 졸업을 하던 그 순간까지 '감사합니다, 선생님.' 하고 인사는 했어도 좋아한다는 말만큼은 꺼내지 않았던 그 당시의 어렸던 아내.

"그런데 어떻게 두 분이 다시……."

"졸업을 하고 나서는 다 잊은 줄 알았지. 그런데 네 엄마가 스

물두 살이 되었을 때였나……. 길거리에서 떡하니 마주쳐 버렸
다."

"아……."

"어여쁜 대학생이 되어 있더라. 알아보고 나서도 뭐라고 말을
걸어야 될지 몰라 한참을 멍하니 서 있기만 했는데 네 엄마가 날
보고는 다짜고짜 엉엉 울더라고. 학생이었을 때는 누가 볼까 싶어
우는 걸 보고도 안아 줄 수 없었는데, 그땐 눈이 확 돌더라. 무작
정 울어 대기만 하는 네 엄마를 보고서 더는 참을 수 없어 무작정
안아 버렸다."

"……."

"그게 시작이었어. 네 엄마와의 제대로 된 연애의 시작."

동하의 말을 들으며 모아가 눈물을 글썽거렸다. 당차게 제 남
자를 때리지 말라고 따박따박 말하던 얼굴이 금방이라도 울음을
터뜨릴 듯 울먹였다.

"왜, 왜 우냐, 너?"

당황한 동하가 모아를 쳐다보며 눈을 동그랗게 떴다. 덩달아
재범까지 당황했다. 두 남자의 걱정스러운 얼굴을 바라보다가 모
아가 그렁그렁 맺힌 눈물을 슥슥 닦아 냈다.

"아버님이…… 흐윽, 멋있어요……."

"……."

"……."

동하와 재범이 묵묵히 시선을 주고받았다. '원래 이런 애예요,
아버지.' 하고 말하는 듯한 재범의 눈에 동하가 아들과 꼭 닮은

얼굴로 피식 웃어 버렸다. 그 순간의 변화조차 모아가 평소에 마주하던 재범의 모습 그대로라 정말 부자지간이긴 하구나 싶은 모아였다.

"아무튼 그래서 더 당황했다. 집안 내력도 아니고 너마저 제자랑 눈이 맞았다길래."

"집안 내력이긴 한가 보죠. 핏줄이 어디 가겠어요."

"그, 그래도 난 졸업하고 나서 만났어, 인마! 네가 그러고도 교사냐?"

상상하던 아버지의 모습과는 조금 달랐지만 동하는 그 어떤 아버지의 모습에도 뒤지지 않을 만큼 인간적이었다. 모아는 발끈하며 아들에게 큰소리를 치는 그를 바라보면서 연신 웃기만 했다. 아까처럼 그의 앞에서 바짝 긴장해 덜덜 떠는 모습은 어느샌가 쏙 들어가 버린 뒤였다.

그래서였을까. 작은 여자아이가 묵묵히 웃고 있는 모습이 어여뻐 동하는 힐끔 모아를 살피면서 저도 모르게 녹아드는 마음을 느꼈다.

그때, 재범이 낡은 사진을 묵묵히 바라보다가 물었다.

"학창 시절의 엄마는 어떤 학생이었어요?"

"음……."

고민하던 동하가 뭐라고 말해야 할지 몰라 한참을 망설이더니 가장 적절한 표현을 찾고는 조용히 웃었다.

"엄청 시건방진 여자애였어."

"……."

"……."

재범과 모아가 조용히 동하를 응시했다. 짧은 침묵. 재범이 눈을 가늘게 떴다.

"……아까는 모아랑 판박이였다면서요."

"아버님……. 저…… 시, 시건방져요? 죄송해요. 아까는 제가 정말 대들고 싶어서 그런 게 아니라, 저도 모르게 속상한 마음에……."

"아, 아니! 그런 게 아니라……!"

모아를 앞에 두고 어쩔 줄 몰라 쩔쩔매는 아버지의 모습이 낯설면서도 즐거웠던 모양이다. 재범이 멀뚱멀뚱 눈을 뜬 채 그 모습을 바라보고 있다가 '풉.' 하고 웃음을 터뜨렸다. 모아는 여전히 울먹이며 동하에게 사죄를 하는 중이었고, 동하는 진땀이 나 죽을 지경이었다.

"넌 뭘 처웃고 있어, 이 자식아!"

얼굴이 시뻘게진 채 모아를 달래는 아버지를 보며 재범은 생각했다.

어쩌면…… 자신이 생각했던 것보다 더 행복한 가족을 모아에게 선물해 줄 수 있을지도 모르겠다고.

시간은 눈 깜빡할 새에 흘렀다. 어렵고 부담되던 자리가 편안해진 것도 순식간이었다.

모아는 두 남자의 사이에 앉아 저녁 식사까지 마치고 나왔다. 재범을 향해 애먼 짓 하지 말고 가만히 데려다주고만 오라던 동

하의 으름장이 아직도 등 뒤에 뜨끈하게 달라붙어 있는 기분이
들었다.

능숙하게 운전대를 잡고 그룹 홈을 향해 가는 차 안에서 모아
는 안전벨트를 꼭 쥐며 배시시 웃었다. 소리 없는 웃음이었지만
재범은 금방 알아챌 수 있었다. 힐끔 모아를 쳐다보던 그가 따라
웃었다.

"기분 좋아?"

"네, 아버님 되게 유쾌하고 좋은 분 같아요."

"듣던 중 반가운 소리다. 네가 우리 아버지 마음에 안 들어 할
까 봐 얼마나 걱정했는데."

"에이, 아버님이 저 싫어하실지도 모른다는 걱정은 안 하구
요?"

"내가 말했었지. 이렇게 예쁜데 어떻게 안 좋아하냐고."

다정함과 따스함으로 물든 차 안. 재범과 모아는 굳이 사랑한
다는 말을 주고받지 않고도 서로의 사랑을 느꼈다. 앞으로 나아갈
기나긴 길의 초입에 서서 이 정도면 꽤 순항할 수 있을 것 같은
조짐이 보이지 않느냐고 서로의 눈을 보며 말했다.

조금은 설레고 기대감으로 가득 찬 시간을 끌어안은 채 두 사
람은 그룹 홈에 도착했다. 하지만 헤어지는 게 아쉬워 누구도 좀
처럼 차에서 내리질 못했다.

차의 시동을 끄자 고요한 골목길의 바람 소리만이 들렸다. 바
람이 생각보다 강했다. 마음속에 휘몰아치는 바람 역시 내내 속을
시끄럽게 울렸다.

모아가 치맛자락을 움켜쥐고 입술을 오물거렸다. 두 번째 키스처럼 또 기습적으로 하면 당돌하다고 꾸중을 하는 건 아닐까 걱정이 되는 듯도 했다. 눈동자가 이리저리 움직였다. 고민을 반복하고 있다는 증거였다.

그런 모아를 바라보며 재범이 소리 없이 웃었다. 그러고는 그녀의 뺨을 붙잡아 이마에 가볍게 입을 맞췄다.

"……."

모아의 얼굴이 불만으로 가득 찼다. 그 표정이 어찌나 귀엽고도 웃긴지 이번에는 재범이 소리 내어 웃었다. 모아의 이마 위로 그의 숨결이 와 닿을 정도의 웃음이었다.

심통이 난 모아가 재범의 가슴을 쭈욱 밀어 냈다. 하지만 그는 밀려나지 않은 채 모아의 눈꺼풀이며 뺨, 콧등까지 여기저기에 자잘하게 입을 맞췄다. 그러다 보니 남은 곳은 딱 한 곳이었다. 입술. 그 사실을 깨달으며 모아가 눈을 질끈 감았다. 속눈썹이 긴장으로 파르르 떨려 왔다.

천천히 내려간 입술이 모아의 입술 위에 안착하려 할 때쯤이었다.

위잉.

"……아, 깜짝이야."

재범의 주머니에서 휴대 전화가 묵직한 진동과 함께 울렸다. 이 중요한 타이밍에 대체 어떤 눈치 없는 인간이 방해를 하는 거냐고 모아가 새빨개진 얼굴로 눈을 부릅떴다. 재범이 액정을 확인하더니 한숨을 내쉬었다.

"아버지야."

"……."

아, 아버님을 욕하려던 건 아니었는데……. 죄송합니다.

모아가 속으로 동하를 향해 또다시 사죄하는 사이, 재범이 그녀의 머리를 가볍게 쓰다듬으며 전화를 받았다.

"네, 왜요."

— 넌 애비 전화를 받으면서 '네, 왜요.' 가 뭐야.

"오랜만에 통화하는 것도 아니고 30분 전까지 같이 있다 나왔는데 뭘요."

— 크, 크흠. 모아는 데려다줬냐?

"……걱정되세요?"

재범이 웃음을 삼키며 물었다. 모아가 조수석에 앉아서 힐끔거리며 재범의 얼굴을 살폈다. '아버님이 뭐라세요?' 하고 묻는 궁금증 가득한 표정. 재범은 그녀에게 별다른 말을 해 주지 않은 채 건너편에서 잔뜩 당황한 아버지의 목소리에 집중했다.

— 걱정은 무슨. 아…… 아직 옆에 있으면 좀 바꿔 봐라.

바꿔 보라고 할 줄은 몰랐다. 재범이 눈을 깜빡거리며 모아를 쳐다보았다. 물음표를 잔뜩 띄운 그녀를 향해 휴대 전화를 건네니 눈에 띄게 당황한다.

입 모양으로 '너 바꿔 보래.' 하고 말하자 모아가 작은 손을 덜덜 떨면서 성은을 입은 것처럼 조심스레 휴대 전화를 쥐었다. 아까 전까지만 해도 방긋거리고 웃어 가면서 식사를 하더니 막상 전화 통화는 또 긴장되는 모양이었다.

"여…… 여보세요?"

— 나다.

무뚝뚝한 말투에 어깨가 절로 움찔한다. 하지만 시원스럽게 웃던 얼굴을 한참이나 마주하고 있지 않았는가. 그래서인지 그 얼굴이 바로 앞에 그려지는 것만 같았다.

긴장은 되어도 묵직한 어른 남자의 목소리가 마냥 무섭지는 않은 듯 모아가 휴대 전화를 더욱 꽉 쥐며 고개를 꾸벅였다. 마치 눈앞에 동하가 있기라도 한 것처럼.

— 짐은 많냐?

"네?"

다짜고짜 그게 무슨 소리인지……. 의미를 잘 모르겠다는 듯 모아가 반문을 했다. 통화 소리가 작게 들리기는 했지만 명확하지는 않는 듯 재범 역시 옆에서 의아한 얼굴이었다.

— 얼마 안 있으면 지금 지내는 곳에서 나와야 한다며. 가지고 나올 짐이 많으냐고.

"아, 아니요……? 옷이랑 책밖에 없어요."

— ……거기서 얼마나 지냈는데 짐이 그거밖에 없어. 언제든지 떠날 준비를 하고 있던 사람처럼.

무슨 말을 하려는 걸까. 반복해서 무슨 말씀이냐고 물으면 실례가 될 것 같아 모아는 아무런 말도 하지 않은 채 묵묵히 동하의 말을 듣고만 있었다.

— 그럼 이삿짐 같은 건 따로 안 불러도 되겠네. 다음에 재범이 놈 차에 실어서 가지고 와.

"네……?"

짐을 가지고 오라는 건, 설마…….

— 미안하다. 여자 손길이 닿은 따뜻한 집이면 더 좋았을 텐데, 남자 둘만 사는 집이라 여러 가지로 좀 많이 부족해.

"……."

— 마누라라도 있었으면 더 화목한 집으로 초대할 수 있었을 텐데.

모아의 눈시울이 점점 붉어졌다. 울음이 터져 나오려 하자 방금 전까지 재범이 입을 맞추었던 그녀의 콧등이 빨갛게 물들기 시작했다.

그런 모아를 바라보며 재범은 당황했다. 대체 아버지가 무슨 말을 하셨길래 그러는 거냐며 휴대 전화를 뺏으려 들었다. 하지만 모아는 세차게 고개를 저으며 끝까지 휴대 전화를 귓가에 대고 있었다.

— 이런 집이라도…… 괜찮겠니?

후두둑. 기어코 허벅지 위로 방울방울 눈물이 떨어진다.

"네…… 괜찮아요. 너무 좋아요. 정말…… 너무, 너무 좋아요, 아버님."

— ……우, 우냐?

"행복해서 죽을 것 같아요. 고맙습니다. 정말 고맙습니다……."

모아는 울면서 몇 번이나 고맙다는 말만 반복했다. 앞에는 아무도 없는데 계속해서 고개를 꾸벅여 가며 인사했다.

재범은 얼이 빠진 채 그런 모아를 바라만 보고 있었다. 듣지 않아도 알 수 있을 것 같았다. 그녀의 마음에 와 닿은 아버지의 진심이나, 앞으로 그녀와 함께 가야 할 평온하고 따뜻한 길을.

— 아니, 왜…… 왜 울고 그래?

"저…… 정말 잘할게요. 아빠처럼 모시면서 정말 딸처럼 잘할게요. 정말이에요. 진짜예요."

— 그, 그래? 그럼 아버님 말고 아빠라고 할래……?

"……네?"

아버님보다 더 낯선 아빠라는 단어에 모아가 되물었다. 그 반응이 조금 민망했던 걸까. 동하가 어색한 목소리로 구구절절 설명을 하기 시작했다.

— 하나밖에 없는 아들놈이 워낙 무뚝뚝해야 말이지. 옆에서 봤지? 애교라고는 눈 씻고 찾아보려야 찾아볼 수도 없어. 이참에 며느리 겸 딸 얻었다 치면 딱…….

"네, 아빠."

— …….

둘 사이에 침묵이 맴돌았다. 운전석에 앉아 모아를 살펴보는 재범조차 그 침묵 속에 함께였다.

고요하던 공기. 그것은 이내 모아의 울음으로 강하게 흐트러졌다.

"흐윽, 아빠아아……."

— 아, 아니, 울지 말라니까……!

건너편에서 잔뜩 당황한 동하의 목소리가 크게 울렸다. 그렇게

야무져 보이더니 왜 이렇게 눈물이 많은 거냐고, 그는 모아를 향해 한참을 구시렁거리면서도 달래기는 또 엄청 열심히 달랬다.

재범은 휴대 전화를 붙든 채 엉엉 우는 모아를 꼭 끌어안았다. 등 뒤로는 재범의 큼직한 손이 그녀를 토닥였고, 귓가에서는 쩔쩔매는 동하가 그녀의 이름을 부르며 울음을 멈추게 하려 갖은 애를 썼다.

그에게, 그리고 그의 소중한 사람에게, 생각지도 못한 선물을 받았다.

평생을 갚으려 해도 갚지 못할,

아주 값진 선물을.

15 사랑을 하는 한 우리는 영원히 어릴 것이다

언젠가 재범이 이런 말을 한 적이 있었다. 자신은 의젓한 어른인 줄 알았는데 사랑에 빠진 순간 어린애와 다를 게 하나도 없다는 것을 깨달았다고.

그가 말한 '사랑에 빠진 순간'이 보름달이 밝고 강물이 검던 그 밤의 일인지, 초봄의 기운이 만연하던 교실에서의 일인지는 직접 말해 준 적이 없어 확실하게 알 수는 없었지만, 모아는 그 말에 일부 공감할 수 있었다.

재범의 말처럼 사랑은 사람을 철부지로 만들었다. 그리고 한편으로는 성숙한 어른으로 성장시키기도 했다.

모아는 그의 앞에서 솔직하게 감정을 표현하며 사랑을 원하는 철부지가 되었고, 때때로 그를 상처 주지 않기 위해 스스로를 다독이며 조금이나마 어른으로 향해 가는 한 걸음을 느끼고는 했다.

자신이 느꼈던 모든 감정을 재범 역시 느껴 왔다는 것을 깨달을 때면 함께 나누는 사랑이 한 조각, 한 조각, 그렇게 따끔할 정도로 피부에 와 닿았다.

가슴속에서만 잘게 진동하며 숨어 있던 감각들이 바깥으로 빠져나와 온몸을 흔들어 놓을 때 나조차도 어떻게 할 수 없는 그 순간의 벅찬 감동이 좋았다. 살아 있다는 걸 깨닫게 하는 사랑이었다.

내가 지금 사랑을 하고 있구나. 이 사람을 이렇게 사랑하고 있구나. 이 사람에게 이렇게까지 사랑받고 있구나.

아침에 눈을 떠도, 밤에 눈을 감아도, 숨을 쉬는 모든 순간 그의 사랑이 아주 가까운 곳에 닿아 있는 것을 느끼면서 모아는 깜깜하게 꺼져 있던 마음속 깊은 밤에 어느 순간 밝은 달 하나가 커다랗게 떠올라 있던 것을 새삼 실감했다.

그것만으로도 충분했던 마음에 서서히 동이 터 오는 중이었다. 은은하게 외로운 밤을 지켜 주기만 해도 괜찮다고 생각했던 것이 무색할 정도로 새로운 가족, 든든한 울타리를 얻으면서 모아의 마음은 더욱 밝아지고 있었다.

저 먼 곳부터, 꼭꼭 숨어 있던 구석진 곳에서부터 따스함이 물들기 시작했다.

해가 떠오르고 아침이 오는 듯했다.

○ ● ○

"근처에 다 왔어."

— 그래? 카페 안으로 바로 들어오면 돼. 창가에 앉아 있어.

"나 늦었다고 찍히는 거 아니냐?"

— 걱정 마. 아직 나 혼자야.

2층에 있는 카페를 향해 계단을 오르며 모아와 통화를 하던 운혁이 '오, 다행이네.' 하면서 안도의 한숨을 내쉬었다. 그리고 한숨 끝에 작은 미소를 매달았다.

목소리를 꽤 오랜만에 듣는 기분이었다. 때때로 메시지를 주고받은 적은 있지만 이렇게 직접적으로 통화를 하고 만나기로 약속을 잡은 것은 처음이었다.

졸업을 하고 나서 각자의 사정으로 여러모로 바빴으니 학교에서 만나던 때처럼 자주 얼굴을 볼 수는 없는 게 당연한 일이라지만 그래도 운혁은 항상 어딘지 모르게 허전했다.

아직 스물의 초입. 몸은 아니더라도 마음은 여전히 교정 어딘가에 웅크리고 머물러 있는 모양이었다.

"남자가 지각하는 모습 보여서 좋을 거 없으니까 그쪽은 되도록 천천히 오라고 해. 아주 천천히."

— 이 근처라던데?

"아오! 나 달려서 올라간다. 끊어."

졸업하던 날 장난삼아 '예쁘냐?' 하고 물었던 질문 하나. 운혁은 그걸 계기로 하여 모아의 친구와 정말 소개팅을 하게 되었다. 그녀의 결혼식 때 미리 물밑 작업을 하려고 했지만 MT 때문에 가지 못했던 탓에 겨우 얻어 낸 오늘의 소개팅이 운혁에게는 기회나 다름없었다.

게다가 이 약속을 빌미로 오랜만에 모아의 얼굴도 보고 겸사겸사 좋은 게 아니겠느냐고 생각한 운혁이 고개를 끄덕이며 휴대 전화를 주머니에 넣었다. 그러고는 계단을 두 개씩 성큼 밟아 올랐다.

이렇게 긴 다리를 써먹을 수 있어 다행이라고 자아도취에 빠진 듯 씩 웃던 운혁이 잠시 계단 가운데에 멈추어 섰다. 앞, 아니 위에서 무거운 철제 가방 같은 걸 든 백발의 노인이 계단을 힘겹게 오르고 있었다.

전부터 힘들어 보이는 사람은 절대 그냥 지나치지 못하는 성미였던 터라 운혁이 성큼성큼 더욱 빠르게 계단을 올라 노인의 가방을 '웃차!' 하며 옮겨 들었다.

"이리 주세요, 할머니. 저 위까지 제가 들어다 드릴게요. 카페에 가시는……."

"……."

묵직하고 딱딱한 가방을 대신 들었던 운혁이 저도 모르게 움직임을 멈추었다. 자세는 굳었고, 온 얼굴은 당황으로 시뻘겋게 물들었다.

머리가 하얗기에 당연히 할머니인 줄 알았는데 바로 옆에 서서 보니 아무리 봐도 제 또래의 앳된 얼굴. 뒤늦게 살피니 옷차림도 절대 할머니들이 입고 다닐 만한 모습처럼은 보이지 않는다.

이거 제대로 실수를 했구나 싶어 운혁이 어버버 말도 제대로 못 하며 그녀를 바라보고만 있었다.

"할머니?"

"아, 아니 저기 그게 그러니까……."

"저 스물이거든요?"

날을 세우는 여자의 음성에 확 베일 것만 같다. 무섭게 치켜뜬 눈이며 조금 화려하게 한 화장이 하얗게 샌 듯한 머리카락과 퍽 잘 어울려 그녀를 더욱 강한 인상으로 만들었다.

학교에 다닐 때도 이렇게까지 무서운 여자는 본 적이 없다며 운혁이 그녀에게서 빼앗다시피 든 가방을 더욱 꽉 쥐었다. 당장 한 대 칠 것처럼 노려보는 얼굴이 절대 만만해 보이지 않는다.

"죄송합니다. 뒤에서 봤을 땐 할머니 같아서……."

변명이랍시고 꺼내는 말이 더욱더 속을 뒤집어 놓는다. 운혁이 아차 싶어 입을 틀어막아 보지만 이미 일그러진 여자의 표정은 좀처럼 풀리지 않을 듯했다.

"별 이상한 아저씨 다 보겠네?"

"아저씨라뇨. 저도 파릇파릇한 스물이거든요? 그리고 난 가방이 무거워 보여서 도와주려고……."

"누가 도와 달랬어요? 선의도 상대방이 요청할 때나 베푸는 거죠. 왜 마음대로 가져가? 내 메이크업 박스 이리 내놔요."

잔뜩 가시를 내세운 그녀는 새침한 말투로—물론 운혁에게는 공격적인 말투였을 뿐이지만— 쏘아붙이며 운혁의 손에 들린 가방을 빼앗았다. 묵직한 가방이 마르고 가느다란 손에 확 채였다. 얼떨떨하게 쳐다보던 운혁이 미간을 좁히며 묘하게 인상을 썼다.

"와, 말을 어쩜 저렇게 얄밉게 하나. 저기요."

"저기요?"

"그럼 내가 이름도 모르는 그쪽을 '저기요.' 하고 부르지, 뭐라고 부릅니까? 사람이 도와주려다 실수를 했으면 그럴 수도 있겠구나 하고⋯⋯."

그때였다. 딸랑 소리와 함께 카페의 문이 열리며 그 틈으로 모아가 얼굴을 내밀었다.

"이레야?"

반가운 얼굴을 발견한 듯 말간 얼굴 위로 사랑스러운 웃음이 가득하게 차올랐다. 운혁을 보며 잔뜩 인상을 쓰고 있던 이레가 고개를 돌리더니 모아를 따라 환하게 웃었다.

"정모아! 너 못 보던 새에 여대생 다 됐다? 완전 오랜만이야!"

"안 들어오고 거기서 뭐 해?"

"아아, 잠깐 별 이상한 사람을 다 만나서. 그런데 넌 왜 나왔어? 그 남자 벌써 왔어?"

가방을 다시 단단히 쥔 이레가 모아에게로 한 걸음 더 가까이 다가갔다. 반가운 기색으로 이레를 바라보던 모아가 멈칫하더니 흘끔 그녀의 뒤를 살폈다. 천천히 움직이는 눈동자가 빠르게 난처함으로 물들었다.

"어⋯⋯ 안 그래도 지금 막⋯⋯."

모아의 손가락 끝이 조심스럽게 그녀의 어깨 너머를 가리켰다. 이레가 손가락을 따라가며 천천히 등을 돌렸다.

"⋯⋯도착한 것 같아."

그곳에는 운혁이 하얗게 질린 얼굴을 한 채 바보처럼 서 있었다.

"그러니까 이쪽은 내 고등학교 친구 최운혁, 그리고 여기는······."

"김이레예요. 아, 동갑이니 말 놓는다?"

"······."

이레는 운혁의 앞에서도 거침이 없었다. 새침한 것 같기도 하고 거친 것 같기도 한 말투가 영 적응되지 않는 모양인지 운혁은 어려운 사람을 앞에 둔 것처럼 내내 어색한 표정이었다.

얼굴만 보아도 모아는 알 수 있었다. '이 소개팅은 망했어.' 라고 외치는 운혁의 속마음을.

하지만 그는 애써 태연한 체했다. 어떻게든 신사답게 보이고 싶어 마지막까지도 일말의 애를 쓰는 듯했다.

"아까는 미안했어. 뒤에서 보니까 머리가 백발이길래 한 치의 의심도 없이 할머니라고 생각해 버렸거든. 내가 힘겨워 보이는 어르신들을 보면 도통 그냥 못 지나치는 성격이라."

"진짜 답답하네. 백발이 아니라 화이트 블론드라니까? 텔레비전 안 봐? 너 요즘 나오는 아이돌 헤어스타일 같은 것도 제대로 본 적 없지?"

하지만 일말의 노력은 이레의 앞에서 쉽사리 무너져 버렸다. 운혁도 이레 못지않은 성격이었으니.

"와, 지금 나 무시한다 이거지? 야, 정모아. 봤어? 이거 지금 나 무시하는 거 맞지?"

두 사람을 힐끔거리고 번갈아 쳐다보며 모아는 묵묵히 앞에 놓인 에이드만 마셨다. 예상했던 그림이지만 그 예상을 훨씬 뛰어넘

는 조합에 자신의 선택이 과연 옳았던 걸까 조금 후회를 하는 듯
도 싶었다.

모아에게 있어 연애나 사랑이라는 건 처음부터 두근거리는 만
남으로 시작되어 조심스레 싹을 틔워 가는 것이었다. 재범과 그랬
듯이 말이다.

곁에 서 있기만 해도, 서로의 눈만 보아도 묘하게 일렁이는 감
정을 애써 무시할 수도 없는 그런 것이 그녀가 아는, 그리고 그녀
가 하는 사랑이었다. 다른 사람들의 사랑이 어떤 건지 일일이 따
져 볼 수는 없지만 모아는 자신의 경험을 토대로 하여 운혁과 이
레 역시 그런 만남을 가졌으면 좋겠다고 내심 생각했었다.

하지만 아쉽게도 두 사람은 그러지 못했다. 서로의 얼굴을 보
자마자 으르렁거리는 둘을 보니 아무래도 가망이 없겠구나 하는
생각이 들어 모아는 어쩐지 아쉬워졌다. 이 상태에서 가장 최선의
발전은 이렇게 셋이 참 좋은 친구 사이가 되는 것 정도이려나.

"난 또 모아 친구라길래 귀염성 있고 참한 타입일 줄 알았는
데, 웬걸. 친구는 끼리끼리란 말도 다 옛말이네."

"아아, 그러고 보니 너 모아한테 고백도 못 해 보고 차였다던
걔지? 자존심도 없이 첫사랑이 소개시켜 주는 자리에 나온 것도
놀라운데 비슷한 타입의 여자를 기대했다고? 어휴, 이걸 순정적
이라고 해야 할지, 미련하다고 해야 할지."

"뭐야?"

둘 다 만만치 않았다. 분명 따지고 보면 서로에게 상처가 될 수
도 있는 말인데 어느 한쪽도 쉽게 물러설 생각을 하지 않은 채 공

격적인 대화를 지속했다.

앉아 있는 이 자리가 점점 불편해져 오기 시작해 모아가 힐끔 손목시계를 내려다보았다. 잠시 후에 동하와 만나기로 했는데 이 둘을 놓고 먼저 일어나도 될지 영 걱정이 된다.

"나라고 너 같은 타입 기대했겠니? 동갑내기여도 윤재범 선생님 반만이라도 닮아 좀 어른스러웠으면 좋겠다 싶었는데. 내 쪽이야말로 오늘 제대로 꽝이거든."

"뭐? 너 윤재범이랑도 알아?"

"모아 신랑이 네 친구야? 어디서 예전 담임 이름을 따박따박 불러?"

"내 담임이었지, 네 담임이었냐?"

대화하는 것만 보면 모아보다 오히려 운혁과 이레가 오래되어 허물없는 친구 사이 같았다. 만난 지 15분도 채 되지 않아 두 사람은 야, 너, 해 가면서 서로에게 거침없는 언행을 구사했다. 얼마나 마음에 안 들면 저렇게 날을 세울까 싶다가도 계속 투닥거리는 게 나름 죽이 잘 맞는 것도 같고. 모아가 슬슬 헷갈려 할 때쯤이었다.

주머니 속에서 휴대 전화가 부르르 짧게 진동을 하며 떨렸다. 액정에는 '아버지'라는 세 글자가 떠 있었다.

"나 잠깐 통화 좀."

모아가 자리에서 일어서려 하자 이레와 운혁이 도로 앉으라고 손짓을 했다. 어려운 전화 아니면 그냥 여기에서 받으라고, 자신들이 잠시 조용히 입 다물어 주겠다고.

똑같은 자세로 동시에 손짓하는 걸 보니 역시 죽이 잘 맞는 것 같다. 속으로 그렇게 생각한 모아가 슬쩍 웃으며 자리에 앉아서 통화 버튼을 눌렀다.

"네, 아빠."

모아의 입에서 나온 '아빠'라는 단어에 운혁과 이레가 동시에 눈을 동그랗게 떴다. 상상해 본 적도 없는, 들어 본 적도 없는 말. 친아버지라도 찾은 건가 싶어 여러모로 생각이 많아지는 표정이었다.

— 어어, 모아야. 나 지금 그 근처 왔는데 아직 친구들 만나는 중이냐?

"벌써 도착하셨어요? 정확하게 어디 계시는데요?"

— 여기가 그러니까…… 아, 횡단보도 보인다. 찾기 쉽게 거기 있으마.

"네, 저 금방 나갈게요. 잠시만 계세요."

통화를 끝낸 모아가 휴대 전화를 주머니에 넣으며 가방을 챙겼다. 갑자기 자리를 뜨려고 하는 것 같아 양쪽에서 그녀의 팔을 한 쪽씩 잡은 운혁과 이레가 왜 벌써 가느냐며 모아를 도로 의자에 앉혔다.

"뭐야? 아빠? 아빠가 누군데?"

이레가 반짝이는 눈빛으로 궁금증에 대한 답을 재촉했다. 운혁은 말을 하지 않았을 뿐이지, 이미 이레와 같은 마음이었다. 가만히 침을 삼키면서 모아를 뚫어지게 응시하는 얼굴이 딱 그랬다.

"아, 시아버지. 나 아빠 없이 자랐던 거 안쓰럽고 챙겨 주고 싶으시다고 며느리 겸 딸 노릇 하라셔. 아버님이란 호칭이 너무 거리감 느껴진대."

"세상에…… 며느리 사랑은 시아버지라더니."

말로는 딸처럼 대하겠다고 해도 사실 행동까지 그렇게 하기는 어려운 법이다. 그런데 아무렇지 않게 아빠라고 부르라고 한 걸로도 부족해 며느리를 데리러 오시기까지.

이제 고작 스물인 운혁과 이레에게 시부모라는 존재에 대한 이미지는 드라마에서 본 게 고작이었다. 그래서였을지도 모른다. 모아의 결혼 생활이 이렇게까지 실감 나지 않는 것은.

함께 생활했던 이레에게는 특히 더 그랬다. 결혼식에 하객으로 갔을 때만 해도 실감이 나지 않아 얼떨떨했었는데 이제는 완전히 새 가정을 꾸린 티가 팍팍 났다.

평소에는 여전히 어린 기분을 만끽하지만 시아버지란 단어가 나오면 모아가 확 멀어진다. 그 짧은 사이 모아 혼자만 어른이 되어 가는 기분이 든다고 해야 할까. 운혁과 이레가 어쩐지 묘한 표정을 지었다.

모아가 머쓱하다는 듯 그녀 특유의 수줍은 미소를 띠면서 입술을 오물거렸다.

"그래도 사람들 보는 눈도 있고…… 평소에는 아버지라고 해. 물론 둘이 있을 땐 마음 놓고 아빠라고 부르지만."

"아빠든 아버지든 다를 게 뭐야. 완전 가족 같잖아, 그거."

가족. 그저 이상적인 단어라고만 생각했던 것이 완전한 그녀의 것이 되었다. 그룹 홈에 있을 때도 그들이 가족 같다고는 생각했지만 지금의 가족과는 확연하게 달랐음을 이제는 알 수 있다.

모아가 웃으며 말했다.

"가족 같은 게 아니라 가족이야."

너무나도 평온한 얼굴에 운혁과 이레는 그동안 꼭꼭 쌓아 왔던 그녀를 향한 궁금증을 굳이 지금 당장 풀어 놓지 않아도 되겠다고 생각했다. 수많은 단어와 문장으로 설명하지 않아도 모아는 행복에 겨운 얼굴로 자신의 생활을 알리고 있었다. 어떻게 사는지, 힘들지는 않은지, 그런 질문들은 구태여 꺼낼 필요조차 없었다.

그녀의 미소가 반짝였다. '나 지금 엄청 행복해, 얘들아.' 그렇게 말하듯이.

"아, 그런데 나 얼른 가 봐야 해. 오늘 아빠랑 쇼핑하기로 했어."

저렇게 말하니까 정말 스무 살짜리 여자애가 사이좋은 아빠와 둘이서 데이트라도 하는 느낌이다. 이레가 기특하고 뿌듯하다는 얼굴을 하며 모아를 응시했다.

그런 이레와 달리 운혁은 이레와 둘만 남는 게 무서운지 어울리지 않게 약한 모습을 보이며 모아를 붙들었다.

"아무리 그래도 진짜 우리만 두고 가냐?"

"언제는 적당히 타이밍 보다가 슥 빠져 달라며? 원래 주선자는 초반에 미리 가 줘야 되는 거라더니."

"야, 그거는……."

남자가 뭐 그렇게 말이 많냐는 듯, 이레가 운혁의 입을 한 손으로 턱 막아 버리며 씨익 웃었다. 희게 탈색된 요란한 머리카락을 쓸어 넘기며 그녀가 모아를 향해 고갯짓을 했다.

"에이, 봐줬다. 얼른 가 봐!"

"고마워, 이레야. 두 사람 다 재미있게 놀다가 들어가."

"그래, 다음에는 문숙 이모랑 같이 봐!"

"응! 연락할게!"

동하를 더는 기다리게 할 수 없다는 듯 모아가 가방을 챙겨 들어 빠르게 카페를 빠져나갔다. 그때까지도 운혁의 입을 틀어막고 있던 이레가 잔뜩 인상을 쓴 그를 바라보다가 천천히 손을 떼어 냈다.

"하, 너 뭐 하냐?"

입가를 손등으로 벅벅 문지른 운혁이 뭐 이런 여자애가 다 있냐는 눈으로 그녀를 보았다.

"이러니까 네가 선생님한테 진 거야."

"뭐?"

"왜 애를 난처하게 만드냐고. 보내 줘야 할 때가 보이면 미련 없이 딱 보내 줘야지. 왜 구질구질하게 계속 잡고 있어?"

"나 정모아한테 미련 없거든?"

"누가 그거 말해? 난 시아버지한테 보내 주는 게 힘드냐는 소리였는데?"

"읔……."

운혁이 미간을 좁혔다. '이 계집애가 날 가지고 노네?' 하고 말하는 듯한 표정이었다. 하지만 이레는 그런 운혁의 시선에도 아랑곳하지 않고 신줏단지 같은 메이크업 박스를 챙겨 들었다. 이레가 일어서자 운혁의 시선이 자연스럽게 그녀를 따라 위로 향했다.

"너 밥 먹었어? 나 배고픈데. 우리 밥 먹으러 가자."

방금 전까지 심기를 살살 건드리던 게 거짓말처럼 이레가 오래된 친구, 혹은 꽤 만나 온 남자 친구를 대하듯이 자연스레 말을 걸었다.

운혁이 잔뜩 인상을 쓰고 있다가 잠시 눈동자를 이리저리 굴리더니 어정쩡하게 따라 일어섰다.

"……무슨 음식 좋아하는데?"

심기가 불편한 척하면서도 물을 건 또 묻는다. 은근슬쩍 음식 취향을 묻는 운혁이 내심 귀엽게 보였는지 이레가 웃었다.

"고기 먹을래? 삼겹살."

"넌 소개팅으로 만난 남자랑 첫 식사부터 고기 냄새 풍기고 싶냐?"

"어머, 남자로 보이고 싶긴 한 모양이다?"

"……."

운혁은 대답하는 걸 포기했다. 아무리 생각해도 모아처럼 여겨서는 안 될 타입이다. 모아와는 다른 의미로 자신이 절대 이길 수 없을 여자애라는 걸 직감적으로 깨달은 순간, 운혁은 자신의 연애사가 앞으로도 그리 평탄치는 않을 것임을 예감했다.

삼겹살이든 뭐든 일단 배나 채우러 가자며 터벅터벅 카페를 빠져나가려는 운혁의 걸음이 이레에 의해 멈추어졌다. 이레가 옆에서 톡톡 그의 팔을 건드려 온 탓이었다.

"왜?"

"어르신들이 힘겨워 보이는 거 안 돕고 못 배긴다며. 그럼 예비 여자 친구가 힘겨워 보이는 거 도울 생각은?"

이레는 그렇게 말하면서 메이크업 박스를 내밀었다. '무거운데 대신 들어 주지 않을래?' 하고 묻는 듯한 얼굴이었다. 약간의 장난이 섞여 얄미워 보였지만 아까처럼 밉상이라는 생각만으로 가득 차지는 않아 그게 조금 의아한 운혁이였다.

"네가 왜 예비 여자 친구냐? 너 절대 내 취향 아니거든?"

미래는 생각보다 몸이 더 먼저 깨닫는 법일까. 말과 달리 운혁의 손은 아주 자연스럽게 이레의 메이크업 박스를 건네받고 있었다.

"귀엽긴. 가자, 최운혁!"

이레가 가볍게 점프해 운혁의 어깨에 팔을 두르고 어깨동무를 —사실은 매달리다시피— 하며 앞을 향해 걸었다.

"아, 아파! 무슨 여자애가 이렇게 과격하냐?"

"불만이 많다?"

"불만 또 있으니까 들어. 너 그 머리 좀 어떻게 하면 안 되냐? 여자애가 좀 예쁘장한 머리, 아니, 하다못해 좀 평범하게라도 하고 다니면……. 하아, 그 백발은 진짜 같이 다니기에 내가 좀 창피한 경향이……."

"백발이 아니라 화이트 블론드라니까!"

그날의 소개팅이 생각보다 꽤 성공적이었다는 걸 모아가 알게 된 건 그로부터 시간이 더 흐른 뒤의 일이었다.

○ ● ○

모아와 동하는 가벼운 쇼핑을 마치고 둘이서 오붓한 저녁 식사까지 했다. 재범은 신학기라 여러모로 정신이 없어 조금 늦을 것 같다고 했다. 동하가 '모아랑 둘이 데이트할 거니까 늦게 와라, 늦게!' 하고 전화기에 대고 말하자 건너편에서 재범이 울컥하며 아버지와 한바탕 실랑이까지 벌였다.

누가 아버지고 누가 아들인지 모를 두 남자의 말다툼을 보면서 모아는 웃었다. 전처럼 겁을 집어먹거나 하지도 않았다. 그게 두 사람의 표현법임을 이제는 누구보다 잘 알 수 있었다.

집으로 가기 전에 들른 시장. 하늘은 어둡기만 한데도 시장 내부는 각 가게들의 불빛들로 요란하게 반짝였다. 현주가 살아 있을 적, 이렇게 종종 찬거리를 사러 그녀와 둘이서 오고는 했었다. 그런데 이제는 엄마가 아닌 '아빠'와 오려니 그게 어색하고도 간지러운 모아였다.

"국거리용으로 주세요. 아, 그리고 이왕이면 기름기 적은 부위로요."

모아가 휴대 전화 메모장을 보며 말했다. 아침에 끓일 찌개거리가 적혀 있었다. 살림이 여러모로 서툰 그녀는 그 나이답게 인터넷을 통해 하나둘씩 요리를 배워 가는 중이었다.

"예, 예. 분부대로 했습니다. 15,900원입니다."

정육점 주인이 야무지게 계산을 하는 모아가 기특하다는 듯 아빠 미소를 지으며 고기를 건넸다. 까만 비닐봉지에 담긴 고기를 힐끔 확인한 모아가 만족스레 웃으며 그에게 고개를 꾸벅였다. 뒤로 돌아서자 한 걸음 뒤에 서 있던 동하가 손을 뻗어 모아의 손에 들려 있던 것을 받아 들었다.

"괜찮아요, 아버지. 그거라도 주세요. 별로 안 무거워요."

동하의 손에는 이미 장 본 것들이 한가득이었다. 찬거리만 가볍게 사려고 했는데 욕심내어 이것저것 사다 보니 꽤 묵직해졌다. 그래도 그는 모아와 시장을 한 바퀴 도는 게 소소한 즐거움이라는 듯 조금의 피곤한 기색도 보이지 않으며 연신 웃었다.

"아빠가 아니고 아버지라 안 줘."

"……."

아빠라고 부르라고 한 건 정말 장난이 아닌 진심이었던 모양이다. 바깥에서는 아버지라고 부르겠다고 약속을 했는데도 그럴 때마다 동하는 어쩐지 서운한 티를 냈다.

그의 말마따나 '시건방진 여자애' 였던 아내와 무뚝뚝하기 그지없는 아들을 데리고 살다 보니 살살 웃어 오며 귀엽게 애교를 부리는 모아가 말로 다 할 수 없을 만큼 사랑스럽다는 게 그 이유였다.

모아가 '아빠.' 하고 살갑게 부를 때마다 동하는 정말 시아버지가 아닌 친아버지처럼 눈을 빛내며 '어, 모아야? 왜?' 하고 얼굴을 들이밀었다. 그때마다 재범이 '아버지, 징그러워요.' 하면서 그를 밀어 내면 잠잠하던 실랑이가 또 시작되고는 했다. 그런 가족이었고, 그런 나날이었다.

"그런 표정 지으면 놀리고 싶다. 재범이 놈이 왜 맨날 널 못 놀

362

려 안달인지 알겠다니까."

"놀리지 마세요, 정말."

모아가 투덜거렸다. 그러자 그 투정조차 예뻐 죽겠다는 듯 동하가 입가를 당겨 웃으며 걸음을 내디뎠다. 무거운 걸 시아버지 손에 전부 들게 했다는 게 마음에 걸렸는지 모아가 계속 그의 손을 힐끔거리고 쳐다보았다. 하지만 시장에서 빠져나와 근처에 있는 아파트 단지로 들어설 때까지도 동하는 묵묵히 그것들을 들고 걸을 뿐이었다.

"안 무거우세요? 저 힘 엄청 세요. 반만 주세요. 제가 들게요."

"네가 아무리 세 봐야 나보다 세겠냐?"

동하가 그녀의 말을 딱 잘라 내 버렸지만 모아 역시 고집이라면 어디 가서 빠지지 않는 편이었다. 안 되겠다고, 자기가 들고 가야겠다고, 기어코 손을 뻗은 모아가 동하에게서 비닐봉지들을 억지로 빼앗으려 끙끙거렸다. 동네 한복판에서 실랑이 아닌 실랑이가 벌어졌다.

"아이고, 서로 무거운 거 들겠다고 투닥거리는 게 굉장히 보기 좋은 부녀지간입니다? 아버지도 속이 깊으시고, 따님도 아주 기특하네요."

지나가던 동네 사람이 두 사람을 보며 웃었다. 부녀지간이라는 단어가 듣기 좋았던 모양일까. '딸…….' 하고 중얼거리며 잠시 멈춰 있던 동하가 갑자기 큰 소리로 '하하!' 하고 웃었다.

"예, 예. 제 딸……."

"네, 저희 아빠 완전 멋지시죠?"

하지만 그보다 모아의 말이 더욱 **빨랐다**. 당당하게 웃으면서 말하는 모아의 모습에 동네 사람이 '예, 멋지십니다!' 하고 그녀의 말을 받아치며 웃는 얼굴로 걸어갔다.

"⋯⋯."

지금처럼 아무렇지 않게 아빠라는 말을 불쑥 꺼낼 때면 그 감동은 모아 혼자만의 것이 아니라 동하의 것마저 되었다.

이렇게 애교 많고 잔망스러운 게 어디서 굴러 왔느냐며 동하가 감격에 겨운 눈으로 모아를 멍하니 바라보았다. 그의 시선에 저쪽으로 멀어지는 동네 사람의 뒷모습을 보던 모아가 힐끔 동하를 돌아다보았다.

"이 예쁜 것!"

동하가 무거운 비닐봉지를 잔뜩 든 채로 두 팔을 뻗어 모아를 끌어안으려 할 때였다. 어디서 나타났는지 단단하고 듬직한 팔이 모아를 획 잡아당기더니 품에 안았다.

기분 좋은 향기와 함께 등 뒤로 닿는 따스한 온기. 자신을 끌어안은 사람이 누구인지 굳이 뒤돌아 확인하지 않아도 알 수 있었다.

"아버지, 막 끌어안으려고 하지 마세요. 제 여자거든요."

재범이었다. 종일 보고 싶고, 듣고 싶고, 안고 싶었던 그녀의 남편이었다.

"내 며느리이기도 하거든, 인마!"

그렇게 외치면서도 동하는 둘 사이를 딱히 방해하고 싶지는 않은 듯 아파트를 향해 터벅터벅 앞서 걸어갔다. 일부러 앞장서서

가 주는 그를 바라보며 살며시 웃은 모아가 천천히 그 뒤를 따라 걸으며 재범을 올려다보았다.

"선생님, 오늘 늦게 오시는 거 아니었어요?"

"너 보고 싶어서."

제자였을 때는 생각할 수도 없었던 애정 표현. 모아와의 결혼 이후 재범은 눈에 띄게 노골적으로 애정 표현을 해 오고 있었다. 하루하루가 꿈만 같아 모아는 그가 솔직하게 감정을 표현해 올 때마다 적응되기는커녕 감동에 취해 울컥 눈물이 날 것만 같았다.

"선생님 좋다고 쫓아다니는 여자애들 생기거나 한 건 아니죠? 특히 1학년들! 진짜 조심해야 돼요."

모든 고등학생이 너처럼 발칙하진 않네요. 그렇게 말했다가는 새치름하게 삐칠 것 같아 꾹 참은 재범이 모아를 뒤에서 더 꼬옥 끌어안으며 웃었다.

"나 오늘 수업하는 내내 왼손 들고 있었잖아. 네 번째 손가락 에 낀 반지 좀 보라고."

"……선생님도 차암."

별거 아닌 말에도 금방 얼굴을 붉히며 기뻐하는 스물. 아직도 어리다면 어린 그녀가 전보다 하루가 다르게 아름답고 사랑스러 워 재범은 이렇게 마음껏 끌어안을 수 있는 지금이 너무도 좋았 다.

"진짜 허전하더라……."

"네? 뭐가요?"

"내내 너랑 같이 있던 학교인데 네가 없으니까 이상했어. 교무실 얼쩡거리면서 인사하고, 서관 계단으로 날 불러내고, 수업 시간에 뚫어지게 쳐다보고 그래야 하는데 그게 다 없어지니까 학교에 있는데도 있는 것 같지가 않았어."

"……."

"학교 곳곳이 아직도 전부 너로 가득해."

더는 그 학교에 모아가 없다는 것에 적응하려면 아무래도 시간이 좀 필요할 것 같았다. 저도 모르게 수시로 모아의 흔적을 좇는 자신이 어이가 없어 오늘 하루만 혼자 몇 번을 웃었는지 모를 재범이었다.

그토록 가슴 졸이며 걸어 다니던 곳이 어느덧 추억의 장소가 되어 버렸다는 게, 그녀가 없어도 그녀의 흔적이 자신을 반긴다는 게 이렇게까지 신기할 일인가 싶었다.

"그래도……."

"……?"

"역시 학교보단 우리 집에 있는 네가 제일 좋아."

누구의 눈치도 보지 않을 수 있는, 사랑하고 싶은 만큼 마음껏 사랑하고 표현할 수 있는 지금이.

"그럼요. '우리' 집이니까요."

모아가 제자리에 서서 재범을 똑바로 바라보며 웃었다. 언제나 함께할 수 있다는 게, 같은 곳으로 돌아가 쉴 수 있다는 게 이렇게나 행복한 일이라고 말하는 눈이었다. 그녀만이 가지고 있는 맑고도 솔직한 마음이 그 눈빛 속에 가득했다.

지긋하게 내려다보던 재범이 그녀를 품에 더욱 꼭 끌어안았다.

안고 있어도 부족하다는 듯이, 이대로 계속 놓지 않고 있으면 좋겠다는 듯이.

아무리 사랑하고 또 사랑해도 부족한 순간이었다.

"……."

시선이 애틋하게도 마주쳤다. 두 사람 모두 어디로도 피하려 들지 않았다. 모아를 안은 재범이 서서히 고개를 숙여 그녀의 입술을 향해 가까이 다가갔다.

"길바닥에서 키스하지 마, 이것들아!"

동하의 목소리가 아파트 단지 내에 쩌렁쩌렁 울렸다.

○ ● ○

햇살이 눈이 부시다. 베란다의 창문을 뚫고 거실이며 부엌으로 반짝이며 쏟아지는 아침의 햇빛은 그 어느 보석보다 진귀한 것이었다.

'날씨 좋다…….'

재범에게 재킷을 걸쳐 준 모아가 멍하니 창밖을 바라보다가 톡하고 이마에 따끔하게 닿는 손길에 고개를 돌렸다.

출근하기 직전의 현관 앞. 지금 출근하면 종일 못 볼 텐데 어디에 한눈을 파냐는 듯 재범이 가늘게 뜬 눈으로 모아를 내려다보고 있었다.

"한눈판 거 아니에요. 그냥 햇살이 좋길래."

"알아, 괜히 심통 부려 봤어."

"……결혼하고 나서야 느낀 건데요. 선생님 정말 애 같아요."

"네 앞에선 이제 선생님이 아니라 남편이니까 앞으로는 더 애처럼 굴어 보려고."

엄하던 교사 윤재범은 온데간데없이 사라진 상태였다. 학교에서는 어떨지 모르겠지만 적어도 집에서의 재범은 모아를 제자가 아닌 완벽한 자신의 아내로, 사랑하는 여자로만 대하고 있었다. 그러면서 자신 역시 조금은 철부지 같은, 그럼에도 사랑스럽고 멋진 남자로 대해 달라 보채기도 했다.

마냥 어른이라고만 생각했던 남자의 변화. 이렇게 서로의 약한 구석을, 서로의 어린 모습들을 발견해 가는 거구나 하고 새삼 깨달은 모아가 화사하게 웃으며 재범의 입술에 쪽, 입을 맞췄다.

"이제 얼른 출근해요. 밑에서 아버지 기다리고 계시잖아요."

"……뽀뽀 말고 키스해 주면."

"나보다 아홉 살이나 많은 남자 맞나 몰라……."

중얼거리는 모아를 바라보던 재범이 '선생님 지각한다, 인마.' 하고 장난스레 말하며 모아의 입술에 깊게 입을 맞춰 왔다. 지금 이 순간을 대충 흘려보내는 것이 불가능하다는 듯 재범은 모아의 입술을 달콤하게 핥고 빨아 당기다가 더욱 깊숙하고 따스한 안쪽으로 혀를 밀어 넣었다.

바로 출근을 해야 하는 상황이라 시간이 촉박했다. 그래서 마음이 더 급했던 걸까. 모아의 몸이 점점 뒤로 밀려났다. 그녀의 허리가 뒤로 휘어지는 것을 느낀 재범이 강한 힘으로 상체를 받쳤다.

그는 모아의 입 안 곳곳을 훑으며 한참을 간질이고서야 만족스럽다는 듯 천천히 입술을 떼어 냈다. 촉촉하게 젖어 더욱 말랑해 보이는 입술을 마지막으로 한 번 더 쪼옵, 빨아들이자 모아의 얼굴이 빨갛게 달아올랐다.

'……아, 이렇게 귀여운 표정 지으면 나 진짜 출근하기 싫어지는데.'

재범이 눈썹을 꿈틀거리더니 모아의 상의 속으로 손을 스윽 밀어 넣어 왔다. 큼직한 손이 부드러운 허리를 능숙하게 훑어 올리자 모아가 화들짝 놀라며 그를 밀어 냈다. 귀 끝까지 빨개졌다. 작은 손길에도 제대로 느낀 게 분명했다.

"선생님, 진짜……!"

모아가 부들부들 떨며 원망의 눈으로 보자 재범이 웃음을 꾹 참으며 말했다.

"아홉 살이나 많은 남자라는 거 새삼 깨닫게 해 줄 테니까 딴 길로 새지 말고 학교 갔다가 바로 와. 나머지 수업은 밤에 하자."

"수업은 무슨! 몰라요!"

사랑스럽다는 듯 꿀이라도 떨어질 듯한 눈으로 모아를 바라보던 재범이 이마 위에 짧게 입을 맞추고는 현관문을 열었다. 그러자 그의 어깨 너머로 밝은 빛이 쏟아져 내렸다. 현관에 빛이 흘러넘쳤다.

"반장, 인사."

그의 다정한 미소가 열여덟, 그 봄의 교실로 모아를 데려다 놓는다.

"쳇…… 다녀오세요."

"오냐."

재범의 따스한 손길이 모아의 머리를 쓰다듬었다. 가느다란 머리카락이 아침 바람결에 기분 좋게 흔들렸다. 조금 차가운 듯한 공기도, 따스한 햇살도, 눈이 부신 그의 미소도, 모든 것이 그녀를 행복으로 물들이기 시작했다.

재범이 현관문을 더욱 활짝 열어젖히며 밖으로 걸음을 옮겼다. 뚜벅뚜벅, 어른 남자가 신은 구두 소리가 아침을 울린다.

깊고 깊던 밤, 엄마라 이름 붙였던 보름달이 서서히 올라오는 아침 속으로 조용히 모습을 감추었을 때.

스무 살 모아의 하루에 더없이 밝은 해가 떠올랐다.

에필로그 달이 말했다

밤을 지키면서도 외로웠던 적은 결단코 없었노라고

바르작대던 몸짓이 잠시 고요하게 멈춘다. 살갗에 닿는 빳빳한 시트가 기분 좋다는 듯 입가에 잔잔한 미소를 띤 채였다.

사각거리는 것 같기도 하고, 바스락거리는 것 같기도 한 소리는 언제나 정신이 아닌 몸부터 깨웠다. 무겁게 내려앉은 눈꺼풀을 들어 올릴 힘도 없어 작은 팔을 가슴께로 모은 채 온몸을 가까운 온기 속으로 비집어 넣는 것이 고작인 아침.

색색, 작은 호흡만이 유일하게 살아 있다는 증거가 되는 그 공간 속에도 빛은 비춰 왔다. 차분하게 제자리에 멈추어 있는 커튼을 투과한 아침 햇살이 하얗게 빛나는 흰 이불 위로 소복하게 내려앉았다.

"으응……."

모아의 입술 새로 나직한 소리가 흘러나왔다. 그와 동시에 희고 예쁘장한 미간 사이에 주름이 잡히자 기다란 손가락이 그 미간을 슥슥 문질러 펴냈다. 끄응, 재차 앓는 소리를 내자 묵묵히 찡그려진 얼굴을 보고만 있던 재범이 '픕.' 하며 웃음을 삼켰다.

그러자 가만히 감겨 있던 눈꺼풀이 움찔하면서 검고 깊은 눈동자를 드러냈다. 그녀의 눈 속에 햇살을 등진 그의 모습이 담겼다.

"깼어?"

"졸려요, 선생님……. 더 자고 싶어……."

"응, 더 자. 아버지도 새벽부터 등산 가셨어. 식사 준비 안 해도 돼."

"……"

더 자도 된다는 말조차 꿈이었던 것처럼 정신이 정말 아득히 멀어지는 기분이 든다. 머리칼을 쓸어 넘기는 크고 다정한 손길을 느끼면서 모아는 겨우 떴던 눈꺼풀을 다시 내려 감았다.

정신은 다시 까무룩 어둠 속에 잠기려 하는데도 그의 손길이 스치는 이마, 콧등, 뺨, 모든 곳에 따스한 빛이 와 닿았다.

졸려요. 이대로 폭 잠들게 해 주세요. 그렇게 속으로 말을 걸어보지만 다정한 손끝은 좀처럼 멈출 생각을 하지 않은 채 모아의 뒤로 닿아 그녀의 등을 상냥하게도 쓸어내렸다.

이상한 아침이다. 익숙하지만 반대로 너무도 어색하고 낯설기만 한 어느 휴일의 아침. 눈을 뜨는 아침마다 이렇게 곁에 있는 누군가를 깨닫고, 실감하고, 밝은 빛에 눈이 부실 정도로 행복을 만끽한다. 반복되어도 좋은, 앞으로 계속해서 반복되어 주었으면 싶기만 한 나날.

……아아, 아무래도 안 되겠다.

모아가 다시금 천천히 눈꺼풀을 올렸다. 잠에 취한 듯 흐리멍덩하던 눈 속에 재범의 모습이 담기며 눈빛이 살아났다.

"더 안 자? 졸리다면서."

"선생님이 자꾸 쓰다듬어서 잠이 깼어요."

"이렇게 만져 주면 잠이 더 잘 와야 되는 거 아니야?"

"기분이 좋아서요. 잠들면 이 기분 좋은 손길을 계속 느끼고 있을 수가 없으니까."

"……."

"그렇게 날 보는 선생님의 눈도 더 보고 싶고."

아직 완전하게 잠에서 벗어나지는 못한 듯 조금 웅얼거리는 작은 목소리가 재범의 아침을 완전하게 깨우고 만다.

솔직하게 건네지는 몇 마디와 몇 년이 지나도 맑게 일렁이는 눈빛을 보니 더는 커질 수 없으리라 생각했던 마음이 또다시 그 크기를 부풀렸다. 이렇게 사랑스럽게 미소 지으며 그 어떤 아침 인사보다 더 행복한 고백을 건네주는데 어떻게 덤덤한 척할 수 있을까.

재범이 팔을 뻗어 모아를 꼬옥 끌어안았다. 더는 어리다고 할 수도 없을 정도로 성숙하게 자라 버린 그녀의 마른 몸이 품 안에 딱 맞게 안겨 들었다. 매일 이렇게 품에 두고 생활할 수 있으면 좋겠다고 생각한 날로부터 시간이 꽤 흘렀는데도 이 마음은 조금도 변할 생각을 않는다.

"선생님, 숨 막히는데요."

"딱 5초만 더 참아."

팔에 더욱 힘을 주어 끌어안자 모아가 아프다고 엄살을 부렸다. 하지만 조금만 더 이렇게 안은 채 지금의 순간을 만끽했으면 좋겠다 싶어 재범은 그녀를 쉽사리 놓지 않았다. 이대로 5초만 더 안고 있겠다며 시간을 제시하자 품에 안겨 있던 모아가 그의 목덜미에 따스한 숨결을 뱉으며 작게 소리 내어 웃었다.

숨이 닿는 부위가 간지럽다. 그녀의 목소리가 닿고, 그녀의 체온이 닿고, 그녀를 느낄 수 있는 모든 것들이 오늘도 여전히 몸서리칠 정도로…….

"이럴 때면 선생님 되게 애 같고 귀여워요."

"그럼 다시 어른으로 돌아가 볼까?"

"꺄악!"

……행복하다.

순식간에 자세를 바꿔 모아의 위로 올라탄 재범이 여유 있는 얼굴로 그녀를 내려다보자 어느덧 얼굴이 벌겋게 달아오른 모아가 잠이 다 달아난 표정으로 당황한 기색을 보였다. 꼼지락거리던 두 손이 천천히 올라가 얼굴을 가렸다. 그러자 재범이 그녀의 손을 치워 냈다.

"얼굴은 왜 가리고 그래?"

"엄청 빨갈 거예요."

"알아. 빨개진 얼굴 구경하는 맛에 놀리는 건데 가리면 쓰나."

"……이 선생님이 정말!"

"이 선생이 아니라 윤 선생입니다."

결혼한 지 몇 년이 지났고, 모아는 벌써 대학 4학년 졸업반이 되었다. 어른이 되었다면 어른이 되었고, 성숙해졌다면 충분히 성숙해졌지만 그럼에도 모아는 언제나 수줍은 여고생처럼 얼굴을 붉혔다.

신혼이 지나면 마냥 가족 같아질 것이라고, 시간이 흐르고 나면 첫사랑도 덤덤해질 것이라고 말하는 세상의 이야기들을 쉽사리 허물어 버리며 그녀는 언제나 같은 미소를 지었다.

나이를 먹으면서 패기는 더욱 선명한 당돌함으로 발전했고, 앳되기만 하던 인상은 조금 더 아름답고 차분하게 자신만의 선을 그려 나갔다. 붉어지는 뺨이며, 화사하게 웃는 입매 등 모든 것들이 재범에게는 한 폭의 그림이 되었다.

"그나저나……."

"……?"

"벌써부터 얼굴을 붉힌다는 건 앞으로 어떤 상황이 벌어질지 미리 예상했다는 거겠지?"

"……."

침묵은 긍정이라 했다. 재범에게 한 손을 붙들린 채 남은 한 손으로 얼굴을 가리고 있던 모아가 가느다란 손가락 틈으로 그와 눈을 마주쳤다. 그 시선을 마주하는 순간 재범은 '아…….' 하며 곤란한 기색을 표했다.

"4년 정도 같이 살았으니 이젠 말 안 해도 알겠지만 말이야."

"……."

"남자는 아침이 제일 곤란하다고."

두 사람의 동그란 머리 위로, 사각거리는 시트 위로, 흰 벽지들 곳곳으로 햇살이 닿아 오는 아침. 반짝이는 공기 중으로 짧은 신음이 '헉!' 하며 삼켜졌다. 그리고 숨소리가 가장 가까이에서 들리는 이불 속으로 은밀한 시간이 찾아들었다.

해가 눈부신, 아주 밝은 둘만의 밤. 모아는 아무런 소리도 낼 수 없었다.

어차피 씻을 생각이기는 했지만 그걸 감안하고서라도 필요 이상으로 땀에 흠뻑 젖어 버렸다. 아침부터 잔뜩 노곤해진 기색을 감추지도 못하며 모아는 그의 품에 기댔다. 재범이 모아를 번쩍 안아 들어 욕실로 들어서지 않았더라면 아마 또다시 까무룩 기절하듯 오전 잠을 즐겼을지도 모를 일이다.

물이 출렁이는 욕조에 몸을 담근 채 바깥으로 머리만 내민 모아가 천장을 올려다보며 입을 열었다.

"있잖아요, 선생님."

욕조 밖에 앉아 기다란 머리카락을 감겨 주던 재범이 '음?' 하는 얼굴로 그녀를 쳐다보았다. 눈이 마주치지는 않았지만 재범의 투박하지만 부드러운 손길이 기분 좋다는 듯 자연스레 머리를 내맡긴 모아가 웃는 낯으로 계속 입을 달싹였다.

"결혼한 지 4년이나 됐는데도 여전히 선생님이라고 부르는 건 역시 이상한 걸까요?"

'딱히 기간이 문제는 아닌 것 같은데.' 하고 생각하며 재범이 하얗게 거품을 머금은 그녀의 머리카락을 매만졌다.

쉽게 바꿀 수 있는 호칭이었으면 아마 부부가 되면서 바로 바꿀 수도 있었을 것이다. 하지만 모아에게는 그게 어려운 일이었고, 부르던 대로 부르라 했으니 지난 4년 동안 그것이 쌓여 완전한 습관이 되었다 해도 이상하진 않은 일이었다.

선생님과 제자라는 굴레에서 어떻게든 벗어나고 싶어 했으면서도 결국 입에 찰싹 달라붙어 있던 선생님 소리는 쉽사리 떨어져 나가지 않았다.

여보라든지, 자기라든지, 닭살스러운 호칭은 입에 담기만 해도 얼굴이 익어 폭발할 것 같았고, 아홉 살이나 많은 그를 이름으로 부르는 건 가당치도 않다고 생각했으니 마땅한 호칭이 바로 떠올랐을 리도 없다. 그나마 나중에 아기가 생기면 조금 더 자연스러워지지 않을까 하는 작은 기대만이 있었을 뿐.

재범이 잠시 멈추고 있던 손을 다시 움직여 그녀의 머리를 감겼다.

"갑자기 그건 왜? 누가 이상하대?"

"이레가요."

"……자기 남자 친구한테 뭔 새끼, 뭔 자식 하고 부르는 애한테서 들을 만한 말은 아닌 것 같은데."

"그건 좀 그렇죠?"

초반에 그렇게나 삐걱이던 이레와 운혁도 3년 정도 연애를 하고 나니 썩 잘 어울리는 커플이 되었다. 풋풋함보다는 치열함을 무기로 내세워 하루가 멀다 하고 싸우고 있지만 재범과는 가질 수 없었던 관계였기에 제삼자 입장에서는 그런 연애도 꽤 매력적일지 모르겠다고 생각하는 모아였다.

"그래도 요즘 사이 엄청 좋아요. 미래 계획 세우면서 벌써 애들 이름도 정했던데요? 아들 낳으면 민재, 딸 낳으면 민주."

"……결혼을 누구랑 하게 될 줄 알고 벌써부터."

"선생님!"

아무리 식장에 들어서기 전까지는 모르는 거라지만 너무 냉정하다. 그런 현실성 짙은 말은 적당히 생략해 달라며 한숨을 내쉬는 모아의 이마를 재범이 톡 건드렸다.

'뭐, 인마.' 하고 대꾸한 그가 샤워기를 가져와 그녀의 머리를 천천히 헹궜다. 그 손길이 어찌나 부드러운지 그대로 잠들어도 전혀 이상하지 않을 것 같았다.

기분 좋은 듯 눈을 내려 감은 모아를 가만히 바라보며 재범이 트리트먼트를 가져왔다. 미용사 흉내라도 내는 듯 축축이 젖은 머리카락에 부드럽게 묻혀 자신의 손에 돌돌 감아 내던 그가 태연자약하게 물었다.

"넌 어떤 이름으로 하고 싶은데."

"네?"

모아가 감았던 눈을 뜨며 되묻자 재범이 미끌거리는 머리카락을 재차 물로 헹궈 내며 말했다.

"우리 2세 말이야. 어떤 이름으로 할지 생각해 둔 거 없어?"

"으음…… 아직은 없어요. 그때 가서 선생님이랑 머리 맞대고 정할래요."

"그것도 좋네."

4년이나 신혼으로 지내는데도 아직까지 아이가 없는 것은 두 사람이 무던히도 조심했던 덕분이었다. 정확하게 말하면 모아 이상으로 재범이 아주 잘 버텨 준 덕분이랄까.

학업 중간에 애를 갖거나 하는 일은 없도록 하려던 그의 생각이 모아의 대학 생활을 더욱 편안하게 만들어 주었다. 자신의 욕심 때문에 공부며, 꿈이며, 모든 것들에 브레이크를 걸어야 하는 그녀의 모습은 생각조차 하기 싫은 재범이었다.

모아가 그의 그런 배려를 모를 리 없었다. 그래서 때때로 미안해졌다. 주변에서 '넌 결혼한 지 4년이나 됐는데 왜 아직도 애가 없어?' 하고 묻는 사람이 한 명도 없을 리 없었을 테니까.

재범이 수건을 가져와 젖은 머리를 톡톡 두드렸다. 그러고는 모아의 목을 받쳐 욕조에 기댔던 상체를 세웠다. 수건을 그녀의 머리에 둘러 감싼 뒤 다 끝났다는 듯 정수리를 꾹 누르자 모아가 그제야 고개를 돌려 재범과 제대로 눈을 마주쳐 왔다.

"선생님."

"응?"

"아기 갖고 싶어요?"

"……어, 어?"

방심했다. 그렇게 직구로 물어볼 줄은 미처 생각도 못 했는데.

하지만 그녀가 솔직하게 물어 올 때는 빙빙 돌려서 대답할 수조차 없다. 재범이 모아를 바라보며 웃는 얼굴로 말했다.

"안 갖고 싶겠어?"

"그럼…… 아기 가질까요?"

"갖고 싶다고 가질 수 있는 것도 아니고, 무슨."

솔직하게, 그리고 덤덤하게 말했다. 그런 재범을 바라보는 모아의 눈이 여전히 반짝이며 빛났다. 진심이라는 뜻이었다. 그리고 계속 더 말해 달라는 의미이기도 했다. 저 눈을 보고 있으면 도무지 이길 방도가 없다.

재범이 샤워기를 들어 거품이 묻은 욕실 바닥을 헹구며 아무렇지 않은 척 입을 열었다.

"할 일이 많잖아. 졸업도 해야 되고, 임용 준비도 해야 하고, 교사도 되어야 하고, 또…… 자리도 잡아야 하고."

"……."

"바빠."

말투는 무심했지만 목소리는 따뜻했다.

"이유가 전부 저 때문이네요."

"얘 봐라? 웃기네. 그게 왜 너 때문이야, 나 때문이지."

"……?"

"네가 꿈을 이루는 게 나한테 보답하는 거라고 했어, 안 했어. 아직도 날 잘 모르나 본데 난 네가 교단에 서는 걸 봐야만 직성이 풀릴 사람이거든?"

그 전까지는 어림도 없다는 듯 으름장을 놓으며 말하는 모습이 여전히 듬직하다.

모아가 욕조 난간에 두 팔을 올리고 턱을 괴며 웃었다. 눈빛에 사랑이 가득하게 담겨 있어 안 그래도 홀딱 넘어가 있는 와중에 또 꼬임을 당할 것만 같다.

재범이 샤워기를 내려놓고 그녀의 입술 위에 쪽, 입을 맞추었다.

"그러니까 신경 쓰지 말고 졸업부터 해."

"아아…… 전 예나 지금이나 졸업에서 벗어날 수가 없나 봐요. 그때도 항상 졸업만 기다렸는데."

"지금은 부부인데 뭐가 문제야."

입술을 마주 댄 채 웅얼거리는 말투로 대화를 하자 둘 모두에게 웃음이 터졌다. 눈을 마주하고 웃다가도 서로의 숨소리가 따스하게 닿으면 어김없이 또다시 입술이 서로에게로 찾아들었다. 떨어져 서로의 시선을 확인하고, 그러다가 다시금 가까워지고를 반복했다.

그렇게 짧은 키스를 얼마나 나누었는지 모를 때쯤, 재범이 몸을 일으켜 모아가 앉아 있는 욕조 안으로 들어왔다. 그러자 물이 출렁이며 욕조 밖으로 넘쳐흘렀다.

"아, 그리고 이야기가 딴 길로 샜는데 아까 물어본 거 있잖아. 선생님이라고 부르는 거 이상하냐고."

"네."

"하나도 안 이상해. 너 교사 되면 우리 서로 정 선생님, 윤 선생님 하고 부르는 재미도 있지 않겠어?"

모아가 교사가 되겠다고 하면서부터 몇 번씩 상상해 본 장면이었다. 선생님과 학생이었던 사람들이 각자의 교단에 올라 서로를 선생님이라 부르게 되는 어느 먼 미래의 일.

또다시 상상 속에 잠긴 듯 조용히 웃고 있던 재범을 보며 모아가 '아!' 하고 손뼉을 쳤다.

"아! 맞다."

"어?"

"저 이번 교생 실습이요. 우리 학교로 가요."

"우리…… 학교라면……?"

재범이 설마 싶은 눈으로 묻자 모아가 보름달처럼 동그랗고 예쁜 이마를 반짝이며 묘한 표정을 지었다. 여전히 장난기 어린 그녀만의 싱그러운 얼굴이 재범의 눈 속에 가득하게 찬다.

"어디겠어요, 제가 말하는 '우리' 학교가."

우리 학교. 둘의 사이에서 빼놓을 수 없는, 말 그대로 '우리'의 장소.

그와 같은 추억을 떠올린 듯 모아가 해맑게 웃었다. 반짝반짝. 재범의 혼을 쏙 빼놓을 정도로 빛이 났다.

몇 년 전, 교복을 입고 그를 마주했을 때와 똑같은 미소였다.

○ ● ○

학교는 많이 변한 듯 변하지 않은 듯 곳곳에 모아의 추억을 안고 있었다. 천천히 걸음을 내디딜 때마다 저절로 교무실의 창문을 바라보게 만들던 운동장 한복판과 기나긴 복도, 높게만 보이던 계단까지. 모든 장소에 제각각의 추억들이 머물렀다.

교복을 입고 돌아다니는 작은 걸음들 속에 자신의 모습이 있을 것만 같다. 그 틈에서 고개를 빠끔히 내밀고 '선생님.' 하며 재범을 부를 것도 같다.

그때는 꿈이라고 생각했던 시간이 지금에 와서는 현실이 되어 있다는 사실이 갑자기 얼떨떨하게 느껴졌다. 지나간 날의 어린 자신에게 지금의 모습을 보여 준다면 얼마나 기쁜 얼굴을 할까.

모아의 마음에서 성취감과 설렘이 이리저리 행복하게 뒤섞였다.

"정모아입니다."

교탁 앞에 선 모아가 웃으며 인사를 했다. 전학생인지 교생인지 모를 법한 모양새. 아마 교생이라는 소개가 없었다면, 그녀가 교복 차림이었다면, 위화감 같은 건 없었을 것이다.

남학생들은 얼마 머물지도 않을 교생을 보며 아예 이곳에 뼈를 묻어 주었으면 하는 바람으로 환호성을 질렀고, 여학생들은 영 시큰둥한 반응이었다. 그 모습을 보며 모아는 재범이 처음 부임을 해서 왔을 때 술렁이던 교실의 분위기를 기억해 냈다.

보기만 해도 설레고, 나와는 다른 세상이지만 금방이라도 닿을 듯한 오묘한 거리의 어른. 아마 지금의 자신이 그런 느낌일 테지.

그토록 바라만 보던 그의 자리에 막상 서고 보니 아직 정식 교사는 아니더라도 가슴이 벅차올랐다. 스스로 제어할 수 없을 만큼 가쁘게 뛰는 심장이 전신을 흔들어 놓을 듯 쿵쿵, 소리를 냈다.

많이 가까워졌어요.

모아가 속으로 재범에게 말하며 웃었다.

"남친 있어요? 뭐 먹고 이렇게 예뻐요?"

"정모아 여신! 진짜 번호 안 알려 줄 거예요? 네? 네에? 누나?"

쉬는 시간. 모아에게는 쉴 여유조차 주어지지 않았다. 교무실로 가려다 말고 복도에서 남학생들에게 붙들린 모아가 사람 좋은 얼굴로 화사하게도 웃었다. 태연하게 '안 돼.' 하고 말을 해 보지만 웃으면서 건네는 거절이 패기 넘치는 십 대의 남자아이들에게 먹힐 리 없다.

그들이 더욱 거세게 열기를 내뿜으며 모아에게 어필을 하면 할수록 그들 뒤에 선 커다란 남자에게서는 말로 다 하지 못할 살기가 스멀스멀 퍼져 나왔다.

"누우나아?"

굴을 파고 들어갈 듯이 낮고 묵직한 소리를 내며 재범이 앞에 있는 두 놈의 뒷덜미를 하나씩 잡아챘다. 양손에 붙들린 뒷덜미를 내려다보던 재범이 눈은 전혀 웃지 않는 상태로 입가만 당겨 웃었다.

"이것들이 군기가 빠져서는. 호칭 제대로 안 써?"

"아, 여기가 군대냐고요! 유부남은 저리 비켜요. 어리고 풋풋한 청춘들의 앞길 방해 마시고!"

네 앞에 있는 정모아 여신이 이 유부남의 와이프 되신다, 이것들아.

하고 싶은 말은 많지만 전부 다 할 수 없음이 아쉬울 따름이다. 재범이 부글부글 끓는 속을 애써 가라앉히며 두 녀석의 뒷덜미를 놓았다. 공과 사를 구분하려고 노력하는 것도 쉬운 일은 아니다. 앞에서 모아가 헤실헤실 웃고 있자 더욱 그랬다.

모교로 교생 실습을 오는 것이 그리 드문 일인 것도 아닌 데다가 종일 한 번이라도 얼굴을 더 볼 수 있다는 것이 기뻐 재범은 그 외에 아무것도 생각지 못했다. 아침까지만 해도 과거와 반대의 입장이 되어 마치 설레는 선생님을 만나러 가는 남학생이라도 된 듯한 기분을 느끼기도 했다.

하지만 크나큰 사실을 간과했다. 교생이라고는 하지만 사실상 스물셋의 여대생이 아닌가. 시커먼 사춘기 소년들에게 얼마나 반짝이는 존재로 와 닿을지 미처 생각도 하지 못한 것이다. 운혁 외의 제자들을 상대로—그것도 몇 년 만에— 질투를 하게 될 줄 어떻게 예상할 수 있었겠는가.

재범이 학생들을 내쫓다시피 하며 모아를 데리고 성큼성큼 걸었다. 뒤에서 남학생들의 원망 섞인 소리가 들려왔지만 그는 아랑곳하지 않았다.

손을 잡고 이끌어 갈 수도 없어 그저 따라오라는 듯 묵묵히 앞장서서 걸을 뿐인데도 뭐가 그리 좋은지 모아는 내내 웃는 얼굴이었다. 고등학생 시절, 재범의 뒤를 졸졸 따라다닐 때처럼 익숙한 복도를 모아는 쪼르르 쫓았다.

"선생님."

"듣고 있으니까 말씀하시죠, 정 선생님."

토라진 게 분명하다. 고개 한 번 돌리지 않고 앞만 보며 걷는 재범의 옆얼굴에서도 모아는 그의 심통을 발견할 수 있었다. 남자답고 굵은 턱에는 일부러 이를 악문 것처럼 묘하게 힘이 들어가 있었다.

"왜 자꾸 귀엽게 굴어요."

"뭐?"

재범이 그대로 멈춰 섰다. 눈을 동그랗게 뜨고 내려다보자 모아가 단정하게 갖춰 입은 투피스 차림으로 뒷짐을 진 채 웃었다. 열여덟 소녀처럼 장난기가 가득했다.

"애들을 상대로 질투를 할 줄은 몰랐어요. 공과 사 구분은 다 어디 갔어요?"

"……."

소리 없이 한숨을 내쉰 재범이 그녀가 학생일 때처럼 머리를 헝클이려다가 말았다. 주먹을 살짝 쥔 그는 손을 주머니에 깊숙하게 넣으며 다시 걸음을 옮겼다. 머쓱한 것도 같고 덤덤한 것도 같은 말투를 담으며 그가 입을 열었다.

"공과 사 구분 같은 건 처음부터 없었어."

"네?"

모아가 되물으며 재범의 걸음을 다시 쫓았다. 그의 곁에 바짝 붙어 서자 아침에 아주 가까운 곳에서 맡았던 익숙한 스킨 냄새가 전해지는 것도 같았다.

"네가 학생일 때도 똑같았어. 지금이랑 다를 바 없이 질투심을 못 이기는 애 같은 남자였다고."

"거짓말."

"못 믿겠으면 최운혁한테 물어봐. 그 질투의 대상이었으니."

지난간 그의 마음을 몇 번씩 확인해 보고 싶은 기분이 들었지만 모아는 더 묻지 않기로 했다. 속으로 몇 번씩 떠올리기만 할 뿐이었다.

언제부터 자신을 좋아하게 되었는지, 그 마음이 깊어지기 시작한 것은 어느 시점에서였는지, 그 감정이 완전하게 사랑이라고 확신을 하게 된 것은 또 언제였는지. 묻고 싶은 것이, 궁금한 마음들이 아주 많았다.

하지만 그가 자신에게 똑같은 것을 묻는다면 아마 '어느샌가요.' 하고 대답해 버릴 스스로를 너무도 잘 알아서, 그 역시 자신에게 '글쎄.' 하고 웃으며 대답할 것 같아서, 그런 시기가 다 무슨 소용이냐 싶어지는 모아였다.

"서관 계단에서 전처럼 데이트하면 좋겠어요. 커피 한 잔씩 손에 들고서."

추억은 가끔씩 현재를 더 알차게 걸을 수 있도록 하는 힘이 되고는 한다. 예전과 같은 장소에 서서 떠올리는 그때의 작은 추억에 모아의 얼굴에는 가벼운 기쁨이 번졌다.

마음을 전해도 제대로 닿지 않던 때, 아니, 닿았음에도 끝까지 받아들이지 않으려던 그와 그럴수록 세차게 내달리던 어린 자신. 그때는 버겁기만 했던 감정들이 지금에 와서는 어느 하나 빼놓을 수 없을 정도로 소중한 것이 되었다고 생각하니 흘러가는 지금의 시간도 쉽게 치부해 버릴 수 없게 된다.

"그 건물 공사 끝난 게 언젠데. 사람들 눈 피해서 만날 장소라고는 내 차 말고 없을걸."

"하긴…… 졸업하고 벌써 4년이나 됐으니까요."

"그러게. 정모아 많이 컸다?"

다시 담임이었던 시절로 돌아가기라도 한 듯 재범이 손을 뻗어 모아의 머리를 쓰다듬었다. 이렇게 쓰다듬을 때면 그의 움직임을 따라 손끝에서 나던 향기에 종일 마음이 일렁이곤 했었다.

지금 당장 손이라도 꼭 잡고 싶은 것을 겨우 참아 낸 모아가 그의 걸음을 따라 천천히 교무실을 향해 걸었다.

그 앞을 기웃거리며 재범이 나오기만을 기다리던 당시의 기억 하나까지도 전부 놓치지 않고 머릿속에 떠올려 내면서. 그의 손짓 하나, 몸짓 한 번에 온 세상을 잃고, 다 가진 것처럼 내 마음이 내 것 같지 않게 되었던 그 순간들을 기억하면서.

느릿하게 걷던 모아가 잠시 그 자리에 멈추어 섰다. 재범은 같은 속도로 계속해서 앞을 향해 나아가고 있었다.

익숙한 그의 등을 바라보며 언제부턴가 등보다 그의 눈을 응시할 때가 더 많아졌다는 사실을 깨달았다. 뒤에서 손을 뻗거나 하지 않아도 이제는 당연하게 앞에 서서 자신과 눈을 마주쳐 주는 그가 있다는 게, 그 당연하고도 익숙한 사실이 지금은 왜 이토록 고맙고 벅차게 느껴지는 걸까.

복도 창문 틈으로 불어오는 봄의 바람처럼 싱그러운 미소가 입가에 걸리던 찰나였다.

모아를 지나쳐 가던 어느 남성이 그녀를 잠시 붙잡더니 인자한 표정으로 정중하게 인사를 해 왔다. 그리 젊지도, 그리 늙지도 않은 나이. 잡상인으로는 보이지 않을 정도로 멋들어진 양복이 잘 어울렸다. 학부모인 듯했다.

"죄송합니다. 오늘 딸아이 진로 상담 때문에 왔는데 위치가 영 헷갈려서요. 상담실이 어느 쪽인가요?"

"아, 여기서 한 층 더 올라가시면 복도 가장 끝에 있어요. 아마 바로 찾으실 수 있을 거예요."

모아는 대답을 하고도 한동안 그에게서 눈을 뗄 수 없었다. 눈한 번을 깜빡이지 않은 채 자신을 바라보고 있는 남자의 얼굴 때문이었다. 그 눈빛이 어딘지 모르게 남달라 쉽사리 시선을 거두어 내는 것도 하지 못했다.

"저…… 또 여쭤 보실 거라도?"

"아아, 아닙니다. 전에 알던 사람과 너무 닮아서 저도 모르게……. 감사합니다."

남자는 그렇게 말하며 고개를 숙였다. 모아 역시 그를 바라보던 시선을 아래로 거둬 내고 가볍게 고개를 꾸벅였다. 머리부터 발끝까지 묘한 긴장감과 예의가 배어 있어 이상할 정도로 눈이 가는 남자였다.

벌써 멀어진 간격의 끝에서는 재범이 멈추어 선 채 모아를 기다리고 있었다. 그녀가 고개를 돌려 자신에게로 오기를.

남자는 등을 보이며 먼저 걸어갔다. 모아의 시선이 재범의 등을 따라붙을 때처럼 그의 등에 닿았다. 그리 넓지는 않지만 세월의 단단한 무게를 짊어지고 살아왔을 등. 막연하게 그런 생각이 들었다.

그때였다. 저 멀리 계단을 뛰어내려 오며 교복을 입은 여학생 하나가 손을 흔들었다.

"아빠, 이쪽!"

그가 말한 딸아이인 듯했다. 모아가 사이좋은 부녀를 바라보다 가 천천히 고개를 돌렸다. 아빠라고 부를 수 있게 된 사람이 내 집에도 존재한다는 게 여전히 실감 나지 않는 얼굴을 한 채였다.

"내가 3층이라고 했잖아! 도착했다면서 안 오길래 찾으러 왔 어."

"우리 현주, 아빠 기다렸어?"

익숙한 이름이었다. 모아가 저도 모르게 멈춰 서 고개를 돌렸 다. 남자는 등을 보인 채였지만 그의 앞에 선 여자아이는 세상 가 장 행복한 얼굴 위에 약간의 투정을 담고 있었다.

"내가 기다렸나, 뭐. 선생님이 기다리셨지. 얼른 와, 얼른."

작은 손이 남자의 팔을 붙들었다. 약한 힘에도 이끌리듯이 따 라 걸으며 웃는 남자의 얼굴이 벌써부터 눈앞에 보이는 듯하다.

그 뒷모습에 엄마의 생각이 난 것은 그녀와 같은 이름의 여자 아이 때문일까, 아니면 어린 시절에 아버지의 부재를 끌어안고 자 랐던 스스로를 떠올렸기 때문일까.

그 짧은 순간에도 모아의 머릿속으로는 수많은 상념들이 스쳤다.

두 사람이 계단을 올라 위층으로 사라졌을 때, 점점 더 깊은 생 각 속으로 빠져들려던 모아의 어깨 위에 다정하고 커다란 손이 조심스레 놓여졌다. 모아가 고개를 돌렸다. 자신에게 애인이자, 아버지이자, 남편이 되어 준 남자가 그곳에 서 있었다.

"왜 그래?"

재범의 말에 모아가 고개를 절레절레 저었다. 가느다란 머리카 락이 바람도 불지 않는데 가늘게 흔들린다.

"아무것도 아니에요. 가요."

교무실을 향해 걸어가는 모아를 내려다보며 재범이 의아한 기색을 표했다. 얼굴을 마주하지 않아도 알 수 있을 것 같은지 모아가 앞만 보고 있다가 살며시 웃으며 입을 열었다.

"아빠 보고 싶어요."

"······매일 보는 얼굴이 새삼스럽게 또 보고 싶다고?"

"요즘 아빠랑 단둘이 데이트를 못 해서 그런 것 같기도 해요. 이번 주말에 근처로 바람이나 쐬러 가자고 말씀드려 볼까 봐요."

"나 빼고?"

"안 피곤해요? 주말엔 좀 쉬어요."

"······넌 아들인 내가 아버지까지 질투하게 만들어. 진짜 대단한 여자야."

농담 삼아서 한 말에 진지하게 표정을 굳히며 말하는 게 여간 귀여운 게 아니다. 대놓고 귀엽다고 할 수는 없어서 그저 웃음을 삼키며 소리를 죽이는 게 전부인 모아였다.

조그만 게 사람 놀리는 데에는 도가 텄다. 평소처럼 이마를 튕길까 하다가 주변 시선이 있어 차마 그러지는 못하고 애써 손을 주머니에 넣은 재범이 자신의 팔로 모아의 팔을 툭 건드렸다.

"주말은 아버지한테 양보할 테니까 오늘 퇴근 후는 나 줘."

"네?"

모아가 웃음을 참으며 그를 올려다보았다. 학생일 적과 크게 다르지 않은 맑은 눈이 여전히 반짝거린다.

"정 선생님, 둘이서 회식이나 하자고요."

선생님이라는 말은 언제까지나 자신이 그를 부를 때나 쓸 수 있는 것이라고 생각했다. 하지만 그가 부르는 선생님이라는 호칭은 그 나름대로의 설렘이 있어 기분이 묘해지는 모아였다.

웃음을 꾹 참고 있던 모아의 얼굴 위로 짓궂은 장난이 걷히고 평온한 행복감이 내려앉았다.

"그럼…… 그럴까요?"

차마 잡진 못하고 닿을 듯 말 듯 조금씩 스치는 두 사람의 손등에 따스한 바람이 불었다. 손바닥, 손가락, 아주 작은 감각들까지 간지럽지 않은 것이 없을 정도로 심장이 파동을 일으키는 시간.

낮에는 보이지도 않던 달이 밤만 되면 그토록 밝게 빛나는 것처럼, 어린 삶에 어둠이 찾아오고 나서야 이 사랑을 발견할 수 있게 되었다.

"선생님."

"어?"

"……사랑해요."

그때의 보름달처럼 오늘도 마음은 가득, 또 가득 차오른다.

— The end

외전 워닝 문 WANING MOON

봄이 왔답니다, 선생님.

벌써 30년도 더 된 날의 몇 글자. 마음에 봄이 도달했다는 것으로 첫마디를 열어 놓은 편지는 어느덧 누런 빛깔을 띠면서 금방이라도 바스러질 듯한 기운을 머금고 있었다.

그 때문에 동하는 한 장의 얇은 종이를 제대로 힘주어 쥐어 볼 생각조차 하지 못했다. 가루처럼 흩날릴 것 같은 기억이 조금만 더 단단하게 이 마음에 머물러 주기를 바랐다.

그 당시의 자신은 이 편지를 받고 나서 가장 먼저 무슨 생각을 했던가. 더듬더듬 기억을 되짚으면 잊은 줄로만 알았던 그때의 감성이 되살아났다.

그래, 그때의 자신은 이런 생각 따위를 하고 있었다.

'네게는 봄이 왔니. 내게는 밤이 찾아왔는데.'

○ ● ○

그녀는 왈가닥이었다. 공부를 썩 잘했지만 그것과는 별개로 선머슴처럼 뛰며 교정 곳곳을 누비고 다녔다. 무릎 근처에서 물결처럼 찰랑이는 남색의 치맛자락이 모자를 푹 눌러쓴 다른 남학생들의 시선을 사로잡는, 꽃다운 열아홉의 여자아이. 동하는 그 시절의 그녀를 그렇게 표현하기로 했다.

양 갈래로 곱게 땋은 머리가 말 꼬리처럼 이리저리 선을 그리며 허공으로 휘저어졌다. 그녀가 한 번씩 뛸 때마다 파도처럼 움직였다. 가만히 있으면 참으로 다소곳한 소녀일 뿐인데, 세상 가장 즐거운 표정으로 웃으면서 달릴 때면 천진난만한 아홉 살 아이처럼 보였다.

동하는 때때로 자신을 지나쳐 복도를 달려가는 그녀를 볼 때마다 헛웃음이 나왔다. 장난스레 '이래서야 나중에 시집이나 가겠냐?' 하고 말하면 그녀는 시원스럽게도 웃으며 '저 시집 못 가면 측은지심 발휘해서 선생님이 거두어 주세요.' 라고 받아쳤다.

무엇도 무서울 것 없고, 거칠 것 없고, 세상에서 자신만이 가장 빛난다는 듯이 봄꽃처럼 만개하던 그녀였다.

그런 그녀를 의식하기 시작한 것은 편지를 받으면서부터였다. 그 전까지만 해도 자신이 가르치는 제자, 그 이상도 이하도 아니었다.

여학생들이 동경의 대상을 바라보듯 눈을 빛낼 때면 그 시선들이 귀엽기는 했어도 이성으로는 느껴지지 않는 동하였다. ─아주 당연한 일이지만 말이다.─ 그랬던 그였기에 교복을 채 벗지도 못한 그녀가 제자가 아닌 여자로 보이는 스스로를 받아들이는 게 쉬울 리 없었다.

왈가닥 소녀가 수줍게 두 뺨을 물들일 때, 선머슴처럼 가슴을 활짝 펴 보이던 그녀가 어깨를 작게 움츠릴 때, 그 마음을 온전히 동경으로만 볼 수는 없다는 것을 인정해 버린 것일지도 모르겠다.

공기가 따스하게 물드는 봄이 오면 꽃은 자연스레 피어나는 법인데.

상상할 수도 없을 정도로 어여쁘게 그리고 숭고하게 자라나기 시작한 그녀의 사랑을 마냥 지켜만 볼 수도, 그렇다고 냉정하게 꺾어 버릴 수도 없어 저 역시 가슴을 앓던 날들.

저라고 피어나는 꽃을 억지로 지게 할 수 있나요.

수줍은 몇 줄의 진심. 당장 사귀자는 말이 있는 것도 아니었고, 당신이 좋아 죽을 것만 같다는 절절한 마음이 담겨 있던 것도 아니었다.

자신도 모르게 멋대로 펴 버린 마음이 그곳에 있다고 말하고 있을 뿐인데도 명치가 따끔거렸다. '저 시집 못 가면 측은지심 발휘해서 선생님이 거두어 주세요.' 라는 말이 더는 가볍게 느껴질 수 없도록 만드는, 태어나 처음일 고백.

동하는 자신이 그녀에게 지니기 시작하는 마음이 결코 측은지심일 수 없다는 것을 어느 순간 아주 자연스럽게 깨달아 버렸다.

일방적인 편지는 그 후로도 몇 번이나 더 반복되었고, 서로 입 밖으로 그런 마음에 대해 꺼내지는 않았지만 조금씩 변화해 가는 마음은 걷잡을 수 없을 만큼 커져 버렸다.

깨닫고 말고의 문제가 아니었다. 그 크기를 감당할 수 있느냐 없느냐, 이제 와서 없던 일로 만들 자신이 있느냐 없느냐의 문제였을 뿐.

눈이 마주치면 눈인사를 했다. 다른 학생들과 모여 있을 때면 평소와 다름없이 장난을 걸었다. 그러면서도 그녀는 예의를 갖추었고, 얼굴을 붉혔다. 자신은 태연한 척하면서도 그녀의 시선에 주먹을 꽉 쥐었다.

모든 것이 멋대로 흘러가 버렸는데도 그걸 어쩌지도 못하던 나날. 그 시간들이 몇 달에 이르기 시작하면서 그의 마음에는 커다란 돌덩이가 쿵, 떨어졌다.

'윤 선생님, 요즘 여학생들과 사이 좋아 보이시네요?'

교감이 지나치듯 뱉은 그 한마디에 밝게 비추던 해가 자취를 감추었다. 빛나던 어린 소녀의 마음이 한순간 온갖 불안으로 점철되어 그의 심장을 강하게 움켜쥐었다.

더는 숨길 수 있는 마음이 아니에요.

시작하지 않았으니, 아직 멀리 가지 않았으니, 걸음은 되돌릴
수 있다.

"포기해라."

"네?"

다짜고짜 그렇게 말했을 때 동그랗게 뜨였던 어린 눈. 동하는
그녀의 그 눈빛을 영영 잊을 수 없을 것이라 생각했다.

"이러는 거 부담스럽고 불편하니까 안 그래 줬으면 좋겠다는
말이야."

"제가 뭘 어쨌다고 그러세요."

여자아이라고는 할 수 없을 만큼 왈가닥인 성정, 세상 누구도
그토록 수줍어할 수는 없을 것처럼 움츠러드는 진심. 동하가 보아
온 그녀의 모습은 그런 것들이었다.

그랬기 때문일까. 딱 잘라 거절의 의사를 표했을 때 당황하기
보다는 오히려 슬프고 억울하다는 듯 윗입술을 움찔거리는 그녀
가 더욱 낯설게 느껴졌다.

"네가 뭘 어쨌는지는 스스로 잘 알 거 아니야."

"모르겠어요."

"……."

"제가 선생님한테 좋아한다고 말한 적 있나요? 아니면 저랑 사
귀어 달라고 했어요? 백번 양보해서 절 기다려 달라고 한 적이라
도 있었냐고요."

당장 울 것 같은 얼굴을 하면서도 끝까지 눈 한 번을 깜빡이지 않았다. 그녀는 순식간에 젖어 들어도 이상하지 않을 만큼 물기로 일렁이는 시선 속에 동하를 담고 있었다. 자신의 시야에 그를 솔직하게 전부 담았다.

그러니 어떻게 억지로라도 떼어 놓지 않을 수 있겠는가.

"아무것도 바라지 않아요. 그냥 제 마음이 이렇다는 걸 알아주시기만 해도 충분해요. 뭔가를 바라고서 한 행동이 아니었어요."

"아니, 그건 네 착각일 거야."

"착각이요?"

내가 아닌 다른 사람이 정의 내리는 내 감정. 그것은 어떤 기분일까.

착각이라고 단정 지어 말하는 동하의 모습을 보며 그녀는 작은 두 손을 꽈악 붙들었다. 눈빛이 조금 흔들리는 것도 같았지만 동하의 마음은 그보다 더 강렬하게 흔들리고 있어 그녀의 변화를 알아채기는 힘들었다.

그는 모든 것이 무서운 입장이었다. 어린 소녀에게 동하고 만 자신의 감정에 대한 죄책감, 그녀의 미래가 엉망진창이 되어 버리는 극한의 상상까지.

감정을 인지하는 순간 모든 것은 그를 덮쳐 왔다. 억지로 찢겨지고 마는 관계며 더욱 크게 다치는 마음 같은 것들이 금방이라도 일어날 것만 같았다.

"아무것도 바라지 않을 거였으면 애초에 날 곤란하게 만들지 말았어야지. 언제까지고 내 수많은 제자 중 한 명으로 남아 있었어야지. 넌 네 마음을 내게 알린 순간부터 이미 아무것도 바라지 않는 게 아니었어."

자신의 말이 얼마나 뾰족한 가시가 되어 박히는지 그는 알고나 있었을까. 그녀가 아랫입술을 잘근 깨물었다.

'수많은 제자 중 한 명으로 남아 있었어야지.'

그 말은 이미 늦었다는 말이나 다름이 없었다. 더는 제자로 남겨 둘 수만은 없다는 무의식이 고스란히 드러나 버렸던 한마디.

하지만 그녀는 아마 몰랐을 것이다. 동하의 그런 마음까지는.

"그러니까 그 말은…… 전 이제 선생님의 제자로 남을 수도 없다는 뜻인가요?"

"……그래."

제자였다면 이런 말을 할 수 있었을 리 없을 테니까. 굳이 밀어내고, 거절하고, 상처를 주거나 하는 일을 만들지 않아도 되었을 테니까.

무엇을 탓해야 할까. 잔잔하던 자신의 마음에 돌을 던져 이렇게 커다란 파동을 일으켜 버린 그녀의 마음? 그것도 아니라면 제 마음 하나 제대로 붙잡지 못한 채 이토록 정신없이 흔들리고 나서야 위기를 실감하는 스스로의 한심함?

그는 그녀보다 어른이었고 생각이 많았다. 생각이 많다는 것은 실천보다는 고민이 더 많은 비중을 차지한다는 뜻이기도 했고, 고민만 한다는 것은 그만큼 용기를 내기 힘든 부류의 인간이라는 뜻으로 이어지기도 했다.

자신은 그런 인간이었다.

"더는 날 피곤하게 만들지 말아 주었으면 좋겠구나."

"……."

그렇게 몇 달, 어림잡아 1년 가까이에 이를 정도로 길고 길었던 감정의 줄다리기는 끝이 나는 듯했다.

누구 하나 대놓고 자신의 깊은 마음을 특정한 단어로 내보이지 않았지만 서로의 곁을 스칠 때마다 아플 정도로 울리던 가슴이, 눈만 마주쳐도 멈추어 버리는 사고가, 그 감정이 분명 사랑이었음을 알게 했지만 그래도 끝이었다.

시작이 없어도 끝은 있을 수 있다는 것을 동하는 그때 절절하게 깨달았다.

얼마나 많은 좌절을 상상하고 간접적으로 경험했는지 그녀에게 말하고 싶지 않았다. 누군가의 마음이 타의적으로 드러나 억지로 갈라서게 되는 그 끔찍한 장면을 그녀가 겪게 만들고 싶지 않았다. 사람들에게서 손가락질을 받고, 그럼에도 사랑이었다고 목 놓아 외치거나 울게 만들고 싶지 않았다.

그 나이에는 그럴 수 있다. 그럴 수도 있는 일이다. 하지만 교사가 되어 버린 자신에게는 '그럴 수 있지.' 하고 쉽게 말할 수 있을 만한 일이 아니었다.

그러니까 그럴 수 없다는 핑계로 그녀를 밀어 내는 것은 자신의 몫이었다. 지금 잠깐 눈물을 훔친다 해도 훗날에 가서 '내가 미쳤지, 나이 차이 나는 선생님을!' 하고 우스갯소리로 말할 수 있을 것이다.

그렇게 말하면서도 가슴이 아픈 이유가 무엇 때문일지는 구태여 생각지 않기로 했다. 본디 졸업이란 것을 하고 나면 학창 시절의 모든 관계는 쉽사리 추억 속에 묻혀 버리는 법이다. 친구는 남을 수 있을지언정 단 한 명의 교사까지 평생을 품고 갈 수는 없는 일이 아닌가.

존경하는 은사님.

그 단어가 아닌 이상은 말이다.

동하는 몇 번씩 그 말을 입에 담아 혼자서 읊조려 보았다. 존경하는 은사님으로 남을 수 있다면 얼마나 좋았을까.

앞으로도 자신이 그녀의 미래에 함께할 수 없는 이유는 연모하는 선생님으로 남아 버린 탓이다. 어른이 되어 버린 그녀의 곁에서 '많이 컸네, 짜식.' 하고 마음에도 없는 어른의 흉내를 낼 자신이 없는 탓이다.

그녀가 자신을 남자로 보아 온 순간 정말 남자가 되어 버렸기 때문에.

이 마음은 이렇게 끝이 나는구나. 그렇게 생각하다 보니 졸업은 성큼 그들의 앞으로 다가왔다. 온 교정을 휩쓸고 다니던 왈가닥은 첫사랑의 아픔을 딛고 서며 조금 더 성숙한 여인의 향기를 풍겼고, 벌써 성인의 문턱 앞에 서 있었다.

동하는 그녀의 뒤에 선 채 묵묵히 지켜볼 뿐이었다. 그녀가 나아갈 길을 응원하고 배웅하면 그만이었다.

"선생님."

이 마음은 끝이 났구나. 그렇게 생각했었는데…….

그의 냉정한 거절 이후, 다른 아이들과 모여 있을 때나 수업 중을 제외하고서는 단 한 번도 단둘이 대화를 나눈 적이 없었다. 그랬기에 그녀가 눈을 똑바로 마주치며 불러왔을 때 동하는 또다시 심장이 내려앉는 것을 느꼈다. 그때 깨달았는지도 모르겠다.

끝이 났을 리 없었다는 것을.

남색의 교복을 단정하게 차려입은 그녀는 마음이 조금은 가벼워진 듯 살며시 웃는 얼굴로 동하를 마주했다. 두 손을 가만히 모아 잡은 채로 그를 올려다보다가 수줍음을 가득 물고 있던 입을 조심스레 열었다.

"그때 한 말이요, 아무것도 바라지 않는다던 말. 사실…… 거짓말이었어요."

"……."

"기다리면 될 거라고 생각했어요. 가만히 내 마음을 키우고 있다가 떳떳해졌을 때 고백하면 받아 주지 않을까 하는 마음이 있었어요. 학생이라는 위치가 문제인 거라면 어른이 되고, 한 사람의 성인으로서 마주하게 되면 전부 제 뜻대로 될 줄 알았어요."

"……."

"하지만 그마저도 영락없이 애 같은 생각이었던 거죠. 사람 마음이라는 게 그렇게 일방적으로 되는 게 아닌데."

모든 걸 내려놓았다는 듯이 말하는 그녀의 모습을 보며 동하는 어쩌면 이 마음을 내려놓는 것은 그녀보다 자신이 더 늦을지도 모르겠다는 생각을 했다.

열아홉 소녀만도 못한 결단력. 뜬구름 잡는 듯한 마음에 이리저리 휘둘리고 마는 남자였다는 사실이 스스로를 더욱 괴롭혔다.

"이젠 정말 포기할 수 있을 것 같아요."

그토록 바라고 바라던 일인데 다시는 이 교정에 발을 들일 일 없이 떠나려는 그 작은 체구가 왜 그토록 안타까웠을까. 한 번쯤 끌어안아 보기라도 했다면 나았을까.

"그러니까 마지막으로…… 저랑 둘이 사진 한 장만 찍어 주세요. 추억으로 간직할게요."

그녀의 곁에 서 있을 때, 옆에서 은은하게 전해져 오는 향기에 주먹을 꽉 쥐는 것 외에는 아무것도 할 수 있는 것이 없었다. 마음 같아서는 손이라도 잡았으면, 어깨에 팔이라도 둘렀으면 했지만 어느 것 하나 현실 속에서 실행할 수 없었다.

조금만 마음을 놓아도 모든 것이 쏟아져 내릴까 봐, 전부 망쳐 버릴까 봐. 그녀가 말하는 '마지막으로' 라는 말에 모든 것을 묻어 두기로 했다.

"감사합니다, 선생님."

해사하게 웃는 얼굴 속에는 눈물이 없었다. 그녀는 울먹이지도, 슬퍼하지도 않았다. 눈물 한 방울 보이지 않은 채 반짝이는 미소로 늦겨울에 사랑을 끝낸 그녀는 그렇게 등을 돌렸다.

어느 누구도 시작 없이 끝나 버린 사랑에 눈물을 보이지 않았다.

동하의 시간은 느리게 걸었다. 다른 사람들의 시간이 빠르게 달리는 와중에도 그의 시간만큼은 천천히, 넘어지지 않을 만큼의 속도로 앞을 향해 나아갔다.

그러면서도 그는 몇 번이나 뒤를 돌아다보았다. 그녀가 있었던 교실이며 복도, 계단 윗부분과 꽃잎이 흩날리던 어느 나무 아래 같은 곳들에 머물렀다. 그녀가 있다가 사라진 위치를 바라보며 몇 번이나 지난 시간들을 되짚었다.

모든 것에는 선택이 따르기 마련이다. 그 선택의 결과가 어떻게 되느냐에 따라서 사람들은 후회를 하기도 하고, 아쉬워하기도 한다.

그녀의 손을 잡고 나서 했을 후회와 그대로 떠나보낸 채 억지로 죽여야 했던 마음의 아쉬움. 둘 중 어느 것이 더 커다란 것인지 생각을 해 보기도 했지만 그마저도 그만둔 지 오래였다.

무슨 의미가 있을까. 홀로 남아 되짚어 보는 지난날의 시간들과 이미 선택해 버린 일에 대한 아쉬움이라는 것에.

하지만 느리든 빠르든 속도만 다를 뿐 누구에게나 시간은 흐르는 것이었다. 동하에게도 크게 다르지 않았다. 모든 것들은 후회보다 더 빠른 속도로 흘러갔고, 그의 마음도 그녀를 만나기 전으로 돌아가는 듯했다. 아니, 돌아가기를 바라고 있었다.

'지금이면 딱 저런 모습이겠네.'

어느 주말의 여유로운 거리. 동하의 시선 끝에는 서너 명의 여대생이 있었다. 무슨 이야기를 하는지 까르르 웃는 모습이 여고생 못지않았다. 그러면서 그녀의 기억이 불쑥 찾아들었다.

3년 남짓 되는 시간은 생각보다 짧지도 길지도 않았다. 그때처

럼 죄책감이나 자신의 마음에 대한 후회에 사로잡혀 살지는 않았
지만 그래도 틈틈이 그녀의 생각이 머릿속을 두드리는, 딱 그 정
도의 시간이었다.

그래서 길거리를 지나가다가 마주하는 여대생들의 모습을 보면
서서히 떠오르는 그녀의 생각을 억지로 참지는 않았다. 스물둘이
되었겠구나, 저렇게 어여쁜 여대생이 되어 있겠구나, 그런 생각들
이 아주 자연스럽게 문을 두드렸다.

그때의 마음 역시 자연스러운 모든 것들 중 하나였을 텐데, 어
째서 그것만큼은 이렇게 아무렇지 않게 받아들이는 게 어려웠을
까. 생각과 깨달음은 항상 같은 속도로 같은 순간에 찾아오지 않
는 것임을 동하는 시간이 꽤 흐른 뒤에야 알 수 있었다.

반복되는 그녀의 생각은 좀처럼 쉬이 끊기지 못했다. 몇 번이
나 고개를 내저어 가며 억지로 떨쳐 내고 나서야 겨우 한숨 같은
커다란 심호흡이 따라붙었다.

그녀는 여전히 그의 마음에 무거운 기억으로 남아 있었다. 좋
아한다는 말 한마디 하지 못한 채 웃던 그녀의 표정 같은 것들까
지 아주 자세하고 생생하게.

그 덕분이었던 것 같다. 수많은 사람들 속에서도 그녀의 모습
을 바로 알아볼 수 있었던 것은.

"……"

흘러가던 시간이 자신의 마음을 어디에서부터 비웃고 있었는지
는 가늠할 수 없었다. 단 한 가지 확실한 것은 구질구질하던 그
마음을 끝내 정리하지 못했던 데에는 이유가 있었을지도 모르겠

다는 것뿐.

많은 사람들이 동하의 옷깃을 스치며 그의 곁을 지나갔다. 바람은 그의 귓가를 간질였고, 손끝은 얼어 버린 것처럼 조금도 움직이지 못한 채 딱딱하게 굳어 버렸다. 멍하니 넋을 놓은 듯한 시선만이 정면을 향해 있었고, 그의 눈동자 속에는 마치 꽃잎 흩날리는 어느 교정의 한가운데에서처럼 그녀가 서 있었다.

그녀의 눈동자는 동하의 것만큼이나 크게 일렁였다. 가까운 곳에서 확인할 수는 없었지만 똑같이 굳어 버린 그 얼굴이, 시간조차 멈추어 버린 듯 길가에 두 다리가 붙들린 채 서 있는 그 모습이, 자신과 분명 똑같았음을 그는 알 수 있었다.

누구도 서로를 부르지 않았다. 누구도 당신이 그 사람이 맞느냐며 확인하려 들지 않았다. 누구도 섣불리 한 걸음을 내딛지 못했다.

선생님과 제자였던 두 사람은 남자와 여자의 모습으로, 누구도 알아보지 못하는 인파 속에 서 있었다. 그렇게 시선으로만 서로를 응시하며 자신이 숨을 쉬고는 있는 건지, 제대로 두 발을 딛고 서 있기는 한 건지 그 순간을 의심했다.

아주 잠시 멈춘 것만 같았던 시간은 빠르게 두 사람 사이를 지나쳐 갔다. 진공 상태처럼 조용하던 공간이 어느덧 웅성거리는 사람들의 대화 소리, 걸음 소리와 함께 시끄러운 길 한복판으로 돌아왔다. 모든 것은 현실이었고, 시간은 단 한 번도 멈추어 있던 적이 없었다.

그걸 깨달은 것은 동하뿐만이 아니었다. 멍하니 동하를 바라보고 있던 그녀의 얼굴이 조금씩 일그러지기 시작했다. 여전히 앳되지만 훨씬 더 성숙해진 얼굴이, 그녀답지 않게 붉은 색으로 덧바른 입술 끝이 천천히 비틀리며 그의 마음마저 강하게 쥐어짰다.

언젠가 다시 만날 거란 생각도 제대로 해 본 적 없었지만, 만약 만나게 된다고 해도 태연하게 '오랜만이야.' 혹은 '오랜만이에요.' 하며 인사를 하게 될 줄로만 알았다. '존경하는 은사님'으로 남을, 그렇게 남길 자신 같은 것도 없었으면서.

"……."

"……."

그녀는 울었다. 서로를 바라보면서 눈을 깜빡일 생각도 하지 못한 채 눈물만 흘렸다. 잠시라도 눈을 감으면 그 찰나에 그가 사라져 버릴까 두렵다는 듯이, 하지만 멋대로 그에게 다가갈 용기 같은 것도 나지 않는다는 듯이 그저 울기만 했다.

길바닥에 선 채 예쁜 화장이 엉망이 될 정도로 울고 있는 여자는 주변 사람들의 시선을 한 몸에 받았다. 이미 터져 버린 감정을 제대로 다독이는 법조차 모르는 듯했다. 아니, 알아도 멈추지 않았을 것이다.

그녀는 눈물로 바라고 있었다, 그가 자신의 눈물을 대신 닦아주기를.

단 한 번도 솔직한 적 없었던 동하였다. 언제나 어른의 얼굴을 하고 있어야만 했다. 진심을 보이기보다 그녀를 위한 것이 무엇인지, 세상에 스며들어 평범하게 살아가는 방법이 무엇인지를 더욱 잘 가르치려고만 했다.

하지만 무엇으로 포장을 해도 알맹이는 사랑이었다. 아닌 척, 태연한 척, 평범한 관계로 포장을 하려고 했어도.

너무 늦었을지도 모르겠다는 생각 같은 건 이미 수없이 많은 시간 해 왔었다. 얼마 되지 않는 몇 년의 시간이라고 해도, 이제 겨우 여대생이 된 그녀라고 해도, 얼마나 괴롭고 그리웠는지 그는 누구보다 잘 알고 있었다.

동하는 달렸다.

더는 모르는 체할 수 없을 정도로 넘쳐흐르는 감정이 그곳에 있었다. 사람들이 힐끔거리며 우는 그녀를 관찰하도록 더는 놔둘 수 없었다. 그녀의 마음을 알면서도 외면하는 짓 같은 거, 또다시 반복할 수 있을 리도 없었다.

달리고 달려도 닿지 않을 것만 같았던 그녀에게로, 동하는 지난 시간들을 뛰어넘어 단숨에 달렸다.

그녀를 품에 꽉 안고 나서도 한동안은 실감이 나지 않았다. 정말 이 품에 있는 게 그녀가 맞는지, 단번에 서로를 알아보고, 서로의 마음을 이렇게 바로 전해 받을 수 있는 건지.

그는 서럽게 우는 그녀를 끝까지 끌어안고만 있었다. 그의 팔마저 바들바들 떨려 올 정도로, 무너져 내린 감정의 댐은 그렇게 수도 없이 넘치고 넘쳤다.

동하는 아무런 말도 할 수 없었다. 그녀를 달랠 수 있는 단 하나의 달콤한 말 같은 것도 알지 못했다. 그리고 그건 그녀 역시 마찬가지였다. 선생님이라고 부르는 호칭 하나조차 꺼낼 수 없었고, 보고 싶었다는 그 흔한 말 한 마디도 입에 담을 수 없었다.

눈물이 모든 대화를 대신하던 시간이 흐르고 나서야 그녀는 짧은 진심 하나를 토해 낼 수 있었다.

……좋아해요.

잘 지냈냐는 물음보다 훨씬 앞선 진심.

몇 년 만에 겨우 듣게 된, 세상에서 제일 사랑스러운 말이었다.

○ ● ○

"아빠, 뭐 하세요?"

노크 소리도 듣지 못했나 보다. 방문이 살짝 열리고 그 틈으로 모아의 작은 얼굴이 쏘옥 내밀어졌다. 그녀가 부르는 '아빠'라는 단어가 고요하던 방의 공기를 작게 흔들어 놓는다.

"어? 아, 그냥 서랍 좀 정리하느라고."

"아직 날도 서늘한데 창문까지 활짝 열어 놓으시고. 밤공기가 얼마나 찬데요."

모아가 어느덧 방 안으로 들어와 창밖을 내다보는 사이, 동하는 아내의 편지와 그 밖의 유품들을 다시 정리하여 서랍에 고이 넣었다. 소리 없이 서랍의 문을 닫자 모아가 고개를 돌려 그를 바라보다가 살갑게도 곁에 붙어 앉았다.

반짝이는 맑은 눈을 본다. 어렸던 아내와 조금 닮은 듯도 싶은 솔직하고 사랑스러운 눈. 감정을 단어로 하나씩 말하지 않아도 그 진심을 알 수밖에 없도록 만드는 눈이었다.

어느덧 처음에 느꼈던 당황은 잊은 채 이 아이가 자신과 아들의 가족이 되어 주어 얼마나 기쁜지 모르겠다고 동하는 생각했다.

모두에게는 무언가 하나씩 결여된 것이 있다. 모아는 자신과 재범에게 있어 가장 커다랗게 남았던 구멍을 알차게도 채워 주었다. 누군가의 대신일 수는 없지만 딱 알맞게 그 자리에 앉히고 나자 동하는 그녀가 남긴 선물인 것만 같다는 묘한 확신이 생겼다.

재범 역시 때때로 그렇게 말했다. 모아는 어머니가 보내 주신 선물일지도 모르겠다고. 동하는 이제야 고개를 끄덕일 수 있을 것 같았다.

그래, 이건 분명 선물이다.

"아빠 방에 이렇게 앉으니까 하늘이 훤히 보이네요."

"그런가?"

"보세요. 저기 달이 한눈에 들어오잖아요."

모아의 말에 동하가 고개를 들었다. 열어 둔 창으로 서늘한 밤바람이 방 안을 가득하게 채우고 있었지만 은은하게 빛을 내며 떠오른 달빛 때문인지 그 순간이 꽤나 운치 있게 느껴졌다.

"아빠, 그거 아세요?"

"……?"

"선생님과 저는 보름달이 뜨면 두 어머니가 나란히 산책을 나오셨다고 말해요."

그렇게 말하면서 모아가 하늘을 올려다보았다. 그녀의 옆모습을 보던 동하도 함께 고개를 위로 향했다.

하늘 위에 떠오른 달은 아쉽게도 보름달이 아니었다. 그러나 몸집을 줄여 유려한 자태를 뽐내는 하현달의 모습은 그 나름대로의 예쁜 선을 지니고 있었다.

"두 어머니?"

"네, 우리 엄마랑 어머님이요."

모아가 손가락 하나를 뻗어 하늘을 올려다보면서 콕콕 찌르는 시늉을 했다. 그리고 살살 긁는 모양도 취해 보았다. 마치 하늘 위에 떠 있는 달을 제가 살살 긁아 놓았어요, 하고 장난이라도 치는 듯이.

"별것도 아닌데 그게 참 위로가 많이 됐어요. 다시는 보지 못할 사람이라고 생각하면 너무 슬픈데 일정한 간격으로 하늘을 올려다볼 때마다 보름달이 떠 있으면 괜히 반가웠거든요. 덕분에 앞으로도 살면서 하늘을 자주 올려다볼 수 있게 되었구요."

봄이 왔답니다, 선생님.

동하는 그 순간 모아를 바라보며 아내의 빈자리를 되짚어 보았다.

익숙하고 그리운, 저토록 맑은 얼굴.

너에게 봄이 왔느냐고, 나에게는 그저 밤이 왔다고. 한 치 앞이 보이지 않을 정도로 어둡고 두려운 밤이 도래해 버렸다고, 그렇게 생각하던 날이 있었다. 포기하려야 할 수도 없는 감정임을 모른 채 좌절하던 그런 날들이.

"그래서 전 밤이 무지 좋아요."

"……."

내게는…… 밤이 왔구나.

하늘을 올려다보면 네 이마처럼, 네 눈처럼 은은하게 반짝이며 빛을 내는 달이 떠 있는 그런 아름다운 밤이.

"아빠는요?"

모아가 웃는 얼굴로 동하를 바라보았다. 여전히 어린아이처럼 싱그러운 기운을 가득 머금은 채, 살랑거리며 서늘하게 불어오는 밤바람에 가늘게 흩날리는 잔머리를 쓸어 넘기면서.

동하는 그녀를 보며 따라 웃지 않을 수 없었다. 햇살 같은 아이가, 달의 아름다움을 깨달을 수 있다는 것이 이토록 사랑스러울 일인가.

"나도 좋다."

"역시 우리 아빠. 그러실 줄 알았어요."

"다음 보름이 언제였더라……."

"네?"

"마중 나가야겠구나, 여전히 사랑받고 있는 두 여자를."

하늘에 걸쳐져 있는 하현달은 보름달처럼 가득하게 차 있던 그의 마음이 서서히 저물기 시작하는 것을 대신 보여 주는 듯했지만, 동하는 알고 있었다. 저 달은 결국 또다시 차오르고 말 것이다. 허전하기만 했던 이 마음도, 이미 가족이라는 이름으로 다시 차오르고 있었으니.

'……좋아해요.'

수십 년이 흘러도 왈가닥 소녀 같았던 아내. 그 작은 여자로 인해 평생토록 자신의 마음이 차올랐던 것처럼.
"같이 마중 나가요, 아빠!"
어두운 밤, 달빛이 앞으로의 길을 비춘다.

작가 후기

  교복을 입고 있던 시절의 저를 더듬어 보면 십 대라는 나이가
그리 생각처럼 성숙하지만은 않았던 것 같습니다. 미성숙한 만큼
제일 용감할 수 있었던 시절이라고 생각하거든요.

  나이와 겁은 비례하잖아요. 어른이 되어 갈수록 무서운 게 많
아지고, 조심할 게 많아지고, 지켜야 할 것도 많아지고. 물론 매
년 나이를 먹고 작년보다 한 살씩 더 어른이 되어도 아직 '진짜
어른'은 되지 못했다는 생각이 여전해도요.

  모아는 철부지이지만 제 눈에는 누구보다 사랑스러운 여자애였
습니다. 저 같고, 제 친구 같고, 제 동생 같았죠. 단지 조금 더 외
롭고 가여웠을 뿐. 그래서 처음 이 글을 쓰기 시작할 때 모아가
행복해지는 이야기를 쓰겠다, 라고 말했던 기억이 납니다. 무사히
임무를 완수한 것 같아 기쁩니다.

현실과 이상을 반씩 담고 싶었는데 뜻대로 되었는지까지는 잘 모르겠습니다. 지금 이 책을 쥐고 계신 분들이 판단해 주실 부분이라고 생각하며 그 몫은 이렇게 넘깁니다.

겨울에 완성했던 글이 폭염 가득한 여름에 빛을 보게 되니 기분이 묘합니다. 풋풋하기는 해도 덥지는 않은 글이 되었으면 좋겠습니다. 어느 추운 날, 이불 속에서 발가락 꼼지락거리며 귤을 까먹으면서 읽을 수 있는 글이었으면 싶기도 하네요.

읽어 주셔서 감사합니다.

2016년, 어느 열대야

안은찬

풀

Full
M8N

문

초판 1쇄 찍음 2016년 8월 22일
초판 1쇄 펴냄 2016년 8월 26일

지은이 | 안은찬
펴낸이 | 정 필
펴낸곳 | **(주)뿔미디어**

기획 · 편집 | 이영은

출판등록 | 2002년 9월 11일 (제1081-1-132호)
주소 | 경기도 부천시 원미구 소향로 17, 303(두성프라자)
전화 | 032)651-6513 / 팩스 | 032)651-6094
E-mail | dahyangs@naver.com
블로그 | http://blog.naver.com/dahyangs
홈페이지 | http://bbulmedia.com

값 9,000원

ISBN 979-11-315-7323-5 03810

www.bbulmedia.com

www.bbulmedia.com